MIRA®

Der Preis dieses Bandes versteht sich einschließlich
der gesetzlichen Mehrwertsteuer.

Umwelthinweis:
Dieses Buch wurde auf chlor- und säurefreiem Papier gedruckt.

Kathleen Harrington

Die List der stolzen Schottin

Roman

Aus dem Amerikanischen von
Dr. Hannelore Wiertz-Louven

MIRA®

MIRA® TASCHENBUCH
Band 25338
1. Auflage: Dezember 2008

MIRA® TASCHENBÜCHER
erscheinen in der Cora Verlag GmbH & Co. KG,
Valentinskamp 24, 20350 Hamburg
Deutsche Taschenbucherstausgabe

Titel der nordamerikanischen Originalausgabe:
The MacLean Groom

erschienen bei: Avon Books, New York
Published by arrangement with Avon,
an imprint of HarperCollins Publishers

Konzeption/Reihengestaltung: fredebold&partner gmbh, Köln
Umschlaggestaltung: pecher und soiron, Köln
Redaktion: Bettina Steinhage
Titelabbildung: Harlequin Books S.A.
Satz: Buch-Werkstatt GmbH, Bad Aibling
Druck und Bindearbeiten: CPI – Ebner & Spiegel, Ulm
Printed in Germany
ISBN 978-3-89941-553-7

www.mira-taschenbuch.de

PROLOG

September 1496
Finlagan Castle, Insel Islay
Innere Hebriden, Schottland

Rory MacLean stand auf dem Achterdeck der *Sea Dragon* und beobachtete, wie die Flammen aus den Zinnen von Finlagan Castle schlugen. Sein Blick folgte den Rauchschwaden, die sich gemächlich über den blauen Himmel ausbreiteten, und verweilte dann wieder voller Genugtuung auf dem schwarz verkohlten Gemäuer.

Es hatte sie eine Woche des ständigen Beschusses aus ihren Kanonen gekostet, bis es ihnen endlich gelungen war, Finlagans Verteidigungsanlage zu durchbrechen. Doch als sie erst einmal innerhalb der äußeren Umwallung waren, hatten sie mit ihren großen zweihändigen Breitschwertern die Rebellen niedergemäht und die Inselfestung im Sturm genommen.

Rory wandte sich von den schwelenden Trümmern ab. Langsam und gleichgültig ließ er den Blick über die Gruppe von Gefangenen streifen, die an Deck standen und zu ihrem brennenden Bollwerk hinaufschauten. Neben ihm stand sein Erster Maat und Cousin Fearchar, ein Hüne mit hellblauen Augen, der fast zwei Meter maß. Obwohl nicht so ein Riese wie sein Cousin, überragte auch Rory mit einem Meter sechsundachtzig die meisten seiner Mitmenschen und hatte ebenso wie Fearchar bereits viele Male seine Stärke im Kampf bewiesen.

„Unsere Aufgabe ist erledigt“, sagte Rory. „Kehren wir zurück nach Edinburgh und machen dem König Meldung.“

Fearchar MacLean grinste. Der breite Spalt zwischen seinen Vorderzähnen verlieh ihm trotz seiner harten, vernarbten Gesichtszüge, seiner Furcht einflößenden Augenklappe und seiner hünenhaften Gestalt ein jungenhaftes Aussehen. „Ja, Captain! Aufgabe erledigt. Brechen wir auf!“, rief er jubilierend. „Wir wollen diese verräterischen Hurensöhne doch nicht länger auf ihre Hinrichtung warten lassen."

Das Gerassel der schweren Ketten lenkte Rorys Aufmerksamkeit wieder auf die beiden Gefangenen, die gerade unter Deck gebracht wurden. Iain Mor, den Engländern bekannt als Sir John Macdonald, sollte dem Ankläger der schottischen Krone übergeben und des Verrats angeklagt werden. Sein Verwandter, Somerled Macdonald, der berüchtigte Red Wolf of Glencoe, würde wegen Mordes hingerichtet werden.

Rorys Blick traf den von Iain Mor. Der Hass, der in den müden, tief liegenden Augen brannte, konnte MacLean nicht mehr beunruhigen. Mit einem angewiderten Knurren spuckte der Laird von Finlagan Castle auf das Deck. „Der Rächer des Königs! Pah! Verdammt sei Eure niederträchtige Seele für das, was Ihr mit diesem Ort gemacht habt."

Nicht der Spitzname, den ihm das schottische Volk gegeben hatte, und auch nicht Iain Mors Verachtung konnten Rorys Stolz über seine Heldentat trüben. Mit der Leichtigkeit einer gepanzerten Faust, die eine lahme Schnecke zerschlägt, hatte er gemeinsam mit seinen Halbbrüdern Lachlan MacRath und Keir MacNeil die Rebellion auf den südlichen Hebriden niedergeschlagen.

„Die Schuld für das, was auf dieser Insel geschehen ist, lastet auf Euren Schultern, nicht auf meinen", erwiderte Rory kühl. „Ihr allein habt das Leben Eurer Familien und Clansleute riskiert, um einen Flüchtigen vor dem Gesetz des Königs zu schützen. Mit Verrätern habe ich kein Mitleid."

Hochmütig hob Iain Mor das bärtige Kinn. „Wir haben für die Rechte des Oberhaupts der Glencoe Macdonalds gekämpft."

„Der Red Wolf besitzt keine Rechte", erklärte Rory ihm. „Die hat er an dem Tag verloren, an dem er Gideon Cameron getötet hat und vor dem Gesetz davongelaufen ist."

Trotz der Eisen, die ihn banden, knurrte Somerled wie ein

in die Enge getriebener wilder Bär. Der Red Wolf of Glencoe hatte eine große Hakennase, Schultern so breit wie ein Maßstock und einen mächtigen Brustkorb. Unter seinem dichten grauen Bart, hinter dem sich seine markanten Gesichtszüge verbargen, verzog er den Mund zu einem spöttischen Grinsen. „Wer seid Ihr denn, MacLean? Ein Nichts! Ein Bettler ohne Land! Mit keinem anderen Heim als diesem armseligen Schiff. Indem Ihr die Burgen ehrenwerter Männer zerstört, hofft Ihr doch nur, Euch vom Stachel Eurer Schande zu befreien. Ihr raffgieriger Bastard, Ihr könnt einem Macdonald nicht das Wasser reichen."

Blitzschnell drückte Fearchar seinen Dolch an Somerleds Kehle. „Sprich nicht so zu einem MacLean, du armseliger Wurm!", warnte er ihn. „Sei vorsichtig! Ich kann dir die Kehle schneller aufschlitzen, als ich einen Fisch filetiere."

Rory legte die Hand auf den Arm seines Cousins. „Lasst den Kerl", sagte er ruhig. „Wir wollen den König doch nicht um eine rechtmäßige Hinrichtung bringen. Bald werden sie beide hängen. Lasst sie jetzt unter Deck bringen."

Nachdem die zwei Gefangenen abgeführt worden waren, blickte Rory übers Meer zu den beiden Kriegsschiffen, auf denen man auf seine Befehle wartete. „Gebt das Signal zum Ankerlichten", sagte er zu seinem Ersten Maat. „Es wird Zeit, meinen jüngeren Brüdern zu beweisen, wer von uns der bessere Seemann ist", fügte er mit einem bitteren Lächeln hinzu. „Schon vor Einbruch der Nacht werden beide Schiffe nur noch hoffnungslos in unserem Kielwasser segeln."

Fearchar schüttelte so heftig den Kopf, dass seine hellblonde Mähne im Seewind hin- und herpeitschte. „Keir ist uns schon eine halbe Meile voraus, außerdem hat er alle Frauen und Kinder aus der Burg an Bord. Bei all dem Geschrei und Gezeter wird er jeden Zentimeter Tuch gesetzt haben, um schnell voranzukommen. Wir haben bestimmt keine Chance, die *Raven* einzuholen."

„Weh mir“, lachte Rory, „wenn ich Keir als Ersten in den Hafen einlaufen lasse. Niemand segelt der *Sea Dragon* davon, nicht einmal mein arroganter kleiner Bruder.“

Auf den Befehl, die Leinen loszumachen, kletterten die Seeleute flink in die Wanten und lösten die Segel. Die *Sea Hawk* erwiderte das Signal der *Sea Dragon* und machte sich bereit beizudrehen. Die *Black Raven,* die etwas weiter entfernt lag, antwortete, indem sie die Bramsegel bereits in den Wind drehte.

„Langsam gegen den Wind nach Luv!“, befahl Rory dem Steuermann.

Mit vollen Segeln, hart am Wind, schoss die *Sea Dragon* vorwärts.

In geschlossener Formation segelten die drei Galeonen aus der Bucht von Islay hinaus auf die offene See. In wildem Wettrennen glitten die voll getakelten Segler durch das graue Wasser. Bruder kämpfte gegen Bruder. Der Segler durchschnitt die weißen Schaumkronen der Wellenberge. Die Segel bauschten sich prall im Wind. Gischt klatschte gegen das Tuch. Die Takelage knarrte. Die hohen Masten bebten. Jedes Mitglied der Mannschaft wusste, dass der Kapitän einem jeden von ihnen fünfzig Kronen extra zahlen würde, wenn ihr Schiff als Erstes den Hafen erreichte.

Dann, nachdem ihre dem Untergang geweihte Fracht entladen und ihr Proviant wieder aufgefüllt waren, setzten die drei Kriegsschiffe, im Auftrag von James IV. zum Schutz der schottischen Handelsleute vor holländischen und englischen Piraten bestimmt, wieder die Segel – in Richtung Kontinent und dem geheimnisvollen Beutegut, das dort auf sie wartete.

1. KAPITEL

Mai 1498
Kinlochleven Castle
Western Highlands

Fearchar ließ den Blick über die gewaltige, vierzig Fuß hohe Burgmauer schweifen und verzog verdrießlich das Gesicht. „Willkommen in Eurem neuen Heim, Laird!"
Rorys finstere Miene wurde noch finsterer, als er an der Befestigungsanlage hochblickte. „Wenn ich das hier sehe, überkommt mich ein verdammt eigenartiges Gefühl."

Hätte er sich der Hoffnung hingegeben, dass die Kinlochlevens ihren zukünftigen Burgherrn mit feierlichen Spruchbändern und einem Freudenfest empfangen würden, dann wäre er bitter enttäuscht gewesen. Doch da ihm solche Fantastereien fremd waren, ritt er, die Hand am Heft seines Schwertes, mit mürrischem Blick über die heruntergelassene Zugbrücke.

Absolut kein Widerstand? Das irritierte ihn.

Das Vermögen einer Erbin überließ man doch nicht widerstandslos dem Feind. Rory hatte nicht erwartet, dass die Macdonalds sich dem Dekret des Königs kampflos unterwarfen. Deshalb hatte er auch fünfzig Verwandte in seinem Gefolge, alle bewaffnet und bereit zu kämpfen, falls er sich mit Gewalt Zugang zu der Festung verschaffen müsste. Sogar für den Fall, dass eine längere Belagerung erforderlich wäre, hatte er vorgesorgt. Dann wollte er aus Appin, der Burg seines Onkels, Verstärkung anfordern.

Es ist wahrlich nicht meine Idee gewesen, in ein Nest verräterischer Vipern einzuheiraten, dachte Rory. Den absurden Plan, die Glencoe Macdonalds auf friedlichem Wege unter die Autorität der schottischen Krone zu bringen, hatte James IV. ausgeheckt.

Nachdem sie den Torbogen passiert hatten und sich hinter den zweieinhalb Meter dicken Sandsteinmauern befanden, schien Fearchar dieselbe Unruhe wie sein Cousin zu verspüren. Angespannt schaute er sich nach allen Seiten um und ließ seinen Blick auf der Suche nach Anzeichen für einen Hinterhalt über die äußeren Burgmauern schweifen.

Aber die Bewohner von Kinlochleven gingen ruhig ihrer täglichen Arbeit nach und nahmen kaum Notiz von dem großen Reitertrupp. Der Schmied schwang seinen Hammer, am Feuer neben ihm stand sein kräftiger Lehrling. Der Küfer mit einem Alefass auf der Schulter ging gemächlich über den grasbedeckten Innenhof. Zwei Mägde rannten verschreckt in eine Scheune und blickten sich dabei so ängstlich um, als sei der Satan persönlich hinter ihnen her. Vom Backhaus wehte der verführerische Duft von frischem Brot herüber.

Keine Menschenseele entbot den Ankömmlingen ein Wort des Grußes.

Auf Rorys Zeichen stiegen seine Männer von den Pferden und folgten ihm in die düstere Eingangshalle des Wohnturms. Ein Mann, Anfang sechzig vielleicht, mit dünnem braunen Haar und krummem Rücken, schien hier auf ihre Ankunft gewartet zu haben, denn er erhob sich in dem Moment von einer geschnitzten Holzbank, als Rory und sein Gefolge die Halle betraten. Der Alte litt offensichtlich an einer Beinverwundung, denn er bewegte sich mit einem nicht zu übersehenden Hinken.

„Davide Ogilvy, Senneschall von Kinlochleven", stellte er sich Rory mit einem knappen Gruß vor. Ein schneller Blick – nur erkennbar durch ein kurzes Heben der struppigen Brauen über den etwas hervortretenden Augen – und er hatte die Stärke des Gegners taxiert. „Bitte folgt mir, Laird."

Rory nickte. Mit schroffer Geste bedeutete er Ogilvy voranzugehen. Langsamen schlurfenden Schrittes führte der Burgvogt die Ankömmlinge über eine Steintreppe in die obere Halle des Gemäuers. Die Macdonalds standen abwartend in kleinen Gruppen beisammen – die Waffen in der Scheide. Nur ungefähr zwanzig von ihnen waren Krieger, die übrigen Bedienstete, unter ihnen auch ein paar männliche. Etwas abseits, am Rand der Versammlung, stand ein dünner, asketisch wirkender Priester. Die Hand hatte er schützend auf die Schulter eines Knaben mit auffallend schmutzigem Gesicht gelegt.

Bunte Fahnen und Wappen schmückten die Holzbogendecke, kostbare Gobelins bedeckten die Wände. Reich verzierte Schränke enthielten Silberkrüge und mit Juwelen besetzte Teller. Selbst die Böden waren mit herrlich dicken Teppichen von der Levante bedeckt, wie man sie auch in ottomanischen Harems finden konnte.

Am äußersten Ende der großen Halle saß eine Dame mittleren Alters mit goldbestickter Haube. Eine Handarbeit auf dem Schoß verfolgte sie angespannt, wie die Fremden sich ihr näherten. Dicht neben ihrem Stuhl stand ein Mädchen – ungefähr in dem Alter wie Rorys zukünftige Braut –, das eine fette Katze auf dem Arm hielt.

„Laird MacLean, willkommen auf Kinlochleven Castle", grüßte die Frau, noch bevor Rory sie erreicht hatte. „Ich bin Lady Beatrix, Lady Joannas Cousine." Ohne ihm ihre Hand zum Gruß zu reichen, fuhr sie brüsk fort: „Es tut mir leid, dass mein Mann Euch nicht begrüßen kann. Der Brief des Königs erreichte uns erst gestern. Laird Ewen weilt auf Mingarry Castle und hat noch nichts von der beabsichtigten Verbindung erfahren."

Während Rory als Antwort auf die unterkühlte Begrüßung kurz den Kopf neigte, musterte er das junge Mädchen aus den Augenwinkeln. Der König hatte ihm berichtet, dass die Erbin ihrem berüchtigten Großvater ähnlich sähe. Ihre große Nase, der plumpe Körperbau und das krause Haar – die Ähnlichkeit mit Somerled Macdonald war unverkennbar.

Insgeheim hatte Rory immer gehofft, dass seine zukünftige Braut – natürlich klug gewählt – einmal hübsch anzusehen sei.

Da er jedoch kein eigenes Land besaß, das er mit in die Ehe bringen konnte, stand es ihm nicht an, Gesicht und Figur des Mädchens zu beanstanden.

Das englische Blut in den Adern seiner zukünftigen Frau war für ihn eine weitere Enttäuschung. Ihr Vater, Alasdair Macdonald, hatte Lady Anne Neville geheiratet, die er wohl während einer Reise nach London kennengelernt hatte, wo er sich als Berater für Edward IV. gegen den verstorbenen König von Schottland, den Vater von James IV., hatte anwerben lassen wollen. Da seine zukünftige Braut ihr halbes Leben in Cumberland zugebracht hatte, musste Rory sich mit einer Frau vermählen, die nicht nur der Spross eines verräterischen Teufels, sondern auch noch eine englische Hexe war.

Nun war er hier in Kinlochleven, um – wie es sich für einen gehorsamen Vasallen des Königs und einen Bräutigam gehörte – seiner zukünftigen Braut das Brautgeschenk zu übergeben. Himmel, dachte Rory, während er an die prächtige Holzdecke blickte, ein hübsches Mädchen habe ich nicht erwartet und auch kein festliches Willkommen. Für eine Burg wie diese würden die meisten Männer glücklichen Herzens ein zahnloses, altes Weib heiraten. Entschlossen, das Schlimmste hinter sich zu bringen, wandte er sich an die junge Erbin.

„Laird MacLean, das ist meine Tochter, Lady Idoine“, stellte Beatrix sie vor.

„Milady“, grüßte Rory sie freundlich und lächelte zum ersten Mal seit Betreten der Burg.

Völlig verschreckt drückte Idoine die Katze so fest an sich, dass das gepeinigte Tier sie kratzte und miauend fortsprang. „Autsch“, schrie Idoine und versetzte dem davonhuschenden Fellball einen Tritt mit dem Seidenschuh. Wütend verfolgte sie, wie das Tier quer durch die Halle und dann zur Tür hinausflitzte.

Erleichtert schaute Rory sich um. „Und Lady Joanna?“, erkundigte er sich, da er keine weitere weibliche Person zwischen all den Männern und jungen Burschen entdecken konnte.

„Meine Cousine ist nicht hier", antwortete Beatrix beinahe fröhlich.

Abrupt drehte sich Rory wieder zu den beiden Frauen um. „Nicht hier? Sagtet Ihr nicht, Ihr hättet die Nachricht des Königs gestern erhalten? Ich erwarte, dass die Jungfer ihren künftigen Ehemann begrüßt!"

Beatrix hielt Rorys grimmigem Blick stand, aber in ihren Augen entdeckte er ein verdächtiges Blitzen. Auf ihren Wangen bildeten sich dunkelrote Flecken. „Das s...ollte sie auch, Laird", antwortete sie mit hoher, zitternder Stimme. „A...aber es ist nicht so. Nachdem man ihr den Brief vorgelesen hatte, ist Joanna sofort verschwunden."

„Verschwunden?"

Wie zur Bestätigung schaute Beatrix zu ihrer Tochter. Idoine nickte heftig. „Sie ist fort, Laird."

Rory trat einen Schritt näher, drohend stand er vor den beiden ängstlich zurückweichenden Frauen. „Wohin ist Lady Joanna? Nach Mingarry Castle?"

„Ich habe keine Ahnung, wo sich meine Cousine aufhält", antwortete Beatrix. Vor Aufregung zitterten ihre beringten Finger so sehr, dass ihr der Stickrahmen auf den Boden fiel. Sie langte danach und sah dann ängstlich zu Rory auf. „Wir haben überall nach ihr gesucht, nachdem wir bemerkt hatten, dass sie fort war. Lady Joanna verschwindet häufig ohne Erklärung. Immer wenn sie etwas bedrückt. Man findet sie dann meist wie im Taumel durch den Wald oder durch irgendein Tal wandernd." Mit zittrigem Finger tippte sich Beatrix auf die Stirn. „Versteht Ihr? Joanna ist ein wenig einfältig. Der König hat Euch sicherlich schon gewarnt."

„Ich erhielt keine derartige Warnung", grollte Rory.

Fearchar, der direkt hinter ihm stand, trat unruhig von einem Fuß auf den anderen. „Sollen wir die Burg durchsuchen?"

„Oh ja. Bitte!", rief Beatrix. „Ich sorge mich immer um das

arme Ding, wenn es verschwunden ist. Manchmal finden wir sie erst nach Tagen, … halb verhungert und völlig verdreckt. Versteht Ihr, sie ist hilflos wie ein kleines Kind, wenn man sich nicht um sie kümmert."

Fluchend zog Rory sein Schwert. Sofort folgten seine Männer seinem Beispiel, zeigten ihre blanken Breitschwerter und Dolche. Er drehte sich zu Lady Joannas Gefolgsleuten um. „Ich bin der MacLean!" Laut schallte seine Stimme durch die stille Halle. „Auf Befehl König James' von Schottland gehört diese Festung mir, ebenso wie alle Besitztümer und alle Schätze meiner zukünftigen Frau."

Mit mürrischen Gesichtern beobachteten ihn die Macdonalds, machten aber keinerlei Anstalten, ihre Schwerter zu ziehen. In ganz Schottland war der Clan der MacLeans für seinen barbarischen Kampfeswillen bekannt. Beim geringsten Widerstand würden die herrlichen Teppiche in der Halle vom Blut der Macdonalds durchtränkt sein.

„Entwaffnet sie!", befahl Rory. „Durchsucht alle Gebäude innerhalb der Burgmauern. Und bringt mir sofort jedes verdammte Weib von Kinlochleven in diese Halle."

Wie eine vom Wolf getriebene Herde verstörter Schafe kamen nach kurzer Zeit aus allen Richtungen die Frauen und Mädchen in die Halle gelaufen. Viele hatten offensichtlich Angst vor dem großen, wild aussehenden MacLean, einige weinten und verbargen ihre Gesichter hinter ihren Schürzen, andere hielten in mütterlicher Fürsorge ihre verschreckten Kinder an den Händen oder drückten die Halbwüchsigen eng an ihre Röcke.

„In einer Reihe aufstellen!", befahl Rory, während er sein Schwert zurück in die Scheide schob.

Die Hände auf dem Rücken verschränkt, marschierte er an den Reihen der Frauen entlang. Er war auf der Suche nach einem Mädchen von ungefähr siebzehn Jahren mit der Hakennase und den wirren Locken des Red Wolf – und dem leeren

Blick einer Schwachsinnigen.

In allen Größen, in allen Formen standen sie da. Große schlanke Hausmädchen mit aufgeworfenen Lippen und spitzem Kinn; die Köchin und ihre Tochter, beide rund wie Heustadel; ältere Frauen, die gewohnt waren, Leinen zu nähen und Wäsche zu bleichen; Milchmädchen mit Grübchen in den prallen Wangen und rauen Händen als Beweis ihrer Tätigkeit; hakennasige Hexen, die dem Spinnen und Weben nachgingen, und junge Mädchen mit frischen sommersprossigen Gesichtern und langen Zöpfen, die die Enten und Gänse hüteten.

Vor jeder einzelnen Bediensteten blieb Rory stehen und fragte sie nach ihrem Namen und ihrer Stellung im Haushalt. Die meisten schluchzten so herzzerreißend, dass er kaum ein Wort verstehen konnte. Wenn er sie bat, ihre Antwort zu wiederholen, schlugen sie die Augen nieder, als ob sie dem Satan persönlich Rede und Antwort stehen müssten.

„Oh mein Gott“, sagte er leise zu Fearchar. „Was für eine Herde plärrender, furchtsamer Weiber. Diese Jammerei kann einen ja zur Verzweiflung bringen.“

„Das stimmt“, erwiderte sein Cousin grinsend. „Aber zehn von denen zusammen sind nicht so schlimm wie ein einziges Weib der MacLeans.“

Es war klar, dass keine der weinenden Frauen die Herrin dieser prachtvollen Burg sein konnte. Der König hatte Rory berichtet, dass die Großeltern seiner zukünftigen Braut mütterlicherseits der Marquess und die Marchioness of Allonby waren, deren Erbin sie zusammen mit ihrer Tante war. Als Teil ihres Erbes hatte Lady Joanna Allonby Castle in Cumberland erhalten. Begriffsstutzig oder nicht, auch Lady Joanna würde all die selbstgefällige Arroganz besitzen, die im englischen Adel so fest verwurzelt war.

„Sind das alle?“, fragte Rory. Fearchar nickte mürrisch.

Rory ging zurück zu Idoine, die sich ängstlich an den Arm ihrer Mutter klammerte. Eingehend musterte er das Mädchen.

Die mittelgroße junge Frau mit den groben Gesichtszügen sah aus wie neunzehn. Sie konnte aber auch jünger sein. Hart gearbeitet hatten ihre Wurstfinger noch nie. Das Kleid, das sie trug, war kostbar. Die roten Samtärmel und der Hermelinbesatz waren der Garderobe einer Königin würdig.

Seiner intensiven Musterung hielt Idoine nicht stand. Sie schlug beide Hände vor den Mund, um ihr schrilles, verängstigtes Kichern zu unterdrücken. Furcht glänzte in den wässrigen blauen Augen. Enttäuscht musste Rory feststellen, dass Idoine die einzige Frau auf der Burg war, die nach Alter und Rang als Braut infrage kam. Allerdings besaß sie keine deutliche Ähnlichkeit mit dem Red Wolf of Glencoe. Es konnte jedoch auch eine nur allzu offensichtliche List sein, und das mahnte ihn zur Vorsicht.

Der Irrtum ließ sich möglicherweise nicht korrigieren, falls er aus freien Stücken die falsche Dame heiratete. Wenn er die Jungfer einmal im Bett gehabt hatte, war er womöglich ohne Rücksicht auf ihre wahre Identität verpflichtet, den Ehevertrag einzuhalten. Die augenscheinlich ehrliche Furcht des Mädchens war durchaus verständlich, wenn man bedachte, mit welchem Zorn er reagieren könnte, wenn er später herausfand, dass er getäuscht worden war.

Rory entschied sich blitzschnell. Da die Verwandtschaft seiner zukünftigen Braut ihn sowieso für den Satan persönlich hielt, wollte er auch als solcher handeln. Jäh riss er ein vielleicht zweijähriges Kind der Mutter aus dem Arm. Er zog seinen Dolch und hielt ihn dem unschuldigen Kind an den Hals. „Der Kleine stirbt, wenn Lady Joanna sich nicht sofort zu erkennen gibt", erklärte er der erstarrten Versammlung und wiederholte seine Drohung noch einmal auf Englisch, da er nicht wusste, ob die Jungfer von Glencoe ihrer gälischen Muttersprache nach so vielen Jahren bei ihren englischen Verwandten in Cumberland noch mächtig war. Falls sie ihn in ihrem Versteck hörte, musste sie sich nun ganz gewiss zu erkennen geben.

Fearchar verschränkte die Arme vor der Brust und starrte gleichgültig geradeaus, obwohl er genauso fassungslos über Rorys brutale Ankündigung war wie der Rest seiner Männer. Das Gesicht mit den vielen Narben und der schwarzen Augenklappe, die gelangweilte Miene, die der Riese zur Schau stellte, mussten auf die Macdonalds wirken, als ob es bei den MacLeans gang und gäbe wäre, kleinen Kindern aus purer Freude den Kopf abzuschlagen.

Bedrückende Stille herrschte in der Halle, nur unterbrochen von den unterdrückten Schluchzern der verängstigten Mutter. Regungslos standen die Macdonalds da und starrten auf ihn. Jede einzelne Gewalttat, die ihnen über den Rächer des Königs zu Ohren gekommen war, musste ihnen in diesem Moment durch den Kopf gegangen sein.

Eine quälend lange Weile sagte niemand ein Wort. Dann löste sich in der hintersten Ecke der Halle von seinem Platz neben dem Priester ein dreckiger Bursche. Die Wangen rußig schwarz, die dunkelblauen Augen vor Furcht weit aufgerissen, hielt er seine schmutzige Hand in einer kläglichen Bitte um Gnade in die Höhe. Er öffnete den Mund, brachte aber vor lauter Angst kein Wort heraus.

„Wartet!“, schrie Beatrix. „Wartet! Ich werde Euch die Wahrheit sagen. Verschont das Kind!“

Rory drehte sich um. Beatrix packte ihre Tochter am Arm und zerrte das sich wehrende Mädchen zu ihm in die Mitte der Halle. „Das ist Lady Joanna“, erklärte sie atemlos. „Meine Tochter Idoine ist bei ihrem Vater auf Mingarry Castle.“

Rory reichte der Mutter ihr Baby zurück und erlaubte ihr mit einem gnädigen Kopfnicken, sich zu entfernen. Natürlich hatte er nie vorgehabt, dem Kind Gewalt anzutun.

Joanna lehnte sich erleichtert gegen Pater Thomas. Das Herz schlug ihr in ständigem Stakkato bis zum Hals. Verkleidet als Hausbursche, mit ausgefranstem Plaid, zerlumptem Hemd, löchrigen Strümpfen und einer tief über die Ohren gezogenen

Strickmütze, unter der sie ihr langes Haar verbarg, beobachtete sie das makabre Spiel des MacLean. Irgendwie faszinierte sie der Mann. Sie hatte ja keine Ahnung gehabt, wie verwegen und männlich er war. Doch dann rief sie sich zur Ordnung. Hatten ihre Lehrer sie nicht gewarnt, dass auch Luzifer vor seinem Fall ein bildschönes Mannsbild gewesen war?

Mit weit über einen Meter achtzig überragte der MacLean die meisten seiner Gefolgsleute. Alle MacLeans waren riesige, Furcht einflößende Kerle, aber ihr Anführer besaß eine nahezu diabolische Ausstrahlung. Wenn auch ein gnädiges Schicksal den Sea Dragon, wie man ihn nannte, mit goldblondem Haar und grünen Augen beschenkt hatte, so legte er dennoch jene Hinterlist und Skrupellosigkeit an den Tag, vor der man sie immer gewarnt hatte.

Joanna war sich recht sicher gewesen, dass er auf ihre List hereinfallen und sofort nach Mingarry Castle aufbrechen würde, um seine verschwundene Braut einzufordern. Nachdem sie gestern Morgen den Brief des Königs gelesen hatte, in dem ihr befohlen wurde, den Clanführer der MacLeans zu ehelichen, war sie zunächst fassungslos gewesen. Doch dann hatte sie eine grenzenlose Empörung empfunden und einen Entschluss gefasst.

Sie dachte daran, weshalb und wie es dazu gekommen war, dass sie jetzt hier in Lumpen vor dem mächtigen MacLean stand. Beatrix und Idoine hatten, die Hände im Schoß gefaltet, auf einer großen Truhe am Fußende ihres Bettes gesessen. Neben den beiden stand an der einen Seite Pater Thomas und an der anderen Maude Beaton, Joannas ehemalige Kinderfrau und heutige Gesellschafterin. „Ihr wundert euch wohl, weshalb ich euch heute Morgen in meine Kammer bestellt habe", hatte sie begonnen, als sie die verwunderten Blicke ihrer Lieben sah. Mit zwei Fingern hielt sie ein Stück Pergament wie ein widerliches Insekt in die Höhe, das sie gerade vom Saum ihrer Robe entfernt hatte. „Diese Nachricht kommt vom König", erklärte Joanna. „Von diesem Schurken, der mich unter seine Vormundschaft gestellt hat. Von diesem Schurken, der meinen Großvater hat hängen lassen, nachdem man ihn zuvor fälschlicherweise des Mordes und des Verrats bezichtigt hatte. Dieser James Stewart informiert mich mit diesem Schreiben, dass er einen Bräutigam für mich ausgewählt hat."

„Oh Gott, nein!", jammerte Beatrix händeringend. „Das darf nicht sein, meine Liebe! Du wirst Andrew heiraten, ... auch wenn es noch etwas dauert, bis wir den Dispens aus Rom bekommen."

„Sie darf meinen Bruder nicht heiraten, wenn der König etwas anderes befiehlt", erklärte Idoine mit einem sorglosen Schulterzucken.

Beatrix warf ihrer Tochter einen wütenden Blick zu. Idoine war achtzehn und verärgert über die Tatsache, dass trotz ihres fortgeschrittenen Alters ihre Eltern noch keinen geeigneten Ehemann für sie gefunden hatten, obwohl sie bereits die Ehe ihrer jüngeren Verwandten arrangiert hatten.

Ewen Macdonald, Joannas Cousin, plante die Vermählung zwischen seinem sechzehnjährigen Sohn Andrew und der Erbin und neuen Clanführerin. Doch nach kanonischem Recht waren Braut und Bräutigam zu nahe verwandt, sodass ein päpstlicher Dispens erlangt werden musste, bevor die Eheschließung stattfinden konnte.

„Ich werde nicht heiraten, wie der König verfügt", hatte Joanna erklärt und dabei das Schreiben vor den erstaunten Augen der Anwesenden erst in zwei Teile und anschließend sicherheitshalber in noch kleinere Stücke zerrissen. „Bevor ich das tue, stürze ich mich lieber von der höchsten Stelle der Befestigung."

„Wen hat der König Euch denn als Ehemann ausgewählt, Milady?", fragte Pater Thomas. Er schien absolut nicht beunruhigt, weder über die verräterische Geste noch über die heroische Drohung mit dem Freitod, denn wie alle anderen auf der Burg kannte der Priester Joanna schon seit ihrer frühesten Kindheit, noch bevor sie im Alter von sieben Jahren mit ihrer Mutter nach Cumberland gegangen war.

Joanna ließ die Pergamentschnitzel zu Boden fallen und trat mit dem Fuß darauf. „Nach diesem Schreiben sollte ich diese hundsgemeine, heimtückische Laus heiraten, die meinen unschuldigen Großvater gefangen genommen und seinen Henkern ausgeliefert hat."

Schreckensbleich sprang Beatrix auf, nach Luft ringend hielt sie sich die Hände vor die Brust.

„Bei Gott, Ihr habt euch nicht verhört", sagte Joanna, irgendwie beruhigt durch die erschrockene Reaktion der Anwesenden. „Man hat mich verlobt mit dem brutalen, lüsternen und abartigen Anführer des MacLean-Clans."

„Oh Gott, steh uns bei", murmelte Maude, schlug ein Kreuz und küsste inbrünstig das geweihte Bildnis der Heiligen Maelrubha, das sie flugs unter ihrem Mieder hervorgeholt hatte. Idoine starrte Joanna einen Moment lang völlig fassungslos an, dann blitzte plötzlich so etwas wie Freude in ihren kleinen Augen auf, und Joanna wusste genau, was ihre Cousine dachte: *Gott sei Dank, dass es nicht mich getroffen hat.* Und Beatrix, die endlich ihre Stimme wiederfand, jammerte: „Oje, nun sind all unsere Pläne zunichte."

Pater Thomas stand die Sorge um Joanna ins schmale Gesicht geschrieben. „Wie konnte der König Euch nur mit unserem Erzfeind verloben?", fragte er kopfschüttelnd.

Joanna schnippte mit den Fingern. „Genauso einfach, wie er mich gegen meinen Willen zu seinem Mündel gemacht hat."

„Du bekommst einen Ehemann mit Schwanz", bemerkte Idoine mit einem süffisanten Lächeln, während sie eitel an ihrem Samtärmel zog und mit ihren dicken Fingern genüsslich über den weichen hellblauen Stoff strich.

„Psst!", rief Maude sie zur Ordnung. „Macht die Dinge nicht noch schlimmer. Meine Herrin hat schon Kummer genug."

„Ach, versucht doch nicht, die Wahrheit vor mir zu verschweigen“, wehrte Joanna bekümmert ab. „Was Idoine gesagt hat, ist doch kein Geheimnis. Ich weiß sehr wohl, was sich unter dem Plaid dieses abscheulichen Satans verbirgt.“

Alle Kinder der Macdonalds kannten die Geschichte von den MacLeans: Einst waren sie Seedrachen gewesen, hatten später menschliche Gestalt angenommen und waren in langen Schiffen mit Drachenköpfen am Bug von Norden kommend grausam plündernd und brandschatzend in Schottland eingefallen. Beim Feuer erzählte man sich die erschütternde Geschichte, dass seitdem alle Clanführer der MacLeans mit einem schuppigen Drachenschwanz geboren wurden. Kurz nach der Geburt wurde dem Säugling der Schwanz gekürzt, sodass sein Träger ihn unter seinem Plaid verbergen konnte. Bis auf den heutigen Tag trug deshalb auch jeder Anführer des verruchten Clans den Namen Sea Dragon.

Unruhig ging Joanna in der Kammer auf und ab; verzweifelt versuchte sie eine Lösung zu finden. Als Erbin zweier großer Familien hatte man sie gelehrt, dass sie heiraten musste, wen immer man für sie auswählte. Die galanten Ritter in den englischen Balladen, die die Troubadoure besangen, waren lediglich Ausgeburten ihrer Fantasie.

Das hier war die Realität.

Ebenso Realität wie jener grausame Tag im vergangenen Frühjahr, als Somerled Macdonald am Galgen in Edinburgh hing. Joanna verachtete James Stewart. Aber mehr noch als den Mörder ihres Großvaters hasste sie den Höllenhund, der ihn gefangen genommen und an den Galgen gebracht hatte.

„Was gedenkt Ihr zu tun, Milady?“, fragte Maude. Sie kreuzte die Arme vor der Brust und wartete seelenruhig ab. Joannas Gesellschafterin blieb wie immer sachlich und gefasst. Sie war stets wie der unerschütterliche Fels in der Brandung im sonst so risikoreichen Leben ihres Schützlings.

„Irgendwie muss ich Zeit gewinnen. Ich muss die Hochzeit

mit dem MacLean hinausschieben, bis der Dispens aus Rom kommt."

Idoine rückte ihre weiße Haube zurecht, lächelte kokett und wickelte mit gespielter Unschuld eine braune Locke um ihren Finger. „Sich offen dem Befehl des Königs zu widersetzen, wäre Verrat", mahnte sie ihre Cousine.

„Dann werde ich es eben heimlich tun", erklärte Joanna. Sie packte Pater Thomas am Arm. „Ruft sofort alle Burgbewohner in der großen Halle zusammen."

„Was habt Ihr vor, mein Kind?", fragte der Priester besorgt.

„Ich habe einen Plan, Pater. Aber er kann nur gelingen, wenn mir dabei alle Leute von Kinlochleven, angefangen vom kleinsten Jungen bis zum ältesten Großvater, helfen. Wenn nur einer nicht den Mund hält, bin ich verloren. Dann werde ich entweder wegen Verweigerung des königlichen Befehls als Verräterin hängen oder gezwungen, den MacLean zu heiraten."

„Ich ließe mich lieber hängen", erklärte Idoine freudestrahlend.

Joanna riss sich zusammen. Dort, in der Mitte der Halle, stand die Personifizierung des Bösen. Der Blick, mit dem er Idoine musterte, war so bestürzt, dass er selbst einen Leichnam zum Kichern gebracht hätte. MacLean schien wirklich zu glauben, dass Cousine Idoine seine zukünftige Braut wäre. Und von der Grimasse zu urteilen, zu der sich sein markantes Gesicht verzog, musste diese Vorstellung wie bittere Galle auf seiner gespaltenen Drachenzunge schmecken.

„Das ist Lady Joanna", wiederholte Beatrix, die ihre Tochter fest an sich presste, damit sie nicht davonrannte. „Sie ist Eure versprochene Braut."

„Das ist nicht wahr! Das ist nicht wahr!", schrie Idoine hysterisch. Der Gedanke, zu einer Heirat mit diesem wilden Mann gezwungen zu werden, brachte sie fast um den Verstand. „Ich bin nicht Joanna!" Sie versuchte sich loszureißen, aber ihre Mutter schubste sie zu MacLean.

„Sei still, du undankbares Frauenzimmer“, schnauzte Beatrix. „Willst du, dass er das kleine Kind ermordet, nur um dich vor einer ungewollten Heirat zu retten?“ Wütend zwickte sie Idoine ins Ohrläppchen.

Das junge Mädchen heulte laut auf vor Schmerz und Scham. Es rieb sich das Ohr und schaute sich mit Tränen in den Augen im Saal um. „S...sagt es ihm“, bat sie die Clanmitglieder. „S... sagt ihm, dass ich nicht die Erbin bin, die er sucht. Sagt ihm, dass ich nicht die M...maid of Glencoe bin.“

Niemand rührte sich. Nicht ein Auge zuckte. Kein einziger Macdonald gab die Wahrheit preis.

Der verzweifelte Blick in den Augen ihrer Cousine brachte Joannas Entschlossenheit mehr ins Wanken, als der MacLean es jemals gekonnt hätte – selbst wenn er sie gefoltert, gerädert oder für den Rest ihrer freudlosen Tage bei schimmeligem Brot und brackigem Wasser in seinem Verlies in Ketten gelegt hätte. Obwohl Beatrix ihre eigene Tochter opfern wollte, damit ihre Nichte ihren Sohn Andrew heiraten konnte, durfte es Joanna nicht zulassen, dass Idoine das schreckliche Schicksal erleiden sollte, das für sie selbst – und nur für sie – bestimmt war.

Im Stillen bat Joanna um Gottes Hilfe, dass sie keine Schande über den alten, ehrwürdigen Namen der Macdonalds brächte. Mehr als alles andere wünschte sie, dass die Gefolgsleute ihres Vaters, einst alle mächtige Lords über die Inseln, stolz auf sie sein könnten.

Ja, sie war eine Macdonald. Ja, sie war mutig und unbesiegbar. Aber jetzt hatte sie *höllische Angst.*

In diesem Moment schmerzhafter Selbsterkenntnis begriff Joanna, dass sie sich lieber dem Beelzebub persönlich übergeben lassen wollte, als sich dem perfiden, teuflischen, drachenschwänzigen MacLean zu ergeben.

Als sie dennoch vortreten wollte, griff Pater Thomas nach ihrer Hand. „Wartet ab, was jetzt geschieht“, wisperte er.

MacLean besaß das Gehör eines Fuchses. Er hatte das leise Flüstern gehört und drehte sich um. Aufmerksam sah er die beiden an. Lange musterte er Joanna – es kam ihr wie eine Ewigkeit vor –, dann blitzte plötzlich etwas in seinen Augen. „Priester", rief er, „bringt mir eine geweihte Reliquie aus der Kapelle."

Pater Thomas eilte davon und kam nach kurzer Zeit mit einem schmalen Goldkästchen zurück, in dem ein Fingerknochen des heiligen Duthan lag.

„Öffnet das Kästchen!", befahl MacLean. Pater Thomas gehorchte, und der hünenhafte Krieger wandte sich an Idoine: „Legt Eure Hand auf die Reliquie und schwört bei dem Heiligen, dass Ihr nicht Lady Joanna seid."

Idione hörte auf zu schluchzen, schluckte und holte laut Luft. Ihr Kinn zitterte, während sie mit flehentlichem Blick ihre Mutter ansah.

Im Saal herrschte erwartungsvolle Stille. Selbst die Engel in den Deckenbildern schienen den Atem anzuhalten.

Böse und warnend sah Beatrix ihre Tochter an. Zitternd vor Angst schaute Idoine kurz zu Joanna, dann wieder auf den despotischen Mann.

Was Joanna in dieser Sekunde in den Augen ihrer Cousine erkannte, sagte ihr alles, was sie wissen musste. Insgeheim sprach sie ein Dankgebet. Idoine hatte absolut nicht vor, sich zu opfern, nur damit ihr Bruder eine Erbin ehelichen konnte.

„Los", befahl MacLean grimmig. „Schwört bei dieser heiligen Reliquie, dass Ihr nicht die Maid of Glencoe seid."

Ihre Hand zitterte, als Idoine zwei Fingerspitzen auf den Knochen legte. „Ich schwöre", flüsterte sie. „Ich schwöre, dass ich nicht die Maid of Glencoe bin. Beim heiligen Finger von St. Duthan schwöre ich, dass ich nicht Lady Joanna Macdonald bin."

Ein kaum merkliches Lächeln huschte über die Lippen des Sea Dragon. „Ich glaube Euch nicht. Nur eine Macdonald würde auf den Knochen eines Heiligen einen Meineid schwören."

Sein Ohrring glänzte im Schein der Kerzen so smaragdgrün, wie seine Augen jetzt vor Zufriedenheit glitzerten. Joanna beobachtete ihn aus den Augenwinkeln, unfähig, die seltsamen Gefühle zu verstehen, die in ihrem Innern aufstiegen.

Um Gottes willen, … dieser Mann besaß einen atemberaubenden Mund, … und diese intelligenten Augen – sie versprachen Schlagfertigkeit und Humor.

Doch dann rief sie sich ein zweites Mal streng zur Ordnung: Auch Luzifer war vor seinem Fall ein schöner Mann gewesen.

Sie musste den MacLean so lange täuschen, bis Ewen zurückkam und sie und Idoine rettete.

Rory steckte den Dolch zurück in die Scheide. Er drehte sich um und musterte wieder argwöhnisch die Macdonalds. Sie versuchten ihn auszutricksen. Das war klar. Lady Idoine hatte die Wahrheit gesagt. Das Grauen in ihren Augen war echt. Rory war auch der verzweifelte Blick aufgefallen, den sie dem schmutzigen Burschen zugeworfen hatte – und dass der kein Junge war, sondern ein Mädchen, darauf wäre Rory jede Wette eingegangen.

Während der vermeintliche Junge auf seine ausgetretenen Schnallenschuhe blickte, entdeckte Rory unter der gestreiften Strickkappe, die die Haare versteckten, die feinen Gesichtszüge, die langen rotbraunen Wimpern – niedergeschlagen, um die erschrockenen blauen Augen zu verbergen –, die anmutig geschwungenen Brauen, die zarten Hände. Meine Güte, glaubten die Macdonalds denn wirklich, er würde die langen Wimpern und den reinen Teint unter dem Schmutz auf den Wangen nicht bemerken? Wer auch immer das Mädchen sein mochte, es war auf jeden Fall ein Schatz. Sollte das vielleicht die verschwundene Erbin sein?

Die Vorstellung, dass dieses zierliche, kaum über einen Meter fünfzig große Geschöpf dem mächtigen Somerled Macdonald ähneln sollte, schien wahnwitzig. Doch dann erinnerte sich Rory an die indigoblauen Augen des grauhaarigen Alten – das dunkelste Blau, das er je gesehen hatte. Augen genau so, wie dieser Bengel sie hatte. Und den wilden Clanführer hatte man in seiner Jugend wegen seines kupferroten Haares Red Wolf genannt.

Die erstaunliche – nahezu unglaubliche – Möglichkeit, dass Lady Joanna versuchen sollte, sich hier direkt vor seiner Nase zu verstecken, verblüffte Rory. Wenn das zutraf, dann wusste jeder auf dieser verdammten Burg von der Täuschung. Abermals ließ er seinen Blick über die versammelten Macdonalds schweifen. Konnte es möglich sein? Hatten sich all diese Leute gegen ihren neuen Laird verschworen?

In diesem Moment schaute der Junge auf. Ihre Blicke trafen sich. Die strahlend blauen Augen funkelten vor Vergnügen. Rory konnte es kaum glauben, dass eine englische Adelsfrau – eine Frau, die ein Vermögen erbte – in die Rolle eines Hausburschen schlüpfte. Was würde sie wohl machen, wenn er sie in die dreckigen Ställe verbannte?

Also gut, fürs Erste wollte er auf die List eingehen. Sollten sie doch glauben, dass er Idoine für seine zukünftige Braut hielt. Ein Bote sollte nach Mingarry Castle reiten, Ewen Macdonald über die Heirat informieren und sich gleichzeitig vergewissern, dass Lady Joanna sich dort nicht aufhielt. So lange war es ganz gewiss ein interessanter Zeitvertreib, die wahre Identität der kleinen Füchsin in dem Jungenhemd und Plaid herauszufinden.

„Entgegen meinem Plan, mit meiner zukünftigen Braut sofort nach Stalcaire zurückzureiten, werde ich die Rückkehr Eures Kriegsführers abwarten“, informierte er die Macdonalds. Lady Idoine schenkte er einen kurzen Blick. „Er kann Lady Joanna und mich dann auf die Burg meines Onkels begleiten, wo wir getraut werden. Als Euer neuer Laird übernehme ich von diesem Augenblick an die Verantwortung und die Privilegien von Kinlochleven."

Idoine wollte protestieren, aber bevor sie nur ein Wort äußern konnte, hielt Lady Beatrix ihrer Tochter den Mund zu. Ein unzufriedenes Murren ging durch den Saal. Die wütenden Mienen der Macdonalds sagten ihm, dass sie erwartet hatten, der Clanführer der MacLeans würde Hals über Kopf nach Mingarry reiten, weil er glaubte, Lady Joanna bei ihrem Heerführer Laird Ewen zu finden.

„Fearchar, stellt Wachen ans Haupttor und an die Nebeneingänge", befahl Rory. „Ohne unsere Genehmigung verlässt niemand die Burg, nicht einmal der niederste Hausbursche. Und sendet vier Männer nach Mingarry mit einer Einladung für Ewen Macdonald zur Hochzeit seiner Cousine."

Fearchar nickte und verließ zusammen mit einigen breitschultrigen MacLeans den Saal.

Als Nächstes wählte Rory zwanzig unbewaffnete Krieger der Macdonalds aus. „Auf Befehl des Königs reitet ihr nach Stalcaire. Dort schwört ihr dem König Lehnstreue. Jeder, der dort nicht in den nächsten zwei Tagen erscheint, macht sich des Verrats schuldig und wird entsprechend behandelt. Ihr habt meine Erlaubnis, euch sofort zu entfernen."

Während die Macdonald-Krieger resigniert abzogen, winkte Rory den Senneschall zu sich. Davide Ogilvy eilte so schnell herbei, wie es sein schlurfender Gang zuließ. „Der Kammerherr soll meine Sachen in die beste Kammer der Burg bringen lassen." Er blickte zu Beatrix und Idoine, die schmollend die Unterlippe hängen ließen. „Ich nehme an, dass dies den beiden Damen keine Unannehmlichkeiten bereitet."

„Gewiss nicht, Laird", erwiderte Beatrix spitz.

Dann winkte Rory den Geistlichen in der braunen Robe heran. „Ihr könnt die Reliquie zurück in die Kapelle tragen, Pater."

„Pater Thomas Graham", stellte sich der Priester vor.

„Und zündet eine Kerze vor dem Altar der Jungfrau an“, bat Rory, als der Priester sich entfernen wollte. „Mein Diener wird Euch eine Krone für den Opferstock bringen, sobald meine Satteltasche ausgepackt ist.“

„Aus welchem Anlass, Laird?“, erkundigte sich der Priester.

„Für das Hochzeitspaar“, erklärte Rory leicht ungehalten, denn er hielt den Zweck für offenkundig. „Damit Braut und Bräutigam alsbald im heiligen Stand der Ehe vereinigt und mit einer langen, fruchtbaren Lebensgemeinschaft gesegnet sind.“

Pater Graham krümmte seine schmalen Schultern, als sei ihm ein peinlicher Fehler unterlaufen. „Natürlich, Milord. Natürlich.“

2. *KAPITEL*

Als Rory spät am Abend seine neue Schlafkammer betrat, war er fast sicher, dass seine zukünftige Braut sich hinter dem Hausburschen namens Joey Macdonald verbarg. Nach dem Abendessen hatte der Junge – oder das Mädchen? – mit Seumas Gilbride, dem Verwalter von Kinlochleven, am Feuer gesessen und Backgammon gespielt. Bei jedem erfolgreichen Zug hatte der Junge – oder das Mädchen – laut gelacht. Dieses fröhliche, ein wenig heiser klingende Lachen, das so voller unbändiger Freude war, hatte Rory nur umso mehr in seinem Verdacht bestärkt.

Er öffnete die niedrige geschnitzte Truhe, die am Ende des Vierpfostenbettes stand. Der Duft von Rosen kam ihm entgegen, verführerisch und erotisch. Die kostbaren vornehmen Roben erinnerten ihn an eine verwöhnte englische Dame, deren Interessen sich nur um ihre eigene oberflächliche Welt drehten. Das war also die Kammer seiner Braut, dies ihre elegante Garderobe. Er zog ein lavendelfarbenes Wollkleid mit Zobelbesatz aus dem Stapel der sorgfältig gefalteten Kleidungsstücke und betrachtete es. Winzig musste die Frau sein, der dieses Kleid gehörte. Höchstens bis zur Mitte der Brust ging sie ihm. In Gedanken stellte er sich Joey vor – seine Größe war für einen Zwölfjährigen gerade richtig, sie passte aber auch zu einem zierlichen siebzehnjährigen Mädchen.

Er legte das Kleid zurück auf den Stapel und ging an den Tisch, auf dem allerlei weiblicher Krimskrams lag. Dann zog er eine Schublade auf, wühlte darin herum, holte eine silberne Bürste heraus und ging mit ihr ans Licht. In den Borsten hing eine seidige Haarsträhne, im Schein der Kerze glänzte sie wie gehämmertes Kupfer.

Blaue Augen und rote Haare!

Er war so verdammt sicher gewesen, dass Lady Joanna genauso sauertöpfisch und hässlich wie Idoine aussehen würde.

Bislang war ihm gar nicht der Gedanke gekommen, dass seine Braut auch eine Schönheit sein könnte.

Kalte Wut packte ihn, während er grüblerisch auf den Gobelin an der Wand starrte. Am liebsten hätte er die kleine Lügnerin übers Knie gelegt, ihren zerrissenen Kilt hochgezogen und ihr den Hintern versohlt, bis sich von ihrem Gebrüll die Balken bogen. Doch schon den Versuch, ihr diese wohlverdiente Strafe zu verpassen, würden die Macdonalds bestimmt unterbinden. Keinen einzigen Schlag auf ihren blanken, kleinen Hintern würden sie ihm erlauben. Sie würden alle zusammenlaufen und Stein und Bein schwören, dass Joey der Hausbursche sei.

Herrje, selbst der Priester machte bei dem Betrug mit.

Wütend sank Rory auf die Bettkante, um sich Stiefel und Strümpfe auszuziehen. Doch dann hielt er inne. Nicht nur die Macdonalds können eine solch idiotische Maskerade spielen, überlegte er grimmig, während er sich auf der Matratze ausstreckte und nachdenklich auf den seidenen Betthimmel blickte. Bislang hatten sie auf seine Kosten gelacht, nun wollte er den Spieß umdrehen.

Meine Güte, dachte er, was für ein Satansbraten! So eine List zu versuchen!

Mit körperlicher Züchtigung kam sie viel zu leicht davon. Viel befriedigender wäre es, wenn er so lange auf ihre Täuschung einging, bis das Gleichgewicht wiederhergestellt war.

Er stand noch einmal auf und goss sich aus dem Krug, der auf dem Tisch stand, ein Glas Porter ein. In Gedanken vertieft drehte er den Glashumpen und blickte in die dunkelbraune Flüssigkeit. Er freute sich richtig darauf, Lady Joanna zu beweisen, wer Kinlochleven wirklich beherrschte. Den Hausburschen wollte er unter seine Fittiche nehmen, und alle Macdonalds sollten sich nur damit beschäftigen, wie sie ihre Herrin vor der Entdeckung schützen konnten, ohne gleichzeitig ihre wahre Identität preiszugeben.

Rory lächelte erwartungsvoll. Seine Rache würde gründlich sein, das versüßte nur das Warten.

Erschrocken setzte Rory sich auf. Er wusste nicht, wie lange er geschlafen hatte. Ohne sich zu entkleiden, war er auf der Bettdecke eingeschlafen, und nun plagten ihn Gewissensbisse.

Er hatte sie aus ihrer Schlafkammer vertrieben. Wo mag Lady Joanna wohl ein sicheres Nachtlager gefunden haben?, fragte er sich besorgt. Bestimmt nicht bei den Frauen. Ein Knabe, der abends in die Kammern der Frauen ging und erst beim Morgengrauen wieder herauskam, fiel auf. In den Ställen? Nein, viel zu gefährlich. In der großen Halle bei seinen Kriegern? Niemals! Herrje, wo nächtigte sie?

Mit der Kerze in der Hand verließ er die Kammer und stieg hinunter ins Erdgeschoss. Seine Soldaten schnarchten, der eine oder andere wälzte sich ächzend und brummend im Schlaf auf seiner Binsenmatte. Dann vernahm Rory leise männliche Stimmen und folgte ihnen über die lange Galerie.

Zwei Macdonalds blickten erschrocken auf, als Rory in die Küche kam. Seumas und Jock Kean, der Stallmeister, saßen am roh gezimmerten Küchentisch und spielten im Licht einer Talgkerze Karten. Als sie ihn erkannten, sprangen sie sofort auf. Verstört sahen sie ihn an.

„M...milord?“, fragte Seumas mit einem allzu breiten Lächeln von einem Backenbart zum anderen. „Braucht Ihr etwas?“

Jock warf einen schnellen Blick zur Feuerstelle. Rory sah ebenfalls hinüber. Dort vor dem Herd lag in einen rotblauen Tartan gewickelt fest schlafend Joey.

„Nichts“, erwiderte Rory. „Ich konnte nur nicht schlafen. Und bevor ich einen der Diener wecke, dachte ich, ich könne selbst in der Küche nach etwas Essbarem sehen.“ Er blickte auf die Trionfikarten auf dem Tisch. „Für ein gutes Kartenspiel bin ich immer zu haben. Wenn ich darf, würde ich gerne mitspielen.“ Ohne auf eine Einladung zu warten, stellte er seine Kerze auf den Tisch und ließ sich auf der Bank gegenüber Seumas nieder.

„Aber sicher, Laird. Selbstverständlich“, sagte Jock, und die beiden Männer setzten sich wieder.

Rory zog eine Krone aus seiner Felltasche und warf sie zu den Münzen in der Mitte des Tisches. „Ihr bleibt lange auf.“

„Ja, wie Ihr“, meinte Jock, während er mit steifen Fingern die Karten mischte. „Wir konnten auch nicht schlafen. Deshalb dachten wir, wir sollten uns die Zeit mit einem harmlosen Spiel vertreiben.“

Die drei hatten noch nicht lange gespielt, als Kinlochlevens Senneschall in die Küche gehinkt kam. Beim Anblick seines neuen Laird blieb er erschrocken stehen und rieb sich die Augen.

„Ihr konntet wohl auch nicht schlafen“, meinte Rory mit einem kurzen Nicken, während er seine Karte abwarf.

Verlegen nestelte der buckelige Mann an den Falten seines Plaids, das er sich vermutlich im Dunkeln allzu hastig übergeworfen hatte. Aus den Augenwinkeln sah er kurz zur Feuerstelle hinüber, blickte in die bestürzten Gesichter seiner Vertrauten und schob sich auf die Bank neben Rory.

Seumas streckte sich und gähnte. „Ach, ich geh ins Bett“, erklärte er und sammelte seinen Gewinn ein. „Entschuldigt Ihr mich, Milord?“

An der Tür stieß er fast mit Pater Thomas zusammen. „Um Himmels willen …“ Erschrocken hielt der Priester inne. Ein schneller Blick auf den schlafenden Joey, dann nickte er höflich. „Guten Abend, Laird.“

Lächelnd betrachtete Rory König, Königin und Buben in seiner Hand. Wachwechsel, dachte er. Seine letzten Zweifel waren ausgeräumt, als auch Jock sich entschuldigte und Seumas hinterher trottete und Davie und Pater Thomas sich zu ihm an den Tisch setzten, um die Nachtwache zu übernehmen.

Gab es etwas Unauffälligeres als zwei Männer, die in der warmen Küche bei einem freundschaftlichen Kartenspiel saßen, während der Hausbursche am Feuer schlief?

Rory legte sein Kartenblatt auf den Tisch, stand auf, ging zu dem Holzstapel neben dem Herd und nahm ein Scheit.

„Lasst mich das machen, Laird", bot sich Davie sofort an und rutschte bereits mühsam von der Bank, um zur Feuerstelle zu humpeln.

„Bleibt nur sitzen. Ich schau schon nach dem Feuer", sagte Rory. Er hockte sich neben die schlafende Gestalt, schürte die Glut erst mit dem Feuerhaken und legte dann ein Holzscheit darauf.

Im Schein des aufflackernden Feuers glänzte Lady Joannas helle Haut. Aller Schmutz war entfernt, das hübsche Gesicht war sauber geschrubbt, ein Hauch von Sommersprossen lag über der wohlgeformten Nase. Der Mund mit den weichen hellroten Lippen war im Schlaf leicht geöffnet, die langen seidigen Wimpern ruhten auf den Wangen. Die Strickmütze war durch eine baumwollene Nachtmütze ersetzt, wie sie für gewöhnlich die Frauen trugen. Im Schlaf war sie verrutscht und gab rote Haarsträhnen preis.

Verdammt und zugenäht! Hielten die ihn für blind? Direkt vor ihm lag das Mädchen in seiner ganzen weiblichen Unschuld.

Er stand auf und drehte sich um. Ihre beiden Gefolgsleute hatten sich von ihren Sitzen erhoben und beobachteten ihn mit sorgenvollen Blicken.

„Der Knabe schläft den Schlaf des Gerechten, nicht wahr?", bemerkte Rory leise lachend.

„Wahrhaftig", antwortete Pater Thomas todernst.

Rory wischte sich den Staub von den Händen, ging zum Tisch zurück und nahm sein Tarotblatt wieder auf. „Wenn Ihr bereit seid, lasst uns endlich anfangen zu spielen. Aber seid gewarnt, es wird Euch schwerfallen, mich zu täuschen."

Die beiden Macdonald-Männer blickten sich an, als teilten sie eine heimliche Freude. „Oh ja, Laird, Ihr seid zweifelsohne ein ganz gerissener Kerl", antwortete Davie, und dabei strahlten seine Glubschaugen wie zwei kleine Leuchtfeuer. „Aber um einen Macdonald auszutricksen, müsst Ihr verdammt früh aufstehen."

„Das freut mich zu hören", erwiderte Rory grinsend. „Allzu schnell mag ich Euch zwei nämlich nicht schlagen. Ein leichter Sieg macht keine Freude."

„Hast du es den Männern gesagt?", fragte Rory, als Fearchar am nächsten Morgen zu ihm in die Bibliothek kam. Auf dem Tisch lagen die Baupläne von Kinlochleven. Während das Innere des Wohnturms mit Kostbarkeiten ausgestattet war, die eher einem englischen Herrenhaus als einer schottischen Burg Ehre machten, mussten die äußeren Wehranlagen dringend repariert und verstärkt werden. Rory beabsichtigte, neue Pläne zeichnen zu lassen, Maurer und Steinmetze zu engagieren und die Festung so schnell wie möglich zu renovieren.

„Sie wissen alle Bescheid." Mit einem fröhlichen Strahlen in dem einen wasserblauen Auge stemmte er grinsend die Hände in die Hüften. „Erst wollten sie es kaum glauben, aber dann konnte ich sie doch überzeugen."

„Sie kennen meinen Befehl? Keiner darf sie anfassen."

„Ich habe sie gewarnt", versicherte Fearchar. „Wer das Mädchen belästigt, ist des Todes."

Zufrieden massierte sich Rory Nacken und Schultern. Er ging über den Teppich zu dem schmalen Fenster, schaute hinaus auf den Küchengarten und genoss einen Moment lang die bukolische Szenerie. Lady Joanna Macdonald schleppte in ihrer Verkleidung als Hausbursche ein großes Bündel Wäsche irgendwohin. Auf ihrem Weg durch die Reihen von Erbsen und Zwiebeln blieb sie stehen und sprach zu dem kleinen Jungen, den Rory am Tag seiner Ankunft angeblich hatte töten wollen.

Die Mutter schaute kurz auf, lächelte glücklich über die fröhlich gurgelnden Laute ihres Jüngsten, dann pflückte sie weiter die grünen Erbsen, die sie in ihrer Schürze sammelte.

Fearchar legte seine großen, vernarbten Hände auf die Baupläne und stützte sich mit seinem beträchtlichen Gewicht auf den Tisch. „Was ist los? Weshalb seid Ihr so mürrisch? Was beunruhigt Euch? Die Tatsache, dass das Mädchen die Enkelin von Somerled Macdonald ist, oder die Erkenntnis, dass es Euch genauso wenig heiraten will wie Ihr sie."

Rory trat vom Fenster zurück und lehnte sich gegen die Wand. „Vielleicht beides, vielleicht auch keines von beidem", gestand er. „Vielleicht liegt es ja nur daran, dass ich immer vorhatte, mir meine Braut selbst auszusuchen, und nie daran gedacht habe, dass ich einmal eine per königlichem Dekret aufgezwungen bekomme."

„He? Ihr habt Euch doch nicht Hals über Kopf in ein hübsches Gesicht und ein nettes Lächeln verliebt? Habe ich da vielleicht etwas verpasst? Ein Kerl sollte immer einen klaren Kopf behalten, nie überstürzt dem Drängen seines Herzen nachgeben – oder gar dem seiner Lenden."

Rory lachte nur über das anzügliche Grinsen seines Cousins. Sie wussten beide, dass Rory viel zu pragmatisch war, um an romantische Liebe zu glauben. Die Wahl seiner Braut würde er niemals auf alberne Mythen gründen, die von Barden und liebeskranken Mädchen weitergetragen wurden.

„Wenn es das ist, mein Freund", sagte Fearchar, „was Euch beunruhigt, dann eilt zurück nach Stalcaire und bittet den König, seine Order noch einmal zu überdenken."

Rory verschränkte die Arme vor der Brust und schnitt eine resignierende Grimasse. „Das wäre nur Zeitvergeudung. Ich habe alles versucht, James diesen törichten Plan auszureden. Ich habe ihm gesagt, dass Lady Joanna die Enkelin des verstorbenen Marquess of Allonby sei. Und da die Nevilles dem englischen Thron immer sehr nahestanden, hat die Jungfer mit Sicherheit auch deren feurige Loyalität zu Henry Tudor geerbt. Durch keines meiner Argumente ließ sich der König umstimmen. Er hat sich einfach geweigert, mir weiter zuzuhören, als ich ihm erklärte, dass es für einen MacLean unmöglich sei, eine Macdonald zu heiraten. Er ist sogar der Ansicht, es sei ein Opfer für ihn, mir zu erlauben, die Seefahrt an den Nagel zu hängen und das prosaische Leben eines Landbesitzers zu führen."

„Na ja, der König hat ja auch verdammt gute Gründe für diese Eheschließung. Das wisst Ihr doch. Lady Joannas Titel und Besitz werden durch die eheliche Verbindung mit Euch bei den MacLeans in sicheren Händen sein und so dem Zugriff ihres missratenen Heerführers Ewen Macdonald entrissen. Nicht um die Loyalität des Mädchens – ob Sassenach oder nicht – ist der König besorgt, sondern nur um die ihres zukünftigen Ehemannes. Ihr englischer Stammbaum macht die zukünftige Allianz natürlich noch wünschenswerter. Durch Eure Heirat wird die schottische Krone einen Stützpunkt in Cumberland gewinnen."

„Der politische Vorteil für James IV. und Schottland ist mir bekannt", erwiderte Rory scharf. „Aber habt Ihr vergessen, dass der Großvater dieser jungen Dame Gideon Cameron ermordet hat? Ich habe einen brillanten Mentor und Verbündeten verloren. Und warum? Nur wegen der Bosheit und Habgier eines streitsüchtigen alten Mannes."

„Wenn das Mädchen willens ist zu vergessen, dass Ihr es wart, der den Red Wolf gefangen genommen und dem Henker übergeben hat", erwiderte Fearchar, „dann sollte es Euch auch gelingen, den Mord an Eurem Ziehvater zu verzeihen. Lady Joanna hat wirklich nichts zu tun mit dieser unseligen Affäre."

„Sie ist eine Macdonald. Das allein brandmarkt sie."

Die Stirn in wütende Falten gelegt, kam Fearchar um den Tisch herum. „Es wird höchste Zeit, dass Ihr endlich eine Braut bekommt", schimpfte er. „Ihr werdet nun mal auch nicht jünger. Und ein verheirateter Mann braucht Besitztümer, die er seinen Nachkommen hinterlassen kann.“

Rory unterdrückte einen Fluch. Man musste ihn nicht daran erinnern, dass er kein Land besaß. Seit er alt genug war, die ganze Bedeutung dieser fatalen Angelegenheit zu begreifen, wusste er auch, dass er als Oberhaupt des MacLean-Clans eines Tages eine Erbin heiraten musste. Nur so könnte er seinen landlosen Gefolgsleuten eine Heimat geben, denn sonst würden sie alle als gebrochene Männer enden oder gezwungen sein, sich als Söldner in fremden Ländern zu verdingen.

In den Jahren, in denen Rory treue Dienste auf See geleistet hatte, hatte er ein beträchtliches Vermögen erworben. Wegen seiner Loyalität zum König hatte er gehofft, eines Tages mit den Besitztümern belohnt zu werden, die einst Somerled Macdonald gehörten. Ein Traum, nicht viel mehr als eine Illusion. Kein Gewinn ohne Preis – und je größer der Gewinn, desto höher der Preis.

„Unzählige Männer würden ihren rechten Arm geben, um mit Euch zu tauschen“, erinnerte Fearchar ihn. „Außerdem braucht das Mädchen einen starken Mann, der ihren Besitz vor denen schützt, die ein argloses Weib übervorteilen wollen. Als ihr Ehemann seid Ihr der Laird über tausende Hektar Land, über Pächter und Vieh, über Getreidekammern und Kornmühlen, über Schmieden und Steinbrüche. Mein lieber Freund, ein solches Angebot schlägt man doch nicht so leichtfertig aus.“

„Ach ja, alles ist perfekt.“ Rory zog verächtlich die Mundwinkel herunter. „Ich bekomme eine Braut, die auf der einen Seite von einer langen Reihe schottischer Verräter und auf der anderen von unserem uralten Feind abstammt. Oh verdammt, ich weiß nicht, was schlimmer ist: dass sie eine halbe Macdonald oder dass sie eine halbe Sassenach ist.“

Fearchar schlug Rory fest auf die Schulter. „Das Mädchen kann nun wirklich weder was dafür, dass sie halbe Engländerin ist, noch dass ihr Großvater der Red Wolf of Glencoe war.“

Unwillkürlich musste Rory lachen. „Hübsch ist sie ja. Das

will ich gar nicht leugnen. Und sie riecht auch verdammt gut."

Fearchar sah ihn amüsiert an. „Himmel, wie wollt Ihr das denn wissen? So nahe seid Ihr der Jungfer doch noch nie gekommen."

„Ihr Parfüm hing noch in ihrem Kopfkissen", gestand Rory grinsend. „Die Maid von Glencoe mag ja einer langen Reihe von Verrätern abstammen, aber sie duftet wie der Rosengarten meiner Mutter."

Nicht nur das Kissen, das ganze Bett – Matratze, Oberbett und Vorhänge –, alles war mit dem berauschenden Duft einer von Blüten überrankten Laube erfüllt. Er war in der Nacht mit dem Gefühl aufgewacht, neben ihm läge ein süßes, molliges Weib, und mit einem Hahnenkamm, der einem Seemann alle Ehre machte, der zehn Monate keinen Landgang gehabt hatte. Am Morgen hatte er der Haushälterin barsch befohlen, das Bett frisch zu beziehen und die Kammer gründlich zu lüften.

Rory nahm den Brief, den er geschrieben hatte, bevor Fearchar gekommen war. Er bestäubte das Schreiben mit Sand, faltete es und versiegelte es mit seinem Ring. Danach legte er den Brief zu einem Paket und mehreren anderen Briefen. Alles band er mit einem Faden zusammen.

„Schickt mir Arthur", sagte er zu Fearchar. „Mein Diener muss etwas zur *Sea Dragon* bringen. Auf dem Weg kann er in Stalcaire ein paar Briefe und ein Paket abliefern, das ein Kleid von Lady Joanna enthält. Lady Emma soll danach die Maße für das Brautkleid nehmen. Auf dem Rückweg kann Arthur dann Lady Emma und meinen Onkel zusammen mit Lachlan und Keir nach Kinlochleven begleiten."

Fearchar sah ihn überrascht an. „Eure Familie kommt hierher?"

Grinsend lehnte sich Rory gegen den Tisch. „Wir feiern die Hochzeit, sobald sie hier eintreffen. In der Zwischenzeit zeigen wir dem Clan der Macdonalds, dass die MacLeans auch ein paar Tricks auf Lager haben. Wenn alle Burginsassen sich verschwören können, um Lady Joannas Identität geheim zu halten, dann können wir sie auch ein paar Tage lang in dem Glauben lassen, dass wir nicht entdeckt haben, dass ihr Hausbursche meine süße kleine Braut ist."

Fearchar nickte zustimmend. „Ihr wollt ihnen also ihren Betrug mit gleicher Münze heimzahlen."

„Richtig", gab Rory zu. „Vor allem aber sollen sie sich in Sicherheit wähnen. Solange sie überzeugt sind, dass wir glauben, Joey Macdonald sei der Hausbursche, werden sie nicht versuchen, Joanna heimlich aus Kinlochleven fortzuschaffen. Ich will nicht eines schönen Morgens aufwachen und feststellen, dass sie über alle Berge ist. Bis die Eheversprechen abgegeben sind, habe ich vor, meine hinterhältige kleine Braut im Auge zu behalten."

Zu Joannas Ärger machte der Sea Dragon keinerlei Anstalten, die Burg zu verlassen. Er schlief in ihrem Bett, aß ihre Vorräte und erteilte Befehle, als sei er der König von England. Und als ob das noch nicht genug wäre, trieben sich seine Männer in der gesamten Festung herum. Sie praktizierten Schwertspiele im Burghof, marschierten auf den Wehranlagen auf und ab, stellten ihr Vieh in den Scheunen unter und lungerten wie ausgehungerte Flegel um das Backhaus.

Als Joanna über den unteren Burghof ging, hörte sie den riesigen Spießgesellen des Dragon nach ihr rufen. Fearchars hellblondes Haar, der Vollbart, der goldene Ohrring, die Narben, die schwarze Augenklappe, der massige riesige Körper – das alles erinnerte sie an einen Wikinger. Als Kind hatte ihr Maude von den Nordmännern erzählt, die einst eine Plage an der Küste Schottlands gewesen waren.

„Du sollst sofort zum MacLean kommen, Bürschlein", brüllte Fearchar. „Wenn du dir keine fangen willst, dann läufst du besser so schnell du kannst in den Wohnturm."

Joanna nickte und machte sich auf den Weg. Sie flitzte mitten durch eine Schar von Enten und Gänsen, die ihr flügelschlagend und erbost schnatternd auswich. In einem Kilt zu rennen, ist wesentlich leichter als in einer langen Robe, dachte Joanna, während sie zum oberen Burghof hetzte, zu der Tür, die zum Wohnturm führte. Sie erreichte den offenen Durchgang zum Hauptturm, hastete vorbei an Seumas, der ihr erschrocken nachblickte, schlitterte über den Steinboden der Vorhalle und kam direkt vor dem Sea Dragon zum Stehen.

Breitbeinig, die Hände in die Hüften gestützt, stand MacLean da. Eine goldene ziselierte Nadel hielt das schwarz-grün gemusterte Plaid an der Schulter über dem weiten safranfarbenen Hemd. Seine blank gewienerten Schuhe schmückten goldene Schnallen, die zu den Rosetten an seinen karierten Strümpfen passten. Die Scheide seines langen Dolches zierte ein wunderschönes keltisches Muster.

Wahrhaftig, das Bild eines Hochland-Lairds! Und wieder war dieser Laird wütend.

Seine wettergegerbten Gesichtszüge besaßen die Ausstrahlung einer frisch geschärften Axtklinge. Ein erregendes Gefühl von Bewunderung und gleichzeitig Angst vor dem nahezu unbezwingbaren Feind durchrieselte sie. Als *schön* würde man ihn nie beschrieben haben. Der wilde Krieger, der da vor ihr stand, erinnerte sie eher an Phrasen wie *Ehrfurcht gebietend* oder *beängstigend imposant.*

„Wünscht Ihr mich zu sprechen, Milord?“, fragte sie und dankte dem Himmel zugleich mit einem Stoßgebet, dass ihre Stimme tiefer war als die der meisten Frauen. In den Jahren ihres Aufenthalts auf Allonby Castle in Cumberland hatte sie von ihrer Tante Clarissa mehr als einmal zu hören bekommen, dass sie eine Stimme wie eine alte Whiskeyvettel habe.

„Ja!“ Seine Antwort klang wie das grollende Drohen eines entfernten Donners. „Da hinein“, sagte er mit einer Kopfbewegung in Richtung der kleinen Bibliothek, in der er seinen

Schreibtisch eingerichtet hatte.

Joanna schluckte ein paarmal, versuchte etwas zu antworten, brachte aber kein Wort heraus. Es gab eben keinen plausiblen Vorwand, um nicht allein mit ihm zu sein. Deshalb nahm sie all ihren Mut zusammen, ging mit zitternden Knien voran in das Drachenlager. Mitten auf dem edlen indischen Teppich, den sie aus Cumberland mitgebracht hatte, blieb sie stehen, steckte die Daumen hinter den Gürtel und wartete auf das nahende Unheil. Sie biss die Zähne zusammen, damit sie nicht aufeinanderschlugen, und blickte dem Kriegsherrn ins Gesicht. Dabei musste sie den Kopf in den Nacken legen, denn groß war sie nicht, maß nicht viel mehr als einen Meter fünfzig und hatte mit ihren siebzehn Jahren auch wenig Hoffnung, noch zu wachsen. Gütiger Gott im Himmel, dachte sie. Der Blick aus diesen Augen ist ja so frostig kalt, dass er Loch Leven selbst im Sommer zum Einfrieren bringt. Dennoch, schwor sie sich, er mag mir drohen, womit er will, nie und nimmer gebe ich meine wahre Identität preis.

Mit heißen Eisen konnte er sie brennen! Bei den Daumen an den Dachsparren aufhängen! An Händen und Füßen gefesselt in den Burggraben werfen! Welche Höllenqualen seinem abscheulichen Hirn auch einfielen, nie und nimmer wollte sie ihm verraten, dass sie die Maid war, an der sich dieser lüsterne MacLean mit seinen gierigen, rohen Händen vergreifen wollte. *Niemals!*

Rory beobachtete das Mädchen. *Sie strengt sich ja mächtig an, mutig zu sein.* Doch trotz der Schmutzschicht in ihrem Gesicht war es ihr nicht gelungen, die Sommersprossen auf Nase und Wangenknochen zu verbergen, fand er und musste an sich halten, um nicht über ihre Tollkühnheit zu lächeln.

„Wie heißt du, Bursche?“, fuhr er sie grimmig an.

„Joey Macdonald.“

„Wer sind deine Eltern?“

Lady Joanna straffte die Schultern, ihre dunkelblauen Augen glänzten rebellisch. „Ich habe keine Eltern ... und auch keine Großeltern.“

„Du bist also eine Waise?“

„So nennt man wohl für gewöhnlich ein Kind ohne Eltern“, antwortete sie aufsässig.

Rory ahnte, weshalb sie sich so ungebührlich benahm. Die Fragen schmerzten sie. „Wer waren denn deine Eltern, Bürschlein?“, fragte er deshalb in nicht so strengem Ton.

„Mein Vater starb bei Stirling in der Schlacht gegen den alten König. Meine Mutter starb vor zwei Jahren.“

„Dein Vater war also ein Verräter.“

Das Mädchen ballte die Hände zu Fäusten. „Mein Vater war ein Held!“, erklärte sie stolz. „Er hat acht Männer getötet, bevor ihn das Kanonenfeuer von den Bergen erwischte.“

Joanna musste sieben oder acht Jahre alt gewesen sein, als sie ihren Vater verlor. Und wäre der Mann nicht im Kampf gestorben, hätte man ihn sowieso zusammen mit dem Rest der Rebellen gehängt. Doch das wollte Rory seiner zukünftigen Braut nicht auch noch erklären. Irgendwie rührten ihn ihr Stolz und ihre Beharrlichkeit. Er dachte an seine eigene Kindheit. Im Alter von acht Jahren war er von einem Anhänger Stewarts in Pflege genommen worden. Einsam war er gewesen, hatte sich ständig vor den anderen Jungen beweisen wollen und sich genau so unverschämt verhalten wie Joanna. Er musste Gideon Camerons Geduld wirklich auf eine harte Probe gestellt haben.

„Ich habe daran gedacht, dich Fearchar zu übergeben, damit er aus dir einen guten Krieger macht.“ Er schwieg eine Weile und verfolgte, wie Joanna ein paarmal entsetzt schluckte. Das zerlumpte Hemd war viel zu groß für die zierliche Figur, und das fadenscheinige rot und blau karierte Plaid konnte einem ausgewachsenen Mann gehört haben. Selbst die ausgetragenen Schuhe waren viel zu groß. „Die rigorose Disziplin meines Gefolgsmannes mag ja äußerst lehrreich sein“, fuhr er dann lächelnd fort, „aber ich bin mir nicht sicher, ob du überhaupt das Zeug zu einem guten Krieger hast."

In dem Moment tauchte Jock Kean an der Türschwelle auf. „Ihr habt nach mir geschickt, Laird?"

Rory nickte und bedeutete dem Mann einzutreten. „Neben deinen Pflichten im Haus", wandte Rory sich wieder an Joanna, „wirst du nachmittags unter der Aufsicht des Stallmeisters im Stall arbeiten. Deine erste Aufgabe wird heute sein, die Ställe auszumisten."

Jock trat ein paar Schritte näher und nahm seine grobe Wollmütze von der Glatze. Die Augen in dem runden Gesicht blitzten fröhlich, als er Joanna prüfend anschaute. „Dann nehme ich das Bürschlein mal unter meine Fittiche", sagte er freudestrahlend. „Ich passe auf, dass er immer was zu tun hat und keinen Ärger bekommt."

Mit vor der Brust verschränkten Armen stand Rory da und wartete, ob die Sassenach-Erbin nun endlich ihr Geheimnis verriet.

Doch Joanna drängte sich näher an den glatzköpfigen, vergnügten Gnom und richtete ihre großen blauen Augen auf Rory. „Ich werde Jocks Befehlen gehorchen, Laird", versprach sie. „Ausmisten kann ich, ... und mit Pferden kann ich auch gut umgehen, ... ganz bestimmt."

„Worauf wartest du dann noch?", brüllte er sie an. „Raus! In die Ställe! An die Arbeit mit dir!"

Sie verbeugte sich tief. „Sehr wohl, Milord", antwortete sie mit gesenktem Kopf und einer Spur von Spott in der Stimme. „Danke, Milord."

Leider sah Rory nur die Strickmütze mit den Mottenlöchern, aber er hätte schwören können, dass die freche Göre grinste.

Bevor Joanna wieder einen klaren Gedanken fassen konnte, erschien an der Tür Maude Beaton, die man mittlerweile als das ehemalige Kindermädchen der verschwundenen Erbin identifiziert hatte. Sie knickste, als Rory sie fragend ansah. „Pardon, Milord“, begann sie leise, „der Bursche wird in der Spülküche gebraucht.“

„Joey wird in den Ställen arbeiten“, antwortete er ärgerlich. „Und, Weib, unterbrecht mich nicht noch einmal, wenn ich mit jemandem spreche. Egal, welchen Grund Ihr habt.“

„Bestimmt nicht, Laird.“ Die große kräftige Frau richtete ihre grauen Augen ernst auf Joanna, dann drehte sie sich um und ging. Jock folgte ihr auf dem Fuße.

„Du kannst auch gehen, Bursche!“

„Danke, Milord“, antwortete Joanna grinsend.

„Ach, noch eins, Joey“, sagte Rory, dem in der Art, wie sie jungenhaft zur Tür stolzierte, ihre neue Zuversicht auffiel.

Joanna blieb stehen und sah sich um.

„Solltest du mir noch einmal so freche Antworten auf meine Fragen geben, dann werde ich dich höchstpersönlich disziplinieren. Und wenn das der Fall ist, dann wirst du wünschen, ich hätte Fearchar befohlen, dir die Haut von deinem mickrigen kleinen Knochengerüst abzuziehen, dir die Rippen aus der Brust zu brechen und dir damit den Kopf in die Schultern zu schlagen.“

Das Mädchen floh aus der Kammer, ohne sich noch einmal umzuschauen. Grinsend schüttelte Rory den Kopf. Es widerstrebte ihm zwar, aber irgendwie musste er sie einfach bewundern. Diese störrische Göre besaß Mumm. Die Vorstellung, einen so lebendigen Kobold im Bett zu haben, brachte sein Blut in Wallung und erzeugte unerwartete Lustgefühle. Der Teufel sollte ihn holen. Er freute sich doch nicht etwa auf seinen Hochzeitstag?

Nahezu ein Dutzend ihrer Gefolgsleute warteten vor der Bibliothek auf Joanna, um ihr jederzeit auf ihren Hilferuf hin Beistand zu leisten.

„Alles in Ordnung?“, erkundigte sich Davide Ogilvy leise,

während er neben ihr her durch die Vorhalle schlurfte.

„Hat er Euch verletzt?“, wisperte Jacob und ballte drohend seine mächtigen Fäuste.

Sicher begleitet von ihrem Burgvogt und dem Clangeistlichen schritt Joanna über die Südgalerie zur Kapelle. „Er hat nicht Hand an mich gelegt“, erklärte sie mit einem zufriedenen Grinsen, „aber ich hoffe, das war in meinem Leben das erste und letzte Gespräch mit dem Sea Dragon.“

Pater Thomas legte eine Hand auf ihre Schulter. „Ich fürchte, diese Farce wird ein tödliches Ende nehmen“, sagte er leise, und seine dunklen Augen blickten sie dabei traurig an.

„Als wir Eurem Plan zustimmten“, begann Seumas und trat dabei näher, „dachten wir, der Rächer des Königs würde noch am Tag seiner Ankunft auf der Suche nach Euch nach Mingarry Castle reiten.“

„Gebt nicht so schnell auf“, versuchte Joanna ihnen Mut zu machen. „Wir müssen den MacLean nur so lange zum Narren halten, bis Ewen kommt und uns rettet.“

Seumas rieb sich sein bärtiges Kinn. „Das ist zu gefährlich. Ihr könnt diese Täuschung nicht länger aufrechterhalten, Milady“, warnte er.

„Doch! Ich kann“, widersprach sie. „MacLean stand dicht vor mir und hatte absolut keine Ahnung, dass ich ein Mädchen bin. Ihn kann man genauso leicht täuschen wie den Rest dieser Idioten.“

Ängstlich drückte sich Idoine näher an ihre Mutter. „Er wird dich vielleicht hängen lassen, wenn er es herausfindet.“

„Und wenn schon!“, erwiderte Joanna mit einer hochmütigen Kopfbewegung. „Hauptsache, er heiratet mich nicht zuerst.“

Einige ihrer Gefolgsleute lachten leise über die kühne Bemerkung, aber die meisten sahen ihre Herrin nur traurig an. Im Augenblick schienen sie zu glauben, dass ihr wirklich nur die Wahl zwischen Hängen und Heiraten bliebe.

Maude presste die Hände auf ihre geröteten Wangen und blickte traurig den Priester an. „Vielleicht sollten wir doch versuchen, mein kleines Lämmchen aus der Burg zu schmuggeln."

Pater Thomas nickte. „Das wäre wohl das Beste."

Obwohl alle Mitglieder ihres Haushalts loyal zu Joanna standen, hatte sie seit ihrer Rückkehr nach Kinlochleven mit ihrem Großvater vor zwei Jahren noch nicht die Anerkennung des gesamten Clans erlangen können. Doch seit dem Tod ihres Großvaters führte sie den Clan und war fest entschlossen, ihm zu helfen.

„Mein Herz schlägt für das Hochland, und hier werde ich bleiben", erklärte sie voller Leidenschaft. „Wenn Joey Macdonald jetzt verschwindet, wird der MacLean sofort Verdacht schöpfen. Und dann seid ihr alle in Gefahr." Sie zupfte Beatrix am Ärmel. „Habt Ihr Nachricht von Ewen?"

„Noch nicht. Vielleicht ist er nach Stalcaire Castle geritten. Ich hoffe inständig, dass mein Mann bereits beim König vorspricht und ihn bittet, diese tragische Missallianz aufzuheben und Euch stattdessen die Heirat mit Andrew zu gestatten."

„Dann warten wir, bis Laird Ewen zurückkommt", erklärte Joanna. „Beruhigt Euch, Cousine", wandte sie sich an Idoine, die sie verängstigt ansah. „Ich werde es nicht zulassen, dass der Sea Dragon Euch heiratet. Wenn es wirklich so weit kommen sollte, dann werde ich bestimmt meine wahre Identität enthüllen."

Als Idoine unsicher nickte, zog sich Joanna die Strickmütze weit über die Ohren, damit auch keine Strähne ihres verräterischen roten Haars unter dem blauen Rand hervorlugte. „In der Zwischenzeit spiele ich weiter meine Rolle als Hausbursche."

Trotz der unangenehmen Begegnung mit dem Sea Dragon, die sie gerade hinter sich hatte, machte Joanna ihr Rollentausch Spaß. Sie streifte viel lieber frei über das Gelände der Burg, als zusammen mit ihrer Cousine in den Lichthof verbannt zu sein und zu sticken.

„Seid vorsichtig, mein Kind“, warnte Pater Thomas sie erneut. „Wenn möglich, haltet Euch von den MacLeans fern.“

Joanna hatte keine Angst, den Zorn des Sea Dragon erneut zu provozieren. Natürlich wollte sie sich nicht gern noch einmal durch seine feurige Zunge versengen lassen oder die Kälte dieses eisigen Blickes spüren, aber wie Jeanne d'Arc, ihre bewunderte Heldin, wollte sie lieber auf dem Scheiterhaufen brennen, bevor sie ihre Identität preisgab.

„Ich muss meinen Pflichten nachkommen, Pater. Wenn ein Hausbursche herumlungert, dann findet ganz schnell jemand eine Arbeit für ihn. Und wenn einer der MacLeans nachsieht, was dieser Joey Macdonald macht, dann sollte er mich wohl besser in den Ställen beim Ausmisten finden.“

„Ach, Lämmchen, ich habe Angst um Euch“, jammerte Maude. Liebevoll nahm sie Joanna in die Arme, drückte sie an ihren vollen Busen und küsste sie auf die Stirn.

Joanna schluckte ein paar Tränen hinunter. Als Kind, wenn sie sich fürchtete, hatte ihr ehemaliges Kindermädchen sie genauso getröstet.

Einen Moment lang schwiegen alle. Niemand äußerte, was sie alle so sehr bedrückte: die Perversität der MacLeans. Insgeheim erzählten sich die Macdonalds nämlich, dass ihre alten Feinde nicht nur unverbesserliche Seeräuber waren, sondern es ging auch das Gerücht, dass sie Unzucht trieben mit den Meerjungfrauen, die sie zu sich an die Felsenküsten lockten.

Falls die MacLeans Joannas List durchschauten, dann würde sie bald mit dem personifizierten Bösen verheiratet sein.

Zu Joannas Pflichten als Hausbursche gehörte es, den Wohnturm der Burg mit Holz zu versorgen und es bei den vielen Kaminen aufzustapeln. Am Abend nach ihrer riskanten Unterredung mit dem MacLean fand Fearchar sie in der Küche. Dort saß sie am Tisch und aß in aller Ruhe einen Apfel. Er befahl ihr, einen weiteren Arm voll Feuerholz in die

Schlafkammer des Lairds zu bringen. Joanna unterdrückte den brennenden Wunsch, den bärtigen Koloss darüber aufzuklären, dass es ihre eigene und nicht MacLeans Schlafkammer war. Doch sie rutschte wortlos von der Bank und tat, wie ihr befohlen.

Seit der Ankunft des Sea Dragon war Joanna nicht mehr in ihren persönlichen Gemächern gewesen. Die Vorstellung, ihre eigene Kammer in der Verkleidung eines Hausburschen zu betreten, amüsierte sie köstlich.

Die Tür stand halb offen, deshalb klopfte Joanna nicht an. Hinter der Türschwelle blieb sie stehen. Vor der Feuerstelle war ein großer, hölzerner Badezuber aufgestellt worden, und MacLeans Diener Arthur Hay war dabei, heißes Wasser in das dampfende Behältnis zu gießen. Zu spät erkannte Joanna den Grund, weshalb sie die weiteren Holzscheite heraufbringen sollte. Der Sea Dragon wollte ein Bad nehmen.

„Steh nicht herum und gaff!“, schimpfte Arthur. „Leg die Scheite in den Kasten!“

MacLean saß auf ihrer dicken Daunenmatratze und zog sich Strümpfe und Schuhe aus. Geistesabwesend blickte er zu ihr herüber. Er schenkte ihr genauso wenig Beachtung wie dem Jagdhund, der ihr in die Kammer gefolgt war. Dann stand der MacLean auf und begann, seine Gürtelschnalle zu öffnen.

Fast wäre sie vor Schreck gestolpert, als sie die behaarten, muskulösen Waden und die nackten Füße bemerkte, die unter dem Saum des Plaids hervorlugten. Verschämt richtete sie den Blick auf die Holzscheite in ihrem Arm und kämpfte gegen die lähmende Verlegenheit, die sie zu entlarven drohte. Tausend Gedanken schwirrten ihr durch den Kopf, während sie mit unsicheren Schritten zur Feuerstelle ging. Hinter sich hörte sie leises Rascheln – so wie es sich anhörte, wenn jemand seine Kleider auszog. Das Herz schlug ihr bis zum Hals. Gütiger Gott! Wenn sie nicht schleunigst die Kammer wieder verließ, würde es zu spät sein!

„Leg noch ein paar Scheite aufs Feuer, Bursche!“, befahl MacLean.

„Sehr wohl, Laird“, murmelte Joanna, tief über ihre Arbeit gebeugt.

Während sie auf den Knien vor dem Kamin hockte, fiel ihr plötzlich ein, welch einzigartiger Glücksfall ihr beschieden war. Das war die Gelegenheit herauszufinden, ob die Geschichten, die man ihr als Kind erzählt hatte, stimmten! Sie musste sich nur lange genug hier aufhalten, um einen kurzen Blick auf MacLeans nacktes Hinterteil werfen zu können. Eigentlich glaubte sie ja nicht, dass er einen Schwanz hatte – aber wer wusste das schon?

Sie biss sich auf die Unterlippe. Ihr Mund war trocken vor Angst. Ein schnöder Plan, dachte sie. Beschämend. Ein Jahr lang werde ich Buße tun müssen, wenn ich Pater Thomas das beichte. Doch es war so verlockend – zu schön, um sich diese Gelegenheit entgehen zu lassen.

Gemächlich, ein Scheit nach dem anderen, legte Joanna das Holz in das brennende Feuer. Dann stand sie langsam auf und blickte in die orangerot lodernden Flammen. Wie das Höllenfeuer, dachte sie.

„Das Wasser ist bereit, Laird“, meldete Arthur.

„Und ich auch“, wisperte Joanna zum Kamin, straffte die Schultern und drehte sich auf dem Absatz herum. Was für ein Bild! Heiliger Ninian, beschütze mich!, flehte sie starr vor Schreck.

Ein Leinentuch locker um die Hüften gewickelt, stand MacLean hinter dem Zuber und schaute Joanna an. Seine Haut war sonnengebräunt, prall von Muskeln waren die breiten Schultern und die Arme. Unglaublich, aber so, barfuß und halb entkleidet, wirkte er noch größer als sonst.

Joanna blieb fast die Luft weg. Heiße Röte stieg ihr vom Nacken bis in die Wangen. Wie gebannt starrte sie MacLean an.

Am rechten Arm des Kriegers war mit grünblauer Tinte

das Zeichen einer dreiköpfigen Seeschlange eingebrannt. Wie ein urtümliches heidnisches Band schlängelte sich der überlange Körper um seinen Oberarmmuskel. Zwischen den fast nicht erkennbaren Brustwarzen hing ein Medaillon. Krauses goldbraunes Haar bedeckte seine Brust. Das dicke, dreieckig geformte Haarvlies dünnte sich nach unten hin zu einer schmalen Linie aus, die über den flachen Bauch unter das Leinentuch verschwand, das seine Blöße verbarg. Die Schenkel, die unter dem Stoff zu erahnen waren, glichen Baumstämmen. Sein Körper war voller Narben vom Kampf. Eine schlecht verheilte alte Wunde, die ihn fast das Leben gekostet haben musste, lief vom Brustbein bis hinunter zum letzten Rippenbogen.

Joanna verspürte einen unbekannten Schmerz, einen seltsamen Schmerz, der sie ruhelos machte und irgendwie mit angespannter Erwartung erfüllte – obwohl sie keine Ahnung hatte, was sie erwartete.

Goldenes Haar und goldene Haut. Der MacLean war das heidnischste Wesen, dem sie je begegnet war – und das schönste.

Als er die Hand an die Taille legte, um das Tuch zu entfernen, rannte Joanna zur Tür. Das leise Plätschern des Wassers, als er sich im Zuber niederließ, klang in ihren Ohren wie der Trompetenruf zum Jüngsten Gericht. Sie floh aus der Kammer, sauste die Treppe hinunter, so schnell ihre klobigen, viel zu großen Schuhe sie trugen, und vernahm dabei mit Schrecken, wie ein sonores, männliches Lachen ihre überstürzte Flucht begleitete.

In dieser Nacht träumte sie von dem Sea Dragon. Schlafend lag sie wieder in ihrem eigenen Bett, als er mit beiden Händen die Vorhänge öffnete. Mit erhobenen Armen stand er über ihr, die langen Finger hielten die Enden der schweren Brokatvorhänge.

„Wacht auf, meine Süße“, raunte er verführerisch.

Nur mit seinem Plaid angetan, blickte er Joanna an. Im flackernden Licht der Kerze glänzten seine grünen Augen so unerklärlich begehrlich, dass sie eine Gänsehaut bekam. Mit zitternder Hand fuhr sie unter die Falten seines Tartans, strich mit den Fingerspitzen über die eisenharten Muskeln an seinen Schenkeln. Bei ihrer Berührung sog er scharf die Luft ein, zog sich aber nicht zurück.

Das nackte männliche Fleisch seiner Schenkel weckte eine in ihrem Innern schlummernde, überwältigende Lust. Immer schneller und flacher ging ihr Atem. Ihr Herzschlag beschleunigte sich zum Galopp, ihr Körper spannte sich und bebte. Wie in Trance stand Joanna auf, fiel auf die Knie und zog sich ihr Nachthemd über den Kopf. Das lange rote Haar bedeckte Schultern und Brüste. Der Sea Dragon schob ihre Lockenpracht beiseite, um ihre rosigen Knospen zu enthüllen. So intensiv und begierig wanderte sein Blick über ihre intimen Körperstellen, dass ihre Haut zu glühen schien, als ob er sie mit seinem feurigen Drachenatem versengt hätte.

„Kommt mit mir, Joanna", drängte er mit heiserer Stimme.

„Wohin?", fragte sie flüsternd.

„Kommt und schwimmt mit mir im Loch, meine kleine Nymphe. Ich werde Euch Freuden zeigen, die nur die Seejungfrauen kennen."

Sie wickelte die Goldkette, an dem sein Medaillon hing, um ihren Finger. „Das darf ich nicht", sträubte sie sich sanft. „Eine tugendhafte Maid sollte sich nicht mit einem wilden Sea Dragon abgeben."

Sein Lächeln war unwiderstehlich. „Dann baden wir hier, meine Liebe. Oder habt Ihr auch in Eurer eigenen Schlafkammer Angst vor mir?"

Jetzt erst bemerkte sie den Badezuber vor dem knisternden Feuer.

MacLeans Gegenwart schien sie zu überwältigen, alle Zweifel auszuräumen, all ihre jungfräuliche Wohlerzogenheit fortzuspülen. „Ich fürchte mich nicht", erklärte sie so hemmungslos wie eine Dirne.

Sofort ging er zu dem dampfenden Wasser, schnallte seinen Gürtel auf, ließ das Plaid fallen und beugte sich über den Zuber.

Fasziniert und schockiert zugleich starrte sie auf den nackten Körper. Beachtlich muskulös die breiten Schultern, gertenschlank der Oberkörper, jede Rippe zu sehen. Weiter glitt ihr Blick und folgte der Wirbelsäule den Rücken hinunter bis zu seinem Gesäß. Erschrocken kniff sie die Lippen zusammen. *Gütiger Gott, es war genau so, wie sie es befürchtet hatte.*

Ein langer, schuppiger Drachenschwanz – exakt die Farbe seiner Augen – schwang über seinem Hinterteil hin und her ...

Zitternd vor Erregung und Entsetzen fuhr Joanna hoch. Nur ein Traum, versuchte sie sich zu beruhigen. Nur der absurde Zauber ihrer schlaftrunkenen Einbildung.

Erschüttert von ihrer eindeutigen Reaktion auf MacLeans Traumbild hielt sie sich die Faust vor den Mund und starrte auf die Balken an der Küchendecke. Zwischen ihren Schenkeln unter der Baumwollhose fühlte es sich feucht und warm an. Sie krümmte den Rücken, als ein lang gezogenes, schmerzliches Beben durch ihren Körper brandete.

Tief in ihrem Inneren wünschte sie, dass er sie finden würde. Dass er sie zu ihrem Ehebett tragen würde und ihr die Freuden zeigte, die nur die Seejungfrauen kannten.

Joanna hielt sich die Hände vors Gesicht und stöhnte, als das Bild des splitternackten MacLean hinter ihren geschlossenen Lidern auftauchte. Bei allen Seelen im Fegefeuer, wie sollte sie jemals wieder diesem scharfsinnigen Blick aus den grünen Augen begegnen können?

3. KAPITEL

Am folgenden Tag kehrten die Männer, die Rory nach Mingarry Castle gesandt hatte, mit der Nachricht zurück, dass sie Ewen Macdonald dort nicht angetroffen hatten. Lady Joannas Cousin und Heerführer des Clans war bereits nach Stalcaire geritten, vermutlich um dort um eine Audienz beim König zu bitten.

Rory nahm die Botschaft kommentarlos entgegen. Er wusste, das Ewens Bitte vergeblich sein würde. In Kürze würde Rory die Maid of Glencoe heiraten, trotz aller Einwände und Bittgesuche.

Das Bild von Joanna, wie sie mit offenem Mund und großen erschrockenen Augen in seiner Schlafkammer stand, ließ ihn nicht los. Zunächst war ihr Blick, mit dem sie seinen fast nackten Körper angeschaut hatte, voller Unschuld und Staunen gewesen, sodass ihm ihre anschließende plötzliche und heftige Reaktion unverständlich war. Diese halbe Portion von einem als Junge verkleideten Mädchen hat mich angestarrt, als sei ich ein Barbar, überlegte er. Unglaublich, das Mädchen war zwar so unbedeutend wie eine Stechmücke, aber genauso irritierend.

Um seiner Rastlosigkeit und Ungeduld Herr zu werden, entschloss Rory sich, mit Fraoch einen scharfen Galopp durchs Gelände zu machen. Auf der Burg fühlte er sich wie eingesperrt. Er war an das weite, offene Meer gewöhnt. Ein Deck, das sich unter seinen Füßen bewegte, der Wind, der in den Masten heulte, das beruhigende gleichmäßige Klatschen der Wellen gegen den Bug waren nicht zu vergleichen mit dem Lärm und dem Trubel auf Kinlochlevens unterem Burghof.

Rory betrat den kühlen, halbdunklen Stall, um seinem Pferd selbst Zaumzeug und Sattel anzulegen. Das lose Stroh auf dem gestampften Boden dämpfte seine Schritte. Nur die Pferde in ihren Boxen begrüßten ihn mit leisem Schnauben.

Er blieb stehen, als er Joanna bemerkte. Sie kauerte auf einem Bündel Stroh und lugte durch die Spalten zwischen den Latten von einer Pferdebox in die nächste. Ihre Arbeit schien völlig vergessen. Dank seiner Größe fiel es Rory nicht schwer, die Vorgänge in der angrenzenden Box zu überblicken. Tam MacLean hatte sein hinderliches Plaid neben sich im Stroh liegen und eins der hübschen Milchmädchen nahezu völlig unter sich in einem Strohballen begraben. Die Röcke des Mädchens waren bis zu ihren Hüften hochgeschoben, ihre plumpen weißen Schenkel hielten Tams Flanken, während der Soldat, den Mund auf ihren prallen Busen gedrückt, mit rhythmischen Bewegungen in sie drang. Die Finger in Tams flachsgelbes Haar gekrallt, spornte die dralle Magd ihren Liebhaber wimmernd und stöhnend an.

Grinsend packte Rory Joanna beim Kragen. Vor Schreck schrie sie auf und alarmierte damit die beiden Liebenden, die hastig voneinander ließen und in aller Eile ihre derangierte Kleidung in Ordnung brachten. Mit einem bedeutungsvollen Blick trieb Rory Tam und das vor Scham blutrote Milchmädchen aus dem Stall.

„Fällt dir nichts Besseres ein, als den Erwachsenen nachzuspionieren?“, brüllte Rory seine zukünftige Braut mit gespielter Wut an.

„Ich habe nicht spioniert“, verteidigte sich Joanna. „Ich habe Marys Stöhnen gehört und dachte, der niederträchtige Teufel würde ihr wehtun. Ich hatte schon die Mistgabel gepackt, um ihn damit zu erstechen. Doch dann begann sie zu betteln, dass er nicht aufhören solle, und deshalb habe ich erst mal abgewartet, was als Nächstes passiert.“

Der Schreck stand dem Mädchen noch in den riesigen Augen, und Rory verstand, dass sie wohl die Wahrheit sagte. Offensichtlich hatte sich bislang niemand die Mühe gemacht, der tugendhaften kleinen Jungfer den Vorgang der Fortpflanzung zu erklären. Er versuchte, ihr ans Komische grenzendes, verblüfftes Mienenspiel zu übersehen und nicht zu lachen. „Und wann hast du endlich bemerkt, dass er ihr nicht wehtat?"

Joanna zog die Schultern hoch und blickte auf ihre abgewetzten Schuhe. „Ziemlich bald konnte ich mir vorstellen, was sie da trieben", gestand sie rot vor Scham. „Allerdings sollten sie damit warten, bis sie verheiratet sind."

Nun musste Rory doch lächeln. Die Entrüstung in der rauchigen Stimme war nicht zu überhören. „Das stimmt wohl, aber die Menschen warten nicht immer", antwortete er.

Joanna zog die rotbraunen Brauen zusammen und schob sich die Strickmütze tiefer über die Ohren. „Ich verstehe nicht, warum", erklärte sie leise. „Ich denke, das sollte man doch nur tun, wenn man es muss."

Rory setzte sich auf den Heuballen. Ihre Offenheit und ihre deutliche Wissbegierde machten ihm richtig Spaß, aber er wollte auch nicht, dass seine Braut mit Ängsten ins Ehebett käme. „Wenn dein eigener Körper beginnt, Gefühle zu zeigen, Joey, wirst du herausfinden, dass die Angelegenheit gar nicht so abstoßend ist. Und wenn du Glück hast, wird das hübsche Mädchen, auf das du dann ein Auge geworfen hast, auch genauso fühlen wie du."

Joanna blinzelte unter ihren langen Wimpern zu ihm auf und musterte ihn nachdenklich. „Wollt Ihr das auch mit Lady Joanna machen, wenn Ihr sie findet?", fragte sie argwöhnisch.

„Ja, nach der Hochzeit", erklärte Rorys und bei dem Gedanken spürte er die Begierde in sich aufsteigen. „Das macht nun mal ein Mann mit seiner Frau, mein Junge. Dafür muss man sich nicht schämen, und das schadet auch niemandem."

Unwillkürlich trat sie einen Schritt zurück. Erstaunen war in ihrem schmutzigen Gesicht zu lesen. „Und wenn die Frau nicht willig ist?"

„Dann ist es die Aufgabe des Mannes, sie willig zu machen", versuchte er sie mit sanfter Stimme zu beruhigen.

Joanna starrte den hellblonden Krieger an, der vor ihr auf

dem Heuballen saß. Blanke Angst lähmte sie, als sie an das Spektrum der Folterqualen dachte. Was für eine Strafe würde wohl der berüchtigte Sea Dragon einer widerspenstigen Ehefrau auferlegen?, fragte sie sich.

„Mit Schlägen?“, erkundigte sie sich schließlich.

Er lächelte, dabei vertieften sich die Fältchen um seine Augenwinkel. „Du brauchst nicht die Peitsche, um dir ein hübsches Mädchen gefügig zu machen, Joey.“

Joanna holte tief Luft. Der beeindruckende, breitschultrige Mann, der da vor ihr saß, war böse, das wusste sie. Aber nun fragte sie sich, ob er wohl auch überirdische Fähigkeiten besaß. Vererbten die Seedrachen ihre magischen Kräfte vielleicht genauso wie die schuppigen grünen Schwänze vom Vater auf den Sohn? Damit ließe sich auch erklären, weshalb sie in seiner Gegenwart so seltsam reagierte. Sie schluckte und brachte mühsam heraus: „Wie dann?“

MacLean deutete auf die kastanienfarbene Stute, die aus der Box nebenan aufmerksam herüberschaute. „So wie Jock dir beigebracht hat, mit den Pferden umzugehen, vorsichtig und mit Fingerspitzengefühl, bis sie dir Äpfel und Möhren aus der Hand fressen. Wenn sie sich an deinen Geruch und deine Berührung gewöhnt haben, dann werden sie zutraulich.“

Äpfel und Möhren? Meine Güte! Eine derart simple, unromantische Beschreibung des Werbens um eine Frau klang in Joannas Ohren ungeheuer enttäuschend und trug nicht gerade zu ihrer Erleichterung bei. Keine leidenschaftlichen Serenaden unter dem Fenster der Geliebten? Keine Liebesgedichte? Keine Blumen? Keine Schwüre von ewiger Liebe? Die Vorstellung, MacLean täte mit ihr, was sie gerade bei Tam und Mary beobachtet hatte, entsprach absolut nicht ihren romantischen Vorstellungen von der Hochzeitsnacht. Nein, eine so vulgäre Sinnlichkeit raubte ihr den Atem und machte ihr Angst.

Plötzlich erinnerte sie sich wieder an den großen kraftvollen Körper des Sea Dragon, nackt bis auf das schmale weiße

Lendentuch. Beim Gedanken an den Traum wurde sie rot vor Verlegenheit, und ihr Herz machte komische Sprünge. Als sie sich dann noch an das Gefühl seiner Lippen auf ihren entblößten Brüsten erinnerte, begann es sofort in ihrem Inneren zu kribbeln. Sogar beim Klang seiner sonoren Stimme bekam sie eine Gänsehaut. Folter als Mittel seiner Verführungskünste schloss sie mittlerweile aus, aber die Verwendung von magischen Kräften hielt sie durchaus für möglich. Anders konnte sie sich die seltsamen Veränderungen und Reaktionen in ihrem Körper, wann immer sie in MacLeans Nähe war, nicht erklären.

Sie versuchte, das flatternde Gefühl in ihrem Bauch zu ignorieren. „Habt Ihr schon viele Mädchen mit Äpfeln und Möhren gezähmt?", erkundigte sie sich.

MacLean lachte, was sie als dezente Zustimmung deutete.

Sie sah ihn skeptisch an. „Und keine hat Prügel bezogen?"

In seinen grünen Augen blitzte es amüsiert. Dichtes goldblondes Haar umrahmte das Gesicht mit den scharfen markanten Zügen, die im Moment durch sein unwiderstehliches Grinsen ein wenig sanfter waren. „Na, Joey, für einen Hänfling besitzt du aber schon eine recht maskuline Neugier", meinte er schmunzelnd. „Ein weiser Mann braucht keine Peitsche für seine Frau – ebenso wenig wie für ein gutes Pferd."

Jetzt hatte er Joanna völlig verwirrt. Als junges Mädchen hatte sie von einem Ritter geträumt, der in glänzender Rüstung auf Allonby Castle erschien und sie auf seinem wunderschönen weißen Hengst entführte. Stattdessen sollte sie nun mit einem Mann getraut werden, für den das Werben um eine Frau nichts anderes als die Abrichtung eines Pferdes bedeutete. „Ihr behandelt also Eure Frau wie Euer Vieh?"

„Das habe ich nicht gemeint, Bursche", antwortete MacLean geduldig. „Die Ehefrau gehört dem Mann wie sein Land und sein Vieh. Das, was ihm gehört, dafür sorgt er, das behütet er, ebenso wie er sein Eigentum vor den Raubzügen eines diebischen Nachbarn schützt."

Als Joanna ihn nachdenklich schweigend ansah, zitierte er amüsiert ein altes Highland-Sprichwort: „Mein Gut, mein Weib, mein Heim, das sind die schönsten gälischen Worte."

Deutlicher und beleidigender hätte er die Tatsache, dass er sie und Kinlochleven als sein Eigentum betrachtete, nicht äußern können. „Seumas hat uns gesagt, dass Ihr plant, die Wehranlagen der Burg zu verändern", versuchte sie das Gespräch in andere Bahnen zu lenken. „Meint Ihr nicht, Ihr solltet so etwas erst mit Lady Joanna besprechen?"

Er beugte sich vor, stützte die Ellbogen auf die Knie und faltete die Hände. „Weshalb sollte ich?"

„Weil sie mit Euren Plänen vielleicht nicht einverstanden ist."

„Was versteht denn eine Frau schon von Befestigungsanlagen?", fragte er ein wenig verärgert.

„Ihr könntet es ihr erklären."

Kopfschüttelnd schenkte er ihr ein schiefes Lächeln. „Und sie soll mir dann erklären, wie sie das Kerzenziehen überwacht? Oder das Bleichen des Leinens?"

Joanna war schockiert. Er wollte seine Frau nicht an der wichtigsten Entscheidung, die ihre eigene Burg betraf, beteiligen. Sie schob ihre Daumen hinter den Gürtel und sah MacLean herausfordernd an. „Glaubt Ihr etwa, eine Jungfer könnte das nicht verstehen?"

Einen Moment lang musterte er sie nachdenklich, dann zuckte er mit den Schultern. „Lady Joanna ist etwas langsam, ... selbst für eine Frau", meinte er und tippte sich dabei wie zur Erklärung an die Schläfe.

Innerlich kochend vor Entrüstung starrte Joanna ihn an. „Was gibt Euch Anlass zu solch einer Behauptung?"

„Das sagte man mir am Tag meiner Ankunft. Außerdem hat Lady Joanna noch keine drei Worte mit mir gesprochen, seit ich hier bin. Sobald sie mich sieht, schaut sie mich an, als hätte ich zwei Köpfe, und huscht davon wie ein verängstigtes Mäuslein. Deshalb vermutete ich, Lady Beatrix hat nicht gelogen, als sie erzählte, dass die einfältige Erbin manchmal wie im Taumel durch das Glen wandert."

„Ach ja", antwortete Joanna. Erschrocken biss sie sich auf die Unterlippe und blickte auf das Stroh am Boden. Diesen Teil ihres Plans hatte sie fast vergessen.

„Stimmt es?", fragte er.

Sie schaute auf und bemerkte, dass er sie genau beobachtete. „Ja … natürlich. Aber ich bin trotzdem der Ansicht, dass Ihr Eure Pläne mit ihr besprechen solltet. Sie versteht vielleicht doch mehr, als Ihr glaubt."

„Ob sie es versteht, ist gar nicht der Punkt, Bursche", widersprach MacLean. „Ich werde mit meiner Frau über die Stellung der Geschützstände auf der Burg genauso wenig diskutieren wie über die Strategie einer Schlacht. Eine Festung vor seinen Feinden zu schützen, liegt nun einmal ganz in der Verantwortung des Mannes."

Ihre Stimme sank noch eine Oktave tiefer, als sie streng antwortete: „Und in der Verantwortung der Frau liegt es, für das Wohlbefinden ihres Ehemannes zu sorgen, eine Horde Kinder zu gebären, aber ansonsten ihre Nase nicht in seine verdammten Geschäfte zu stecken."

MacLean zupfte einen Halm aus dem Strohballen, auf dem er saß und rollte ihn zwischen Daumen und Zeigefinger. „Für so ein winziges Bürschchen, wie du es bist, nimmst du diese Diskussion aber sehr ernst."

Joanna konnte sich gerade noch zurückhalten. Sie ließ sich neben ihn auf den Strohballen fallen. „Ich habe ja nur eine Vermutung geäußert", erklärte sie, betont gleichgültig mit den Schultern zuckend. „Im Übrigen werde ich mir ja nie über Burgen oder Land … oder gar über Frauenzimmer Sorgen machen müssen."

MacLean schlug ihr auf den Rücken, so kräftig, dass sie fast von dem Strohballen gefallen wäre. „Ach, du bist ein Glückspilz. Du kannst dir deine Braut selbst wählen, dir sucht man sie nicht aus."

Joanna schaute ihn erstaunt an. „Wollt Ihr denn Lady Joanna nicht heiraten?"

„Warum sollte ich?", fragte er mit leicht erhobenen Brauen und stand auf, bevor sie eine weitere Frage stellen konnte. „Ich glaube, du gehst jetzt besser wieder an deine Arbeit."

Während Joanna Hafer in die Futtertröge schüttete, beobachtete sie, wie MacLean Fraoch sattelte und ihn schließlich durch den Stallgang ins Freie führte. Sie betete, dass Ewen bald zurückkam. Nie und nimmer konnte sie erlauben, dass die arme Idoine ein Leben lang an so einen unromantischen Trottel gefesselt wäre. Ein Holzklotz besaß ja noch mehr Feingefühl als dieser MacLean.

Nach der Unterhaltung im Stall war Rorys Neugier geweckt. Er wollte mehr über seine widerspenstige Braut erfahren. Ja zum Teufel, einfach alles wollte er über sie wissen. Wie mag sie wohl aussehen ohne die Verkleidung – oder auch völlig entkleidet?, überlegte er und dachte an die Freuden, die ihm in der Hochzeitsnacht winkten. Da er Joanna nicht selbst befragen konnte, befahl er, dass Maude Beaton zu ihm in die Bibliothek kommen sollte.

Rory stand am Kamin, den Arm lässig auf den Granitsims gestützt, als Joannas Gesellschafterin erschien. „Man hat mir gesagt, Ihr wärt Lady Joannas Kinderfrau gewesen", begann er und bedeutete ihr, auf dem Stuhl mit der hohen Rückenlehne Platz zu nehmen.

Maude setzte sich. Steif und unsicher hielt sie den Korb mit bunten Garnen, den sie mitgebracht hatte, vor sich auf dem Schoß. Ihre grauen Augen richtete sie aufmerksam auf ihr Gegenüber. Ihre Garderobe – sie trug ein elegantes Wollkleid und eine schwarze Samthaube – und ihr Benehmen verrieten Rory, dass sie ein hochgeschätztes Mitglied im Haushalt der Macdonalds sein musste. Im Gegensatz zu den anderen Frauen im Haus zeigte sie ihm gegenüber auch keinerlei Furcht.

„Ja, Laird, das stimmt", antwortete sie. „Aber außer wenn sie krank war, musste ich mich selten um sie sorgen. Joanna trat mit lautem Geschrei in diese Welt, sie schrie sich die Lunge aus dem Hals, schlug mit ihren winzigen Ärmchen um sich, strampelte mit den kurzen Beinchen, und seitdem hat sich nicht viel geändert. Ihre Mutter war leidend. Von dem Tage an, an dem man Lady Anne mitgeteilt hatte, dass ihr Mann in der Schlacht getötet worden sei, war ihr Herz gebrochen, und sie hat sich nie wieder erholt."

„Damals ist die Engländerin dann mit ihrer Tochter nach Cumberland zurückgegangen?"

Maude nickte und seufzte traurig. „Ich habe darauf bestanden, die beiden zu begleiten. Ich wollte mich nicht von meinem kleinen Lämmchen trennen, obwohl es bedeutete, bei den Sassenachs leben zu müssen. Aber in den sieben unglücklichen Jahren, die wir dort lebten, habe ich jeden Tag Gott gedankt, dass ich ihretwegen diesen Entschluss gefasst hatte."

„Unglückliche Jahre? Wieso?"

Maude studierte den mächtigen Laird, der da vor ihr stand, und überlegte, wie aufrichtig sie wohl antworten könnte. Als Joanna ihren lächerlichen Plan als Hausbursche ausgeheckt hatte, war Maude sicher gewesen, dass der Rächer des Königs genau so grausam und böse war, wie er allenthalben dargestellt wurde. Aber schon am ersten Tag hatte sie gesehen, dass er seinen zukünftigen Gefolgsleuten viel Geduld und Verständnis entgegenbrachte. Während der kurzen Zeit als ihr neuer Laird hatte er noch keinen einzigen Macdonald schikaniert oder gequält.

Aufgrund der Grundrisse der Burg, die sie auf dem Tisch hatte liegen sehen, vermutete sie, dass der MacLean Renovierungsarbeiten an seinem neuen Heim plante und es nicht nur zur Mehrung seines persönlichen Ansehens seiner Ressourcen berauben wollte. Auch die Führung seiner Männer ließ nichts zu wünschen übrig. Er war zwar streng und kurz angebunden, aber er benahm sich untadelig. Ihr war nie zu Ohren gekommen, dass nur eins der Hausmädchen oder eine Dienstmagd eine Nacht in seinem Bett zugebracht hätte, obwohl eine ganze Reihe Mädchen vor den Überredungskünsten und Schmeicheleien seiner kräftigen Krieger allzu gerne kapituliert hatte.

Maude war fest überzeugt, dass es nicht mehr lange dauerte, bis man Joannas List entdecken würde. Lady Joanna und Laird Macdonald werden ihr restliches Leben zusammen verbringen müssen, überlegte Maude, während sie das süffisante Lächeln und den scharfsinnigen Blick studierte, mit dem ihr Gegenüber sie aus seinen grünen Augen ansah. Es macht also keinen Sinn, meinte sie, wenn Joannas zukünftiger Mann noch weniger von mir hält, als er es sowieso schon tut, nur weil ich eine Macdonald bin.

„Ach", bemerkte sie schließlich, nachdem sie, wie sie fand, lange genug geschwiegen hatte, „die Nevilles haben Joanna nie akzeptiert. Sie ist eben halb schottisch, versteht Ihr? Ihren Akzent und ihre ungezwungene Art hat man ständig kritisiert. Selbst die Dienerschaft war oftmals ohne Grund grausam zu ihr. Einmal habe ich mitbekommen, wie so eine schnippische Kammerzofe mein süßes Mädchen einen Bastard genannt hat. Der frechen Göre habe ich aber vielleicht eins auf die Ohren gegeben, das könnt Ihr mir glauben."

„Die Nevilles erlaubten es, dass man ihre einzige Enkeltochter so behandelte?", fragte er interessiert, während er gegenüber der rotwangigen Frau Platz nahm.

„Joannas Großeltern hielten sich selten auf Allonby auf", erklärte Maude. „Der Marquess lebte in London, bis er sich aus gesundheitlichen Gründen aufs Land zurückziehen musste. Er starb allerdings bereits nach ein paar Wochen. Seine Frau kehrte danach an den Hof zurück, ist ihrem Mann dann aber recht schnell ins Grab gefolgt." Maude machte eine verächtliche Handbewegung. „War nicht schade drum. Kein großer Verlust. Beide waren sie nicht viel wert, wenn Ihr mich fragt."

Die Ellbogen auf die Armlehnen seines Sessels gestützt, die Fingerspitzen gegeneinandergepresst, hielt Rory ihrem kritischen Blick stand. Er erinnerte sich an den Tag, an dem der König ihm befohlen hatte, Joanna zu heiraten. Damals hatte der König erklärt, dass George Neville, der Marquess of Allonby, ein geschätzter Höfling am Hof von Henry dem Tudor und die Marchioness Hofdame bei der englischen Königin war. Rory bedeutete Maude fortzufahren.

„Lady Anne liebte ihre Tochter von ganzem Herzen", versicherte sie ihm. „Aber in den Jahren, die ihr noch blieben, war Lady Anne leidend. Und so wuchs unser liebes kleines Mädchen sehr einsam auf, niemand kümmerte sich um sie."

„Niemand kümmerte sich um die Erziehung der zukünftigen Erbin – um Unterweisung in Benehmen und Etikette oder Führung eines Haushalts?", fragte er erstaunt.

„Natürlich hatte Joanna Tutoren. Bei Gott, was für welche! Fiese Lehrer mit verkniffenen Gesichtern, Männer, die ihr bei dem geringsten Fehler die kleinen Hände wundschlugen."

Der Gedanke, dass irgendjemand dem temperamentvollen Mädchen vorsätzlich Schmerzen bereitet hatte, machte ihn wütend. Dennoch ließ er sich nichts anmerken. „Machte sie denn oft Fehler?"

Maudes Augen blitzten vor Zorn. „Für diese Lehrer oft genug. Lehrer! Pah! Keinem dieser blasierten, selbstgerechten Pharisäer konnte sie etwas recht machen. Kein Wunder, dass sie sich oft hinaus in den Stall schlich, ihr Pony sattelte und stundenlang mutterseelenallein über Land ritt. Nur in ihren Tagträumen fand sie Trost und in den Geschichten, die ich ihr abends kurz vor dem Einschlafen erzählte. Meist lebte sie in ihrer eigenen Traumwelt, mit Rittern und Feen und mit bösen Drachen, die es zu vernichten galt."

„Aha, ich verstehe." Doch eigentlich verstand er gar nichts.

Ritter … Drachen … Feen. Für Rory, der sich vor allem vom Verstand leiten ließ, machte das alles wenig Sinn.

Maude blickte hinüber zu den Pergamenten, die auf dem Bibliothekstisch ausgerollt lagen. „Plant Ihr Umbauten, Laird?“, fragte sie mit einer solchen Selbstverständlichkeit, wie nur eine vertraute Hausgenossin es sich erlaubte.

Rory nickte geistesabwesend, während er mit den Fingern auf die Armlehne trommelte. Er hatte sich die Maid of Glencoe immer als eine verwöhnte Sassenach-Edelfrau vorgestellt, die alles bekam, wonach ihr Herz verlangte. Dass man sie misshandeln konnte, nur weil schottisches Blut in ihren Adern floss, das war ihm gar nicht eingefallen. Dass er an diese Möglichkeit nicht gedacht hatte, bereitete ihm Gewissensbisse. Normalerweise bin ich doch nicht so blöd, schalt er sich im Stillen. Für ihn war allein die Tatsache, dass sie eine Macdonald war, wichtig gewesen, da hatte er an nichts anderes mehr denken können.

„Waren die Quälereien der Grund dafür, dass Lady Joanna nach dem Tod ihrer Mutter nach Schottland zurückgekehrt ist?“

Maude lächelte nachsichtig. „Nein, Milady musste diese Entscheidung nicht treffen. Gott sei Dank haben das ihr Onkel und ihre Tante Blithfield für sie getan.“

Das überraschte ihn, denn für gewöhnlich trennten sich die Verwandten nur ungern von einer Waise, die mit einem goldenen Löffel im Mund geboren war.

„Sie haben die Erbin zurück nach Schottland geschickt?“

„Nicht ganz.“ Maude blickte auf den farbenprächtigen Korb auf ihren Schoß und strich nachdenklich lächelnd mit den Fingern über die bunten Garnknäuel.

„Erzählt, was ist passiert?“

„Nun ja …“, begann Maude. „Kurz nachdem Lady Anne verstorben war, erschienen Lord Philip und Lady Clarissa, um Joanna mit nach London zu nehmen. Clarissa ist Lady Annes jüngere Schwester. Für die Blithfields liegt Allonby Castle am Ende der Zivilisation. Sie konnten nicht schnell genug wieder abreisen, nicht schnell genug ihre feinen Schuhe vom Staub dieser Einöde befreien. Doch bevor sie Joanna einpacken und in ihr Anwesen nach Surrey verfrachten konnten, erschien vor dem Tor eine Armee von Schotten. Ihr Anführer befahl, ihm die Erbin zu übergeben, andernfalls wollte er die Burg stürmen und alle Insassen abschlachten. Die zwei feigen Sassenachs wollten natürlich nicht ihr eigenes Leben aufs Spiel setzen. Sie willigten ein und übergaben Lady Joanna, ohne dass auch nur ein Schwert gezogen oder ein Schuss aus einer Hakenbüchse abgefeuert wurde."

Rory sah sie misstrauisch an. Die Geschichte war kaum zu glauben. „Ihre eigenen Verwandten haben kampflos auf Joanna verzichtet?"

„Hm." Maude verzog verächtlich ihr Gesicht. „Ihr wisst doch, Laird, die Engländer besitzen nicht viel Ehre. Und besonders mutig sind sie auch nicht."

Das war wohl wahr. „Man hat sie als Geisel genommen?"

Maude schüttelte lachend den Kopf. „Der Anführer der Schotten war kein anderer als der alte Somerled Macdonald, der Großvater unseres Mädchens. Die Blithfields waren ihm nie zuvor begegnet, und selbst als er sich als der Red Wolf of Glencoe vorstellte, erkannten die zwei Dummköpfe ihn nicht einmal. Sie haben einfach nur die Fallgatter hochziehen lassen und das kleine Ding nach draußen geschoben."

„Und niemand auf der Burg hat versucht, sie davon abzuhalten?"

„Ach ja, der wachhabende Offizier hat versucht, mit den Blithfields zu reden. Captain Pechell hat Lady Joanna erklärt, dass er und alle seine Männer bereit wären, ihr Leben zu geben, um sie zu verteidigen. Aber als Joanna hörte, dass die Streitkräfte vor den Burgmauern zu viele waren, um ihren Angriff abzuwehren, da bestand sie darauf, sich selbst zu opfern und die anderen zu retten."

Rory beugte sich erstaunt vor. „Wusste sie denn nicht, wer

der Anführer der Schotten war?"

Maude schüttelte den Kopf. „Nein, nicht bis sie vor das Tor trat. Niemand hatte es für nötig befunden, ihr zu sagen, dass der Red Wolf dort stand. Der Somerled rief ihren Namen, und sie rannte in seine geöffneten Arme. Er sagte, er sei gekommen, um sie nach Hause, nach Schottland zu bringen."

„Weshalb hatte er denn damit gedroht, die Burg anzugreifen, anstatt den Blithfields sofort zu erklären, wer er war?"

„Weil Somerled genau wusste, dass sie Lady Joanna nur herausgeben würden, wenn sie um ihr eigenes Leben fürchten müssten. Sie ist ein Vermögen wert, wie Ihr selbst genau wisst, Milord. Sie wollten nicht, dass ihnen die goldene Gans durch die Finger schlüpfte. Letztendlich war ihre Angst vor den Schotten dann doch größer als ihre Habgier."

Die Erwähnung des Vermögens des Mädchens machte Rory deutlich, was die loyale Kinderfrau von ihm hielt. In ihren Augen war er nur eine weitere habgierige Person, die Joanna wegen ihres Reichtums und des Landes, das sie repräsentierte, begehrte. Verdammt, hatte er nicht versucht, diese Allianz dem König auszureden? Doch das konnte und wollte er Maude jetzt nicht erklären. Sie würde ihm das sowieso nicht glauben.

„Wenn es stimmt, was Ihr mir erzählt", meinte er skeptisch, „dann hat Lady Joanna ungewöhnlich viel Mut bewiesen."

Maude zog die Brauen hoch. Die Andeutung, dass sie gelogen habe, machte sie böse. „Bei Gott, ich sage die Wahrheit. Das Mädchen besitzt mehr Mumm als die meisten Männer. Na ja, schließlich ist sie ja auch eine Macdonald."

Der Laird stand auf und sah sie nachdenklich an. „Fürs Erste ist das alles", sagte er nach einer Weile. „Ihr könnt gehen."

Maude knickste höflich und überließ den MacLean seinen grüblerischen Gedanken. Sie konnte nur hoffen, dass ihre Worte ein wenig seinen Zorn besänftigten, wenn er schließlich herausfand, wer seine impulsive zukünftige Braut wirklich war.

4. KAPITEL

Während Rory laut seine Schritte zählend über die abschüssige Befestigungsmauer marschierte, kam, wie er erwartet hatte, Joanna herbeigeeilt. Die im Sonnenlicht dunkelrot glänzenden Wimpern flatterten aufgeregt, die tiefblauen Augen waren fragend auf ihn gerichtet, und ein spöttisches Lächeln umspielte ihre Mundwinkel.

„Was macht Ihr, Laird?“, erkundigte sie sich.

„Ausmessen“, antwortete er, ohne sie eines Blickes zu würdigen.

Sie sprang neben ihm her, um mit ihm Schritt zu halten. „Was denn ausmessen?“

Abrupt blieb er stehen, stemmte die Hände in die Hüften und musterte sie mit gespielter Ungeduld. Rußig waren Kinn und Wangen, und dennoch erfreute ihn dieses Gesicht, das mit leuchtenden Augen zu ihm aufschaute. Meine Güte, sie ist eine Schönheit, dachte er. Schlank und zierlich und so verführerisch wie der Duft, den ihre Kissen verströmen. Und sie gehört mir. Von Kopf bis Fuß.

Am liebsten hätte er ihr die grässliche Strickmütze vom Kopf gerissen und das kupferfarbene Haar befreit. Er sehnte sich danach, sie in den Arm zu nehmen, sie auf die weichen Lippen zu küssen, um zu ergründen, ob sie wirklich so verführerisch süß waren, wie sie aussahen. Doch Rory wollte nicht als der betrogene Bräutigam die Ehe schließen. Er hatte nicht die Absicht, den Hofnarr für den Macdonald-Clan zu spielen. Zunächst musste er ein strenges Kontrollsystem für die raffinierte Sassenach-Erbin und ihre hinterlistigen Gefolgsleute aufbauen. Dann wollte er Joanna zeigen, wie leicht ein MacLean ein widerspenstiges Weib zähmen konnte – ein Teufelsweib, das meinte, neunmalklug sein zu müssen.

„Wir werden mit den Renovierungsarbeiten am Vorwerk beginnen“, erklärte er und drehte sich abrupt um.

Sie zupfte ihn am Ärmel. „Wollt Ihr damit nicht bis nach der Hochzeit mit Lady Joanna warten?“

Er blickte auf die schmalen Finger, die an dem safranfarbenen Stoff zerrten.

Aha, Mädchen! Jetzt hab’ ich dich! Kein Stalljunge würde es wagen, seinen Laird zu berühren! Bevor ich mit dir fertig bin, wirst du vergessen haben, wer du überhaupt sein wolltest.

Erschrocken, als habe sie seine Gedanken gelesen, zog Joanna ihre Hand zurück. „Ihr … Ihr solltet damit wirklich warten … wenigstens bis nach der Hochzeit“, meinte sie ein wenig hilflos.

„Wieso sollte ich warten, Joey?“, antwortete er völlig unbeteiligt. „Ich sollte viel besser dafür sorgen, dass die Maurer und die Zimmerleute an die Arbeit gehen, solange das Wetter noch gut ist.“

Fast hätte er gelacht, so bestürzt war ihr Mienenspiel. Joanna steckte die Daumen hinter den Gürtel, zog verärgert die sanft geschwungenen Brauen zusammen und blinzelte zu ihm hoch. „Ihr wollt wirklich mit der Erneuerung der Wehranlagen beginnen, ohne Euer Vorhaben mit Lady Joanna zu besprechen?“

Rory nahm seinen Marsch am Rand der Außenmauer wieder auf. „Wofür sollte das gut sein?“, fragte er unwillig über die Schulter. „Die Maid of Glencoe scheint ja nicht einmal zu wissen, dass die beiden Wehrtürme zu beiden Seiten der Zwischenmauer stehen müssen oder dass der Geschützstand für die Artillerie im Torhaus sein muss.“

Er blieb so abrupt stehen, dass Joanna, die versuchte, mit ihm Schritt zu halten, fast mit ihm zusammengeprallt wäre. „Sie ist ein Schwachkopf. Stimmt’s?“, fragte er barsch.

„Ja, leider“, antwortete Joanna mit einem reizenden Lächeln. Doch sofort wurde sie wieder ernst und bemühte sich, recht bekümmert über das Unglück der Erbin dreinzuschauen. „Es ist traurig, wenn man so geboren wird. Aber ab und zu passiert das eben, hat man mir erzählt."

„Man sagte mir, du seist des Lesens und Schreibens kundig."

Der plötzliche Themenwechsel traf sie völlig unvorbereitet. „Wer hat das denn gesagt?" Wachsam und überlegend hob sie das Kinn. Sie war unsicher und wusste nicht, ob sie es verneinen sollte.

„So genau weiß ich das nicht mehr", log er und schaute dabei zum Turm hoch, als ob er die Höhe kalkulieren wollte. „Vielleicht hat Pater Graham erwähnt, dass du ein wenig Bildung bekommen hast. Stimmt das?"

Aus den Augenwinkeln beobachtete er sie und konnte praktisch an ihrem Mienenspiel sehen, wie sie sich darüber klar zu werden versuchte, ob sie die Wahrheit sagen oder eine neue alberne Geschichte erfinden sollte.

Komm, Mädchen! Tapp in die Falle!

Einen kurzen Moment lang schien sie zu schwanken. Er setzte seinen Marsch fort. Die Gelegenheit, den quengeligen Stallburschen als das komplette Gegenteil der schwachsinnigen Erbin darzustellen, schien allzu verlockend. Doch dann nickte sie. „Es stimmt. Weshalb fragt Ihr, Laird?"

„Du bist ein kluges Bürschchen. Ich finde, im Stall sind deine Talente vergeudet. Komm mit mir in die Bibliothek. Du kannst einen Brief für mich schreiben."

„Oh! Normalerweise schreibt Seumas die Briefe", antwortete sie, während sie Rory hinterherlief, der mit langen Schritten quer über den unteren Burghof eilte.

Neugierige Blicke folgten ihnen. Alle Macdonalds hielten in ihrer Arbeit inne, um sich zu vergewissern, dass ihre Herrin nicht in Schwierigkeiten war. Um zu vermeiden, dass eine Menge Unbeteiligter sich lauschend vor der Bibliothek versammelte, warf Rory ihnen ein kurzes Lächeln zu, nickte freundlich und beschleunigte seine Schritte.

„Der Verwalter hat genug zu tun. Er muss die Geschäftsbücher des Guts führen, die Getreidesäcke zählen, die Aussaat von Hafer und Gerste überwachen und für den Transport von Wolle und Häuten sorgen“, sagte er. „Ich will ihn nicht auch noch mit meiner persönlichen Korrespondenz belasten.“

„Pater Thomas ist auch des Lesens und Schreibens kundig. Er kann Englisch und Griechisch und auch Latein“, erklärte sie diensteifrig.

„Die Briefe, die ich versenden will, können in einfachem alltäglichen Gälisch geschrieben werden“, erwiderte er. „Der Priester ist im Moment ebenfalls beschäftigt. Ich habe ihn gebeten, die kommenden Tage in der Kapelle zu verbringen. Wusstest du, dass jemand immer wieder die Kerzen, die am Altar der Jungfrau Maria für das Hochzeitspaar brennen, ausbläst?“

„Wie schrecklich!“, entrüstete sie sich, schob die Mütze tiefer über die Ohren und verzog verächtlich den Mund. „Wer begeht denn so eine Gotteslästerung?“

„Ein böser Bube, der sich nicht fürchtet, in aller Ewigkeit im Höllenfeuer zu schmoren.“

Joanna blieb stehen und blickte ihn zutiefst erschrocken an. „Denkt Ihr, das ist eine Todsünde?“

„Ich finde, es ist ein ernstes Vergehen, wenn man die Gebete eines anderen Menschen stört. Meinst du nicht?“

Sie schluckte und sah ihn mit großen ängstlichen Augen an. „So habe ich das noch nie gesehen“, wisperte sie.

„Wenn ich den Missetäter zu fassen kriege“, sagte Rory und senkte dabei seine Stimme zu einem drohenden Knurren, „wird er sich wünschen, lieber im Hades zu sein als in meinem Kerker.“

Joanna schlug das Herz bis zum Hals. „Wieso? Was wollt Ihr denn mit ihr …hm … ihm machen?“, fragte sie kleinlaut.

„Heiße Zangen, … Daumenschrauben, … Streckbank.“

Verschreckt knetete sie ihre Hände. „Ihr würdet jemanden foltern, nur weil er eine gesegnete Kerze ausgeblasen hat?“

Fast liebevoll strich er mit der Hand über den Griff seines Dolches, während er sich boshaft grinsend zu ihr herunterbeugte. „Das macht man mit Ketzern."

Verwirrt taumelte sie einen Schritt zurück. Einen Moment lang verschlug es ihr wahrhaftig die Sprache. Eiskalt lief es ihr über den Rücken. „Ketzer?", wiederholte sie schließlich.

„Komm, trödele nicht, Junge!" Rory packte sie am Arm und zog sie mit sich. „Wir haben eine Menge zu tun."

Joanna folgte dem MacLean in die Bibliothek ihres Großvaters. *Meine* Bibliothek ist es, dachte sie, obwohl der große Mann so tut, als gehöre sie ihm, und mich wie eine Verbrecherin behandelt.

Rory setzte sich in den Armsessel aus Rohrgeflecht hinter dem Schreibtisch, auf dem eine Menge Tabellen lagen, und zeigte auf ein Blatt Pergament, einen Gänsekiel und ein kleines Tintenfass. „Dann wollen wir mal sehen, wie gut du schreiben kannst", sagte er skeptisch.

Offensichtlich hatte er nicht viel Vertrauen in die Schreibkünste einer verwahrlosten Waise. Nun, sie wollte es ihm schon zeigen. Ihre Lehrer auf Allonby Castle hatten stets auf einer exzellenten Schrift bestanden, gerade so wie es sich für einen Mönch geziemte, der die Aufgabe hatte, die heilige Schrift für zukünftige Generationen zu kopieren. Joanna holte sich einen großen Atlas als Unterlage aus dem Regal, setzte sich mit überkreuzten Beinen auf die Kissenbank in der Fensterlaibung und wartete respektvoll.

„Verehrte Lady Emma …", begann er.

„Wer ist das?"

MacLean sah sie finster an. „Was geht es dich an, wer die Dame ist? Schreib nieder, was ich dir diktiere."

Joanna verkniff sich die bissige Bemerkung, die ihr auf der Zunge brannte, und schrieb die Begrüßungsformel.

Zufrieden lehnte er sich in seinem Stuhl zurück, verschränkte die Hände hinter dem Kopf und streckte die Beine aus. „Ich habe meine Pläne geändert. Ich bitte Euch, die restlichen Familienmitglieder nach Kinloch…“

„Langsamer“, bat Joanna, während sie eifrig schrieb. „Ihr diktiert viel zu schnell.“

Er wartete, bis sie so weit war.

Sie schaute kurz zu ihm auf, während der Federkiel weiter zügig über das Pergament glitt. „Wie groß ist denn Lady Emmas Familie?“

„Stelle deinem Gutsherrn oder deinem Clanführer niemals persönliche Fragen, Joey“, ermahnte er sie.

„Seit dem Tod des mächtigen Somerled Macdonald hatte ich keinen Laird.“ Die herrische Bemerkung empörte sie.

„Jetzt hast du aber einen.“

Der Seedrache schien ihre Entrüstung nicht zu bemerken, als er aufstand, langsam über den Teppich ging und sich neben sie stellte. Die Arme vor der breiten Brust verschränkt, schaute er auf das Pergament herunter. Wie ein Strahlenkranz lag das in der Sonne glänzende Haar um sein Haupt. Luzifer in all seiner Herrlichkeit hätte auch nicht betörender sein können.

Uff!, dachte sie. Soll er ruhig nur all seine Zauberkräfte nutzen. Ich werde jedenfalls nicht auf die Reize dieses sonnengebräunten Kriegsherrn hereinfallen. Ach ja, wahrscheinlich zuckt jetzt gerade sein schuppiger grüner Schwanz selbstherrlich unter diesem schwarz-grün gemustertem Plaid. Grün! Oh je! Grün konnte sie überhaupt nicht ausstehen. Grün, das war die Farbe von Kröten und Fröschen und von schleimigem Morast.

Sein prüfender Blick bereitete ihr Unbehagen, unruhig rutschte sie auf ihrem Kissen herum. Wenn die offensichtliche Zurschaustellung von Schönheit, Größe und Stärke dazu diente, sie einzuschüchtern, dann hatte er sein Ziel erreicht. Erst spürte sie ein Kribbeln im Nacken und dann ein nahezu unerträgliches Kopfjucken unter der gestreiften Mütze.

„Können wir fortfahren?“, fragte er in barschem Ton.

Sie schluckte und fuhr sich mit der Zunge über die Lippen. „Ja.“

„Die Hochzeit wird in Kinlochleven stattfinden“, diktierte er, „nicht auf Castle Stalcaire wie ursprünglich geplant. Ladet ein, wen Ihr wollt, einschließlich König James’ und des gesamten Hofes. Da der König dieser Verbindung große Bedeutung beimisst, sollte er auch, wie er vorhatte, Zeuge der Eheschließung sein.“

Joanna unterdrückte einen leisen Protest.

„Stimmt was nicht?“

„Hmm. Das sind aber eine Menge Leute.“

Zynisch zog er eine goldblonde Braue hoch. „Doch nicht für eine Heirat!“

„Sagt das mal Ethel“, murmelte sie.

„Wem?“

„Der Köchin.“

Ein Lächeln huschte über seine Lippen, als er ihr bedeutete weiterzuschreiben. „Ich erwarte Eure Ankunft“, fuhr er fort. „Euer Sohn.“

Völlig verwirrt schaute Joanna zu ihm auf.

„Los, schreib es nieder“, befahl er und schnipste dabei ungeduldig mit den Fingern.

Tinte tropfte von der zittrigen Feder auf das Pergament. Hastig tupfte Joanna mit der Fingerspitze darüber. „Lady Emma ist Eure Mutter?“

„Welche andere Frau sollte ich denn wohl zu meiner Hochzeit einladen?“

„K…keine Ahnung. Vielleicht … eine … Geliebte.“

„Joey, Joey“, schimpfte er mit einem ungläubigen Kopfschütteln. „Welcher Bräutigam würde denn eine seiner Herzensdamen zu seiner Hochzeit einladen? Woher hast du denn diese seltsame Idee?“

„Ich bin noch nicht viel in der Welt herumgekommen“, gab sie widerstrebend zu, während sie sich tief über den Atlas beugte, da sie merkte, wie ihr die Röte in die Wangen stieg. „Ich weiß nicht, was ein Mann macht, der gegen seinen Willen heiraten muss."

„Was macht dich denn glauben, dass ich gegen meinen Willen heirate?", fragte er erstaunt.

„So habt Ihr Euch geäußert."

„Niemals habe ich mich so geäußert."

Besaß er wirklich ein so schlechtes Erinnerungsvermögen? Bestürzt schaute sie zu ihm auf – direkt in die verwirrend grünen Augen. Augen so tiefgrün wie die schottischen Bergwälder, so dunkel und unergründlich wie ein Druidenzauber. Doch unerklärlicherweise umgab diesen Mann auch der frische Duft von Kiefern nach einem Regen. Jawohl, sie hasste Grün, aber sie liebte den Geruch von Wacholder und Fichten. Ein eigenartiges Beben regte sich in ihrem Innern, ein Gefühl so warm wie Glühwein und so süß wie Sirup.

„Als Ihr im Stall mit mir spracht", nahm sie das Gespräch wieder auf, „da sagtet Ihr, ich könne glücklich sein, dass man mir nie eine Braut auswählen würde."

„Ach so. Da hast du mich aber falsch verstanden, Joey. Ich bin sehr glücklich, Lady Joanna zu heiraten."

„Wirklich?"

„Wirklich", versicherte er mit einem entwaffnenden Lächeln und schnipste mit dem Finger gegen die Bommel ihrer Strickmütze.

Erschrocken rückte Joanna auf ihrer Bank etwas von ihm ab. Seltsamerweise machten sie solcherlei Scherze von dem Furcht einflößenden Krieger betroffen. „Seid Ihr sicher? Auch wenn sie eine einfältige Person ist, die allein durch die Täler wandert und manchmal tagelang … oder sogar wochenlang nicht gefunden werden kann?"

Rory verließ den Platz am Fenster und setzte sich wieder in seinen Sessel. Das Kinn auf die geschlossene Faust und den Ellbogen auf den vor der Brust angewinkelten anderen Arm gestützt, blickte er Joanna nachdenklich an. Ihre ausdrucksvollen Gesichtszüge zeigten ehrliches Erstaunen. Ich sollte mich schämen, dachte er. Es ist so einfach, sie zu täuschen. Aber es machte ihm eine solche Freude.

„Sobald ich mit dem Mädchen verheiratet bin, werde ich es an die Leine legen“, sagte er ruhig.

„*Was* wollt Ihr?“ Aufgeregt sprang Joanna von der Bank. Brief und Buch fielen auf den Boden. Unwillkürlich musste er an eine Rettungsleine auf stürmischer See denken, als er sah, wie sie den Gänsekiel mit der einen und das Tintenfass mit der anderen Hand umklammert hielt.

„Ach, keine Sorge, ich werde sie an eine lange Leine binden“, versicherte er ihr. „Sie wird nicht in ein Zimmer eingesperrt. Nur die Gefilde der Burg wird sie nicht mehr verlassen können.“

„Wie könnt Ihr so grausam sein?“

„Soll ich etwa zulassen, dass meine Frau durch die Gegend wandert?“, fragte er, während er sich bedächtig einen Fussel vom Ärmel pflückte. „Wie soll sie denn für mein Wohl sorgen und einen Haufen Babys gebären, wenn sie ständig in Trance durch die Wälder läuft?“

Joanna bebte am ganzen Körper vor Zorn; das kleine Persönchen konnte sich kaum beherrschen. „Für Euer Wohl wird sie bestimmt nicht sorgen!“, fuhr sie ihn an.

„Nein?“ Er hob den Atlas und das mit Tinte befleckte Pergament auf und wartete, bis Joanna sich wieder gesetzt hatte.

„Die Maid ist viel zu beschränkt.“

„Ach, ich werde ihr schon beibringen, wie sie mir zu dienen hat“, antwortete er zufrieden grinsend.

Wütend biss sie die Zähne zusammen, ihre Augen sprühten regelrecht Funken. „Niemals wird sie das lernen“, fauchte sie ihn an.

„Sie wird es lernen, Joey. Das verspreche ich dir. Mit der werde ich schon fertig. Mit genügend Äpfeln und Möhren werde ich dem Dummkopf beibringen, durch den Reifen zu springen."

Erschüttert über einen solchen Mangel an Verständnis für das tragische Schicksal der Erbin sank Joanna zurück auf das Samtkissen in der Fensterbank. Sie musste Idoine unbedingt warnen, dem MacLean aus dem Weg zu gehen, bis ihr Vater zurückkehrte. „Ihr solltet die Stickerei der Dame sehen", sagte sie grantig. „Lauter Knoten, ein wirres Durcheinander. Und einen Haushalt zu führen ..., diese Fähigkeit besitzt sie erst recht nicht."

Rory beugte sich vor, schob ihr erst das schwere große Buch wieder auf den Schoß und legte dann das Pergamentblatt obendrauf. „Ach, trotz der vielen Mängel meiner zukünftigen Frau werden wir hier auf Kinlochleven schon alle gut miteinander auskommen."

Joanna gab auf. Es war zwecklos, weiterzudiskutieren. Der Mann war ihr einfach zu borniert. Er war ja noch sturer, als es ein Esel mit einer Ladung Steine auf dem Rücken und einem Kleefeld vor der Nase sein konnte. Sie blickte auf den Brief und seufzte. „Seid Ihr sicher, dass Ihr mit ‚Verehrte Lady Emma' beginnen wollt?"

MacLean sah sie ganz erstaunt an. „So heißt sie."

„Aber das klingt zu ..." Joanna suchte nach dem passenden Ausdruck.

„Zu formell?"

Sie nickte. „Wie redet Ihr denn Eure Mutter sonst an?"

„Mutter!"

Joanna lächelte aufmunternd. „Weshalb ändern wir dann die Anrede nicht in ‚Verehrte Mutter'?"

Er dachte einen Moment lang nach. „Gut, dann ändere es", stimmte er schließlich zu.

Sie strich die Worte durch und ersetzte sie. „Eigentlich klingt ‚Meine verehrteste Mutter' noch besser", meinte sie.

Er zog zwar die Brauen hoch, als sie das Korrigierte wieder

ausstrich und die neue Formulierung einfügte, aber er protestierte nicht.

Noch immer nicht ganz zufrieden biss sich Joanna nachdenklich auf die Unterlippe. Dann setzte sie hinter „verehrteste“ noch „allerliebste“ und schaute erfreut auf. „So, das hört sich viel besser an.“

MacLean stand auf, stellte sich wieder neben sie und las die vielmals korrigierte Anrede: „Meine verehrteste, allerliebste Mutter.“

„Ein Glück, dass ich den Brief selbst unterschreibe“, meinte er trocken. „Sonst hätte sie ja keine Ahnung, von wem er kommt.“

„Wenn ich noch einen Vorschlag machen dürfte“, sagte Joanna. „Ich würde den Brief so beenden“, und ohne seine Zustimmung abzuwarten änderte sie den Gruß in: *Euer lieber, Euch ergebener und gehorsamer Sohn.*

MacLean nahm ihr den Brief aus der Hand und studierte ihn ohne Kommentar. Erst jetzt fiel Joanna auf, dass ihre Handschrift für einen Waisenjungen viel zu vollkommen war. Kunstvolle Schnörkel und lang gezogene, schwungvolle Bögen schmückten die Schrift.

„Natürlich muss ich den Brief noch einmal ins Reine schreiben“, sagte sie und griff nach dem Blatt.

„Nicht nötig“, wehrte er lächelnd ab. „Meine Mutter wird es freuen, so wie es geschrieben ist.“

Das warme, humorvolle Strahlen, das plötzlich von seinen Augen ausging, nahm ihr fast den Atem. Wieso hatte sie nur glauben können, sein Blick sei kalt. Wenn sie ihn jetzt ansah, so konnte sie sich kaum vorstellen, dass dieser Mann, eine Brut der Seeungeheuer, die in den Tiefen der Meere hausten, nur zum Teil ein Mensch war.

MacLean erschien ihr heute Morgen ganz anders, obwohl sie nicht genau sagen konnte, warum. Vielleicht weil er viel näher bei ihr stand als sonst? Gütiger Himmel, sie konnte fast die

Hitze spüren, die sein großer, muskulöser Körper ausstrahlte. Vorsichtshalber rutschte sie auf der Bank ein wenig zur Seite, bevor ihr der frische Kieferduft das Hirn vernebeln konnte.

Rory nahm ihr erst den Gänsekiel und das Tintenfass aus der Hand und stellte beides auf den Schreibtisch, danach nahm er ihr das Buch vom Schoß und legte es neben sie auf den gepolsterten Fenstersitz. Dann griff er nach ihrer Hand. Unwillkürlich zuckte Joanna zurück, da sie erwartete, dass sich die Haut des Seedrachens kalt und schuppig anfühlen würde. Sie versuchte sich zu befreien, aber er zog sie hoch, bis sie vor ihm stand. Sein warmer, fester Händedruck entzündete in ihr ein solches Feuer, dass sie am liebsten zum Brunnen im oberen Burghof gerannt wäre, um sich einen Eimer kalten Wassers über den Kopf zu gießen.

Doch MacLean hielt sie fest. Er drehte ihre Handflächen nach oben und betrachtete die Spuren der harten Arbeit, die sie seit seiner Ankunft hatte verrichten müssen. Außer Schrunden und Blasen hatte sie nun auch noch frische Tintenflecke an den Fingern. „Jock lässt dich zu hart arbeiten", meinte er stirnrunzelnd.

„Das stimmt nicht", widersprach sie. „Ich mag die Arbeit in den Ställen."

„Ich habe meine Meinung geändert, Joey", erklärte er und ignorierte ihr verzweifeltes Bemühen, sich seinem Griff zu entziehen. „Du machst dich besser als Schreiber. Vergiss den Stallburschen. Von nun an wirst du hier bei mir in der Bibliothek arbeiten."

Joanna konnte kaum glauben, was da geschah. Trotz aller Anstrengung gelang es ihr nicht, sich ihm zu entziehen. Der Laird hielt ihre Hände fest umschlossen und schaute sie so seltsam an.

Amüsiert oder gar verliebt? Was zum Teufel hat er vor?

Wenn sie es nicht besser gewusst hätte, konnte sie fast glauben, er mochte sie – oder besser Joey. Nie und nimmer wäre ihr der Gedanke gekommen, dass der wilde Seedrache brüderliche Gefühle für einen frechen, schmutzigen Waisenjungen entwickeln könnte.

Joanna gab ihren vergeblichen Widerstand auf, als sie feste, sich nähernde Schritte hörte. Sie schaute hoch und sah Fearchar auf der Türschwelle stehen. Doch wenn sie erwartet hatte, dass sie nun endlich freikäme, sah sie sich getäuscht. Der Anführer des MacLean-Clans hielt weiter ihre Hände, als sei das die natürlichste Sache der Welt.

Meine Güte, was mag nur sein stellvertretender Kommandeur denken, schoss es ihr durch den Kopf. Ein Laird zeigte doch kein persönliches Interesse am Gesinde.

Doch Fearchar schien nicht überrascht. Er grinste nur gutmütig und wartete.

„Du kannst jetzt gehen, Joey“, sagte MacLean und ließ sie endlich los. „Aber richte dich darauf ein, dass du den Nachmittag hier bei mir Dienst tust.“

Joanna drehte sich auf dem Absatz um und rannte so schnell sie konnte an dem bärtigen Riesen vorbei aus der Bibliothek.

Am folgenden Morgen stand Pater Thomas mit dem geöffneten Brevier in der Hand vor der Tür zur Kapelle. Er wurde blass, als er aufblickte und sah, dass die Jagdgesellschaft sich zum Ausritt bereit machte. Er unterbrach seine Stundengebete und eilte durch das geschäftige Treiben auf dem unteren Burghof zu Rory, der bereits auf Fraoch saß.

„Milord“, rief er, „Ihr wollt doch nicht etwa Joey mit Euch nehmen?“

Von dem aufgeregten Priester ließ sich Rory nicht aus der Ruhe bringen. Ungerührt zog er sich seine Lederhandschuhe über, blickte kurz zu dem schlanken Jungen auf der edlen kastanienbraunen Stute und dann zu Pater Graham. „Weshalb denn nicht?“

Joanna warf ihrem Priester warnende Blicke zu. Doch der

Geistliche ignorierte sie. „Weil er, … hm, … er ist noch zu jung. Er sollte sich noch nicht unter eine Schar grobschlächtiger Krieger mischen. Außerdem hat er noch nie an einer Jagd teilgenommen."

„Es wird dem Jungen guttun, in der Gesellschaft erwachsener Männer zu sein, Pater. Und da ich Arthur weggeschickt habe, brauche ich einen aufgeweckten Jungen als Burschen an meiner Seite."

„Laird, aber doch nicht Joey! Es gibt andere Jungen auf der Burg, die Euch viel besser zu Diensten sein können", beschwor Pater Graham, dessen dunkle Augen allzu deutlich seine Besorgnis verrieten, den neuen Grundherrn.

Rory nahm die Zügel auf. „Und wen würdet Ihr vorschlagen?"

Hektisch schaute Pater Graham über den Burghof, musterte die aufmerksam zuhörenden Macdonalds, bis sein Blick auf die zwei stämmigen Gestalten fiel, die vor der Schmiede standen. „Jacobs Lehrling wäre eine ausgezeichnete Wahl."

„Und wer soll dann dem Hufschmied zur Hand gehen?", fragte Rory gelangweilt. „Joey ist nicht halb so robust wie der Sohn dieses Mannes."

Mittlerweile hatten einige Macdonalds ihre Arbeit niedergelegt und näherten sich der kleinen Jagdgesellschaft. Der blonde Hufschmied griff mit seinen großen, an raue Arbeit gewöhnten Händen nach dem Halfter der tänzelnden Fuchsstute und blickte zu Rory. „Es wäre mir eine Ehre, Laird, Euch meinen Sohn Lothar zu leihen, bis Euer Bursche zurückkommt. Lothar ist fünfzehn, aber kräftiger als die meisten ausgewachsenen Männer."

Eilfertig kam der Sohn herbeigelaufen, stellte sich neben seinen kraftstrotzenden Vater, riss die braune Wollmütze vom Kopf, senkte unterwürfig das Haupt und wartete.

Rory musterte den strammen Burschen, dann die schlanke Gestalt auf der nervösen Fuchsstute. „Das zarte Bürschchen soll Lothars Platz in der Schmiede einnehmen?“ Er rieb sich das Kinn und tat so, als überlege er.

Joanna versuchte ihre eigene Nervosität zu überspielen, indem sie dem Pferd beruhigend den edlen Hals klopfte. Sie hoffte, im Wald den bewaffneten Männern entwischen zu können. Wenn ihr das gelänge, dann wäre sie bereits meilenweit entfernt, bis ihr Verschwinden bemerkt würde. „Lasst mich mit den Jägern reiten“, bat sie deshalb. „Ich komme schon nicht zu Schaden.“

Pater Thomas eilte zu ihr. Bei jedem seiner aufgeregten Schritte schwang die lange weiße Kordel, die seine Kutte zusammenhielt, hin und her. Die elegante Stute, die sich sichtlich auf einen gestreckten Galopp freute, schüttelte den Kopf und wich verschreckt zurück.

Joanna beugte sich zu dem Priester hinunter und sah ihn beschwörend an. „Ich will mit ihnen reiten“, versicherte sie und hoffte inständig, dass er ihre stumme Botschaft begriff.

Doch der Geistliche wollte nicht verstehen. „Das ist viel zu gefährlich, mein Kind. Du brichst dir die Knochen, wenn das Pferd dich abwirft“, warnte er, obwohl er genau wusste, was für eine ausgezeichnete Reiterin Joanna war.

MacLean nahm die Zügel auf und stellte seinen schwarzen Hengst in Richtung der hochgezogenen Fallgatter. „Pater, Ihr habt den Hänfling schon viel zu lange verhätschelt“, machte er der Diskussion ein Ende. „Doch wenn Ihr der Ansicht seid, der Junge könne vom Pferd fallen, dann bleibe ich an seiner Seite. Habt keine Angst, ich werde aus Joey schon einen richtigen Mann machen.“

Ohne auf eine Antwort zu warten, gab der Laird das Zeichen zum Aufbruch. An der Spitze der Jagdgesellschaft ritt er unter dem Fallgatter hindurch. Sobald sie die Zugbrücke überquert hatten, trieben die Reiter ihre Pferde in leichtem Galopp in Richtung der mit Heide überzogenen Hügel jenseits des Lochs und der angrenzenden Wälder. Vier Jagdhunde sprangen aufgeregt bellend neben den galoppierenden Pferden her.

Es war ein herrlicher Maimorgen. Die wärmenden Sonnenstrahlen küssten die Frühlingsblumen wach. Gänseblümchen und wilder Klee blühten auf den Hügeln, eine leichte Brise rauschte durch das junge Grün der Silberbirken.

Joanna hatte Mühe, ihre Begeisterung nicht zu zeigen. Es war wunderbar, wieder einmal auszureiten. Die Möglichkeit, die MacLeans begleiten zu dürfen, verstand sie als Antwort auf ihre inbrünstigen Gebete an Jeanne d'Arc, und sie versprach der Jungfrau von Orleans, ihre Chance auch zu nutzen. Geduldig, aber wachsam wollte sie den passenden Zeitpunkt abwarten. Sobald die Männer hinter den Hunden durch den Wald jagten, wollte sie einfach zurückbleiben und in eine andere Richtung reiten.

Ballachulish lag nur einen Tagesritt entfernt, und sie kannte den Weg. Dort konnte sie eine Eskorte nach Mingarry Castle anheuern. Angst hatte sie keine, schließlich waren es ihr Land und ihre Leute. Sie konnte sich sicher fühlen, solange sie keinem Fremden begegnete – aber das war höchst unwahrscheinlich. Sobald sie in Mingarry war, würde Ewen sie beschützen. Der kühne Heerführer würde eher bis zum Tode kämpfen, als sie wieder vom Clanführer der MacLeans gefangen nehmen zu lassen.

Das Bellen der Jagdhunde riss Joanna aus ihren glücklichen Träumen. Unter lautem Gejohle gaben die Reiter ihren Pferden die Sporen. Die Jagd begann. Nur der teuflische Anführer des MacLean-Clans ruinierte wieder alles.

Verdammter, niederträchtiger Schuft, schimpfte Joanna insgeheim.

Wie er Pater Graham versprochen hatte, blieb der MacLean ständig an ihrer Seite. Langsam trabte er neben ihr her, während seine Männer grölend im Wald verschwanden.

„Nehmt ruhig teil an der Jagd, Laird", forderte sie ihn auf, eifrig bemüht, sich ihre Enttäuschung nicht anmerken zu lassen. „Meine Stute ist zwar lebhaft, aber sie wirft mich bestimmt nicht ab. Pater Graham reagiert immer ein wenig übervorsichtig. Ich komme schon zurecht. Reitet Euren Männern ruhig hinterher."

Er ignorierte ihren Vorschlag. „Wie man mir gesagt hat, soll die Fuchsstute ja Lady Joannas Lieblingspferd sein. Fast könnte man den Eindruck haben, du wärst auch schon mal auf dem Tier geritten, so ausgezeichnet kommst du mit ihr zurecht."

„Ach ... Lady Joanna hat bestimmt nichts dagegen, wenn ich Behind reite", versicherte sie so gelassen wie möglich. „Milady reitet selten aus. Sie scheut die Anstrengung."

Mit heimlicher Bewunderung beobachtete Rory Joanna. Ihr Sitz war vorzüglich, gekonnt kontrollierte sie die feurige Stute. Diese Braut machte ihm immense Freude, hatte er doch eigentlich eine hochnäsige, verdrießliche Engländerin erwartet und nicht so ein furchtloses schottisches Mädchen. Joanna war fantasievoll und geistreich, sie besaß bestrickenden Charme und einen liebenswerten, wenn auch respektlosen Sinn für Humor.

„Sag Joey, freut sich Lady Joanna eigentlich auf die Hochzeit?", fragte er lässig.

Als müsse sie über die Frage nachdenken, blickte seine resolute Begleiterin in den wolkenlosen blauen Himmel. Dann drehte sie sich um und sah ihn an. Ein feines Lächeln umspielte ihre bezaubernden küssenswerten Lippen. Fröhlich blitzten die blauen Augen. „Ich glaube nicht, dass sie heute über die Heirat einen Deut glücklicher ist als an dem Tag, an dem Ihr ihr zum ersten Mal begegnet seid."

Deutlich enttäuscht runzelte er die Stirn. „Aha."

„Nun ja, Lady Joanna wäre sicherlich nicht ganz so zurückhaltend", meinte sie munter, „wenn sie nicht weitaus bessere Angebote erhalten hätte."

„Bessere Angebote?“

„Hmm.“ Beredt gestikulierte sie mit ihrer behandschuhten Hand. „Ihr wisst schon … für ihre Hand.“

„Ah … ja.“ Ihre zierliche Hand faszinierte ihn. „Vermutlich von besseren Männern. Nicht von einer so bescheidenen Person, wie ich es bin.“

Ihr Lächeln enthüllte die Freude, die sie über seine besorgte Miene empfand. „Oh ja, von Kriegern … viel mutiger, viel ritterlicher und …“ Sie schwieg, sah ihn an, als ob sie fürchtete, seine Gefühle zu verletzen.

„Nur Mut. Sag es.“

„… na ja, weitaus attraktiver“, meinte sie mit einem entschuldigenden Schulterzucken.

Am liebsten hätte Rory Joanna von ihrem Pferd gezogen, sie vor sich in den Sattel gesetzt, ihren schlanken, geschmeidigen Körper fest in die Arme genommen und seine Lippen auf diesen frechen Lügenmund gedrückt. Seine zukünftige Frau sollte nicht glauben, sie könne sich über ihn lustig machen, ohne den Preis dafür zahlen zu müssen. Er wollte sie aber auch keinesfalls vorzeitig merken lassen, dass er ihr Geheimnis kannte. Es sei denn, sie machte den dummen Versuch, vor der Heirat zu fliehen.

Er nahm sich zusammen und kämpfte die rohe Begierde nieder, die in seinem Innern wühlte. „Gibt es sonst noch etwas, das ich wissen sollte?“, fragte er mit gespieltem Unbehagen.

Sichtlich erfreut über seine Reaktion richtete Joanna sich im Sattel auf. „Außer der Tatsache, dass Lady Joanna lieber einen anderen Mann heiraten würde, meint Ihr? Nicht wirklich. Doch leider, leider besitzt einer ihrer Verehrer sehr, sehr viel Gold.“

„Und das ist sehr wichtig für sie, nicht wahr?“

Joanna nickte. „Würdet Ihr Euch nicht auch wünschen, Milord, Ihr wärt furchtbar reich?“

„Das bin ich.“

Argwöhnisch sah sie ihn von der Seite an. „Das seid Ihr?"
„Ja."
„Nein, Laird, das ist nicht möglich. Ihr könnt nicht reicher als all die anderen Bewerber sein", behauptete sie. „Seid Ihr sicher, dass Ihr eine Frau heiraten wollt, die ihr Herz schon einem anderen versprochen hat?"
„Ja."
„Weshalb denn, um Himmels willen?"
Sie schaute ihn so ungläubig an, dass er lächeln musste. „Weil der König es befohlen hat."
Diese selbstgefällige, arrogante Antwort irritierte Joanna völlig. Unwillig gab sie ihrer Fuchsstute die Sporen. Der schwarze Hengst fiel sofort in den gleichen Galopp wie Behind.
Verstohlen beobachtete sie MacLean. Manchmal – insbesondere, wenn sie in die grünen Augen unter den Lidern mit den dichten Wimpern sah – fiel es ihr schwer zu glauben, dass er wirklich der lüsterne, böse Seedrache war.
Die drei Adlerfedern, die am Clanabzeichen an seiner Mütze steckten, flatterten im Wind. Er hatte das goldblonde Haar mit einem Lederriemen zurückgebunden, sein markantes Profil war so scharf, dass es Glas hätte schneiden können. Unter dem Saum seines Plaids sah sie mächtige, straff gespannte Waden, die fast ohne Anstrengung den heißblütigen Hengst dirigierten.
Sie wusste, dass er viele Jahre zur See gefahren war und für König James Piratengaleonen gekapert hatte. Doch dieser MacLean ritt wie ein Zentaur – halb Mensch, halb Pferd, wie dieses griechische Fabelwesen mit menschlichem Oberkörper und Pferdeleib.
„Wir haben wohl die übrige Jagdgesellschaft verloren", sagte sie treuherzig lächelnd.
„Ach … das ist nicht so schlimm, Joey", versicherte er. „Wir treffen sie bei der Mühle am Rand des Lochs. Dort ver-

sammeln sie sich zum Mittagessen, nachdem sie das Wild zur Strecke gebracht haben."

Erstaunt sah sie ihn an. „Laird, woher wisst Ihr denn, dass Eure Männer bei der Rannoch Mill auf uns warten werden?"

„Weil ich es Ihnen befohlen habe", antwortete er. Zufrieden lächelnd versetzte er Behind einen aufmunternden Klaps auf die Kruppe.

Seite an Seite galoppierten die beiden über die Hügel.

5. KAPITEL

Rannoch Mill lag im Schatten des felsigen Gipfels vom Garbh Bheinn, dort wo der Fluss Leven in das nach ihm benannte Loch floss. Vom Ufer aus sah man über den zerklüfteten Felswänden, die steil ins eiskalte Wasser des Sees abfielen, die imposanten Burgmauern von Kinlochleven.

Joanna saß im Gras am Ufer und aß eine Pastete. Sie seufzte glücklich, während sie sich umschaute. Sicherlich war dies einer der schönsten Orte in Schottland. Am lapislazuliblauen Himmel zogen weiße Haufenwolken und spiegelten sich zusammen mit den schneebedeckten Berggipfeln und den sattgrünen Wäldern im türkisfarbenen Wasser des Loch. Die idyllische Szenerie erinnerte sie an den Gobelin in ihrer Schlafkammer. Es fehlten nur der Ritter und die Edelfrau aus dem bunten Bild, aber dank ihrer lebhaften Einbildungskraft war es ihr ein Leichtes, diese Figuren aus der frischen Frühlingsluft hervorzuzaubern.

Sie saß ganz allein inmitten von einem Meer gelber Schlüsselblumen … Da kam ein hübscher, kräftiger Ritter in glänzender Rüstung auf sie zugeritten … Mit elegantem Schwung stieg er von seinem mächtigen Ross und schritt auf sie zu … In der Hand hielt er einen Wildblumenstrauß, den er zuvor am Flussufer gepflückt hatte … Er fiel vor ihr auf die Knie und schwor ihr ewige Liebe … Scheu nahm sie die Veilchen und Wiesenglockenblumen entgegen … Schüchtern sträubte sie sich zunächst, aber durch seine ritterliche Art überwand er ihre jungfräuliche Zurückhaltung … Er kam, um sie zu retten vor …

„Was für ein herrlicher Schuss!“

„Himmel und Hölle! Der einäugige Teufel verfehlt niemals sein Ziel!“

Das wilde Gelächter der Krieger riss Joanna aus ihren Tagträumen. Die MacLean-Männer hatten ein Hirschfell als Zielscheibe am Stamm einer dicken Eiche befestigt und wetteiferten darum, wer die besseren Fähigkeiten mit Pfeil und Bogen besaß. Fearchar hatte sie alle besiegt.

Nachdem Joanna den MacLean versorgt hatte, hatte er darauf bestanden, dass sie sich neben ihn auf die Wolldecke ins Gras setzte. Nur für den Fall, dass sie ihm noch etwas von seinem Pferd holen müsste, hatte er betont. Doch bislang hatte er nur wenige Wünsche gehabt und die waren leicht zu erfüllen gewesen: Eine Scheibe Hammelpastete und einen Krug Ale hatte sie ihm aus der Satteltasche geholt. Danach hatte er seinen grünen Helm abgenommen, sich rücklings ausgestreckt, die Hände auf dem flachen Leib gefaltet und mit geschlossenen Augen ein Mittagsschläfchen gehalten.

Ein schwerer Dienst ist es sicherlich nicht, den Arthur Hay bei einem so genügsamen Herrn verrichtet, überlegte Joanna. Selbst als sie das dunkle Bier auf der Decke verschüttet hatte und ihr ein Stück der goldbraunen Pastete auf den Boden gefallen war, hatte der MacLean nicht die Geduld verloren.

Mein Gott, dachte sie, es ist ja auch wirklich kein Wunder, dass ich nervös bin. Ständig beobachtete er sie, immer lächelte er wohlwollend und stets sprach er in diesem leisen, freundlichen Ton mit ihr. Sobald MacLean eingeschlafen war, wie sie glaubte, drehte sie ihm deshalb den Rücken zu. Aus den Augen, aus dem Sinn, dachte sie und hoffte, wenn sie ihn nicht sähe, ihn auch aus ihren kapriziösen Gedankengängen verbannen zu können.

„Was meint Ihr, Laird?", rief Tam. „Wollt Ihr uns nicht auch einen Beweis Eurer Kunst geben?"

Joanna drehte sich um und stellte fest, dass der MacLean sie unter halb geschlossenen Lidern beobachtete. Die Beine lang ausgestreckt, einen Fuß über den anderen gekreuzt, stemmte er sich gemächlich auf die Ellbogen. „Heute nicht", antwortete er. „Joey soll uns zeigen, was er kann."

Joanna versuchte, sich nicht anmerken zu lassen, dass sich ihr Magen verknotete, als sie seinem freundlich auffordernden

Blick begegnete. „Ich weiß nicht, wie man mit Pfeil und Bogen schießt“, bekannte sie. „Das hat mir bislang noch niemand beigebracht.“

„Dann wird es aber Zeit, Bursche“, fand MacLean.

„Wirklich?“ Sie stand auf und schaute zu den Männern, die ihr aufmunternd zunickten. „Zeigt mir einer von euch, wie es geht?“

Träge rappelte sich MacLean von seiner Decke hoch. „Ich selbst werde es dir beibringen.“

„Wirklich, Milord? Oh, wie gerne würde ich das lernen.“

Als Joanna dann aber Tams im Verhältnis zu ihrer eigenen schmächtigen Gestalt riesigen Eibenholzbogen sah, hätte sie am liebsten einen Rückzieher gemacht. Woher sollte sie die Kraft nehmen, diesen Bogen zu spannen?

„Hinter Fraochs Sattel steckt, eingerollt in eine Decke, ein Bogen“, sagte MacLean. „Hol dir den, Bursche. Dann wirst du deine erste Lektion erhalten.“

Ganz gewiss ist auch der Bogen dieses Kriegers viel zu groß für mich, dachte Joanna traurig, während sie ging, wie man ihr befohlen hatte. Ich werde mich schrecklich blamieren, wenn es mir nicht gelingt, den Bogen zu spannen. Doch zu ihrer Überraschung fand sie in der karierten Wolldecke eine kleinere, extra für einen Jugendlichen angefertigte Eschenholzarmbrust, einen passenden Lederbrustschutz sowie einen kleinen Lederhandschuh.

Hocherfreut drehte sie sich um. Breit grinsend beobachteten die Männer sie. Ihr goldblonder Clanführer stand bereits vor der Zielscheibe und wartete auf sie. Amüsiert verfolgte er, wie Joanna mit Bogen, Brustschutz und Handschuh in der einen Hand und Tams Köcher mit den Pfeilen in der anderen zu ihm eilte. Er sah ihren wachen, eifrigen Blick und wusste, dass seine Vermutung richtig war. Sie war nicht nur willig in die Rolle seines Burschen geschlüpft, um ja nicht ihre wahre Identität preiszugeben, das Spiel machte ihr sogar noch Spaß.

„Habt Ihr das extra für mich mitgebracht, Milord?“, fragte sie völlig unbefangen.

„So ist es, Bursche. Ich dachte, in der Mittagspause bliebe uns etwas Zeit zum Üben.“

Er legte den Köcher ins Gras und zeigte ihr, wie sie den Handschuh anzulegen hatte und den Bogen spannen musste.

Dann stellte er sich hinter sie, und indem er seine Arme um sie legte demonstrierte er, wie sie den Bogen richtig halten und den Pfeil einsetzen müsste. Er führte ihre Hände und half ihr so, den Bogen zu spannen und die Zielscheibe ins Visier zu nehmen.

„Lass den Pfeil ruhig, ohne Anstrengung, los. Lass die Sehne ganz einfach aus deinen Fingern gleiten.“

Nach MacLeans Anweisung schoss Joanna einen Pfeil nach dem anderen ab. Geduldig erklärte er ihr, wie sie sich nicht nur mit den Augen auf die Zielscheibe zu konzentrieren hatte. „Versuch mit deinen Gedanken ein Loch ins Zentrum der Scheibe zu brennen und lass keinen anderen Gedanken zu“, riet er. Dann erklärte er ihr, wie sie die Flugbahn, die der Pfeil vermutlich nehmen würde, vorausahnen könnte und wie sie ihre Position halten müsste, bis der Pfeil ins Schwarze träte.

Doch nur, wenn MacLean ihr half das Ziel anzuvisieren, gelang es Joanna, sicher zu treffen. Das ärgerte sie jedoch nicht. Der Reiz, den Gebrauch einer Waffe zu erlernen, verdrängte alle Bedenken. Die Männer belohnten ihren Eifer mit ehrlichem Applaus. Als sie schließlich ins Zentrum der bemalten Hirschhaut traf, klatschten und schrien sie so freudig, als ob sie eine von ihnen wäre.

Hätte sie Flügel gehabt, würde sie sie ausgebreitet und laut wie ein Hahn im Hühnerstall Kikeriki geschrien haben, so glücklich war sie.

Rory konnte fühlen, wie Joannas schlanker Körper vor Aufregung zitterte. Konzentriert biss sie sich auf die Unterlippe. Sie war sogar so konzentriert, dass sie nicht einmal zu bemerken schien, wie er sie sanft gegen sich drückte. Sein eigener Körper reagierte nahezu stürmisch auf ihre weiblichen Formen. Insbesondere als ihr weiches Gesäß, das unter dem ausgeblichenen Plaid versteckt war, seine Schenkel berührte, brannte das Feuer der Begierde in seinen Lenden. Er genoss das Gefühl, sie zu berühren – sie fühlte sich so lebendig an –, und die Vorstellung, dass sie bald auf ewig die Seine war, verlieh ihm nahezu Schwingen.

Ein nie gekanntes Glücksgefühl erfüllte Rory, als er auf seine widerspenstige zukünftige Frau herabblickte. Nie zuvor war ihm ein Mädchen wie sie begegnet. Joanna besaß erstaunlich viel Zähigkeit und Mut, es gab wohl nichts, was sie nicht wagte. Ihr lebhaftes Wesen versprach ein offenes, humorvolles Miteinander, wie er es noch nie bei einer Frau erlebt hatte. Die adeligen Damen seiner Bekanntschaft flirteten und schäkerten mit Eifer und Inbrunst, ihr einziges Ziel war die Heirat mit dem passenden Partner. Doch als landloser Bastard waren ihm ihre lüsternen Lockrufe immer erspart geblieben.

Die vulgären Frauen, mit denen er geschlafen hatte, hatten zwar mit ihrer Vitalität und ihrer Lust seine Aufmerksamkeit erregt, aber sie hatten niemals eine solche Begeisterung gezeigt, wie sie Joannas unschuldiges Mienenspiel ausdrückte.

Seine Wange rieb sich an ihrer wollenen Strickmütze, sein Mund war nur Zentimeter von ihren weichen rosa Lippen entfernt. Ein süßes Kribbeln gespannter Erwartung lief ihm über den Rücken. In seinen Lenden drängte die Begierde, tief in seinem Innern schmerzte es so sehr, dass er ein Stöhnen unterdrücken musste.

Leise fluchend zählte er die Tage, bis seine Familie eintraf, bis er die lächerliche Farce endlich beenden und Joanna in sein Bett nehmen konnte.

Da Joanna deutlich ihre Enttäuschung zeigte, als die Mittagspause vorbei war und die Jagd weiterging, versprach ihr Mac-

Lean, am folgenden Tag wieder mit ihr das Bogenschießen zu üben.

Am liebsten wäre sie durch das Gras gehüpft und hätte dabei laut Hosianna gesungen, so glücklich war sie. Wer hätte gedacht, dass ihre Tätigkeit als Bursche des Seedrachens sich als ein solcher Segen herausstellen würde?

„Und wann lehrt Ihr mich den Gebrauch des Schwertes?“, fragte sie freudestrahlend, während sie neben ihm zu den Pferden ging.

„Wenn du stark genug bist, mein Breitschwert zu tragen“, lachte Rory.

Joanna hielt ihn am Ärmel zurück, als sie vor ihrer Fuchsstute standen und MacLean zu Fraoch gehen wollte. „Aber der Dolch? Wollt Ihr mir nicht beibringen, wie man mit dem Dolch kämpft?“

Er schüttelte missbilligend den Kopf, obwohl seine Augen belustigt strahlten. „Du bist ein recht blutrünstiger Bursche, Joey.“

Noch ließ Joanna seinen Ärmel nicht los. „Bitte, bringt es mir bei“, bettelte sie.

„Na ja, vielleicht.“

Fürs Erste mit der unverbindlichen Antwort zufrieden, setzte Joanna den Fuß in den Steigbügel. Doch genau in dem Moment, als sie aufs Pferd steigen wollte, machte Behind einen übermütigen Sprung zur Seite.

„Siehst du, sie wirft dich doch ab“, rief MacLean erschrocken und glitt bei seinem Versuch, ihr zu helfen, mit der Hand unter ihr Plaid.

Das Gefühl seiner großen Hand an ihren Schenkeln schockierte sie dermaßen, dass sie sich erschrocken in den Sattel schwang. Fest hielt sie die Zügel in der Hand und schaute verlegen über das Seeufer. Keiner der Männer schien etwas mitbekommen zu haben. Und wenn, dann schenkten sie dem keine Beachtung. Alle waren damit beschäftigt, den Pferden die Halfter anzulegen oder die Sattelgurte festzuzurren. Selbst

MacLean schien völlig unbeeindruckt zu sein. Wieso auch nicht? Schließlich war Joey ja nur ein kleiner unbedeutender Bursche. Solche Missgeschicke passierten eben hin und wieder. Sie waren zu belanglos, um sich dafür zu entschuldigen.

Joannas Wangen glühten. Himmel, sie spürte immer noch, wie seine schwieligen Finger über ihre Schenkel glitten. Wie leicht hätte ihre List auffallen können. Welch ein Glück, dass sie morgens die langen Hemdzipfel zwischen den Beinen verknotet hatte.

Er schien nicht zu bemerken, dass ihr das Herz im Brustkasten schlug wie ein Rammbock gegen das Burgtor. „Wenn ich meine, dass du so weit bist, Joey, dann werde ich dir auch zeigen, wie man den Dolch benutzt", beruhigte er sie, da er ihre ängstliche Miene völlig falsch deutete.

Sie senkte den Blick und starrte auf ihre zitternden Hände. Sie musste fliehen. Wenn sie auf Kinlochleven blieb, dann war es nur eine Frage der Zeit, bis er hinter ihr Geheimnis käme. Und doch wünschte eine leise, heimtückische Stimme in ihr, dass er genau das täte.

Angst schnürte ihr die Kehle zu. „Wie Ihr wünscht, Laird", brachte sie mit Mühe heraus.

Kaum saßen die Männer im Sattel, als die Jagdhunde auch schon mit aufgeregtem Gebell in Richtung Wald losrannten. Mit lautem Gebrüll galoppierten die Männer hinter ihnen her.

Im allgemeinen Durcheinander ergriff Joanna ihre Chance. Sie trat Behind in die Flanken. Die temperamentvolle Stute reagierte sofort, froh, dass man ihr endlich freien Lauf ließ.

Im schrägen Winkel vom Kurs der MacLeans abweichend, lenkte Joanna ihre Fuchsstute direkt in das nächste Kieferngehölz. Weg vom Loch, bergauf, weiter und weiter in den Wald hinein trieb sie die Stute. Tief über den Hals des Tieres geduckt saß sie im Sattel, um bei dem scharfen Tempo, das sie ritt, den herabhängenden Tannen- und Fichtenzweigen ausweichen zu können.

Plötzlich stieg aus dem Adlerfarn vor ihr eine Gruppe verschreckter Birkhühner auf; böse über die Ruhestörung schlugen sie ihre glänzenden Schwingen. Die nervöse Stute scheute. Leise und eindringlich flüsternd beruhigte Joanna sie. Als die Geräusche der Jagd allmählich leiser wurden, ließ sie ihr dampfendes Pferd im Schritt gehen. Doch eine Rast wollte sie erst einlegen, wenn sie eine möglichst große Distanz zwischen sich und dem Oberhaupt des MacLean-Clans geschaffen hätte.

Sie zog sich die gestreifte Wollmütze, die während des wilden Ritts verrutscht war, wieder tief über die Ohren, dann gab sie Behind einen aufmunternden Klaps. Einem halb überwachsenen Pfad am Steilufer des Flusses folgend, setzte sie ihren Aufstieg in die Berge fort.

Nur das lärmende Schu-schu der Kreuzschnäbel und das Rascheln der Blätter im Wind störten die Stille. Endlich war es ihr gelungen, dem cleveren MacLean zu entkommen. Aber richtig freuen konnte sie sich darüber nicht.

Rory fluchte leise. Erst hatte ihn die kurze Berührung so erregt, dass er nicht schnell genug in den Sattel gekommen war. Dann hatten das Geschrei der Männer und das ohrenbetäubende Gebell der Hunde seinem schreckhaften Hengst Furcht eingeflößt. Fraoch hatte sich aufgebäumt und mit den Hufen gescharrt, und als Rory ihn endlich beruhigt hatte, war Joanna über alle Berge.

Während die meisten Männer schon den Jagdhunden folgten, hatte er gerade noch Fearchar und Tam zurufen können, mit ihm zusammen Joanna zu verfolgen. Die zwei ritten hinter ihm, und er folgte der Spur, die ihm abgebrochene Zweige und abgerissene Blätter wiesen.

Ihn ängstigte das ungeheure Tempo, das sie vorlegte. Das Terrain war viel zu gefährlich für einen so schnellen Ritt. Auf dieser Höhe zwängte sich der Fluss durch eine Schlucht, steil fiel sein Ufer ab. Wenn Joanna unsicher würde oder das Pferd scheute – ein falscher Tritt, und sie würde mit ihrer Stute in die Schlucht stürzen. Selbst wenn sie irgendwie ihren Verfolgern entkommen sollte, dann würde es dunkel werden, bevor sie die nächste Siedlung erreichte.

Obwohl die Braunbären, die einst durch diese Wälder strichen, schon lange verschwunden waren, lebten in den Bergen immer noch Wildschweine, Wölfe und Luchse. Auch war das Wetter im Frühling unberechenbar. Ein leichter Wind konnte sich schnell zum Sturm entwickeln, Bäume konnten umstürzen und den Weg versperren.

Abrupt zügelte Rory sein Pferd, als er auf eine kleine Lichtung kam. Am Rand der Klamm stand Joanna und gönnte ihrem schweißnassen Pferd eine Pause. Sie musste ihn gehört haben, denn Rory sah, wie sie kurz ängstlich in seine Richtung blickte, bevor sie dem Fuchs erneut die Sporen gab. Just in dem Moment sprang ein einsamer Wolf, der sich wohl von seinem Rudel entfernt hatte, knurrend und zähnefletschend hinter einem Felsbrocken hervor und attackierte Behind am Hals. Wiehernd bäumte sich die verängstigte Stute auf, stellte sich auf die Hinterbeine, schlug wild mit den Vorderhufen und warf Joanna ab. Mit einem dumpfen Schlag landete sie auf dem Waldboden. Während Behind in wilder Flucht davongaloppierte und sich Joanna hochrappelte, wechselte der Wolf sein Opfer und attackierte nun die schmale Gestalt, die langsam zum Rand des Kliffs zurückwich. Die Bestie war verletzt. Das große männliche Tier hatte eine klaffende Wunde über der Schulter, die wohl von den scharfen Gabeln eines Hirschgeweihs herrührte, und war vermutlich von seinem Rudel zurückgelassen worden, als es nicht mehr mithalten konnte. Hungrig und wütend kroch der Wolf mit gefletschten Zähnen vorwärts.

„Nicht bewegen!“, rief Rory, während er zugleich Fraoch antrieb. Mit dem Breitschwert in der Hand sprang er aus dem Sattel und landete zwischen Joanna und dem Wolf. Im selben Moment griff die riesige Bestie an. Kraftvoll stach Rory zu, bis zum Griff stieß er dem Tier sein Schwert in die Brust. Mit einem schauerlichen Jaulen sank der Wolf zu Boden.

Rory drehte sich um. Joanna taumelte am Rand des Kliffs, die Augen vor Entsetzen weit aufgerissen, das schmutzige Gesicht kalkweiß. Er ließ das blutige Schwert fallen und griff nach ihr, gerade als der lockere Fels unter ihren Füßen nachgab.

Sie schlang ihre Arme um seinen Hals; mit geschlossenen Augen klammerte sie sich ängstlich an ihn.

Rory lächelte. Sie fühlte sich so wunderbar an. Unter ihrem viel zu großen Plaid spürte er ihre festen Brüste, die sie an seinen Oberkörper presste. Hinreißend waren ihre vollen Hüften und Schenkel. Wie der aus einer Hakenbüchse abgefeuerte Schuss, so blitzartig waren alle seine Gedanken an Vergeltung für ihre Missetaten verflogen. Nur der Gedanke, dass er die absurde Maskerade beenden musste, pochte in seinem Innern.

Er trat von dem Abgrund zurück und drehte sich um, ohne sie aus seinen Armen zu lassen. „Ganz ruhig. Die Gefahr ist vorbei", beschwichtigte er sie.

MacLeans leise und sanfte Stimme löste Joannas Panik auf. Sie öffnete die Augen, legte den Kopf in den Nacken und schaute zu ihm auf. „Ihr … Ihr habt mir das Leben gerettet", flüsterte sie, erschrocken über das Gefühlschaos in ihrem Innern. Sie wünschte sich, ihre Lippen auf seinen sinnlichen, zu einem warmherzigen Lächeln leicht geöffneten Mund zu drücken. Sein Gesicht, so mannhaft und ausdrucksvoll, war nur Zentimeter von dem ihren entfernt.

Wie ein stechender Schmerz traf sie dieses sehnsüchtige Verlangen, und plötzlich verstand Joanna, was diese seltsamen Gefühle in ihrem Innern wirklich bedeuteten. Sie wollte mit den Fingerspitzen über die tiefen Falten in seinem Gesicht fahren, wollte mit der Hand über sein hartes, störrisches Kinn streichen. Sie sehnte sich danach, dass er sie küsste.

Um Himmels willen! Sie wollte tatsächlich den Sea Dragon küssen. Unmöglich – aber wahr.

MacLean hielt sie so fest, dass sie die gespannten Muskeln seiner Arme fühlen konnte. Nur der gebündelte Stoff ihres übergroßen Hemdes und das mehrfach in Falten gelegte karierte Wollplaid, das quer über ihre Brust drapiert war, verhüllten ihren kleinen Busen und ihre mädchenhafte Figur und verbargen ihr Geheimnis.

In seinen Augen erkannte sie aufrichtige Besorgnis. Plötzlich schämte sie sich, dass sie ihn so getäuscht hatte. Niemals hätte sie das erwartet. Er hielt sie nicht nur für einen Burschen, er wollte ihr – oder besser Joey – auch wirklich helfen, ein rechtschaffener junger Mann zu werden.

Sofort verwarf sie den Gedanken wieder, MacLean über ihre wahre Identität aufzuklären. MacLean würde ihr nie verzeihen, dass sie ihn vorsätzlich hinters Licht geführt hatte. Zutiefst entrüstet würde er über ihr Verhalten sein – aber bestimmt auch wieder nicht so entrüstet, um nicht die Ehe mit einer Erbin einzugehen und sich ihren Reichtum und ihre Güter anzueignen. Sie wäre gezwungen, einen Mann zu heiraten, der den Anblick seiner Frau nicht ertragen könnte. Und die Glencoe Macdonalds, die darauf vertrauten, dass sie den Sohn ihres Heerführers heiratete, würden ihr niemals den Respekt und die Treue erweisen, die sie als ihr Clanoberhaupt so gerne gewinnen wollte.

Langsam stellte MacLean Joanna wieder auf die Füße. Mit den Händen strich er über ihre Arme und die Schultern. „Es wird Zeit, dass wir …"

Das Geräusch von Pferden, die durch das Unterholz auf die Lichtung galoppierten, unterbrach ihn bei dem, was auch immer er sagen wollte.

„Ihr habt den Burschen gefunden!", rief Fearchar. Das lange blonde Haar hatte er in zwei Zöpfen gebändigt, und sein vernarbtes bärtiges Gesicht mit der schwarzen Augenklappe leuchtete regelrecht, als er grinsend seine Zahnlücken zeigte.

„Und gerade noch im rechten Augenblick", antwortete

MacLean, während er Joanna losließ und sich zu Fearchar und Tam umdrehte.

Die beiden sprangen von ihren Pferden, knieten nieder und untersuchten den toten Wolf. Erschrocken blickten sie dann zu Joanna. Ihnen war deutlich anzusehen, dass sie genau wussten, in welcher Gefahr sie sich befunden hatte. Ihre aufrichtige Besorgnis rührte Joannas Herz. Aus welchem Grund auch immer hatten sie ihre uneingeschränkte Ergebenheit, die sie für ihren Clanführer empfanden, auch ein wenig auf seinen frechen Burschen übertragen.

MacLean nahm sein Schwert auf, säuberte das Blatt am dicken Pelz des toten Wolfs und steckte es zurück in die Scheide.

„Du wirst mit auf meinem Pferd reiten müssen, Joey", sagte MacLean. „Behind ist sicherlich bereits auf halbem Weg zurück zur Burg." Er stieg auf seinen riesigen schwarzen Hengst und reichte ihr die Hand.

Joanna erlaubte dem Kriegsherrn, sie hinter sich aufs Pferd zu ziehen. Jetzt erst fiel ihr auf, dass sie sich nicht einmal dafür entschuldigt hatte, dass sie allein fortgeritten war. „Ein Kaninchen hat Behind erschreckt", rief sie ihm über seine Schulter zu. „Sie galoppierte in den Wald. Ich konnte nur zusehen, dass ich nicht abgeworfen wurde."

„Wirklich?", fragte er.

Bevor Joanna Luft holen und ihre Lüge ausschmücken konnte, fiel Fraoch in einen gestreckten Galopp. Joanna konnte nur noch ihre Arme um MacLeans Taille legen, sich an seinem breiten Ledergürtel festhalten und um des Überlebens willen durchhalten.

6. KAPITEL

Am Abend saß Joanna im Schneidersitz auf der Truhe in ihrem Schlafgemach und putzte MacLeans Dolch. Sie hatte Jocks zerschlissene und viel zu große Halbschuhe ausgezogen und wackelte mit den Zehen in den gestopften Strümpfen. Sie fühlte sich ein wenig ertappt, als der Laird in die Kammer kam.

„Wolltet Ihr nicht mit Fearchar Schach spielen, Milord?“, fragte sie überrascht und wollte den Dolch wieder in die Scheide stecken. „Habt Ihr einen Wunsch?“

„Nein, bleib ruhig sitzen und mach weiter mit deiner Arbeit.“

Rory stellte den Bierkrug auf den Tisch. Dann löste er den Schwertgürtel, warf die Waffe aufs Bett und ließ sich auf einen Armlehnstuhl mit feinen Schnitzereien fallen. Das Kinn auf die Fäuste gestützt beobachtete er Joanna unter halb geschlossenen Lidern hervor. Fast hätte ich sie heute verloren, dachte er nachdenklich. Bei Gott, noch einmal werde ich meiner wagemutigen Braut nicht erlauben, ein solches Risiko einzugehen. Vielleicht war es doch keine so schlechte Idee, sie an die Leine zu nehmen …

Als sie zurück zur Burg geritten waren, hatte er sich vorgenommen, ihr, sobald sie alleine waren, zu erzählen, dass er ihre wahre Identität kannte. Sicherlich würde sie schockiert sein und vielleicht auch Angst bekommen, aber er hatte dem forschen Mädchen versichern wollen, dass er sie für ihre lächerliche Maskerade nicht bestrafen wollte. Er war sich mittlerweile nämlich ganz sicher, dass sie diese Farce nur aus Loyalität zu ihrem Clan veranstaltete. Bestimmt hatte sie sich dazu von diesem törichten Macdonald-Heerführer überreden lassen, der dann seine Herrin im Stich gelassen hatte und nach Stalcaire geritten war, um dem König den Treueeid zu schwören.

Rory wollte seiner Braut Gelegenheit geben, sich auf die

Hochzeit vorzubereiten. Und weil er genau wusste, welche bedeutende Rolle das Brautkleid für ein Mädchen spielte, hatte er seine Mutter in dem Brief gebeten, eine besonders schöne Robe mitzubringen und auch feine, elegante Unterwäsche sowie einen mit Fell besetzten Abendmantel. Bei der Vorstellung, wie er seiner Braut das Spitzenhemd von den schmalen weißen Schultern streifen würde, fuhr sofort wieder der Schmerz fleischlicher Begierde durch seine Lenden. Oh gütiger Gott, er begehrte sie! Welche schreckliche Pein hatte er ausgestanden, als er ihren geschmeidig-weichen Körper berührt hatte, während er ihr zeigte, wie man den Bogen benutzte. Wenn er nicht genau gewusst hätte, dass ihre Eheschließung in ein paar Tagen stattfinden würde, dann wäre er wirklich versucht gewesen, sie schon heute Nacht zu seiner Frau zu machen.

Doch bei seiner Rückkehr nach Kinlochleven erwartete ihn eine Abordnung der Burginsassen unter Führung von Pater Graham. Die Männer hatten darauf bestanden, sofort mit ihm – und ausdrücklich nur mit ihm – zu sprechen. So hatte er Joanna weggeschickt und sich in der Bibliothek die Wünsche der Leute angehört.

Seumas, Davie, Jock, Jacob sowie der angeblich so fromme Priester hatten sich alle Mühe gegeben, ihn davon zu überzeugen, dass Joey nicht als sein Bursche taugte. Sie brachten allerlei Gründe vor: dass er zu jung und zu schmächtig sei; dass er dazu neige, böse Streiche zu spielen; ja, sie präsentierten ihm sogar eine Liste all seiner Pflichtverletzungen. Burgvogt, Kammerherr, Schmied und Stallmeister, sie alle waren zu Wort gekommen, allen hatte Rory Gelegenheit gegeben, zu erklären, weshalb er Joey nicht als seinen persönlichen Diener einstellen sollte. Geduldig hatte Rory sich jeden ihrer Vorschläge angehört, und jede Empfehlung hatte er mit ausführlicher Begründung abgelehnt.

Die Macdonalds wollten ihn täuschen, und je länger sie versuchten, ihr Lügennetz zu spinnen, desto ärgerlicher war er geworden. Ihr übles Ränkespiel hätte ihre Herrin heute beinahe das Leben gekostet. Aber wenn sie es so wollten, dann sollten sie ihre Farce eben bis zum bitteren Ende spielen, hatte er schließlich beschlossen. Er würde sie schon lehren, ihren neuen Laird und Gutsherrn zu fürchten und zu respektieren.

Nach dem Abendessen hatte Rory Joanna in seine Schlafkammer geschickt, wo sie einige Arbeiten für ihn erledigen sollte. Mit finsteren Blicken hatten ihre getreuen Gefolgsleute ihr nachgeschaut, als sie nach oben ging, aber keiner hatte es gewagt, sie aufzuhalten oder die Wahrheit zu gestehen.

Da saß Joanna nun. Ab und zu warf sie ihm einen scheuen Blick zu, und er fragte sich, was sie wohl dachte. Langsam schlürfte Rory das braune Bier, während er sie verärgert über den Rand des Zinnbechers hinweg beobachtete. Er stützte die Füße auf die niedrige Truhe, auf der sie saß. Sofort rutschte sie beiseite, als sei er eine Art gefährliches Monster.

Allmächtiger, was hatte er denn an sich? Weshalb fand sie ihn nur so abstoßend?

„Joey“, sagte er, und sie sprang sofort hoch.

„Ja.“

„Du hast gesagt, Lady Joanna hätte viele Verehrer. Was meinst du? Was für einen Mann würde sie wohl gerne heiraten?“

„Milord?“ Es war ihr deutlich anzusehen, wie entsetzt sie über so eine Frage war.

„Jedes junge Mädchen, selbst ein einfältiges, wird sich doch Gedanken über den Bräutigam machen, der am Hochzeitstag einmal neben ihr stehen wird.“

Joanna beugte sich über den Dolch und polierte die lange Klinge mit einem Eifer, als hinge ihr Leben davon ab. Rory hielt den Atem an. Um Gottes willen, hoffentlich schneidet sie sich nicht einen ihrer zarten Finger ab, überlegte er besorgt.

„Das weiß ich wirklich nicht!“, murmelte sie, und da gleichzeitig ihr fieberhaftes Geputze nachließ, atmete er langsam wieder aus.

„Stell dir mal vor, du wärst die Maid of Glencoe, welchen Ehemann würdest du dir dann wählen?"

Joanna zog die rotblonden Brauen zusammen und begann erneut, blindwütig die scharfe Klinge zu putzen. „Die Maid of Glencoe kann nicht wählen. Sie muss heiraten, wen der König oder Ewen Macdonald, der Heerführer, für sie aussucht."

Rory beugte sich vor, um ihr notfalls den Dolch aus den Händen zu reißen. „Nun komm schon, Junge, lass doch mal deine Fantasie spielen", drängte er mit leiser Stimme. „Stell dir vor, die Erbin könnte wählen. Für wen würde sie sich entscheiden?"

Er war erleichtert, dass Joanna den Dolch endlich zur Seite legte. Dann umfasste sie mit den Händen ihre Knie, blickte zur Decke, spitzte die Lippen und schien angestrengt nachzudenken. „Milord, ich bin ein Waisenjunge, das kann ich mir wirklich nicht vorstellen", behauptete sie schließlich.

Rory stand auf und ging zu dem hohen Prunkschrank. Er öffnete die beiden Türen und holte ein schmales goldenes Kästchen heraus. Dann kam er zurück und reichte es ihr.

„Was ist das?", fragte sie. Ihre blauen Augen glänzten vor Neugier.

„Ein Hochzeitsgeschenk für meine Braut. Mach den Kasten auf, Junge, und sag mir, ob es ihr gefallen wird."

Vorsichtig hob Joanna den Deckel. Ein leises, erstauntes „Oh!", entfuhr ihr.

Auf goldenem Satin lag eine Halskette. Ehemals bestimmt für eine spanische Infantin, war sie als Beutegut an Bord eines Piratenschiffes sichergestellt worden. In der Mitte einer filigranen Goldkette funkelten im weichen Licht der Kandelaber Saphire von einem ebenso leuchtenden Blau wie Joannas Augen. Ein Kollier, wahrlich gemacht für eine Königin.

„Nun?", drängte er, als Joanna schwieg. „Was meinst du?

Wird Lady Joanna das gefallen?“

Joanna schloss die Schatulle und legte sie neben den Dolch. Gleichgültig zuckte sie mit den Schultern. „Wenn Ihr glaubt, Milord, Euch ihre Liebe mit kostbarem Geschmeide erkaufen zu können, so werdet Ihr bestimmt scheitern. Der Jungfer bedeutet solch Flitterzeug nichts.“

Rory nahm die Schatulle in die Hand und inspizierte die königliche Insignie auf dem Deckel. Gleichzeitig beobachtete er Joanna aus den Augenwinkeln. „Wirklich?“, murmelte er. „Das weißt du also?“

„Vermutlich sind ihr andere Eigenschaften wichtiger.“

„Und welche?“

„Edelmut und Höflichkeit zum Beispiel.“

Rory legte seine verschmähte Hochzeitsgabe neben den Becher. „Erklär mir, was du damit meinst, Junge.“

„Ihr werdet es verstehen, Sire, wenn Ihr Euch den Gobelin dort an der Wand anschaut. Lady Joanna hat ihn aus Cumberland mitgebracht. Man hat mir erzählt, ihre Mutter hätte ihn extra für die Aussteuer ihrer Tochter anfertigen lassen.“

Zum ersten Mal, seit er das Schlafgemach in Besitz genommen hatte, betrachtete Rory den farbenfrohen Wandteppich genauer. Darauf war ein Ritter dargestellt. Makellos die Rüstung, nirgends eine Beule, nicht einmal ein Kratzer. Knabenhaft das Gesicht, zart wie das eines Mädchens, mit dem Strahlen eines Jünglings voller Ideale. Wenn dieser Ritter oder seine Rüstung jemals an einem Kampf teilgenommen hatten, dann nur weit hinten in der Nachhut. Dieses beeindruckende Exemplar der Ritterschaft schaute auf zu einer höfisch gekleideten Dame. Sie stand auf einem Balkon und hielt eine brennende Kerze in der Hand, mit der sie ihm im Dunkeln den Weg leuchtete.

„Du glaubst also, Lady Joanna hofft, einen Engländer zu heiraten?“

„Ob der Ritter nun ein Engländer oder ein Schotte ist, das ist nicht wichtig“, erklärte sie gereizt, während sie von der

Truhe sprang und sich neben ihn vor den Gobelin stellte. Ärgerlich seufzend zeigte sie mit beredter Handbewegung auf das Bild. „Ihr müsst die gesamte Szene betrachten. Der kühne Ritter bringt seiner Herzensdame ein Blumenbukett und eine Ballade, die er eigens für sie geschrieben hat. Könnt Ihr Euch denn nicht vorstellen, was diese Menschen gerade empfinden?"

Rory sah genauer hin. Wahrhaftig. Der Grünschnabel hielt einen Veilchenstrauß in der einen und eine mit einem Band zusammengehaltene Pergamentrolle in der anderen Hand. „Hmm. Und was empfinden sie?", knurrte er, weil er sich gar nicht erklären konnte, warum ihn der verzauberte Blick in Joannas schmutzigem Gesicht so verwirrte.

„Er schwört ihr immerwährende Treue", sagte sie leise, den Blick fest auf den Ritter gerichtet. „Er ist gekommen, die Dame vor dem gemeinen und unerwünschten Verehrer zu retten, den ihr der böse Stiefvater aufgezwungen hat."

Rory blickte zu Joanna herunter, und plötzlich dämmerte es ihm. *Ritter und Herzensdamen.* Hatte Maude ihm nicht erzählt, dass Joanna als Kind nur Trost in romantischen Geschichten und Tagträumen gefunden hatte? Von einem Ritter in glänzender Rüstung träumte seine zukünftige Braut. Von einem Ritter, der sie vor dem unerwünschten Bräutigam rettete – vor dem gemeinen und abstoßenden Laird Rory MacLean.

Er sah noch einmal auf den Wandteppich. Himmel, er würde nicht einmal sein Schwert ziehen müssen, um so einen gezierten Galan zu schlagen. Den Grünschnabel konnte er ja mit bloßen Händen in Stücke reißen.

„Könnt Ihr über die Schönheit, den Liebreiz und die Klugheit Eurer Herzensdame eine Ballade schreiben?", fragte ihn das Mädchen an seiner Seite. Erwartungsvoll lächelte sie zu ihm auf. „Mit Begleitung Eurer Laute könntet Ihr Lady Joannas Keuschheit besingen."

„Ich kann nicht Laute spielen", antwortete er barsch.

Enttäuscht verzog sie den Mund und schwieg einen Moment. „Na ja, dann vielleicht doch Drehleier oder Gitarre?“, schlug sie heiter vor.

„Ich spiele gar kein Instrument“, sagte er grimmig.

Erschrocken, so als ob ihm gerade ein drittes Auge gewachsen sei, starrte sie ihn an. „Aber sicher habt Ihr doch schon Gedichte verfasst zum Lobpreis der melodischen Stimme oder des wunderschönen Haares einer Dame.“

„Auch nicht!“ Rory war kurz davor, loszupoltern. Oh je, die kühne Jungfer hat wohl ein wenig zu spät bemerkt, dass sie direkt in einen Sturm gesegelt ist, dachte er, als er sah, wie sie mit einem letzten Blick auf das lächerliche Paar auf dem Gobelin zur anderen Seite der Kammer ging.

Joanna stand vor der Eichentruhe. Sie nahm den Dolch und steckte ihn in die Scheide. Mit einem besorgten Blick auf MacLean legte sie die Waffe vorsichtig auf den Tisch. „Habt Ihr heute Abend sonst noch einen Wunsch, Laird?“, fragte sie höflich.

Bevor er antworten konnte, kam Abby mit zwei Wassereimern durch die offene Tür. Wortlos stellte sie ihre Last ab, zog einen Holzbottich hinter einem Paravent hervor und schob ihn vor die Feuerstelle.

Ungeduldig runzelte MacLean die Stirn. „Was soll das denn?“, fuhr er das Mädchen an.

Abby schaute ihn erstaunt an, dabei knickste sie kurz und höflich. „Bevor Ihr auf Jagd gegangen seid, Milord, habt Ihr doch befohlen, dass man Euch heute Abend ein Bad bereiten soll.“

„Ach ja“, antwortete er zerstreut, ohne den Blick von Joanna zu wenden.

Während Abby sich entfernte, um weitere Eimer heißen Wassers zu holen, legte Joanna Seife und Handtücher für das Bad zurecht. Ein aufgeregtes Prickeln lief ihr dabei über den Rücken. Das war die Gelegenheit! Dieses Mal wollte sie ihre Chance nutzen. Dieses Mal wollte sie nicht wieder wie ein feiger Tölpel davonlaufen.

„Erwartet Lady Joanna etwa, dass ihr zukünftiger Ehemann ihr mit Blumen und Musik und Gedichten den Hof macht?" Messerscharf hallten MacLeans Worte durch die stille Kammer und rissen Joanna aus ihren glücklichen Gedanken.

Er stand immer noch vor dem Wandteppich und starrte auf den Ritter. Seine zornige Miene hätte den besten Wein im Burgkeller auf der Stelle in Essig verwandeln können.

„Ihr wollt die Jungfer doch nicht enttäuschen, Milord?", antwortete Joanna, ohne sich umzudrehen.

Leise vor sich hin pfeifend legte sie eine frische Tunika für die Nacht und saubere Socken für den nächsten Tag bereit. Dieses Mal werde ich herausfinden, ob der Seedrache wirklich einen Schwanz hat oder ob die Geschichte nur dummes Geschwätz ist, freute sie sich.

„Warum sagst du so etwas, Joey?" Seine Stimme hörte sich an wie ein leises Donnergrollen über dem Loch.

„Weil Ihr bislang nur ihren kleinen Finger geküsst habt", antwortete Joanna leise lachend.

„Wenn es an der Zeit ist, dann werde ich sie bestimmt an anderen Stellen küssen als nur auf ihren kleinen Finger", knurrte er.

Leise summend schüttete Joanna einen Krug kalten Wassers ins dampfende Bad. Während sie mit der Hand durch das Badewasser fuhr, um die Temperatur zu prüfen, stellte sie sich vor, wie MacLeans großer, muskulöser Körper nackt im Zuber lag. Und obwohl ihr Herz klopfte und ihr Inneres vor Aufregung bebte, nahm sie sich fest vor, dieses Mal auf keinen Fall wieder aus der Kammer zu fliehen. Nicht einmal, wenn ich beim Anblick seines schuppigen grünen Schwanzes in tiefe Ohnmacht falle, schwor sie sich.

Abby kam mit zwei weiteren Eimern zurück. „Lady Beatrix lässt ausrichten, sie benötige Joeys Hilfe im Südzimmer", sagte sie, während sie kaltes und heißes Wasser in den Zuber goss.

„Ich werde hier gebraucht“, erklärte Joanna, bevor MacLean auch nur Anstalten machte, sie wegzuschicken. Beschwörend sah sie Abby an, nicht zu widersprechen.

Die Magd warf einen ängstlichen Blick auf den mächtigen Krieger, bevor sie ihrer Herrin antwortete. „Lady Beatrix wird schrecklich wütend sein, wenn du nicht mit mir kommst, Joey. Es ist sehr wichtig, sie braucht dich sofort.“

„Joey bleibt hier“, befahl MacLean. „Arthur ist nicht hier. Der Junge muss mir beim Baden helfen.“

Abby riss vor Schreck die braunen Augen auf. „Lady Beatrix sagt, ich solle Euch helfen, Milord. Natürlich, wenn Ihr wirklich Hilfe braucht, Milord. Ihr seid doch ein erwachsener Mann, Milord. Ihr seid doch sicher fähig, Euch alleine auszukleiden.“ Verlegen schaute sie auf ihre derben Schuhe, während sie knickste und sich zugleich dabei bekreuzigte.

„Du musst ihm nicht helfen, Abby“, sagte Joanna mit Nachdruck. „Ich bin der Bursche des Lairds. Ich bin sein Kammerdiener. Geh und bestell Lady Beatrix, dass alles in Ordnung ist.“

Abby trat ganz dicht neben Joanna. „Ich darf nicht ohne Euch zurückkommen“, flüsterte sie ihr hinter vorgehaltener Hand zu.

„Du kannst gehen, Abby.“ MacLeans Ton war ruhig und bestimmend. „Schließ die Tür hinter dir. Ich mag keinen Zug, wenn ich im Bad sitze. Und richte Lady Beatrix aus, dass ich für den Rest des Abends von niemandem mehr gestört werden will.“

Die verängstigte Magd gehorchte. Bei Gott, sie hatte auch keine andere Wahl.

Erwartungsvoll musterte Joanna den breitschultrigen Krieger. Ihre Glieder spannten sich, ihr Magen zwickte, ein inneres Feuer erhitzte das Blut in ihren Adern – fast ein Wunder, dass der Dampf ihr nicht aus den Nasenlöchern stieg. Jetzt sollte sie endlich die Wahrheit über ihn erfahren.

Hat er einen oder hat er keinen Schwanz?

MacLean setzte sich auf den Rand ihrer Daunenmatratze. „Du kannst mir die Schuhe ausziehen, Junge."

Erschrocken über den barschen Befehl, ballte Joanna die Hände zu Fäusten. „Macht … macht das Arthur auch?"

Der Laird lächelte mild, als er an dem Lederriemen zog, mit dem sein Zopf im Nacken zusammengebunden war. Goldene Locken fielen ihm über den Hemdkragen.

„Immer." Seine grünen Augen blitzten so sehr, dass ihr ein freudiges Prickeln über den Rücken tanzte.

Himmel, der Mann lügt, schoss es ihr durch den Kopf. Damals, als ich Feuerholz in die Kammer gebracht habe, da hat er sich selbst die Stiefel ausgezogen. Aber gut, wenn er heute Abend unbedingt verwöhnt werden will, dann füge ich mich eben seinem Wunsch.

Er streckte ihr erst den einen, dann den anderen Fuß entgegen, und sie zog ihm die glänzenden schwarzen Schuhe mit den goldenen Schnallen aus. Anschließend trat sie zurück, holte tief Luft und wartete.

MacLean saß da, als erwarte er, dass sie ihm weiter half.

„Das Wasser wird kalt, Milord", erinnerte sie ihn mit einem bedeutsamen Blick auf den dampfenden Zuber.

„Worauf wartest du dann, Junge?", fragte er durchaus nicht ungeduldig. „Zieh mir die Strümpfe aus."

Ein Lächeln umspielte seine Mundwinkel, genauso wie am Vormittag, als sie ihm Hammelpastete und Ale serviert hatte. Wahrlich geduldig ist er gewesen, als ich das Bier über die Decke gegossen habe, fiel ihr wieder ein. Und welche Engelsgeduld hatte er aufgebracht, als er mit ihr Bogenschießen geübt hatte. Sie konnte sich nicht vorstellen, warum er so viel Interesse an einem Jüngling zeigte, aber vergessen würde sie ihm seine Freundlichkeit nie.

„Habt Ihr noch jüngere Brüder, Laird?", erkundigte sich Joanna, während sie vor ihm kniete.

Die Frage schien ihn zu überraschen. Erstaunt zog er die goldenen Brauen hoch. „Ja, ich habe zwei jüngere Brüder. Weshalb fragst du?“

„Aus keinem besonderen Grund“, antwortete sie und zog ihm die karierten Kniestrümpfe aus.

„Ach, du fragst doch nicht ohne Grund“, ließ er nicht locker. Mit einem hinreißend charmanten Grinsen sah er sie an. „Warum willst du wissen, ob ich noch jüngere Brüder habe?“

„Nun ja“, antwortete sie und blickte dabei schüchtern unter gesenkten Wimpern zu ihm auf, „ich dachte, ich würde Euch an einen von ihnen erinnern.“

7. KAPITEL

Wie vom Donner gerührt sah Rory sie an.
Ihre Gefühle für mich sind wie für einen älteren Bruder.

Schock und Enttäuschung kämpften in ihm. Herrje, noch nie hatte ihn ein Mädchen so beeindruckt wie sie. Auf Knien saß sie vor ihm, liebreizend und demütig schaute sie zu ihm auf. Das Blut klopfte ihm in den Ohren, sein Verlangen steigerte sich ins Unermessliche. Seine Begierde war so drängend, dass sie kaum ignoriert werden konnte. Er wollte Joanna zu sich auf den Schoß ziehen, sie auf tausend verschiedene Weisen liebkosen, mit den Lippen, den Zähnen und der Zunge. Er wollte ihre weiblichen Formen erkunden, ihr weiches, warmes Fleisch, das sie unter den lächerlichen Kleidern verborgen hielt, mit geschickten und erfahrenen Fingern erforschen.

Und da fragte sie ihn, ob sie ihn an einen jüngeren Bruder erinnerte.

Wie um Himmels willen war sie nur auf so eine unsinnige Idee gekommen?

„Stimmt es, Milord?“, drängte Joanna mit gewinnendem Lächeln.

„Meine Brüder sind ganz anders als du, Joey“, antwortete er barsch. „Lachlan und Keir sind Krieger wie ich.“

Sie sah ihn erstaunt an. „Sind sie auch so stark und groß wie Ihr?“

„Fast.“ Er presste die Zähne aufeinander und kämpfte das Gefühl bitterer Enttäuschung nieder.

Verdammt! Das kommt davon, wenn du verständnisvoll und geduldig bist, schalt er sich. Das hast du nun davon, dass du ihr die dreiste Täuschung hast durchgehen lassen, dass du sie nicht sofort entlarvt und für ihren Ungehorsam bestraft hast. Dieser beispiellose, starrsinnige Ungehorsam, der sie hier in seinem Schlafgemach hielt. Ja, sie war so bockig, dass sie sogar willens war, ihn splitternackt zu sehen, nur um ihre ungeheuerliche Täuschung fortzusetzen.

Und dennoch! Die Vorstellung, wie sie mit zarten Fingern seinen großen, erregten Körper langsam von all seinen Kleidern befreite, war zu verführerisch. Er war sicher, wenn sie ihn dann entkleidet hätte, würde sie ihn bestimmt nicht mehr als Bruder betrachten.

Unvermittelt sprang sie auf. „Das Bad wartet, Laird“, erinnerte sie ihn.

Rory erhob sich und blieb direkt vor ihr stehen. Ihr Kopf mit der schäbigen Strickmütze reichte ihm knapp bis zur Mitte der Brust. „Öffne mein Plaid“, befahl er.

Die Augen in dem kleinen herzförmigen Gesicht wurden riesengroß. Sie blickte zur geschlossenen Tür. Rory sah ihr an, dass sie sich fragte, ob sie wie an dem Abend, als sie das Feuerholz gebracht hatte, geschwind den Rückzug antreten sollte.

Aber das zierliche Mädchen überraschte ihn. Die tiefblauen Augen blitzten rebellisch, sie biss sich auf die Lippen, als müsse sie eine aufsässige Erwiderung herunterschlucken. Mit zarter Hand öffnete sie die Nadel, die seinen über der Schulter gefalteten grün-schwarzen Tartan zusammenhielt. Sie stand so nahe, dass er fühlte, wie ihr geschmeidiger Körper ihn berührte, als sie sich umdrehte und die Nadel auf den Tisch neben dem Bett legte. Jede Faser seines Körpers drängte danach, sich ihr zu nähern.

Joannas Gesicht glühte vor Aufregung, als sie ihm das lange Ende des Plaids so über die Schulter schob, dass es ihm den Rücken hinunterrutschte. Jetzt hielt nur noch der breite Ledergürtel das Plaid um Hüften und Schenkel.

„Und nun das Hemd, Bursche“.

Skeptisch zog sie die Stirn kraus. „Ich kann mich nicht erinnern, dass Arthur Euch dabei geholfen hat.“

Höhnisch zog er eine Braue hoch. Seine leise Antwort triefte vor Sarkasmus. „Wie oft hast du denn meinen Kammerburschen beobachtet, wenn er mir ins Bad half?“

„Nur einmal“, gab Joanna mit gesenktem Kopf zu. Ihre langen rotbraunen Wimpern flatterten aufgeregt, die rosarote Zungenspitze fuhr nervös über die Lippen.

„Voran, Joey, zieh mir das Hemd aus, bevor das Wasser kalt wird“, drängte er mit bewundernswerter Ruhe, obwohl sein Körper auf ihre Nähe so heftig reagierte.

Mit gesenktem Blick und zitternden Fingern begann sie, die Bänder am Rüschenkragen seines weiten Hemdes zu lösen. Dann zog sie die langen safranfarbenen Hemdzipfel unter dem schwarzen Gürtel hervor.

Rory streifte sich das Leinenhemd über den Kopf und ließ es hinter sich auf das Bett fallen. Er hörte, wie Joanna beim Anblick seines nackten Oberkörpers kurz und erschrocken nach Luft schnappte. Bekleidet nur noch mit dem durch den Gürtel gehaltenen Plaid, das nicht einmal bis zu den Knien reichte, sah er auf ihre zerschlissene blau-weiße Mütze und zwang sich, sich nicht zu bewegen.

Er war absolut sicher gewesen, dass Joanna niemals so weit gehen würde, ihn ganz zu entkleiden. Doch sie rührte sich nicht vom Fleck. Als sie schließlich langsam aufschaute und sich ihre Blicke trafen, da glänzten ihre Augen in ängstlicher Entschlossenheit. Unter der Rußschicht war die Farbe aus ihren Wangen gewichen, jede einzelne Sommersprosse konnte er auf dem hübschen Gesicht erkennen.

Rory fuhr mit der Fingerspitze über ihren schmalen Nasenrücken. „Joey, du bist derjenige, der ein Bad benötigt“, sagte er leise. „Warum steigst du nicht in den Zuber, nachdem ich gebadet habe? Das Wasser wird noch warm sein, und während ich mich wieder anziehe, kannst du dir mit der restlichen Seife den Ruß abwaschen.“

Die Vorstellung, wie er ihren schlanken weißen Körper einseifen und mit bloßen Händen Wasser über ihre samtene Haut laufen ließ, entfachte ein Gefühl der Lust in seinem ganzen

Körper. Die Vorstellung, was er in der Hochzeitsnacht mit seiner widerspenstigen Braut zu tun gedachte, war so lebendig, dass sie ihm fast den Atem nahm.

Blanke Angst las er nun in ihren Augen. „Baden mag ich nicht, Milord", beantwortete sie aufsässig sein so beiläufig geäußertes Angebot. „Baden ist viel zu gefährlich. Man kann sich eine Erkältung und schließlich sogar den Tod holen!"

„Aber doch nicht an einem warmen Frühlingsabend wie heute", antwortete er leise lachend.

„Alle Abende sind gefährlich", widersprach Joanna. „Mein Vater nahm an einem schönen Sommerabend ein Bad, ging anschließend zu Bett und wachte nie wieder auf."

„Ich dachte, dein Vater sei auf dem Schlachtfeld gestorben."

Sie zuckte mit keiner Wimper. „Das war mein richtiger Vater. Mein Stiefvater starb an einer Erkältung nach dem Baden."

„Ach, Joey, hast du deinen Schneid verloren?", hänselte er sie. „Warst du nicht derjenige, der mich gebeten hat, dir beizubringen, wie man mit dem Dolch kämpft?"

„Kämpfen ist eine Sache, baden eine andere."

Er strich ihr mit dem Finger mitten über das dreckige Gesicht und rieb dann demonstrativ den Schmutz zwischen Daumen und Zeigefinger. „Ein wenig Wasser und Seife hat noch niemandem geschadet."

„Oh, heilige Hosanna!", stöhnte sie. „Bis Ihr endlich ins Bad steigt, ist das Wasser ja schon kalt. Ich werde mich nicht in einem eiskalten Zuber waschen."

Rory stemmte die Hände auf die Hüften, damit er nicht Gefahr liefe, Joanna einfach hochzuheben und ihr tief in die Augen zu schauen. Er wollte ihr den Mund mit Küssen verschließen, ihr diese absurde Mütze vom Kopf ziehen und seine Hände in ihrem kupferroten Haar vergraben. Er wollte sich in ihre weiche Wärme versenken.

„Dann öffne meinen Gürtel und leg ihn beiseite", forderte er sie auf.

Er war sicher, jetzt würde Joanna zur Tür rennen. Bei der geringsten Bewegung wollte er sie zurückhalten, er wollte sie in den Arm nehmen, hinter sich auf das Bett legen und seinen harten Körper mit ihren zarten weiblichen Reizen vereinigen. Er wollte sie die Freuden des Ehebetts lehren und gebannt ihrem kapitulierenden Keuchen lauschen. Sie waren schließlich verlobt, folglich tat er ihr kein Unrecht an, wenn er sie heute Abend verführte. Viele Paare teilten das Ehebett vor dem Hochzeitstag, und sie schämten sich dessen nicht.

Joanna griff nach der großen goldenen Spange. Sie schien zu ahnen, mit welchen primitiven Gelüsten er kämpfte, während sie sich mit zittrigen Händen mühte, den Verschluss zu öffnen.

Über Joannas Kopf hinweg blieb Rorys Blick an dem wertvollen Wandteppich hängen. Plötzlich sah er etwas, was ihm vorher gar nicht aufgefallen war: das süffisante Lächeln dieses edlen Ritters. Der arrogante Grünschnabel schien ganz sicher zu sein, dass sich die Edeldame, überwältigt von seinen höfischen Manieren, seinem Blumenbukett und seinem sentimentalen Liebeslied vom Balkon stürzen und zu seinen Füßen landen würde.

Leise stöhnend umklammerte Rory Joannas schmale Handgelenke und hielt ihre Hände vor seiner nackten Brust fest. Erstaunt schaute sie zu ihm auf. Unschuldig strahlten ihre herrlichen Augen. Plötzlich wurde ihm bewusst, wenn er sie heute Nacht verführte, dann machte er sich selbst genau zu dem Bösewicht, der durch ihre absurden Fantasiegeschichten spukte.

Er musste ihre Liebe gewinnen. Selbst glaubte er zwar nicht an romantische Liebe, aber die Braut sollte seiner Meinung nach doch zärtliche Gefühle für ihren Bräutigam zeigen. Er musste an seine Mutter denken. Oh ja, die war so verliebt in seinen Vater gewesen, dass sie ihm ungeachtet aller Konsequenzen überallhin gefolgt wäre.

Vermutlich hatten alle jungen Mädchen solche sentimentalen Fantasien, nach der Art der dümmlich rührseligen Mythen, von denen die Barden sangen. Rory wollte Joannas Kindheitsträume nicht zerstören, er wollte nicht, dass sie desillusioniert und traurig war. Er wünschte sich aber auch, dass Joanna ihn für ihren Beschützer hielt. Er wünschte sich, wenn sie zu ihm aufblickte, jenen verzückten Blick auf ihrem strahlenden Gesicht zu sehen – jenen unendlich verträumten Blick, mit dem sie den unerfahrenen Jüngling dort an der Wand betrachtet hatte.

Welche Ironie! Er, der sich immer über die romantische Liebe lustig gemacht hatte, wünschte sich nun nichts sehnlicher, als dass ihn ein Mädchen anhimmelte. Dass es ihn als sagenhaften Krieger betrachtete, der gekommen war, um es vor einem Feuer speienden Drachen zu retten. Oh Gott! Vernunft war sonst immer sein oberstes Gebot. Wo war sein gesunder Menschenverstand geblieben?

Joanna wartete. Amüsiert schaute sie zu ihm auf. „Milord?“

Die leise Stimme schien Rorys Herz in einen harten Bleiklumpen zu verwandeln. Wie ein mächtiger Schlag traf ihn die Vorstellung, in ihren beredten Augen lesen zu müssen, wie erschrocken sie darüber war, ihn derartig erregt zu haben. Nein, er weigerte sich, die Rolle des Monsters zu spielen.

Rory versuchte, langsam und gleichmäßig zu atmen. Sein Mund war plötzlich trocken. Er biss die Zähne zusammen und ignorierte die Hitze, die in seinen Adern brannte. Er versuchte, sein animalisches Verlangen zu unterdrücken, aber seine Eingeweide wurden von roher, unmissverständlich schmerzender Begierde ergriffen. Glücklicherweise war sein Plaid aus mehr als sieben Yard Wollstoff gearbeitet, denn im Augenblick stand das Zeichen seiner Männlichkeit kerzengerade; groß und stark verlangte es nach dem bezaubernden, temperamentvollen Mädchen vor ihm.

„Geh“, befahl er heiser. „Den Rest ziehe ich selbst aus“.

Joannas Herzschlag setzte fast aus, als MacLean ihre Hände

losließ und sie sanft fortstieß. Jetzt, da er sie fortschicken wollte, wusste sie plötzlich, dass sie nicht nur aus purer Neugier so standhaft geblieben war. Entgeistert nahm sie seinen maskulinen Geruch war, starrte auf die breiten Schultern und den riesigen Brustkorb, verfolgte fasziniert das Spiel der prallen Muskelpakete an den Oberarmen entlang dem dreiköpfigen Drachen. Weiß glänzte die gezackte Narbe einer alten Wunde unter dem krausen goldbraunen Brusthaar. Zwischen den flachen Brustwarzen hing das Medaillon der St. Columba, Schottlands Nationalheiliger.

Joanna wollte unbedingt die herrliche Gestalt des glänzenden Kriegers völlig unbekleidet sehen – und nicht nur, weil sie wissen wollte, ob er wirklich einen Drachenschwanz besaß. Sie wollte mit den Fingern durch den dichten Pelz seiner Brusthaare streichen, sie wollte ihre Lippen auf das sonnengebräunte Fleisch drücken und den würzigen Duft der Wälder inhalieren.

Kurz erinnerte sie sich an das Bild von Tam und Mary und fragte sich, wie es wohl sein würde, wenn MacLean sie in seinen kräftigen Armen halten, wenn sein Mund die empfindlichen Knospen ihrer Brüste erforschen, wenn er sie mit seinem schweren Körper auf die weiche Daunenmatratze ihres Himmelbettes drücken würde, so wie es Tam mit Mary im Stroh gemacht hatte. Würde sie auch wimmern und das kraftstrotzende Mannsbild anflehen fortzufahren, wie es die Magd getan hatte?

Ein erregender Schauer fuhr durch ihren Körper.

Nein, sie durfte nicht gehen. Jetzt noch nicht.

Langsam hob Joanna die Lider und schaute zu ihm auf. Der MacLean stand ganz still da, blickte über ihren Kopf hinweg auf die Wand. Ihre Lippen zitterten, als sie versuchte, devot zu lächeln. „Wenn das auch Arthurs Aufgabe ist, helfe ich Euch gerne beim Auskleiden, Milord. Ich denke, das gehört dann zu meiner Ausbildung als Kammerdiener."

Ein Beben fuhr durch die riesige Gestalt. „Raus!“, befahl er.

„Seid Ihr krank?“, fragte sie besorgt.

MacLean stützte sich mit der Hand gegen den Pfosten des Baldachinbettes und blickte auf seine nackten Füße. „Joey!“ Die tiefe Stimme klang böse. „Mach, dass du hier rauskommst! Aber sofort! Sonst tauche ich dich in das immer kälter werdende Badewasser! Verstanden?“

Er musste die Drohung nicht wiederholen. Sie eilte zur Tür und riss sie auf. Erschrocken fuhr Beatrix zurück, die, das Ohr gegen das dicke Eichenpaneel gepresst, gelauscht hatte. Maude und Abby standen hinter Beatrix.

Schnell zog Joanna die Tür hinter sich ins Schloss. Beschwörend legte sie den Finger auf den Mund.

„Wie konntet Ihr?“, zischte Lady Beatrix. Ihre ganze Körperhaltung signalisierte Empörung, während sie entrüstet die Hände in die Hüften stemmte und sich näher zu Joanna beugte. „Wie konntet Ihr das Risiko eingehen, mit diesem Feind da drin alleine zu bleiben? Seid Ihr dumm? Wenn er hinter Eure List gekommen wäre? Was dann?“

„Alles in Ordnung, mein Kind?“, erkundigte sich Maude leise.

„Ja“, versicherte Joanna mit kämpferisch gehobenem Kinn, denn sie wollte sich ihren Ärger darüber, dass er sie aus der Kammer geworfen hatte, nicht anmerken lassen.

Abby knüllte ihren Schürzenzipfel in den roten schwieligen Händen zusammen, Tränen standen ihr in den hübschen braunen Augen. „Was hat er mit Euch gemacht, Milady?“

„Nichts!“, antwortete Joanna ungehalten. „Und ich bin auch kein Risiko eingegangen. MacLean behandelt mich wie seinen kleinen Bruder.“

Erschrocken hielt sich die Dienstmagd die Hand vor den Mund. „Seinen kleinen Bruder?“, wiederholte sie voller Entsetzen.

„Gott sei Dank“, murmelte Beatrix böse.

Maude schwieg. Sie sah Joanna nur durchdringend an. Joanna spürte, wie ihr die Hitze in die Wangen stieg. Plötzlich wurde ihr bewusst, was es hieß, dass sie den mächtigen Anführer des MacLean-Clans beinahe in seiner ganzen splitternackten Pracht hätte sehen können.

Um Himmels willen! Bei allen Heiligen Schottlands, was hatte sie sich dabei gedacht? Wie leicht hätte sie sich verraten und so alles ruinieren können.

Bis Ewen zu ihrer Rettung kam, musste sie unter allen Umständen ihre wahre Identität geheim halten. Sie wollte ihre Gefolgsleute nicht im Stich lassen, sie wollte beweisen, dass sie eine würdige Anführerin des Clans war.

„Gehen wir", sagte sie mit einem unsicheren Lächeln, „bevor der Sea Dragon seine Meinung ändert und befiehlt, dass ich ihm den schuppigen Rücken schrubbe."

Rory schnallte seinen Gürtel auf und ließ das Plaid zu Boden fallen. Dann holte er sich den Becher und stapfte damit zum Zuber. Qualvoll stöhnend ließ er sich ins warme Wasser sinken. Wie ein brünstiger Hengst vor einem Stall mit zwanzig Stuten fühlte er sich. So hatte seine Männlichkeit nicht geschmerzt, seit er als fünfzehnjähriger Knabe mit dem Milchmädchen geschäkert hatte, das mit ihm im Heu gerne neckische Spielchen trieb.

Er hob den Zinnbecher und grüßte den Ritter auf dem Gobelin. „Das Turnier hast du gewonnen, du glattzüngiger Hurensohn", höhnte er grinsend. „Die schöne, edle Maid da auf dem Balkon mag ja von deinem hübschen Gesicht eingenommen sein, aber so eine wie Lady Joanna kommt dir schnell auf die Schliche."

Schöne Phrasen dreschen hatte Rory nie gekonnt. Er hatte auch nie hinterhältige Intrigen geschmiedet oder kluge Strategien ausgeheckt, um die Aufmerksamkeit einer widerstrebenden Dame zu gewinnen. Ganz gewiss hatte er niemals eine Frau getäuscht, um eine Eroberung zu machen. Das hatte er nie nötig gehabt. Der Anführer des Clans der MacLeans war stolz darauf, dass er sich stets ehrlich und gradlinig benahm. Genauso unverblümt wie er selbst hatten auch die Frauen, mit denen er das Bett geteilt hatte, stets ihre Wünsche geäußert.

In ein paar Tagen würde seine Familie in Kinlochleven eintreffen, und dann könnte ihm Lachlan all das beibringen, was er wissen musste, um einer adeligen Dame den Hof zu machen. Darin war Bruder Lachlan wirklich ein Genie. Er konnte nicht nur die dreiseitige Geige spielen, sondern auch das Cembalo und die Laute. Lachlan schrieb Balladen und Gedichte und tanzte mit vollendeter Grazie. Mit einer Leichtigkeit, die nicht nachzuvollziehen war, wickelte er jedes Mädchen um den Finger. Lachlan war natürlich auch viel attraktiver als sein älterer Bruder. Schlanker und eleganter, das Gesicht fast so hübsch wie das des Ritters dort an der Wand. Wenn es sich um Mädchen handelte, kam sich Rory im Vergleich mit seinem Bruder Lachlan immer wie ein großer, schwerfälliger Trottel vor.

Die Vorstellung, dass Joanna in Lachlan ihren Fantasiehelden erkennen könnte, machte Rory wütend. Doch da die Maid of Glencoe ja bereits mit ihm verlobt war, befürchtete er nicht, dass es Lachlan darauf anlegen würde, ihr den Hof zu machen. Rory wollte nur nicht, dass Joanna Lachlans gewandteren höfischen Talenten mehr Aufmerksamkeit schenkte als ihrem feurigen Bräutigam.

Heute Abend hätte sie beinahe schon entdeckt, wie feurig er war. Schmunzelnd erinnerte er sich an ihren treuherzigen Blick, als sie ihm diese einfältige Frage nach den Brüdern gestellt hatte. Na ja, dachte er, in der Hochzeitsnacht wird sie schon herausfinden, ob ich sie für meinen jüngeren Bruder halte.

Laut lachend lehnte sich Rory zurück, hob den Becher und grüßte wieder den Ritter an der Wand. „Ach Joanna, du wirst bald entdecken, wie romantisch und ritterlich der Anführer der MacLeans sein kann, wenn er sich das in den Kopf gesetzt hat.“

Es war zwei Tage später, als morgens die Gäste in Begleitung von Dudelsackpfeifern und Trommlern geräuschvoll in die Burg einzogen. Joanna beobachtete von der Brüstung des Wohnturms, wie die Kavalkade unter den hochgezogenen Fallgittern hindurchritt.

King James saß auf einem großartig geschmückten Ross. Neben ihm ritt eine wunderschöne Frau – Lady Emma MacNeil, MacLeans verwitwete Mutter, wie Joanna vermutete. An der rechten Seite des Herrschers ritt der ehrgeizige, arrogante Archibald Campbell, der zweite Earl of Argyll, den Joanna in Edinburgh schon einmal aus der Ferne gesehen hatte. Direkt hinter ihnen ritten ein Gentleman mittleren Alters und zwei jüngere, riesige Krieger, die nur MacLeans Onkel und Brüder sein konnten.

Diesen Herrschaften folgte anscheinend der gesamte schottische Hof. Über hundert persönliche Gefolgsmänner, viele von adeligem Geblüt, gehörten zu James’ Hofstaat. Diese kostbar gekleideten Lords und ihre Damen wurden begleitet von Pagen, Kammerdienern und Schreibern, von einem Barbier, einem Schneider und natürlich einem Falkner, denn die Falknerei war eine der Lieblingsbeschäftigungen des Königs. Musiker, Sänger, Tänzer, Akrobaten, Clowns und fahrende Komödianten strömten in Joannas unteren Burghof. Sogar ein Dutzend Franziskanermönche aus einem Kloster in der Nähe und eine Gruppe Armer Klarissinnen, die offensichtlich auf einer Pilgerreise waren, hatten sich dem königlichen Tross angeschlossen, um so ein Stück des Weges sicher reisen zu können.

Auch die zwanzig Macdonald-Krieger, die dem König Lehnstreue hatten schwören müssen, kehrten nun wieder nach Kinlochleven zurück. Es versetzte ihrem Herzen einen schmerzlichen Stich, als Joanna Ewen Macdonald, den Heerführer ihres Clans, sah und Andrew, seinen sechzehnjährigen Sohn, der zwischen seinem Vater und dessen Bruder Godfrey ritt.

Joanna rieb sich über den Leib. Bestimmt ist es nur die Größe des Trosses, die mir dieses unbehagliche Gefühl in der Magengegend verursacht, versuchte sie sich zu beruhigen. Was hatte sich MacLean nur dabei gedacht, so viele Menschen einzuladen?

Letzten Sonntag hatte Pater Thomas, wie von MacLean befohlen, in der Messe das Aufgebot verlesen. Bleich und zitternd vor Furcht hatte die arme Idoine in der Kirchenbank gekauert, obwohl Joanna ihrer Cousine nochmals versichert hatte, dass sie es dem Sea Dragon niemals erlauben würde, sie wirklich zu einer Heirat mit ihm zu zwingen. Bei seiner Rückkehr würde ihr Vater Idoine als seine Tochter identifizieren, und der MacLean würde sich mit der Tatsache abfinden müssen, dass man ihn von Anfang an ausgetrickst hatte.

Interessiert verfolgte Joanna weiter das Geschehen im Burghof. MacLean hob seine Mutter vom Pferd, nachdem er zuvor den König begrüßt hatte. Liebevoll umarmte sie ihren Sohn und flüsterte ihm etwas ins Ohr, das ihn lachen ließ. Dann schüttelte er die Hand des älteren Gentlemans. Seine Brüder versetzten ihm derart wohlwollende Schläge auf den Rücken, die jeden anderen Mann in die Knie gezwungen hätten. Es war eine lebhafte Unterhaltung, und Joanna vermutete, dass sie ihm zu seiner baldigen Heirat gratulierten.

Noch grinst der MacLean völlig arglos, stellte sie bei sich fest. Bald aber wird er all diesen Menschen erklären müssen, dass der Bräutigam bereit und willens, aber die zögerliche Braut – als die er fälschlicherweise Idoine ansieht – nirgendwo zu finden ist. Joanna schauderte bei dem Gedanken, und seltsamerweise tat er ihr sogar leid.

Als der König von Schottland unter Fanfarenklängen im

Hauptturm verschwand, wusste Joanna, dass sie nicht länger da oben herumsitzen durfte. Sie musste sich vergewissern, ob es bei Ethel und Peg in Küche und Vorratskammer keine Probleme gab. Sie konnte nur beten, dass ihre sensible Köchin nicht wieder einmal heimlich zur Flasche gegriffen hatte, weil der Zustrom der königlichen Mundschenke, Bratenköche, Küchenhilfen und des Küchenmeisters sie so aufgeregt hatte. Vor allem aber hoffte Joanna, dass Davie den Gästen gemäß ihrem Status die Schlafkammern im vierten Stockwerk zugewiesen hatte. Falls James Stewart feststellen sollte, dass er ein kleineres Gemach als einer seiner Vasallen bekommen hatte, dann rollten möglicherweise Köpfe – und einer der ersten würde der ihres Haushofmeisters sein.

Laut schimpfend über all den Ärger, den der halsstarrige MacLean verursachte, kletterte sie vom Rand der Brüstung.

Direkt hinter ihr stand Fearchar. Die Arme vor der breiten Brust verschränkt, betrachtete er still den prunkvollen Aufzug im Hof. Joanna hatte nicht gehört, dass er ihr auf die Zinnen gefolgt war, aber seine Anwesenheit erstaunte sie auch nicht. Der Riese erschien oft in ihrer Nähe, so als ob er nichts Besseres zu tun hätte, als dem Kammerdienerlehrling seines Cousins Gesellschaft zu leisten.

„Was hat sich MacLean dabei gedacht, den gesamten Hof zu seiner Hochzeit einzuladen?“, fragte Joanna wütend, während sie neben Fearchar die Treppe hinunterging.

Das bärtige Gesicht des riesigen Kriegers erhellte ein breites Lachen. „Na ja, Bürschchen, er will sicher zeigen, wie stolz er auf seine hübsche Braut ist.“

„Uff“, schnaubte sie. „Lady Joanna wird glücklich sein, wenn diese faule, gefräßige Horde ihr nicht Haus und Hof auffrisst, bevor sie endlich wieder verschwindet.“

„Ach, deshalb muss sie sich nicht sorgen, Bursche. Der Bräutigam ist ein reicher Mann. Er kann die adeligen Mäuler den ganzen Monat lang füttern, und du wirst nicht einmal eine

Delle in seinen Schatullen sehen."

„Den ganzen Monat!" Unvermittelt blieb sie auf der Steinstufe stehen und starrte ihn erschrocken an. „Glaubt Ihr wirklich, dass sie so lange bleiben?"

Fearchar spitzte die Lippen und kratzte sich den borstigen flachsblonden Backenbart. „Nun ja, ich bezweifle, dass sie länger als ein paar Tage bleiben werden. Aber ich habe in den letzten zehn Jahren an MacLeans Seite gekämpft und weiß, dass er keine Kosten scheut, wenn er etwas haben will."

„Herrje, was hat das denn damit zu tun?", fuhr sie ihn verärgert an.

Er grinste selbstgefällig, in dem einen Auge funkelte es fröhlich. „Keine der Festungen, die er erobern wollte, hat dem Beschuss seiner Kanonen länger als einen Monat widerstanden."

Laut stöhnend ging Joanna weiter. „Festungen und Kanonen", murmelte sie. „Das ist das Einzige, woran Krieger denken!"

8. KAPITEL

Am frühen Nachmittag, nachdem er zuvor lange mit dem König gesprochen hatte, begab sich Rory zu seiner Familie in den Südturm. Als er eintrat, stand seine Mutter vor einem großen hölzernen Stickrahmen, der ins Licht vor eines der schmalen, hohen Fenster des Turmzimmers gerückt worden war.

Lady Emma nickte ihm lächelnd zu, dann richtete sie ihren Blick wieder auf den Gobelin in dem Holzrahmen. „Eine sehr fantasievolle Darstellung, nicht wahr?"

Den Südturm der Burg, in dem die Gemächer der Frauen lagen, hatte Rory bislang noch nicht betreten. Fest überzeugt, wieder so ein geschmackloses Porträt eines Ritters, der seiner Angebeteten einen Beweis seiner Liebe darbrachte, bewundern zu müssen, ging er zu seiner Mutter.

Rory warf einen kurzen, gleichgültigen Blick auf die noch nicht ganz fertiggestellte Szene auf dem Wandteppich. Sie zeigte ein altertümliches Schiff mit einem schaurigen Drachenkopf am Bug. An der Reling stand eine Reihe Krieger und blickte auf die weißen Schaumkronen der aufgewühlten See. Am felsigen Strand saß eine Schar barbusiger Wassernymphen und kämmte ihr langes seidiges Haar. Doch dann, als Rory näher hinschaute, entdeckte er in den schäumenden Wellen einen nackten Mann mit grünem schuppigen Schwanz, der sich mit einer üppigen Seejungfrau vergnügte. Der lüsterne Blick im Gesicht des Seeungeheuers ließ keinen Zweifel an seinen Absichten.

„Vermutlich etwas aus der Mythologie", meinte Rory etwas skeptisch. „Lady Joannas Gesellschafterin, Maude Beaton, scheint ein besonderes Interesse für Garne und Färbemittel zu haben. Das muss wohl ihre Kreation sein. Obwohl es mich eigentlich etwas überrascht."

Neugierig geworden, unterbrachen Keir und Lachlan ihr

Schachspiel und kamen herüber, um den halbfertigen Wandteppich zu begutachten.

Lachlan grinste über die eklatant erotische Darstellung. „Ich kann mich nicht erinnern, jemals so eine Geschichte von den Griechen gelesen zu haben. Aber außergewöhnlich ist der Gobelin schon. Ich würde gerne van Arteveldes künstlerische Meinung dazu hören."

Rory schaute kurz zu seinem attraktiven Bruder und blickte dann wieder skeptisch auf das reizvolle Seebild. „Schade, dass der kleine Flame nicht mitkommen konnte. Ich hätte gerne gehabt, wenn er mir ein Porträt von Joanna im Hochzeitskleid gemalt hätte."

„Der arme Kerl musste in Stalcaire zurückbleiben, um seine Halsentzündung auszukurieren", erklärte Lady Emma.

Vor sechs Monaten hatte Lachlan den berühmten flämischen Maler Jan van Artevelde nach Stalcaire eingeladen, damit er ein Porträt vom Earl of Appin anfertige. An Bord der *Sea Hawk* hatten die beiden Männer, die so unterschiedlich in Statur und Temperament waren, sich an ihrer natürlichen Gabe für Sprachen erfreut.

„Versucht er immer noch Gälisch zu lernen?", fragte Rory.

„Er macht ungeheure Fortschritte", antwortete Lachlan, während er weiter aufmerksam den Wandteppich mit seinen leuchtend blauen und grünen Farben betrachtete.

Nun trat auch Keir näher. „Vielleicht stellt es etwas aus der Clangeschichte der Macdonalds dar", meinte er, nachdem er die pikante Szene einen Moment lang gemustert hatte. Er grinste anzüglich, als er weitersprach: „Wenn Rorys Braut in der Hochzeitsnacht den Sirenengesang anstimmt, kann er sich auf einen wilden Ritt gefasst machen. Dann hat er Glück, wenn sie ihm überhaupt Zeit zum Luftschnappen lässt."

Lady Emma äußerte mit lautem Räuspern ihren Unmut über den anstößigen Humor ihres Jüngsten. „Wann stellst du uns denn deine Braut vor?", fragte sie nun schon zum dritten

Mal an diesem Tag und schaute dabei Rory nachdenklich an.

„Ihr seid Joanna doch schon begegnet“, vertröstete ihr Sohn sie diesmal nicht wieder mit der Entschuldigung, dass Joanna sich um den Haushalt kümmern müsse und er ihnen seine Verlobte später vorstellen würde.

„So? Wann denn?“ Duncan Stewart, der Earl of Appin, der bislang desinteressiert aus dem Fenster hinaus auf den Loch gesehen hatte, drehte sich erstaunt um. Rorys Onkel, ein gepflegter Mann mit braunem Haar und aufmerksamen haselbraunen Augen, trat zu den anderen Familienmitgliedern vor dem Stickrahmen. Sie alle sahen sich verständnislos an.

Während des opulenten Essens, das den Gästen ein paar Stunden zuvor in der großen Halle gereicht worden war, hatte Rory gespannt abgewartet, ob einer von ihnen die Wahrheit herausfinden würde. Seine zukünftige Braut hatte den Dienern beim Auftragen der Gerichte geholfen. Wie eine Hummel in einem Garten voller Blüten war sie von einer Tafel zur anderen geeilt. Doch nirgends hatte sie lange genug verweilt, dass einer der Gäste nur ein Wort an sie hätte richten können. Allerdings hatte auch niemand den armen Burschen in den schäbigen Lumpen richtig wahrgenommen.

Rory nickte, als er die verblüfften Blicke seiner Lieben sah. „Meine Verlobte läuft verkleidet durch die Burg“, erklärte er trocken.

Lachlan und Keir tauschten amüsierte Blicke. „Welches Mädchen ist es denn?“, fragte Keir.

„Das solltet ihr besser selbst herausfinden“, antwortete Rory.

Duncan ließ sich in den Sessel fallen, der neben dem Tisch mit dem Schachbrett und den Elfenbeinfiguren stand. „Die Erbin soll ihre Gunst dem Red Wolf of Glencoe geschenkt haben, sagte man uns“, meinte er mit spöttisch hochgezogenen Brauen.

Rory liebte seinen Onkel von ganzem Herzen. Nach dem Tod seines geizigen Vaters hatte Duncan im Alter von vierunddreißig Jahren Titel und Vermögen geerbt und für seinen jungen Neffen, den Bastard, großzügig gesorgt. Im Alter von acht hatte er Rory zur Erziehung zu den Camerons geschickt, die fürsorgliche und warmherzige Verbündete von Stewart waren. Später hatte er Rorys Ausbildung an der Universität in Paris finanziert und ihm anschließend das Kapital zum Einstieg in ein Schiffbauunternehmen zur Verfügung gestellt.

„Und folglich habt Ihr Somerled Macdonalds Knollennase und rotes Kraushaar erwartet“, erwiderte Rory, der sich das Grinsen nicht verkneifen konnte.

Lady Emma fasste sich an die Kehle und sah ihren Sohn bestürzt an. „Doch wohl nicht … Lady Idoine?“, fragte sie mütterlich besorgt.

„Anfänglich vermutete ich das auch“, gab Rory zu. „Aber das langweilige Mädchen mit den groben Gesichtszügen und den borstigen Haaren ist ganz gewiss nicht die Maid of Glencoe.“

„Aber wer …“, begann Lachlan.

Rory hob warnend die Hand, da es leise an der Tür geklopft hatte. „Kein Wort darüber … zu niemandem.“

Auf sein Zeichen hin öffnete Fearchar die Tür. Mit einer steilen Falte auf der schmutzigen Stirn schritt Joanna an ihm vorbei in die Kammer. Leise schloss Rorys Cousin hinter ihr wieder die Tür, blieb aber mit verschränkten Armen gegen den Türpfosten gelehnt stehen, um sicherzugehen, dass sie nicht weiter gestört wurden.

„Ihr habt mich rufen lassen, Laird?“ Joannas geplagte Miene verriet Rory, dass sie Wichtigeres zu tun hatte, als die Rolle seines Kammerdienerlehrlings zu spielen. Heute hatte sie wahrlich nicht die Zeit, ständig nach seiner Pfeife zu tanzen.

Keine einzige Haarsträhne war zu sehen, so tief hatte sie die schäbige Wollmütze über die Ohren gezogen. Das zerschlissene, viel zu lange und mit einem alten Gürtel gehaltene Plaid reichte ihr bis über die Knie, die löchrigen Strümpfe mit den ausgeleierten Strumpfbändern hingen ihr in lockeren Falten um die Waden. An diesem Morgen hatte sie sich das Gesicht besonders ausgiebig mit Ruß eingeschmiert. Allerdings hatte sie sich dabei wohl so sehr beeilt, dass auf einer Wange noch der Abdruck ihrer zierlichen Fingerspitzen zu erkennen war.

„Komm her, Joey." Rory bedeutete ihr, näher zu treten, und wartete, bis sie neben ihm stand, damit seine Familie den ungepflegten Burschen auch genau in Augenschein nehmen konnte, während er weitersprach. „Du sollst einige Aufgaben für meine Mutter erledigen."

Lady Emma schaute ihren Ältesten nur überrascht an; obwohl sie von derlei Aufgaben nichts wusste, protestierte sie nicht.

„Selbstverständlich, Milady." Joanna machte einen höflichen Diener und schenkte der freundlichen Dame, die neben MacLean stand, ein artiges Lächeln. Innerlich aber schnaubte sie entrüstet, denn allein die vielen Aufgaben, die sie noch zu erledigen hatte, sollten sie eigentlich bis zum Sonnenuntergang auf Trab halten.

Wohlwollend legte MacLean seine Hand auf Joannas Schulter. „Joey, Lady Emma war sehr beeindruckt von dem Brief, den du für mich geschrieben hast. Sie möchte, dass du auch für sie einen Brief schreibst."

„Selbstverständlich, Milord." Erstaunt blickte Joanna zur Mutter des Sea Dragon.

Lady Emma war Mitte vierzig, hatte hellbraunes Haar und weiche, runde Gesichtszüge. Wie ihr Bruder, der Earl of Appin, war auch sie groß und schlank. Seine kräftige Statur hat MacLean sicher von der Linie seines Vaters geerbt, überlegte Joanna. Was hat der Sea Dragon wohl noch von dem verstorbenen Oberhaupt der MacLeans mitbekommen, fragte sie sich. Vielleicht den grünen Drachenschwanz? Kenntnisse in Schwarzer Magie?

Nervös trat sie von einem Fuß auf den anderen, als sie die forschenden Blicke der vier neuen Gäste bemerkte. Sie fühlte, wie ihr die Röte unter der dicken Schmutzschicht ins Gesicht stieg. Wussten diese Leute denn nicht, dass es unhöflich ist, jemanden so anzustarren?

Wie die drei Highland-Lairds da so Schulter an Schulter nebeneinanderstanden, konnten sie einem schon Angst machen. Selbst wenn Joanna nicht die Anführerin des aufrührerischen Macdonald-Clans gewesen wäre, dessen Macht von diesen drei wilden Kriegern gebrochen worden war, hätte sie vor ihnen gezittert.

Lachlan MacRath, den die Schotten den Seefalken nannten, war fast so groß wie sein älterer Bruder und, obwohl feingliedriger, zäh und kraftstrotzend. Er hatte ein interessantes, fein geschnittenes Gesicht; lockig fiel ihm das rotbraune Haar über den bestickten Kragen des weißen Leinenhemdes. Das freundliche, ein wenig neugierig wirkende Lächeln, das seine Mundwinkel umspielte, verlieh ihm einen etwas gewandteren, hoffähigeren Habitus als MacLean. Joanna konnte sich nicht erinnern, dass ihr jemals ein attraktiverer Mann begegnet war. Aber noch etwas anderes erkannte sie in dem interessierten Blick, mit dem Lachlan MacRath sie musterte: Intelligenz, Kraft und Autorität.

Und plötzlich fiel ihr noch etwas auf: Mit Ausnahme des Onkels besaßen alle Mitglieder der MacLeans dieselbe Augenfarbe wie der Sea Dragon. Ein tiefes, stechendes Grün, das dem Gegenüber bis ins Innerste der Seele zu dringen schien.

Joanna schluckte heftig und richtete ihren Blick auf Keir MacNeil. Doch der Black Raven – wie man ihn nannte –, ein Hüne wie der MacLean, machte ihr noch mehr Angst. Durch die Narbe, die von einer Augenbraue quer über den Nasenrücken lief, wirkten seine groben Gesichtszüge böse und bedrohlich. Er war etwa acht Jahre jünger als MacLean, aber ihn umgab im Gegensatz zu MacLean, der lediglich einschüchternd auf sie wirkte, eine Aura von Skrupellosigkeit.

Die Vorliebe für Ohrringe schien ein weiterer familiärer

Charakterzug zu sein. An MacRaths rechtem Ohrläppchen glänzte ein geschliffener Rubin, und an MacNeils Ohr baumelte unheilvoll ein großer Goldreif. Und Joanna ahnte, dass dem Black Raven auf einem seiner kräftigen Arme ein schwarzer Rabe, Odins heiliger Vogel, eintätowiert war.

„Joey, warte auf Lady Emma in ihrer Schlafkammer. Meine Mutter wird gleich kommen“, riss MacLean sie aus ihren Gedanken und bedeutete ihr zugleich mit einem leichten Klaps auf den Rücken, dass sie entlassen war.

Unter gesenkten Lidern warf sie den vieren noch einen letzten verstohlenen Blick zu und dankte Jeanne d'Arc, dass sie von diesen furchterregenden Feinden erlöst war.

Rory beobachtete, wie seine zukünftige Frau sich hastig davonmachte, dicht gefolgt von Fearchar; dann wandte er sich zufrieden lächelnd seiner Familie zu.

„Ein reizendes Füchslein …“, murmelte Lachlan, als die Tür hinter Joanna ins Schloss fiel. „Du hast vielleicht ein Glück, du Seebär!“

Lachlans strahlende Augen verrieten Rory, dass seinem Bruder die langen seidigen Wimpern, die feinen Gesichtszüge und die zarte Haut unter der Rußschicht nicht entgangen waren. Schöne Mädchen fielen Lachlan immer auf, dessen konnte man sicher sein.

„Scherzt du?“, fragte Keir skeptisch und sah Rory verblüfft an, als dieser den Kopf schüttelte.

Seine Mutter legte ihre Hand auf Rorys Arm. „Willst du etwa sagen, dass dieses zierliche Kind …“

„Sie ist kein Kind“, erklärte Rory lachend. „Natürlich ist sie frech und respektlos und benimmt sich wie ein junger Bursche, der an Halloween seine Streiche spielt, aber sie ist siebzehn Jahre alt und obendrein eine Sassenach-Adelsfrau. Dieser Schlingel, liebe Familie, ist meine hübsche, kleine Braut, die unzähmbare Lady Joanna, Maid of Glencoe und Anführerin der Glencoe Macdonalds.“

„Aber … warum kleidet sie sich wie ein Junge? Und so zerlumpt?“ Lady Emma zeigte mit dem Finger an die Schläfe. „Ist sie einfältig?“

Rory lachte. „Genau das wollen die Macdonalds mich glauben machen. Nein, Joanna ist so helle wie eine frisch gepresste Münze. Irgendjemand oder irgendetwas hat sie zu dieser List veranlasst, und alle Bewohner der Burg helfen ihr bei dem Täuschungsmanöver. Lady Beatrix und Lady Idoine, Pater Graham, der Clan-Geistliche, ihr ehemaliges Kindermädchen und heutige Gesellschafterin, ihre Bediensteten, … einfach alle.“

„Hast du dem König davon berichtet?“, fragte Duncan, die scharfen Augen voller unguter Vorahnung.

„Habe ich. Da ich die Zielscheibe des Spotts bin, geruhte der König die ganze Posse amüsant zu finden.“

„Dem Himmel sei Dank!“, stöhnte Lady Emma erleichtert.

„Ich verwette meinen guten Ruf, dass Ewen Macdonald der wahre Schuldige ist“, argwöhnte Duncan, während er einen Läufer, der neben dem Schachbrett lag, in die Hand nahm. „Mir ist zu Ohren gekommen, dass er in Rom Antrag auf einen Dispens gestellt haben soll, damit er seinen Sohn Andrew mit Lady Joanna verheiraten kann.“

„Das kann nicht sein“, widersprach Rory unwirsch, denn er war Andrew am Morgen begegnet und hatte sofort erkannt, wie unreif der Jüngling noch war. „Der Junge ist ein Dummkopf.“

„Es besteht kein Zweifel“, antwortete Duncan und stellte den Läufer neben einen Turm auf das Schachbrett. „Einer der Mönche, die mit uns reisten, hat die Petition ins Lateinische übersetzt, die Ewen zusammen mit dem Erzbischof von Appin aufgesetzt hatte. Durch die Ehe von Cousin und Cousine wollen die Macdonalds Kinlochleven unter ihrer Kontrolle halten. Aber bis sie die Erlaubnis vom Vatikan erhalten, sind ihnen die Hände gebunden.“

„Der Dispens aus Rom wird sowieso zu spät kommen“,

bemerkte Rory grimmig. „Die Trauung findet übermorgen statt. Lady Joanna wird mich heiraten, so wie es der König befohlen hat. Daran werden die Macdonalds nichts mehr ändern. Sie werden an der Zeremonie teilnehmen und uns freudig ihre Glückwünsche darbieten müssen, andernfalls werden sie sich vor Gericht des Hochverrats zu verantworten haben."

„Nimm dich in Acht! Sie könnten eine Verschwörung planen", warnte Lachlan, der als Diplomat der Familie stets den Finger am Puls der schottischen Politik hatte. „Wie wir alle wissen, wünscht James Stewart diese Allianz nur, um die Glencoe Macdonalds zuverlässig unter seine Herrschaft zu bringen. Sie sollen ihrer Lehnstreue zu Donald Dubh Macdonald abschwören und sie auf einen neuen Clanführer übertragen – einen, der loyal zur Krone steht."

Keir setzte einen Fuß auf den niedrigen Schemel und legte seine riesige Hand auf den Schaft seines Breitschwertes. „Und jedes Mitglied dieses teuflischen Clans unterstützt heimlich den Erben des abgesetzten Lord of the Isles, egal mit wie vielen Eiden sie King James ihre Lehnstreue geschworen haben", erklärte er sichtlich verärgert.

„Genau", bestätigte Duncan, schob einen Springer zum Schutz des weißen Königs vor und schaute dann nachdenklich auf. „Deshalb wünscht der König auch, dass Kinlochleven Castle und seine Ländereien unter Rorys zuverlässigem Befehl stehen."

„Aber Donald Macdonald ist doch noch ein Junge, der beim Earl of Argyll hinter Schloss und Riegel sitzt", meldete sich Lady Emma mit einer ablehnenden Handbewegung zu Wort. „Er wird niemals eine Rebellion auf den Hebriden anzetteln."

„Seid da nicht so sicher", erwiderte Lachlan. „Eines Tages wird aus dem Bürschlein ein Mann geworden sein. Auf den Inseln wird es immer unzufriedene Clanführer geben, die sich gar zu gerne um Donald Dubhs Banner scharen, wenn man ihnen nur reichlich Belohnung verspricht."

„Argyll, dem darf man nicht trauen. Niemals!“, warnte Duncan. „Der hat nur ein Ziel: die Herrschaft der Campbells über die Western Highlands auszubreiten.“

„Aber Donald Dubh wird er niemals freilassen“, meinte Keir. „Die Campbells hassen die Macdonalds fast so sehr wie wir.“

Rory schlug dem jüngsten Bruder auf die Schulter. „Nichts ist sicher in diesem Leben, Keir, am wenigsten die Lehnstreue von Archibald Argyll. Argyll wird alle Mittel nutzen, die Kunst der Diplomatie, Taktik, Raffinesse und notfalls Gewalt, um seine Ziele zu erreichen.“

Lady Emma ging zum Tisch, füllte Wein in einen Becher und reichte ihn ihrem Bruder. „Was halten denn die Glencoe Macdonalds von ihrer Halb-Sassenach-Anführerin?“

Duncan nahm den Silberbecher und trat neben seine Schwester. „Außer ihren Bediensteten hier auf Kinlochleven sind Lady Joannas übrige Gefolgsleute ihr gegenüber eher misstrauisch. Bevor Somerled gehängt wurde, bestimmte er seine Enkelin zu seiner legitimen Nachfolgerin, und seitdem hat es keinen offenen Disput über ihr Recht an der Clanführung gegeben.“

Verärgert schob Keir den Schemel mit dem Fuß beiseite. „Wenn Ewen seinen Sohn mit der Maid of Glencoe verheiratet, dann hält er die ganze Macht der Glencoe Macdonalds in Händen.“

Rory nahm den Becher, den seine Mutter ihm reichte, und lehnte sich gegen die Tischkante. „Das ist einer der Gründe, weshalb ich, als ich Lady Joannas wahre Identität entdeckte, dies nur meinen eigenen Männern mitgeteilt habe. Ich will kein Risiko eingehen. Die Macdonalds könnten versuchen, sie vor der Hochzeit verschwinden zu lassen. Solange sie glauben, ich halte Joey Macdonald für einen Waisenjungen, der im Haushalt hilft, werden sie den rechten Augenblick abwarten. Zweifellos planen sie, erst kurz vor der Trauungszeremonie den Beweis zu erbringen, dass Lady Idoine nicht die echte Erbin ist. Dann wird es aber zu spät sein, und ihnen wird nichts anderes übrig bleiben, als still und ehrfürchtig zuzuschauen, wie Joanna und ich uns das Eheversprechen geben.“

Lady Emma reichte auch ihren zwei jüngeren Söhnen einen Becher mit Wein, hob ihren eigenen und sah glücklich in die Runde. „Jetzt lasst uns Verschwörung und Politik vergessen. Bald ist Hochzeit; trinken wir auf die junge Braut und den Bräutigam.“

„Auf die Braut und den Bräutigam“, wiederholten alle.

„Auf meine Braut!“, rief Rory.

„Wie können wir helfen“, fragte Lachlan, nachdem er seinen Becher geleert hatte, „ohne einen deiner zukünftigen Verwandten vor der Zeremonie zu töten?“

„Und ohne das Geheimnis deiner kleinen Braut preiszugeben“, fügte Keir schelmisch hinzu.

Rory sah die amüsierten Blicke seiner Brüder. Es hatte keinen Zweck, vor Mutter und Onkel zu verheimlichen, was er nun zu sagen hatte.

„Ihr könnt mir das Tanzen beibringen.“ Trotzig schob Rory das Kinn vor und sah seine Familie so wütend an, dass sie nicht wagte, über seine dringende Bitte zu lachen.

9. KAPITEL

Rorys Familie starrte ihn an, als ob sie ihren Ohren nicht traute.

„Habt ihr verstanden? Ich will tanzen lernen“, wiederholte er grimmig.

Lachlan gab einen leisen, lang gezogenen Pfiff von sich. „Nachdem du dich achtundzwanzig Jahre nicht um solchen Humbug gekümmert hast, willst du nun mit den Damen tanzen?“

„Doch nicht mit den Damen, Dummkopf. Mit meiner Braut. Am Hochzeitstag tanzt der Bräutigam doch mit der Braut. Ist das etwa ein Verbrechen?“

„Oh, du Riesentollpatsch“, lachte Keir. „Du könntest doch nicht aus dem Kerker tanzen, selbst wenn dein Leben daran hinge.“

Nachdenklich rieb sich Rory das Kinn, während er seinen jüngeren Bruder ansah. „Ich gebe ja zu“, meinte er schulterzuckend, „großes Talent, mich auf Zehenspitzen über den Tanzboden zu drehen, besitze ich nicht. Aber wenn jeder Schwachkopf am Hof die einfachen Schritte einer Pavane lernen kann, weshalb dann nicht ich?“

„Ja, wieso nicht?“, gab ihm sein Onkel recht. „Ich kenne niemanden, der so gut mit dem Schwert umgehen kann wie Rory. Er ist äußerst leichtfüßig, wenn er einen Gegner mit dem Dolch oder dem Breitschwert aufspießen muss.“

Keir grinste frech. „Ach ja? Na dann stellt meinen großen Bruder mal den adeligen Demoiselles vor. Da steht er dann stocksteif auf einem Fleck und bekommt keinen Ton heraus. Sein Leben lang hat Rory sich nie selbst eine Partnerin für einen Abend gesucht. Er hat immer gewartet, bis eine ihn ausgewählt hat.“

„Wovon zum Teufel redest du eigentlich?“, knurrte Rory.

„Nicht vom Tanzen, du begriffsstutziger Idiot!“ Amüsiert hob Keir seinen Becher und prostete Rory zu. „Mann, seit über einer Woche bist du nun bereits hier. Ich dachte, mittlerweile hättest du die Maid schon längst verführt."

„Verführen, ... hm, ... das ist etwas schwierig, wenn das Mädchen behauptet, ein Junge zu sein", antwortete Rory steif.

Lachlan und Keir sahen einander an und brachen in schallendes Gelächter aus.

„Das reicht", tadelte Duncan leise, obwohl auch über seine Lippen ein Lächeln huschte. „Lasst uns nicht vergessen, dass Eure Mutter anwesend ist."

„Eine weise Einsicht", bemerkte Lady Emma ernst, aber ihre Augen strahlten fröhlich, als sie sich an ihren Ältesten wandte. „Ich halte es für eine wunderschöne Idee, mein Sohn, dass du auf deiner Hochzeit mit deiner Braut tanzen willst."

„Das meine ich auch", sagte Lachlan versöhnlich. „Keir und ich werden dir gern die Schritte der Pavane beibringen. Können wir sonst noch etwas für dich tun?"

„Ja ...", begann Rory zögernd. Sein Wunsch ging ihm nicht leicht über die Lippen, aber nur um sich dem schallenden Gelächter seiner Brüder zu entziehen, wollte er auch seine Pläne nicht aufgeben. „Ich möchte, dass du zu Ehren von Lady Joanna eine Ballade dichtest. Sie soll beim Hochzeitsgelage gesungen werden. Kannst du das?"

„Natürlich", antwortete Lachlan. „Willst du selbst deiner jungen Frau das Ständchen bringen, oder soll ich singen?"

Rory sah seinen Bruder finster an. „Du weißt genau, dass ich keinen vernünftigen Ton herausbringe. Und ganz gewiss will ich auch nicht, dass du wie so ein märchenhafter Adonis mitten in der Halle stehst und meine leicht zu beeinflussende Braut mit deinen flammenden Reimen anhimmelst. Joanna darf nicht erfahren, dass sie von dir stammen."

„Lass Fergus MacQuisten das Liedchen singen", schlug Keir vor. „Er kann während des Gelages verkünden, dass Rory die Ballade für Joanna verfasst und ihn gebeten hat, sie vorzutragen. Niemand wird etwas ahnen."

Eine brillante Idee, fand Rory. Obwohl bucklig und vom Alter gezeichnet, besaß Fergus trotz seiner siebzig Jahre noch eine Stimme, die süßer klang als die eines Vogels im Frühling. Joanna wird dem fröhlichen Gesang des Troubadours lauschen, dachte er glücklich, aber anschauen wird sie dabei nur mich.

„Und? Was hast du noch auf dem Herzen?", meinte Lachlan verschmitzt.

Rory stellte den Weinbecher auf den Tisch, machte ein ernstes Gesicht und schob die Daumen hinter den Gürtel. „Wenn einer von euch es wagen sollte, auch nur eine Miene zu verziehen", warnte er seine Brüder, „dann werde ich eure beiden Holzköpfe in den Boden rammen."

„Sie werden nicht lachen", ermahnte Lady Emma ihre beiden jüngeren Söhne stirnrunzelnd. Dann wandte sie sich mit einem aufmunternden Lächeln an Rory. „Was sollen sie für dich tun?"

„Ich möchte, dass Lachlan ein Sonett für meine Braut schreibt", erklärte er mit trotzig erhobenem Kinn. „Etwas, das ihre Schönheit und ihren Charme preist. Eben all das Gefasel, was die jungen Mädchen so gerne hören."

„Wäre es nicht besser, mein Sohn, wenn du deine Gefühle mit deinen eigenen Worten zu Papier brächtest?"

Lachlan legte den Arm um die Schulter seiner Mutter und drückte sie liebevoll. „Besser nicht. Denn sonst würdest du hören, wie er die Reize seiner hübschen Braut mit den hervorragenden Eigenschaften einer Belagerungsmaschine vergleicht."

Kopfschüttelnd schlug sie ihm zwar leicht auf die Finger, widersprach aber seiner Vermutung nicht.

„Soll Fergus das Gedicht auch während des Banketts vortragen?", erkundigte sich Duncan.

„Nein", sagte Rory mit erstickter Stimme. „Ich werde es rezitieren, wenn ich meine, der rechte Zeitpunkt dafür sei gekommen."

Wie er befürchtete hatte, entlud sich der Spaß seiner Brüder in schallendem Gelächter.

Lady Emma klatschte fröhlich in die Hände. „So, so, Rory! Ich glaube tatsächlich, das Mädchen hat dein Herz gestohlen“, stellte sie glücklich fest.

„Mein Herz ist dort, wo es immer war“, widersprach er und deutete dabei mit dem Daumen auf seine Brust. „Aber Joanna ist jung und voller Träume, blauäugig wie alle Mädchen in ihrem Alter.“

Sofort bereute er seine unbedachten Worte, denn seine Mutter war bei seiner Bemerkung unwillkürlich zusammengezuckt. Niemals wollte er sie verletzen, lieber hätte er sich die Zunge abgebissen. Aber die Wahrheit war, dass sie im zarten Alter von fünfzehn gegen den Willen ihrer Eltern mit seinem Vater durchgebrannt war und er, ihr illegitimer Sohn, für ihr impulsives Verhalten teuer hatte zahlen müssen.

„Ich bereue nichts, Rory“, versicherte sie ihm. „Ich wünsche mir nur, dass du dich einmal von deinen Gefühlen und nicht von deinem Verstand leiten lässt und dass du diesem reizenden Mädchen dein Herz schenkst.“

„Seid nicht närrisch, Mutter. Ich heirate das Mädchen, weil es der König befohlen hat und weil ich meinen Nachkommen Ländereien hinterlassen will. Diese Verbindung bietet mir die Chance, für meine MacLean-Gefolgsleute und für mich etwas Bleibendes aufzubauen.“

Sie trat näher und strich ihm über die Wange. „Ich wusste, was ich tat, als ich mit deinem Vater durchgebrannt bin. Ganz bewusst habe ich meine Familie und mein Erbe für den Mann, den ich liebte, aufgegeben.“

Einen Moment lang hielt er ihrem flehenden Blick stand, zögerlich nahm er dann ihre Hand und drückte einen Kuss auf ihre zarten Finger. Sie war bereits vierundvierzig, aber immer noch wunderschön. Keine graue Strähne war in dem glänzenden braunen Haar zu sehen, trotz der Tatsache, dass sie bereits drei robuste Ehemänner überlebt hatte.

„Ja, es stimmt. Ich habe deinen Vater geliebt, … wider alle Vernunft“, gab sie mit einem träumerischen Ton in der Stimme zu. „Eines Tages, Rory, wirst du eine Frau so sehr lieben, dass du alles aufgeben willst, nur um mit ihr zusammen zu sein. Dann wirst du mich verstehen und mir vergeben.“ Das Fehlen eines Ehevertrages bedeutete für ihren Erstgeborenen, dass er ein rechtloser Bastard war, als sein Vater im Alter von achtzehn Jahren auf dem Schlachtfeld starb.

„Es gibt nichts zu vergeben“, widersprach er. „Ihr seid eine wundervolle Mutter.“

Sie lächelte gedankenverloren. „Und welche Aufgabe soll ich Joanna geben, wenn ich in meine Kammer zurückkomme?“, fragte sie nach einer Weile.

Rory legte seine Hände auf ihre Schultern und küsste sie auf die Stirn. „Was immer Ihr wollt, Mutter. Beschäftigt sie nur irgendwie, solange Lachlan und Keir mir die elementaren Schritte der Pavane beibringen. Ich will nicht, dass sie mit Ewen Macdonald oder seinem einfältigen Sohn alleine ist.“

Joanna saß auf einem Samtkissen in der tiefen Fensterlaibung in Lady Emmas Schlafkammer. Sie hatte Papier, Feder und Tinte mitgebracht und wartete, während sie in Gedanken ganz bei den Vorbereitungen für das abendliche Gastmahl war, ungeduldig auf MacLeans Mutter.

„Da bin ich endlich, Kind.“ Ihre rosa Satinröcke raschelten, als Lady Emma die Kemenate betrat und sich sofort auf einen gepolsterten Hochlehner sinken ließ. „Ist es nicht aufregend“, strahlte sie Joanna an. „Fantastisch, so eine Hochzeit! All das köstliche Zuckerwerk und die Schleckereien, die frivolen Spiele, und die Gäste, gekleidet in farbenfrohen Samt und Seiden.“

Unten vom Hof, wo die Männer den staunenden Edeldamen ihr Können beweisen wollten, hallte das helle Klingklang der Schwerter herauf. Am Nachmittag sollte ein Turnier im

Schießen mit Lang- und Kreuzbögen stattfinden. Außerdem war ein Vogelschießen geplant, bei dem die besten Schützen versuchen wollten, den bunten Holzpapagei von seinem Platz hoch oben auf der Stange zu holen.

„Alles eine Menge Aufwand für ein paar Minuten in der Kirche", antwortete Joanna bissig. „Wollt Ihr mir nun den Brief diktieren, Milady?"

Die muntere Witwe warf einen kurzen Blick auf das Schreibpult, das Joanna auf ihren Knien balancierte. „Ja, gleich. Das eilt nicht so sehr. Wir haben viel Zeit für meine Korrespondenz."

„Vor dem Festbankett heute Abend habe ich noch etliche Aufgaben zu erledigen", informierte Joanna sie mit ernstem Gesicht. „Eigentlich werde ich sogar jetzt dringend in der Küche gebraucht."

„Ach Kind, darum musst du dir keine Sorgen machen", winkte Lady Emma ab. „Mein Sohn hat gesagt, ich könnte den ganzen Nachmittag über dich verfügen. Die Arbeit in der Spülküche wird ein anderer Junge übernehmen."

Joanna biss sich auf die Lippen, um nicht laut zu protestieren, dass niemand anderes als die Burgherrin selbst die unzähligen Entscheidungen treffen könne, die an einem solchen Tag anfielen.

Leichter Lavendelduft stieg Joanna in die Nase, als Lady Emma aufstand und zu dem breiten Bett ging. Die Leinenvorhänge waren zurückgeschlagen, und auf der Quiltdecke lag ein riesiger Kleiderberg. Sie nahm eine kostbare smaragdgrüne Robe von dem Stapel und hielt sie so, dass Joanna sie bewundern konnte.

„Ist sie nicht wunderschön? Es ist die erste Hochzeit meines Sohnes. Als Mutter des Bräutigams erwartet man doch von mir, dass ich mein kostbarstes Gewand trage. Gefällt es dir?"

Joanna blickte kurz auf den edlen Damast. „Ich habe nie ein schöneres Kleid gesehen. MacLean wird bestimmt nicht enttäuscht sein“, antwortete sie schroff. „So, wollt Ihr mir nun den Brief diktieren, Milady?“

„Ich glaube, ich werde dazu die Haube mit der Goldborte tragen“, überlegte Lady Emma laut, während sie die Robe zurück aufs Bett legte. Nachdenklich strich sie über den Pelzbesatz. „Ach nein, vielleicht ist die Haube mit den Perlen doch angemessener.“

Oh du meine Güte! Die ganze Familie scheint ja wahnsinnig zu sein, dachte Joanna verärgert. Es war doch ganz egal, welche Garderobe die Dame am Sonntag trug. Ohne Braut gab es sowieso keine Hochzeit.

„Ich denke, die mit dem Goldbesatz ist die bessere“, sagte Joanna, während sie dabei ungeduldig mit der Spitze der Feder auf das lederbezogene Schreibpult tippte.

Lady Emma setzte sich wieder auf den Lehnstuhl. „Ja, dann fangen wir mal an“, meinte sie lächelnd.

„Gerne, Milady.“ Mit gezückter Feder, den Kopf tief über das Papier gebeugt, wartete Joanna.

„Meine liebe Lady Joanna“, begann die Witwe verträumt.

Überrascht blickte Joanna auf.

Unbekümmert fuhr Lady Emma fort. „Wenn Ihr diesen Brief in Händen habt, seid Ihr bereits meine Schwieger…“

„Sie kann nicht lesen.“

Endlich schenkte die kapriziöse Frau Joanna ihre volle Aufmerksamkeit. „Sie kann nicht lesen?“ Bestürzt richtete sie ihre tiefgrünen Augen auf Joanna. „Sie kann nicht lesen?“

„Nein. Sie ist einfältig.“

Bestürzt drückte MacLeans Mutter die Hand auf die Brust, Mitleid stand in ihren feinen Gesichtszügen. „Oh je, die arme Seele!“ Enttäuschung schien sie zu überwältigen, denn sie senkte den Kopf und fuhr mit den Fingerspitzen über den Rand ihres bestickten Gürtels.

Wenn Joanna nun erwartete, dass Lady Emma MacNeil erklären würde, ihr Sohn solle das dumme Mädchen nicht heiraten, dann hatte Joanna sich abermals in der MacLean-Familie getäuscht.

Die Witwe schaute auf und lächelte beruhigend. „Ach, ich bin sicher, dass mein Sohn sehr nett zu dem unglücklichen Mädchen sein wird."

„Das bezweifle ich aber", erklärte Joanna unverblümt. „MacLean plant, sie an die Leine zu legen. Das hat er jedenfalls gesagt."

Lady Emma stand auf und setzte sich sofort wieder hin. Mit großen erschrockenen Augen sah sie Joanna an. „Nein!"

„Mit Möhren und Äpfeln will er sie füttern, bis sie ihm aus der Hand frisst und durch den Reifen springt."

Lady Emma hielt sich das Taschentuch vor die Augen. „Das hat mein Sohn gesagt?", brachte sie mühsam heraus.

Einen Moment lang hatte Joanna das Gefühl, die Witwe würde über die kaum zu glaubende, abgrundtiefe Herzlosigkeit ihres Sohnes lachen. „Ja, das hat er", fuhr sie dann aber doch entrüstet fort, da ihr der Gedanke zu unwahrscheinlich vorkam. „Er sagte, er wolle Lady Joanna schon lehren, wie sie für sein leibliches Wohl zu sorgen habe. Und dass sie schließlich eine ordentliche Bande Sprösslinge produzieren müsse. Ganz ehrlich, Lady Emma, er hat über seine Braut gesprochen, als wäre sie ein Möbelstück, das er auf dem Jahrmarkt erstanden habe."

Lady Emma knüllte das Spitzentüchlein in der Hand. Tränen standen ihr in den Augen. „Was … was hat er sonst noch gesagt?", fragte sie mit ruhiger, klarer Stimme, während sie an Joanna vorbei aus dem Fenster blickte.

Irgendwie besänftigt lehnte sich Joanna zurück. Das Leid, das die unglückselige Erbin an der Seite ihres skrupellosen, teuflischen Sohnes erfahren sollte, schien die Witwe wirklich zu bewegen. Sie bewies mehr Mitgefühl und Anteilnahme für das Schicksal der Maid of Glencoe, als MacLean bislang gezeigt hatte. „Mit einem Sprichwort hat er seine drakonischen Maßnahmen rechtfertigen wollen.“

„Aha …“, meinte Lady Emma nachdenklich, während sie sich mit dem Spitzentuch die Augenwinkel trocken tupfte. „Lass mich raten. Hab und Gut habe ich, ein Weib besitze ich …“

Joanna nickte. „Genau das hat er gesagt.“

„Ich verstehe, was du meinst, mein Kind. Aber mein Sohn lebt auch nach dem alten gälischen Sprichwort: ‚Sage wenig, aber sage es richtig.‘ Rory ist kein Mann von blumigen Sprüchen. Das heißt aber nicht, dass er tieferer Gefühle nicht fähig ist. Ganz im Gegenteil.“

Beinahe hätte Joanna verächtlich geschnaubt. „Was wollt Ihr denn damit sagen, Milady?“

„Rory hat nie viel geredet“, erklärte Lady Emma, während sie ihr Taschentuch zurück in den kleinen Beutel steckte, der an ihrem Gürtel hing. „Das bedeutet aber nicht, dass er seine Mitmenschen nicht liebt. Unter der rauen Schale steckt ein Mann, der sich danach sehnt, geliebt zu werden. Mein Kind, du solltest nicht an die schrecklichen Lügen glauben, die seine Feinde über ihn verbreiten. Immer wieder hat er bewiesen, dass er willens ist, zur Verteidigung anderer sein eigenes Leben aufs Spiel zu setzen. Viele Menschen beneiden ihn um seinen Mut, viele Menschen nehmen ihm aber auch seine unerschütterliche Loyalität zum König übel.“

Joanna blickte ihr Gegenüber nachdenklich an. „Ist MacLean wie sein Vater?“

Lady Emma schien nicht überrascht zu sein, dass ein einfacher Bursche ihr eine so persönliche Frage stellte. „Oh ja. Ich habe Niall leidenschaftlich geliebt.“

Unruhig strich sich Joanna mit dem Federkiel unter dem Kinn hin und her. Wenn Lady Emma so bereitwillig über ihre intimsten Gefühle spricht, überlegte Joanna aufgeregt, kann ich ihr vielleicht auch die Frage stellen, auf die ich so dringend eine Antwort haben möchte. „Als Ihr, … hm, … ich meine, … in der ersten gemeinsamen Nacht mit Niall MacLean, … hm, …

gab es da, … hm, … irgendwelche Überraschungen?“

„Was verstehst du denn unter Überraschungen, mein Kind?“, fragte Lady Emma lächelnd, und Joanna fiel auf, dass sich dabei bei der Mutter die gleichen Fältchen um die Augenwinkel bildeten wie bei ihrem Sohn.

„Ach …, ich weiß nicht. Irgendetwas, das Ihr … nicht erwartet hättet.“

„Ich war noch sehr jung und sehr naiv. Vermutlich war ich in jener Nacht schon ein wenig überrascht. Welches Mädchen ist das nicht, wenn es seine Jungfräulichkeit verliert?“

„Nichts hat Euch abgestoßen?“, hakte Joanna vorsichtig nach.

Lady Emma neigte den Kopf zur Seite, mit fragendem Blick betrachtete sie Joanna. „Nein, nichts.“

„Gott sei Dank“, flüsterte Joanna erleichtert, während sie auf das Pergament auf ihrem Schoß starrte.

„Was hast du gesagt, mein Kind?“

Joanna schaute auf, direkt in die gütigen, warmherzigen Augen der Lady. „Ich sagte, ich sei erleichtert, dass Ihr glaubt, die Erbin würde keine unschönen Überraschungen in der Hochzeitsnacht erleben. MacLean hat mir nämlich erzählt, dass ein Mann seine Frau im Bett genauso behandelt wie sein Pferd.“

Kopfschüttelnd hielt sich Lady Emma die Hand vor die Stirn. „Das hat er ganz gewiss nicht so gemeint. Aber wieso hat er eigentlich über derart persönliche Dinge mit einem kleinen Jungen wie dir diskutiert?“

„MacLean hat mich dabei ertappt, wie ich Tam und Mary heimlich beobachtet habe“, gestand Joanna. „Er hat mich beim Kragen gepackt und geschüttelt, bis mir ganz schlecht wurde. Danach hat er mir eine Lektion in gutem Benehmen erteilt. Wir haben geredet, und schließlich habe ich ihn gefragt, ob er denn schon mal mit einem Mädchen geschlafen habe. Darauf hat er dann davon gesprochen, dass er Lady Joanna das Zaumzeug anlegen werde.“

Hastig sprang Lady Emma auf, rannte quer durch die Kammer zum Waschtisch, schüttete einen Krug Wasser in die Schüssel und begann, sich das Gesicht zu kühlen. Mit bebenden Schultern beugte sie sich über das Gefäß und spritzte sich immer wieder Wasser ins Gesicht.

Joanna legte das Schreibpult beiseite. Bestürzt über die Reaktion auf ihre unbedachten Worte ging sie langsam zum Waschtisch. „Es war nicht meine Absicht, Euch aufzuregen, Milady“, entschuldigte sie sich, obwohl sie nicht vergessen wollte, dass der unsensible, hartherzige Kerl Lady Emmas Sohn war.

Lady Emma rang nach Luft. „Du hast mich nicht aufgeregt, mein Kind“, antwortete sie mit erstickter Stimme in das Leinentuch, in das sie ihr Gesicht vergrub. „Ich bin nur so glücklich, dass mein Sohn in zwei Tagen heiraten wird. Deshalb muss ich weinen. Sind dir noch nie vor lauter Glück die Tränen gekommen?“

„Nein“, meinte Joanna kopfschüttelnd. „Vermutlich war ich noch nie so glücklich.“

Joanna hatte angenommen, dass mit Arthur Hays Rückkehr nach Kinlochleven ihre Aufgaben als MacLeans persönlicher Bursche beendet sein würden und sie endlich Zeit hätte, das Gesinde zu beaufsichtigen. Doch Lady Emma beschäftigte Joanna, bis es Zeit zum Abendessen war. Zum Glück übernahm Maude die Aufsicht über das Küchenpersonal, und die riesige Menge an Gerichten konnte zubereitet werden, ohne dass Ethel ihre Drohung wahr machte, dem königlichen Chefkoch ein Messer zwischen die Rippen zu stoßen, oder dass sie heimlich in der Butterkammer verschwand, um eine Kanne Ale in sich hineinzukippen.

Unter den Klängen der Musiker auf der Galerie am Ende der großen Halle taten sich die Gäste an Reh und Spanferkel gütlich. Eine Gruppe Schausteller führte eine Posse auf, Akrobaten sprangen und purzelten behende über den mit Binsenmatten ausgelegten Steinboden und demonstrierten so dem staunenden Publikum ihre bewundernswerte Gelenkigkeit.

Immer wenn Joanna in MacLeans Nähe kam, konnte sie hören, dass er über die Pläne zur Verbesserung von Kinlochlevens Wehranlagen sprach.

„Die Burg ist groß genug und bietet genügend Platz, um Proviant für ein Jahr zu lagern", erklärte er dem König, der neben ihm saß. „Wenn die Umbauarbeiten fertig sind, können wir einer angreifenden Streitmacht standhalten, die zehnmal so groß ist wie wir."

MacLean hielt inne und schaute nachsichtig lächelnd auf, als Joanna ihm Wein eingoss. Selbst James Stewart schenkte ihr ein warmes, freundliches Lächeln. Die braunen Augen musterten sie aufmerksam. Joanna erstaunte das Wohlwollen, das der König einem einfachen, schmutzigen Küchenjungen entgegenbrachte. Sie musste zugeben, dass James IV. von Schottland viel netter war, als sie sich immer vorgestellt hatte.

Ab und zu, während Joanna mit einem riesigen Tablett voller schmutziger Tranchierbretter durch die große Halle eilte, tauschte sie mit Ewen Macdonald einen verstohlenen Blick. Der Heerführer der Macdonalds war bereits einundvierzig Jahre alt, und in seinem walnussbraunen Haar und dem gepflegten Bart glänzten bereits silberne Strähnen. Er war zwar kleiner und nicht so kräftig wie MacLean oder seine Brüder, aber er hatte im Kampf stets Mut und Stärke bewiesen. Der Vater hatte die gleiche dunkle Augenfarbe wie sein Sohn, doch des Vaters Augen strahlten eine listige Intelligenz aus.

„Wir treffen uns im Stall", raunte er ihr zu, als sie unauffällig an seinem Platz vorbeiging. „Ich will Euch alleine sprechen."

„Sobald als möglich schleiche ich mich davon", flüsterte sie und schenkte dabei dem dunkelhaarigen Jungen neben Ewen einen verstohlenen Blick.

Ewen schüttelte den Kopf – eine stille Warnung, nicht mit seinem Sohn zu sprechen. Andrews angespannte Gesichtszüge verrieten, dass er seinen Ärger nur mühsam unterdrückte. Für ihn war es immer selbstverständlich gewesen, dass er und Joanna eines Tages heiraten würden und er Herr über Kinlochleven samt all seinen Ländereien und Einkünften werden würde. Deshalb fürchtete sein Vater wohl zu Recht, dass sein Sohn aus verletztem Stolz Joannas Geheimnis preisgeben und damit alles aufs Spiel setzen könnte.

Godfrey Macdonald schaute auf, als Joanna sein leeres Tranchierbrett abräumte. Er verzog den Mund zu einem höhnischen Grinsen und zeigte ihr deutlich, wie empörend er ihre schmutzige, männliche Kostümierung fand.

„Hallo Godfrey“, grüßte sie ihn leise.

Er war drei Jahre jünger als Ewen und besaß weder die Führungsqualitäten seines Bruders noch das hübsche Antlitz seines Neffen. Tiefe Pockennarben, die sich selbst durch den zotteligen Bart nicht kaschieren ließen, entstellten das aufgedunsene Gesicht. Eine dicke blaue Ader verunzierte die große Knollennase, und sein Atem roch übel nach Alkohol.

„Verschwindet, bevor jemand Verdacht schöpft“, zischte er und leerte seinen Becher in einem langen, gierigen Zug.

Angesichts der vielen Menschen und des Gedränges hätte es eigentlich nicht schwer sein dürfen, unbemerkt aus dem Wohnturm zu schlüpfen. Doch immer wenn Joanna sich davonschleichen wollte, standen entweder Fearchar oder einer der Brüder von MacLean in der Nähe. Ein paarmal stieß sie sogar fast mit ihnen zusammen und hatte jedes Mal das Gefühl, nach langem Schlaf in einem Land von Riesen aufzuwachen, da sie den Hünen kaum bis zur Brust reichte.

Am Ende des Mahls trugen die Diener die Tafel hinaus und reihten die Sitzbänke an den Seitenwänden des Saals auf. Über den Steinboden wurde Stroh gestreut, und die meisten Lords und ihre Damen tanzten gemessenen Schrittes den majestätischen Branle durch den Saal.

Doch MacLean schenkte den Tänzern nicht einen einzigen Blick. Dieser verflixte Kerl hat wahrhaftig keinen Funken Romantik in seiner schwarzen Seele, schimpfte Joanna insgeheim.

Sie hatte gehofft, nachdem alle Gäste zu Bett gegangen waren, sich zu den Ställen schleichen zu können. Aber dann gesellten sich MacLean und seine beiden Brüder zum nächtlichen Kartenspiel zu Davie und Seumas am großen Küchentisch. Der Sea Dragon hatte es sich zur Gewohnheit gemacht, die halbe Nacht mit den Männern, die über Joannas Schlaf wachten, Karten zu spielen. Offensichtlich war es ein familiäres Laster, denn auch Lachlan und Keir machten keinerlei Anstalten, sich zu einer angemessenen Zeit zu Bett zu begeben.

Todmüde lag Joanna vor der Herdstelle und lauschte den Männern, wie sie ihre Tarotwetten abgaben. „Eine Krone dafür, dass du bluffst, Davie“, forderte MacLean ihn heraus. „Aber ich warne dich, ein Großmaul der Macdonalds kann ich selbst durch die Flügel einer Motte, die ums Licht tanzt, erkennen.“

Joanna lächelte müde. MacLeans leises sonores Lachen und der satte Klang einer Münze, die zu den anderen Geldstücken auf den Tisch geworfen wurde, war das Letzte, was sie hörte, bevor sie erschöpft in den Schlaf sank.

Erst am folgenden Morgen gelang es Joanna, im Stall Jock unbemerkt einen Zettel in die Hand zu drücken und ihm, bevor sie weiter zur Kapelle eilte, zuzuflüstern, dass die Notiz für Ewen bestimmt sei.

Blitzblank hatten Abby und Sarah das Innere der Kapelle geputzt. Die eichenen Kirchenbänke glänzten frisch poliert. Die goldenen Kerzenleuchter auf dem Altar funkelten. Über dem Kommunionsgeländer lagen schneeweiß und frisch gebügelt die Altartücher für die Zeremonie am nächsten Morgen.

Im Vestibül standen Wassereimer mit riesigen Rosen-, Lilien- und Apfelblütenbuketts, die später die großen Vasen neben dem Hauptaltar und den Seitenaltären schmücken sollten.

Joanna blickte sich vorsichtig um und vergewisserte sich, dass niemand in einer der dunklen Ecken stand. Dann eilte sie durchs Mittelschiff zu den blauen Votivlichtern, die vor dem Altar der Heiligen Jungfrau brannten. Nochmals schaute sie sich kurz um, ob sie auch wirklich unbeobachtet war, dann beugte sie sich vor und blies die Flammen aus. Hastig bekreuzigte sie sich, kniete kurz nieder und bat den Himmel um Vergebung für diese schwere Sünde.

Plötzlich hörte sie leise Schritte hinter sich. Das Herz klopfte ihr bis zum Hals. Wenn MacLean mich hier erwischt, überlegte sie, dann werde ich wie eine Fackel auf dem Scheiterhaufen brennen.

10. KAPITEL

Das Kerzenlöschen kann Euch auch nicht retten, Joanna."

Erschrocken fuhr sie herum. „Gott sei Dank, Ihr seid es", krächzte sie erleichtert, als sie Ewens kräftige Gestalt in dem rosigen Licht wahrnahm, das durch das getönte Glasfenster fiel.

Durch das Seitenschiff ging er auf sie zu. „Ich habe Eure Nachricht erhalten. Wir haben nicht viel Zeit", sagte er und zog sie am Ellbogen in einen Alkoven.

„Seid Ihr gekommen, um mich nach Mingarry zu bringen?" Sie hoffte, ihre Stimme klänge nicht allzu enttäuscht. Der Gedanke, Kinlochleven verlassen zu müssen, machte ihr das Herz schwer, obwohl sie sich doch eigentlich freuen sollte, den Fängen des Sea Dragon zu entkommen. Es ist meine geliebte Burg, nach der ich mich sehnen werde, beruhigte sie sich, und ganz gewiss nicht der wilde Highland-Clanführer, der mich morgen Früh heiraten will.

Ewen zog missmutig die Brauen zusammen. „Nicht sofort. Euer Verschwinden würde nur unnötigen Alarm auslösen. Sie würden die Umgebung absuchen und Euch bestimmt finden, bevor wir auf dem halben Weg nach Ballachulish sind."

Vor Aufregung bebte Joanna plötzlich am ganzen Körper. Sie faltete die Hände, damit er ihr Zittern nicht bemerkte. „Was soll ich denn machen?", fragte sie ängstlich. „MacLean will Lady Joanna morgen früh heiraten."

„Eure Strategie ist vortrefflich. Bleibt einfach dabei", riet er ihr, während sein mürrischer Blick über ihr kariertes Hemd und das abgetragene Plaid bis hinunter zu den Strümpfen wanderte, die ihr um die Fußgelenke hingen. „Wenn wir bekannt machen, was wir ihm von Anfang an gesagt haben: dass Idoine wirklich meine Tochter ist, dann wird er am gesamten schottischen Hof zur Zielscheibe des Spotts. MacLean kann keine

Braut heiraten, die er nicht finden kann. Dem Rächer des Königs wird schließlich nichts anderes übrig bleiben, als mit leeren Händen nach Stalcaire zurückzukehren."

Joanna seufzte erleichtert. „Und ich bin frei und kann endlich wieder Lady Joanna sein."

Bedächtig strich Ewen sich über den Spitzbart. „Ja, und wir können in aller Ruhe auf den Dispens aus Rom warten. Wenn wir sie haben, werdet Ihr Andrew heiraten, und James Stewarts Pläne, den Clan der Glencoe Macdonalds mit eiserner Faust zu kommandieren, sind endgültig gestorben."

Irgendwie machten ihr seine Worte Angst. „Wie schnell wird die Erlaubnis wohl kommen?", fragte sie bekümmert.

„In ein paar Monaten vielleicht." Ewen sah sie scharf und durchdringend an.

Joanna wandte sich ab, aber Ewen packte sie am Arm und zwang sie, ihm ins Gesicht zu sehen. „Das erwartet man von Euch", sagte er barsch. „Der gesamte Macdonald-Clan erwartet von Euch, dass Ihr Eure Verpflichtungen als ihre Anführerin erfüllt und den Mann heiratet, den man für Euch ausgesucht hat. Denkt daran, Joanna, wen Ihr heiratet, ist für Eure Gefolgsleute eine Angelegenheit von großer Bedeutung. Wir können nicht zulassen, dass Kinlochleven unseren Feinden in die Hände fällt."

„Ich verstehe." Sie blickte zu Boden, um ihren Kummer zu verbergen. Ihre englischen Verwandten in Cumberland hatten sie nie richtig akzeptiert. Wegen der wilden Highland-Manieren ihrer Tochter hatte sich Lady Anne oftmals harte Worte von Tante und Onkel Blithfield anhören müssen. Und auch ihre Großeltern, die Nevilles, hatten versucht, ihr stürmisches schottisches Temperament zu zügeln. Einerseits wünschte sich Joanna von ganzem Herzen, dass ihre Landsleute sie anerkannten und liebten, andererseits rebellierte ihr Herz gegen das Opfer, welches sie dafür bringen sollte.

„Tut nichts, was Ihr hinterher bereut, Joanna."

Joanna hörte die unmissverständliche Drohung hinter Ewens barschen Worten sehr wohl. Sie rieb sich mit den Händen über die Oberarme, um ihr Zittern zu verbergen. Dann sah sie auf und hielt Ewens kaltem Blick stand. „Jetzt, da der König hier ist, fürchte ich mich“, gestand sie. „Man könnte mich als Verräterin hängen, wenn man meine wahre Identität herausfinden sollte.“

Unwirsch und hart packte er sie wieder am Arm. „Nichts wird Euch passieren, wenn Ihr bei dem Täuschungsmanöver bleibt.“ Scharf wie Axthiebe durchschnitten seine Worte die friedliche Stille in der Kapelle. „Kein Macdonald wird Euch jemals vergeben, wenn Ihr Euer Wort nicht haltet – absichtlich oder sonstwie.“

Joanna machte nicht den Versuch, sich aus seinem schmerzhaften Griff zu befreien. Ihre Schultern fielen ein wenig nach vorne, traurig senkte sie den Kopf. „Ich weiß.“

„Und vergesst niemals“, fuhr Ewen, durch ihr schnelles Einlenken ein wenig besänftigt, freundlicher fort, „MacLean war es, der Somerled gefangen genommen und dem Scharfrichter ausgeliefert hat. Gnadenlos hat er den alten Mann gejagt, bis er ihn wie einen gewöhnlichen Verbrecher aufgestöbert hat. Kein Macdonald sollte jemals etwas anderes als Verachtung für den Rächer des Königs empfinden.“ Er schwieg einen Moment. „Oder glaubt Ihr, Euer Großvater sei zu Recht angeklagt worden?“

„Mein Großvater war unschuldig“, protestierte Joanna. „Niemals hätte er jemanden ohne Grund getötet. Ganz bestimmt nicht.“

Überzeugt von ihrem ehrlichen Protest tätschelte Ewen ihr beruhigend die Hand. „Die Loyalität zu Eurem Clan muss immer an erster Stelle stehen, Joanna, so wie es Euer Vater und Euer Großvater von Euch erwartet hätten. Wenn Andrew und Ihr verheiratet seid, dann werde ich Euch beiden freie Hand hier auf Kinlochleven lassen.“

Joanna wusste, was dieses Versprechen bedeutete. Andrew würde sich mehr mit seinen Falken und Pferden beschäftigen und wenig Interesse für die alltäglichen Pflichten eines Burgherrn zeigen. Seinen extravaganten Vorlieben für schwere Goldketten, Samtjacken und pelzgefütterte Handschuhe würde er mehr Aufmerksamkeit schenken als dem Rotwild im Park, den Fischteichen, den Kaninchenställen oder den Taubenschlägen. Obwohl sie dafür würde sorgen müssen, dass ihr selbstsüchtiger Ehemann ihre Schatulle nicht leerte, so würde sie doch frei sein, die tagtäglichen Entscheidungen über ihren riesigen Besitz zu fällen. Als der Heerführer des Clans würde Ewen lediglich erwarten, dass Joannas Krieger loyal zu den Macdonalds stünden, wenn auf den Hebriden erneut eine Rebellion ausbrechen und auf das Festland übergreifen sollte.

„Besser, ich gehe jetzt. Wenn uns ein MacLean hier so miteinander reden sieht, könnte er anfangen, Fragen zu stellen", sagte Ewen, drehte sich auf dem Absatz um und schritt grußlos durch das Seitenschiff davon.

Joanna ging zu dem bunten Glasfenster in der Nische an der Seitenwand der Kapelle. Auf dem Fenster war ein schlankes Mädchen in silbriger Rüstung dargestellt, welches das französische Lilienbanner in den Händen hielt. Seit man Joanna nach dem Tod des Großvaters verkündet hatte, dass sie Ewens Sohn heiraten sollte, hatte sie jeden Morgen hier gebetet. Doch dieses Mal zitterten ihre Finger, als sie unter dem Bild der Jungfrau von Orleans eine Kerze entzündete. Während sie zu Jeanne d'Arcs tapferem, strahlendem Gesicht aufschaute, versuchte sie, ihren eigenen Kummer und ihr Herzeleid niederzukämpfen.

Tag für Tag hatte sie gebetet, dass ein galanter Ritter kommen und sie vor der Verbindung mit Andrew bewahren möge. Doch anstelle eines tapferen Ritters war der Sea Dragon auf der Burg aufgetaucht – der Unhold, der für den Tod ihres Großvaters verantwortlich war.

Nein, ein richtiger Unhold ist er eigentlich nicht, überlegte sie. Sie hatte nämlich mitbekommen, wie klug und geschickt der Clanführer der MacLeans ihre Gefolgsleute behandelte. Der forsche Highland-Krieger war einfach eine geborene Führernatur. Viele ihrer Gefolgsleute schienen ihn bereits zu bewundern. Selbst die praktische Maude schien mehr und mehr von ihm eingenommen. Joanna wusste, als ihr Ehemann und Herr über Kinlochleven würde MacLean ihre Ländereien beschützen und ihrer aller Reichtum mehren.

Obwohl Joanna felsenfest von der Unschuld ihres Großvaters überzeugt war, sagte ihr ihr Gefühl, dass MacLean genauso felsenfest davon überzeugt gewesen sein musste, dass Somerled des kaltblütigen Mordes an Gideon Cameron schuldig war. Sie hegte jedoch nicht den geringsten Zweifel, dass im Himmel jemand bei der Beantwortung ihrer Gebete einen schwerwiegenden Fehler gemacht hatte. Um sie vor der Heirat mit Andrew Macdonald zu bewahren, hatten die Heiligen zwar einen tapferen Clanführer aus dem Hochland gesandt, aber der war der einzige Mann, den sie niemals würde heiraten können. Wenn sie das Oberhaupt des Clans der MacLeans ehelichte, dann würde sie sich zu Recht die Feindschaft aller Mitglieder ihres eigenen Clans zuziehen.

Joannas Herz flatterte wie ein Vogel im Netz bei der Vorstellung, MacLeans Frau zu werden. Wie mochte es sein, neben dem mächtigen Heerführer zu liegen? Wenn sie hinter geschlossenen Vorhängen in der samtenen Stille der Nacht von seinen starken Armen gehalten würde? Wenn er in einem besitzergreifenden, verzehrenden Kuss seine Lippen auf die ihren presste?

Sie hielt sich die Hände vors Gesicht und versuchte, das verführerische Bild von dem kräftigen Mann, der neben ihr lag, und ihren nackten Körpern, die sich berührten, zu verscheuchen. Um Himmels willen, nicht einmal denken durfte sie an so etwas. Eine Heirat mit dem Anführer des MacLean-Clans kam nie und nimmer für sie in Frage.

Schritte durchbrachen die friedliche Stille der Kapelle. Joanna drängte mit Macht die Tränen zurück und blickte sich vorsichtig um. Im Gang des Mittelschiffs stand breitbeinig, die muskulösen Arme in die Hüften gestemmt, Fearchar.

„Hier bist du also, Bursche. Zuletzt habe ich dich gesehen, als du in Richtung der Ställe gingst."

Die schwarze Augenklappe, die hässliche Narbe auf der Wange, der goldene Ohrring und die langen blonden Zöpfe, das alles erschien Joanna mit einem Mal nicht mehr so bedrohlich, denn sie konnte in seinem gesunden Auge seine Besorgnis lesen.

Wieder ganz der unterwürfige kleine Knecht, schniefte Joanna und rieb sich die Nase an ihrem schmutzigen Jackenärmel. „Habt Ihr mich gesucht?"

„Ist was nicht in Ordnung, Bursche?"

Sie zuckte gleichgültig mit den Schultern. „Ach, ich habe Staub ins Auge bekommen."

Fearchar kam zu ihr herüber und betrachtete voller Bewunderung die prächtige Glasmalerei. „Oh ja, tapfer und mutig war sie, die Jungfrau von Orléans. Sie erinnert mich an ein anderes junges Mädchen, das ich kenne."

„Wirklich?", fragte Joanna ehrfürchtig. Sie blickte auf zu dem schlanken Mädchen im Kettenhemd und dem Helm zu seinen Füßen, dessen blasses Gesicht mutig und entschlossen leuchtete. „Ich wünschte, ich würde auch so jemanden wie sie kennen."

Der starke Mann mit dem weichen Herzen schaute auf die brennende Kerze. Weiß blitzten die Zähne in dem bärtigen Gesicht, als er sagte: „Lady Emma wünscht, dass du ihr heute wieder zu Diensten bist, Joey."

„Sagt ihr bitte, dass ich zuvor mit dem MacLean sprechen muss. Wisst Ihr, wo er sich zurzeit aufhält?"

„Er befindet sich gerade auf der Wehrmauer. Komm Bursche, ich bringe dich zu ihm."

Rory und Lachlan standen auf dem Vorwerk und blickten hinunter ins Tal. Rory hatte die Pläne für die Renovierungsarbeiten an der Burg auf der breiten Brüstung ausgebreitet.

„Von der Westseite ist Kinlochleven uneinnehmbar, dort fällt der Berg steil ab bis hinunter zum Loch. Die Südmauer, das Vorwerk und das Haupttor sind die großen Schwachstellen“, erklärte Rory und zeigte dabei auf die Veränderungen, die er machen wollte. „Mein Plan ist, das vorhandene Mauerwerk mit Strebepfeilern zu verstärken, die Mauern mit Schießscharten zu versehen, die veralteten Fallgatter durch stärkere zu ersetzen und ein neues Haupttor zu bauen. Alle Ausfalltore werden gesichert, und im unteren Burghof wird ein neuer Brunnen gebohrt. Mit diesen Veränderungen werden wir in Zukunft allem, was mit Katapult oder Kanonen auf uns abgeschossen wird, standhalten können.“

Lachlan nickte und schlug seinem Bruder anerkennend auf die Schulter. „Rory, du bist vielleicht kein guter Tänzer, aber wenn es um Wehranlagen geht, dann zeigt sich dein wahres Genie.“

Rory grinste süßsäuerlich. „Schließlich habe ich genügend Burgen erstürmt, um alle nur erdenklichen Schwachstellen zu kennen. Und nun werde ich, dank dir und Keir, sogar auf meiner eigenen Hochzeit tanzen können, ohne meiner Braut auf die zierlichen Füße oder ihre prächtige Robe zu treten.“

Am Vortag hatten sich die drei Brüder fast den ganzen Nachmittag im Südzimmer eingeschlossen, während Fearchar vor der Tür Wache hielt und Lady Emma Joanna beschäftigte. Lachlan hatte Laute gespielt und wie ein pedantischer französischer Tanzmeister Instruktionen gerufen, während Keir die Rolle des Mädchens übernommen hatte. Rory war sich verdammt dumm vorgekommen, die Zehen zu strecken und wie ein Geck zu trippeln, während der über sechs Fuß lange Keir knickste, albern lächelte und so tat, als zöge er eine fünf Yard lange Schleppe hinter sich her. Immer wenn Rory auf die imaginäre weiße Satinbahn trat, brachen seine beiden Brüder in brüllendes Gelächter aus.

Lachlan musste immer noch über das komische Bild lachen, das die beiden abgegeben hatten. „Denk dran, Rory, du darfst nicht nur mit der Dame an der Hand über den Boden gleiten. Tanzen musst du mit ihr. Blick ihr fest in die Augen und zwinge sie so, näher zu kommen, als es der Anstand erlaubt. Lass die Maid dein Verlangen nach ihr spüren, mit jedem Schritt, den du machst."

Rory runzelte unwillig die Stirn. Sicher, er verlangte nach Joanna, aber deshalb musste er doch nicht vor dem gesamten Hof seine Gefühle offenbaren.

„Mach nicht so ein Gesicht. So schlimm ist es doch nicht, zu zeigen, dass du zärtliche Gefühle für das Mädchen hegst", mahnte Lachlan fröhlich. „Das ist doch nur natürlich bei so einem Schatz."

„Du verstehst meine Absichten nicht, Lachlan. Sicher empfinde ich Bewunderung und Respekt für Joanna – und auch Verlangen. Mein Gott, wer würde das nicht? Aber ich kann mich nicht wie so mancher Idiot für so ein kleines Ding zum Narren machen."

„Ach Rory, erzähl mir doch nicht, du wärst nicht in die bezaubernde Maid vernarrt. Ich kenn dich doch. Weshalb dann die Tanzstunden, die Ballade und das Sonett? Übrigens habe ich die Ballade schon fast fertig."

Rory ärgerte sich über die selbstgefällige Art und die Mutmaßungen seines Bruders. „Joanna schätzt ritterliches Benehmen, so wie es die Troubadoure in ihren Balladen schildern – nur deshalb. Sie träumt davon, dass ein Ritter in glänzender Rüstung sie verehrt. Den Wunsch erfülle ich ihr nur zu gerne, wenn ich dafür anschließend die Belohnung ernten kann. Aber das soll noch lange nicht heißen, dass ich in sie verliebt bin." Irritiert hob er die Hände. „Verdammt noch mal, verkneif dir endlich dieses süffisante Grinsen."

Lachlan zuckte einlenkend mit den Schultern, aber der amüsierte Glanz in seinen Augen verschwand nicht.

„Joey wünscht Euch zu sprechen, Laird."

Die beiden Brüder drehten sich um. Fearchar kam mit Joanna, die so zerlumpt und ungewaschen wie zuvor aussah, die Außentreppe herauf.

„Guten Morgen, Joey!", begrüßte Lachlan seine zukünftige Schwägerin artig. „Ich hoffe, unser Kartenspiel hat deinen Schlaf letzte Nacht nicht allzu sehr gestört."

„Ich habe fest geschlafen." Joanna schenkte dem lässig-eleganten Anführer des MacRath-Clans ein freundliches Lächeln, doch als sie dann ihre wunderschönen blauen Augen auf Rory richtete, wurde ihr Blick ernst. „Ich möchte mit Euch unter vier Augen sprechen, Laird. Die Angelegenheit ist wichtig."

„Gerne, Joey. Gentlemen, Ihr werdet uns entschuldigen", antworte Rory mit einem vielsagenden Blick zu seinem Bruder und seinem Cousin.

Joanna wartete, bis die beiden Männer sich entfernt hatten, dann trat sie zu Rory an die Brüstung der Befestigungsanlage. „Ich mag Eure Familie. Sie sind alle sehr nett", gestand sie ernst und ohne Falsch.

„Es freut mich, dass du sie magst", erwiderte Rory, während er die Baupläne zusammenrollte. „Meine Brüder halten dich für einen ganz patenten Burschen, und Lady Emma kann nicht genug Loblieder über dich singen. Wie es scheint, hast du sie gestern mit deiner offenherzigen Art und deinen unverblümten Bemerkungen ausgezeichnet unterhalten."

Ein wenig beschämt senkte Joanna die Lider, dann drehte sie sich um, hielt sich an der Mauer fest und schaute starr ins Weite. „Hat sie Euch erzählt, worüber wir gesprochen haben?"

„Nein", war Rorys ehrliche Antwort.

Seine Mutter hatte sich standhaft geweigert, seine Neugier zu stillen. Fröhlich lachend hatte sie ihm lediglich prophezeit, dass in diesem Jahr sein Glücksstern am nächtlichen Himmel aufgehen und dass kein Mann glücklicher an seinem Hochzeitstag sein würde als Rory. Die Röte, die Joannas Wangen jetzt überzog, ließ ihn ahnen, dass die Unterhaltung sich um ihn gedreht hatte – und vermutlich nicht allzu schmeichelhaft für ihn gewesen war.

Bemüht, das Gespräch in eine andere Richtung zu lenken, zeigte Joanna auf die Ruinen des alten Forts auf der Insel im Loch. „Man sagt, Eilean Ceilteach sei der Ort, an dem Fraoch das teuflische Ungeheuer erschlagen hat, das die magische Frucht bewachte. Als kleines Mädchen hat mir meine Kinderfrau die Geschichte erzählt."

Rory musste lächeln, denn auch er erinnerte sich, dass ihm seine Mutter die Geschichte von dem keltischen Helden erzählt hatte, der seiner kranken Geliebten, der wunderschönen Mai, die heilsamen Beeren gebracht hatte.

„Ihr kennt die Sage sicher schon", fuhr Joanna fröhlich fort, „da Ihr Euren Hengst nach dem tapferen Krieger benannt habt."

„Meine Mutter hatte der übellaunigen Bestie bereits den Namen gegeben, als sie sie mir schenkte."

Enttäuscht zog Joanna die Nase kraus, machte aber keine Bemerkung.

Schweigend blickten die beiden eine Zeit lang über das Tal, das von drei Seiten durch Berge begrenzt war. Wie grüne Bänder zogen sich die herrlichen Eichen- und Birkenwälder am Fuß der Berge entlang. Im Norden bedeckte der Mamore-Forest die Bergkette bis in die Höhen. In der Schlucht im Osten bahnte sich der Fluss als Wasserfall seinen Weg über die steilen Hänge und scharfen Granitklippen bis hinunter zur Talsohle und dem eiskalten Salzwassersee, in dem es von Fischen wimmelte. Viele winzige Eilande lagen im Loch, und auf einer dieser Inseln konnte man das Franziskanerkloster mit der St. Findoca-Kapelle erkennen.

„Ist das nicht wunderschön", sagte sie leise.

Rory blickte zu ihr hinunter. Dichte geschwungene Wimpern verbargen die herrlichen tiefblauen Augen. Unter der Schmutzschicht waren die mädchenhaften Gesichtszüge und unter den zerlumpten Kleidern ihre schlanke Figur zu erkennen. Die aufrechte, stolze Haltung verriet ihre noble Herkunft. Wohl zum hundertsten Male fragte er sich, wieso sie glaubte, sie könne ihn nur einen Tag, geschweige denn eine ganze Woche zum Narren halten.

Er richtete seinen Blick wieder auf das Panorama. „Ich bin über viele Meere gesegelt, unzählige Städte habe ich gesehen, aber ich habe nie einen so schönen Ausblick genossen wie den heute Morgen."

„In ferne Länder würde ich auch gerne reisen." Sehnsucht lag in ihrer Stimme. „Nach Frankreich möchte ich. Paris und Orléans würde ich gerne besuchen." Mit leicht geneigtem Kopf blickte sie zu ihm auf. „Seid Ihr dort schon einmal gewesen, Laird?"

„Ja."

In bester brüderlicher Manier klopfte er ihr auf die schmale Schulter, obwohl es ihm in den Fingern kribbelte, über die verführerische Nackenlinie unter dem ausgefransten Rand ihrer Wollmütze zu streichen. Er träumte davon, mit dem Finger ihr störrisches Kinn anzuheben und in diese erschrockenen Augen unter den dichten Wimpern zu schauen, während er sich zu einem Kuss zu ihr hinunterbeugte.

Er wünschte sich, dass Joanna ihn begehrte.

Morgen sollte diese schreckliche Mütze endlich verschwinden – und das scheußliche Hemd und das ausgefranste Plaid. So lange musste er sich damit zufriedengeben, sie in seiner Nähe zu haben. Morgen früh aber, dessen war er sich sicher, würden sie heiraten.

Alles hatte er aufs Sorgfältigste geplant. Hingerissen sollte sie sein. Romantisch sollte ihr Hochzeitstag sein, so wie es sich jedes blauäugige Mädchen erträumte. Und die Hochzeitsnacht, … allein bei dem Gedanken verhärtete sich ein gewisser Körperteil. In dieser Nacht sollte für den heißblütigen Bräutigam ein Traum wahr werden.

„Irgendwann nehme ich dich mal mit auf die *Sea Dragon.* Im Frühjahr können wir zu den Inseln vor Schottland segeln und dann den Sommer in den Häfen von Le Havre bis Cadiz verbringen."

Abenteuerlust glänzte in Joannas Augen. „Es muss herrlich sein, eine eigene Flotte zu besitzen und segeln zu können, wohin man will."

Er blickte in ihr strahlendes Gesicht. „Viele Männer trachten nach dem, was ich jetzt besitze. Ich werde meine Habe weise hüten müssen", sagte er ernst. Er schlug ihr mit der Pergamentrolle leicht auf die Mütze. „Nun, Junge, worüber wolltest du denn mit mir reden?"

Joanna senkte den Kopf und kratzte mit der Spitze ihres viel zu großen Schuhs an dem rauen Stein der Brüstung. „Über die Hochzeit", antwortete sie verschämt.

„Über die Hochzeit?"

Verlegen spielte Joanna an ihrer Gürtelschnalle. „Ich frage mich, was Ihr morgen tun würdet, wenn sich herausstellte, dass Lady Idoine wirklich nicht Joanna Macdonald ist."

Er verschränkte die muskulösen Arme vor der breiten Brust. „Ich irre mich nicht in Lady Joannas Identität. Und ich werde sie morgen früh heiraten."

Verärgert hob Joanna die Hände. „Und wenn Ihr Euch doch irrt? Was dann? Wenn Ihr ohne Braut vorm Altar steht? Kämt Ihr Euch dann nicht wie ein Narr vor?"

Die Falten seines Plaids schlugen ihm gegen die nackten Waden, während er mit langen, energischen Schritten über die Wehrmauer marschierte.

„Mittlerweile hat sich die Kunde von unserer Hochzeit im ganzen Lande verbreitet", fuhr er unbeirrt fort. „Meine zukünftige Braut wird davon erfahren haben, wenn Idoine wirklich nicht die Maid of Glencoe sein sollte. Sie wird von all den Vorbereitungen gehört haben, von dem Bankett, von dem Blumenschmuck in der Kapelle, von den vielen Gästen und auch davon, dass der König von Schottland der Zeremonie beiwohnen wird."

Joanna hatte Not, mit ihm Schritt zu halten, aber sie wollte keinesfalls aufgeben. „Und wenn sie dennoch nicht erscheint? Wäre es bei all den hochgestellten Gästen nicht ... ziemlich erniedrigend, ... allein vor dem Altar zu stehen?"

Er blieb stehen, schenkte ihr wieder dieses entwaffnende, absolut sichere Lächeln und tippte ihr dabei, so als wolle er sie zum Ritter schlagen, mit der Pergamentrolle auf die Schulter. „Ich schätze deine Besorgnis wirklich, Joey. Aber ich habe bereits anderweitige Pläne gemacht."

„So?" Verwirrt blickte sie zu ihm auf. Vor lauter Enttäuschung versagte ihr fast die Stimme. „Wollt Ihr eine andere heiraten?", krächzte sie.

Rory musste über Joannas bestürztes Mienenspiel lachen. Am liebsten hätte er sie in den Arm genommen, sie durch die Luft gewirbelt und ihr unverblümt erklärt, dass sie die frechste Göre in ganz Schottland sei. Und dann würde er das kleine Biest ganz, ganz langsam wieder herunterlassen, bis er die Mulde zwischen ihren festen, kleinen Brüsten, die unter dem hässlichen Hemd versteckt waren, sanft liebkosen und ihr erklären konnte, dass sie ihm allein gehöre – und keinem anderem.

„An eine andere Braut habe ich noch gar nicht gedacht." Er verzog das Gesicht, als sei der Gedanke eine Überlegung wert. „Ach nein, es ist wohl doch besser, ich füge mich dem Wunsch des Königs und heirate Lady Joanna."

„Aber wie könnt Ihr sie heiraten, wenn sie nicht zur Hochzeit kommt?"

„Sie wird schon kommen."

Wütend drehte sich Joanna um und wollte gehen. Doch

Rory hielt sie an der Schulter zurück. „Zur Zeremonie sollen alle sauber gewaschen und in ihren besten Kleidern erscheinen."

Joanna sah an ihrem schäbigen Äußeren herunter. „Bessere habe ich nicht", erklärte sie trotzig. „Ich besitze nur dieses eine Plaid und dieses eine Hemd."

Zweifellos sagte sie dieses Mal die Wahrheit.

„Dann nimm heute Abend wenigstens ein Bad. Bürschchen, wage es ja nicht, auf meiner Hochzeit mit schmutzigem Gesicht und klebrigen Händen zu erscheinen. Das würde ich als persönliche Beleidigung empfinden", warnte er sie. „Morgen wird ein ganz besonderer Tag sein."

Zornig blitzten ihre blauen Augen. „Ich weiß gar nicht, ob ich überhaupt zu Eurer blöden Hochzeit kommen werde."

„Alle Burginsassen von Kinlochleven haben den Befehl zu erscheinen." Er beugte sich zu ihr hinunter, um seiner Drohung Nachdruck zu verleihen. „Du wirst kommen, Joey, wenn nicht, werde ich dir kleinem Biest die Haut abziehen und sie an die Kapellentür nageln."

Joanna stieß seine Hand weg und rannte zur Treppe. „Schon gut, ich werde ja kommen. Sauber und gewaschen", maulte sie. „Aber Ihr, Ihr werdet Euch wie der größte Trottel aller Zeiten fühlen, wenn Ihr da ganz alleine vor dem Altar steht."

„Lass das nur meine Sorge sein", rief Rory ihr grinsend nach.

Nachdem sich die Gäste zur Nachtruhe zurückgezogen hatten, trug Joanna mit Maudes Hilfe einen Wäschezuber in die Vorratskammer. Ihre Gesellschafterin wusch ihr die langen Haare und wickelte ihr anschließend das große Leinentuch, das zuvor am Herdfeuer gewärmt worden war, um den Kopf. Danach verließ Maude die kleine Kammer, verschloss die Türe von außen und steckte den Schlüssel in ihre Tasche, um sicherzugehen, dass ihr Schützling auch nicht gestört würde.

Träge rekelte sich Joanna im dampfenden Wasser und genoss den Luxus des heißen Bades. Tief seufzend drückte sie die Fersen gegen das weiche Rund des Fassholzes, wackelte glücklich mit den Zehen, blickte über die vollen Regale, in denen Krüge mit Wein und Ale lagerten, und ließ ihre Gedanken schweifen.

Am frühen Abend hatte der Sea Dragon auch gebadet. Sie hatte beobachtet, wie Abby mehrmals mit Eimern voll heißem Wasser die Treppe zu seinem Schlafgemach hinaufgestiegen war.

Ein warmes Kribbeln durchströmte ihren Körper. Sie stellte sich vor, wie MacLean nackt in die Wanne stieg. Noch ein wenig tiefer rutschte sie ins Wasser, lehnte den Kopf gegen den Rand des Zubers und schloss die Augen. Sie träumte davon, ihre Finger in seinen dichten goldbraunen Brusthaaren zu vergraben, mit den Händen zärtlich über seine nackte Haut zu streichen und die Kraft seiner Muskeln zu spüren. Und während er sie küsste, strich er mit den Fingern durch ihr langes Haar. Es war ein heißer, leidenschaftlicher Kuss, ein Kuss, der sie zu seiner Gefährtin machte. Für immer!

Ein nie gekannter, intensiver, fast überwältigender Schmerz fuhr durch Joannas Körper. Ihre Brüste wurden fest und prall, ihre Knospen hart. Selbst in dem intimen Bereich zwischen den Schenkeln verspürte sie ein seltsames Pochen. Wie mochte es sein, wenn MacLean sie dort berührte?

Erschrocken schlug sie die Augen auf. Energisch setzte sie sich aufrecht. Ihre Wangen waren glühend rot. Großer Gott! Hatten sie ihre Lehrer in Allonby nicht immer vor den Gefahren des Müßiggangs gewarnt? Resolut nahm sie die Kernseife vom Schemel neben dem Waschzuber, und während sie sich kräftig einseifte, schimpfte sie mit sich wegen dieser sträflichen frivolen Träumereien.

Sie lenkte ihre Gedanken in eine andere Richtung. Ihre Gefolgsleute waren ihr gegenüber immer noch skeptisch, weil sie englisches Blut in den Adern hatte. Bei dem geringsten Verdacht, dass sie von dem Sea Dragon bezaubert sei, würden sie sie als ihre Anführerin ablehnen. Sie musste zugeben, als sie ihn neben Andrew hatte stehen sehen, da hätte sie viel lieber den stattlichen blonden Clanführer geheiratet als das sechzehnjährige Milchgesicht, dessen Welt sich nur um sich selbst und sein Amüsement drehte. Doch der Wunsch, von ihren Clansmännern geliebt zu werden, war so groß, dass sie deswegen selbst die Heirat mit Andrew in Kauf nahm.

Niemals durfte sie vergessen, dass MacLean schließlich der Höllenhund war, der ihren Großvater gefangen genommen hatte.

Allzu gut erinnerte sie sich an den Tag, an dem ihr geliebter Großvater sie aus Cumberland geholt hatte. Mit seinen Kriegern stand er vor dem Tor von Allonby Castle und streckte seine Hand nach ihr aus.

Somerled Macdonald, wegen seines unerbittlichen Widerstands gegen die Stewart-Könige bekannt als der Red Wolf, hatte sie hochgehoben, auf Stirn und Wangen geküsst und fest an sein Herz gedrückt. „Mein Herzliebchen", das war immer sein Kosename für sie gewesen, „es ist an der Zeit, dass du wieder nach Hause ins schottische Hochland kommst", hatte er gesagt.

Ein raues Männerlachen in der Küche jenseits der Tür der Vorratskammer riss Joanna aus ihren sentimentalen Erinnerungen. Selbst am Abend vor seiner Hochzeit nahm MacLean am nächtlichen Tarotspiel teil. Sie hörte, wie er lachend seine gewonnenen Münzen einstrich.

Nun ja, sollte der Sea Dragon nur lachen. Morgen sollte er die größte Demütigung seines Lebens erfahren. Wie ein Idiot sollte er allein und zurückgewiesen vor dem Altar stehen. Aber sie hatte ihn ja gewarnt! Wenn dieser arrogante Laird glaubte, dass Lady Joanna wirklich in der Kirche erscheinen würde, um ihn vor seiner selbst verschuldeten Erniedrigung zu bewahren, dann hatte er sich aber kräftig getäuscht. Für einen MacLean konnte eine Macdonald nur Verachtung empfinden.

Auch die geringste Spur eines zärtlichen Gefühls für den Rächer des Königs wollte Joanna aus ihrem Herzen verbannen. Ihre Pflicht lag bei ihrem Clan. Niemals konnte sie den Mann heiraten, der für Somerleds Tod am Galgen verantwortlich war.

11. KAPITEL

Am Hochzeitsmorgen schien die Sonne. Die Apfelbäume blühten, kleine Schäfchenwolken zogen gemächlich am azurblauen Himmel dahin. Die Natur gab ihr Bestes, damit dieser Tag den Bewohnern von Kinlochleven Castle lange in Erinnerung bliebe. Für die einen, die MacLeans, sollte es ein Freudentag und für die anderen, die Macdonalds, ein Tag des Grolls werden.

Die schottischen Lairds und ihre Damen, alle kostbar in Samt und Seide gekleidet, schritten durch den Mittelgang der Kapelle und nahmen ihre Plätze auf den Bänken ein, als wäre es eine ganz gewöhnliche Hochzeitszeremonie.

Wie die böse Schlange im Garten Eden, so kroch Joanna die Angst durch die Magengrube, als sie sich bedrückt neben Maude setzte. Joanna kannte Ewens und Godfreys Plan. Erst im allerletzten Augenblick wollten die beiden der versammelten Gemeinde verkünden, dass MacLeans Braut verschwunden war. Zum wiederholten Male an diesem Morgen sagte sich Joanna, dass MacLeans Erniedrigung nicht ihre Schuld war. Bei Gott – hatte sie nicht versucht, ihn vor dieser irrsinnigen Posse zu warnen?

Aus den Augenwinkeln, die Hände fest im Schoß gefaltet, beobachtete Joanna, wie Keir MacNeil, im prächtigen blaugrünen Plaid, seine hübsche Mutter zur vordersten Kirchenbank geleitete. Das glatte lange Haar, das er mit einem Riemen zusammengehalten hatte, die markanten Gesichtszüge, der dunkle Teint, die vernarbte Stirn und die gebrochene Nase verliehen ihm das schurkische Aussehen eines Piraten. Es ließ sich nicht leugnen, dass die MacNeils in langer Ahnenreihe von keltischen Seeräubern abstammten.

Im schwarz-roten Tartan folgte Duncan Stewart, der zweite Earl of Appin, seinem Neffen und seiner Schwester. Lady Emma hatte sich schließlich doch für die perlenbestickte Haube und die Robe aus grünem Satin entschieden. Auch Lady Beatrix und Lady Idoine zeigten stolz ihre schönsten Kleider. Behängt mit goldenen Ketten, Broschen und Armbändern, mit reich verzierten Geldbörsen, die an ihren Gürteln hingen, nahmen sie in der vordersten Reihe Platz.

Idoine hatte an diesem Morgen besonders viel Sorgfalt auf ihre morgendliche Toilette gelegt. Mit weißer Haut aufhellender Creme und Rouge hatte sie sich das runde Gesicht eingerieben. Doch den erwünschten Effekt, wie eine zarte jungfräuliche Braut auszusehen, machten ihre mürrischen steilen Stirnfalten zunichte. Joanna wusste genau, wenn MacLean wirklich versuchen sollte, Idoine zu heiraten, dann würde ihre Cousine einen Wutanfall bekommen. Wie wild würde sie dann um sich schlagen und treten und schreiend auf Joey Macdonald als die richtige Braut zeigen.

Joanna zog sich die Wollmütze tiefer über die Ohren, blickte auf ihre fadenscheinige Kluft und rückte enger an Maude heran, die ihr schon aufgrund ihrer Größe Schutz und Halt bot. Aufgaben, die in letzter Minute noch zu erledigen waren, hatten Maude davon abgehalten, ihren Schützling wie geplant bei Sonnenaufgang in der Pantry zu treffen. Es war keine Zeit mehr geblieben, so wie jeden Morgen seit der Ankunft des Sea Dragon, Joannas Mähne in einem festen Zopf zu bändigen. Sie hatten nur noch hastig das lange Haar hochbinden und behelfsmäßig mit zwei Kämmen befestigen können. Joanna betete inständig, dass ihre widerspenstigen Locken während der endlos langen Heiligen Messe unter der Mütze verborgen blieben. Anschließend könnte sie dann mit Maude heimlich in einer der Abstellkammern verschwinden, damit sie ihr das Haar zu einem sicheren Zopf flocht. Schließlich durfte es nicht passieren, dass ihr während des anschließenden Banketts vor dem versammelten schottischen Hof das offene Haar über die Schultern fiel. Die Folgen wären schrecklich. Augenblicklich wäre auf die Brust eines jeden anwesenden Macdonalds eine Schwertspitze gerichtet, und sie selbst stünde im Schatten des Henkers.

Nach MacLeans ausführlichen Instruktionen am Nachmittag des Vortages hatte sie es nicht gewagt, Gesicht und Hände mit Ruß zu schwärzen. Der Schmutz war wie ein Schutzschild gewesen, hinter dem sie sich hatte verbergen können. Einige Macdonalds hatten sie heute Morgen grimmig angeschaut, wohl weil sie glaubten, dass die Täuschung vorüber war. MacLeans Krieger hingegen hatten dem ängstlich dreinschauenden Burschen ein Lächeln geschenkt und ihm einen freundlichen Gruß zugerufen. Es war kaum zu glauben, der Clan der MacLeans ließ sich leichter täuschen als eine ganze Wagenladung voller Bauerntölpel auf dem Jahrmarkt.

Die Gemeinde erhob sich, als James Stewart, König von Schottland, die Kapelle betrat. Zu Ehren seines treuen Freundes trug er die traditionelle Tracht der schottischen Highlander. In dunkelgelbem Seidenwams und blauem Umhang folgten ihm seine engsten Berater. Es herrschte respektvolle Stille, während die Würdenträger langsam durch den Mittelgang schritten, der König sich dann zur Gemeinde umwandte und neben dem Altar auf dem breiten Holzstuhl unter dem blaugoldenen Baldachin Platz nahm.

Joanna hielt den Atem an, als neben der Kanzel, begleitet von Pater Thomas und seinem Bruder Lachlan, Rory MacLean in den Altarraum trat. Groß und prächtig sah der Bräutigam aus. Unter der grünen Samtjacke trug er ein feines weißes Leinenhemd mit Spitzen am Kragen und den Manschetten. Eine mit Juwelen geschmückte Nadel hielt sein grün-schwarzes Plaid an der Schulter. Der Sporran, die Felltasche, war aus Seehundsfell, das kleine Schwert mit Juwelen verziert, der Dirk, der schottische Dolch aus Silber, die karierten Strümpfe mit kleinen Rosetten gehalten, und schwarze Halbschuhe mit goldenen Schnallen vervollständigten sein Festgewand. Es war nicht zu übersehen, dieser mächtige Highlander wollte an seinem Hochzeitstag all seine Macht und all seinen Reichtum zeigen.

Zu übersehen war aber auch nicht die Bestürzung, die man im hageren Gesicht von Pater Thomas erkennen konnte. Die dunklen, tief liegenden Augen verrieten seinen Schrecken, als er auf die Versammlung in der Kapelle blickte.

„Liebe Freunde", begann er nach einer Minute qualvollen Schweigens, „heute Morgen haben König James von Schottland als Lady Joannas Vormund und der Anführer des Clans der MacLeans die Eheverträge unterzeichnet. Laird Lachlan MacRath und Lady Emma haben die Richtigkeit der Unterschriften bezeugt. Das Aufgebot war rechtzeitig gemacht und verlesen worden. Es gibt keinerlei legale Hindernisse oder Einsprüche gegen eine Eheschließung von Joanna Macdonald und Rory MacLean."

Die Gemeinde rutschte unruhig auf den Bänken herum und sah sich verwundert an. Joanna beobachtete, wie Ewen süffisant lächelnd seinem Bruder und seinem Sohn etwas zuflüsterte. Godfrey verkniff sich daraufhin offensichtlich ein lautes Lachen, nur Andrew hob ruckartig das Kinn und zeigte damit seine Aufregung.

„Laird MacLean hatte gehofft", fuhr Pater Thomas in gestelzten Worten fort, „dass Lady Joanna zur Hochzeitsfeierlichkeit heute Morgen selbst erscheinen würde. Aber zu seiner großen Enttäuschung hat sie sich nicht gemeldet. So wird auf Bitten des MacLean und mit der gnädigen Zustimmung des Königs für die abwesende Braut eine Vertretung das Eheversprechen geben."

Einen Moment lang herrschte verständnisloses Schweigen in der Kapelle, dann gingen erst ein Rascheln von Samt und Seide und schließlich ein aufgeregtes Wispern durch die Bankreihen. Neugierig schaute man sich um, welches Mädchen wohl auserwählt sei, die Rolle der abwesenden Braut zu übernehmen und das Ehegelübde abzulegen.

In der vordersten Bank neben der Mutter saß in knallgelbem Samt Idoine und schien sich ganz sicher zu sein. Als Cousine der Maid of Glencoe musste die Wahl auf sie fallen. Joanna schickte ein Stoßgebet zum Himmel, dass der eingebildete Fratz recht behielt.

Seine Handknöchel waren weiß, so fest hielt Pater Thomas die Bibel. Er räusperte sich, und als die Menge sich allmählich beruhigt hatte, fuhr er fort: „Der gnädige König hat dem Bräutigam die Wahl der Ersatzbraut überlassen. Rory MacLean hat mir heute Morgen mitgeteilt, dass anstelle von Lady Joanna ein anderes Mitglied aus dem Clan der Macdonalds das Traugelübde sprechen soll“, erklärte der hagere, blasse Geistliche und blickte dabei erwartungsvoll zu MacLean.

Joanna machte sich neben Maude ganz klein und versuchte sich hinter Davie zu verstecken, der in der Bank vor ihr saß, damit man sie vom Altar aus nicht sehen konnte. Angst kroch ihr den Nacken hoch, als sie sich vorsichtig umschaute. Vor jedem Portal standen breitbeinig MacLeans kräftige Krieger. Selbst auf dem geweihten Boden um den Altar wimmelte es von Waffen. Behutsam richtete sie sich ein wenig auf und spähte über Davies krummen Rücken.

Ein selbstsicheres, zuversichtliches Lächeln umspielte MacLeans Mundwinkel, als er die Altartreppe hinunterging, durch die offene Pforte der Kanzelbalustrade schritt und dann vor dem Mittelgang der Kapelle stehen blieb. Keinerlei Anzeichen von Demut oder Scham zeigte der Bräutigam ohne Braut. Im Gegenteil. Es schien, als habe er die Situation völlig unter Kontrolle.

„Als die Person, die neben mir am Altar stehen und das Gelübde der Braut sprechen soll“, erklärte er mit lauter, klarer Stimme, „habe ich meinen kleinen Freund gewählt: Joey Macdonald.“

Joanna schnappte erschrocken nach Luft und rutschte noch tiefer in ihren Sitz. Sie konnte regelrecht fühlen, wie sich die

Schlinge um ihren Hals fester zuzog und die Schlange in ihrem Bauch ihre Giftzähne in ihre Gedärme stieß.

Rory ging zu der Bank, in der Joanna zusammengekauert neben ihrem ehemaligen Kindermädchen saß. Mit jedem Schritt, den er näher kam, wuchs Joannas Furcht. Schließlich blieb er neben ihr am Ende der Bankreihe stehen. Joanna senkte den Kopf, schloss die Augen, faltete die Hände und flehte still um Hilfe. Hätte sie aufgeschaut, dann hätte sie das glückliche Leuchten in Maudes Gesicht gesehen.

„Da du gestern so besorgt um mich warst, bin ich sicher, dass du mir heute gerne einen Gefallen erweisen wirst“, sagte Rory und streckte ihr die Hand entgegen. „Hilf mir aus dem Dilemma, Bursche. Komm und sprich das Gelübde für Lady Joanna.“

„Nein, Laird“, murmelte sie mit gesenktem Kopf. „Ihr könnt doch nicht wünschen, dass ein armer Waisenjunge die Stelle Eurer reichen Braut einnimmt.“

„Doch, das wünsche ich“, widersprach er leise.

Sie rutschte noch etwas tiefer in ihren Sitz. „Das kann ich nicht“, weigerte sie sich, ohne aufzuschauen. „Das wäre nicht rechtens.“

„Ich bestehe darauf“, sagte er in einem Ton, der keinen Widerspruch duldete.

Sprachlos vor Furcht blickte Joanna zu ihm auf. Zögernd streckte sie ihm die schmale Hand entgegen. Fest umschloss er ihre zarten Finger, zog Joanna hoch, und wie betäubt folgte sie ihm vorbei an der Kirchengemeinde zum Altar.

Die schottischen Höflinge schienen ihren Augen nicht zu trauen, Befremden, ja Fassungslosigkeit stand ihnen in die Gesichter geschrieben.

Ewen und Godfrey, deren Stirnfalten tiefer und tiefer wurden, funkelten Rory wütend an, als er an ihnen vorbeiging. Andrew, der neben seinem Vater saß, folgte mit fragenden Augen besorgt Joannas schlanker Gestalt. Doch die drei rührten sich nicht, gaben Joannas wahre Identität nicht preis – genau wie Rory es vorhergesagt hatte.

Während er mit Joanna zum Altar schritt, rutschten die Macdonald-Krieger unruhig auf den harten Bänken hin und her. Ihnen waren die Hände gebunden. Offen rebellieren gegen den König konnten sie nicht. In einer Kirche die Waffen zu ziehen war ein Grund für die Exkommunikation.

Rory wusste sehr wohl, dass sich seine eigenen Männer, die er vor allen Ausgängen postiert hatte, köstlich über die kleine Braut in Jungenkleidern amüsierten. Sie waren nämlich seit dem Augenblick, als sie von Joannas Täuschungsmanöver erfahren hatten, von dem widerspenstigen Mädchen ganz fasziniert. Die wilden MacLeans betrachteten seine Idee, sie nun seinerseits zu täuschen, als einen köstlichen Spaß. Für sie war die junge Frau ihres Oberhaupts ein couragiertes schottisches Mädchen, das mehr Schneid besaß als manche englische Maid.

Als die beiden Seite an Seite, Rory im prächtigen Gewand des Highlanders, Joanna im schäbigen Aufzug des Stalljungen, vor dem Priester am Altar standen, herrschte plötzlich beklemmende Stille in der Kapelle.

Joanna bekam kaum mit, was Pater Thomas sagte, nachdem er sein Gebetbuch geöffnet und über ihnen das Kreuz geschlagen hatte.

Großer Gott! Was für ein Drama. Wieso musste MacLean ausgerechnet Joey Macdonald zum Stellvertreter seiner Braut wählen, fragte sie sich. Sie fühlte regelrecht, wie sich Ewens wütende Blicke in ihren Rücken bohrten. Aber wenn ihr Heerführer glaubte, dass sie sich weigern würde, das Gelübde zu sprechen, dann hatte er sich gründlich geirrt. So tapfer war sie nicht. Das Risiko, als Verräterin gehängt zu werden, war ihr zu groß. Nein, Jeanne d'Arc konnte ihr nun auch nicht mehr helfen. Alle Engel und Heiligen konnten sie nicht vor der Katastrophe, die sich da anbahnte, bewahren.

Joanna zitterte am ganzen Körper. Großer Gott! Das war wahrlich nicht die Hochzeit, von der sie immer geträumt hatte. Den Blick zur Fensterrose hinter dem Altar gerichtet, kämpfte sie enttäuscht und ärgerlich gegen ihre Tränen an. Sie dachte an die schäbigen Kleider des Stalljungen, die sie anhatte, an die hässliche Strickmütze, unter der sie ihr langes Haar versteckte, und spürte, wie ihre Wangen rot vor Scham wurden. Sie war zutiefst verzweifelt über MacLeans Torheit und verbittert über Ewens egoistische Machenschaften, aber vor allem war sie wütend auf sich selbst. Das Täuschungsmanöver war ihre Idee gewesen, dafür konnte sie niemanden verantwortlich machen. Ganz bestimmt nicht MacLean, der ihr die Rolle, die sie spielte, glaubte. Oh Gott, weshalb musste er auch so verdammt vertrauensselig sein?

Joanna nahm ihre fünf Sinne zusammen und stellte fest, dass MacLean sie mittlerweile an seine Seite gezogen hatte und ihre zitternden Finger mit warmem, festem Druck umschlossen hielt. Die enorme Größe ihres Bräutigams nahm ihr fast den Atem. Mit seinen breiten Schultern versperrte er ihr die Sicht auf ihre verärgerten Verwandten. Alles was sie sehen konnte, war der prächtige Highland-Laird, den sie nun heiraten sollte.

Schüchtern schaute Joanna zu ihm auf. Ihre Blicke trafen sich, und obwohl sie es wollte, konnte sie nicht wegsehen. Wie verzaubert fühlte sie sich von den grünen Drachenaugen. Er zog sie näher, als er ihre tränenfeuchten Wimpern sah. Ein liebevolles Lächeln zuckte um seine Mundwinkel, während er beruhigend seine schwieligen Daumen über ihre Handknöchel rieb.

Joanna verfiel wieder ins Grübeln. Obwohl sie das Täuschungsmanöver bis zum Ende nicht aufgegeben hatte, sollte sie nun doch den Anführer des MacLean-Clans heiraten. Bald würde sie seine Frau sein. Der Gedanke verschlug ihr fast den Atem, ein unerklärliches, fiebriges Kribbeln breitete sich in ihrem Inneren aus. Zart, ganz zart war das Verlangen, das sie in ihrem Herzen verspürte. Wie die jungen Triebe des Schneeglöckchens unter dem kalten Winterschnee wuchs in ihr die Wahrheit, der sie so lange ausgewichen war. *Ja, sie wollte seine Frau werden.*

Bislang hatte sie kein Wort von dem, was Pater Thomas gesagt hatte, mitbekommen. Doch nun riss der Priester Joanna aus ihrer grüblerischen Trance, indem er sich mit lauter Stimme an die versammelte Gemeinde wandte: „Wenn jemandem ein Grund oder ein Hindernis bekannt ist, weshalb diese Ehe nicht geschlossen werden darf, so soll er jetzt sprechen oder für immer schweigen."

Männer, Frauen, Kinder, jedermann in der Kapelle, sie alle warteten ängstlich, ob ein Protest erhoben würde.

Das leise Geräusch, das die erwartungsvolle Stille störte, kam aus einer der hinteren Bankreihen. Starr vor Furcht lugte Joanna vorsichtig über ihre Schulter. Die fein geschnittenen Gesichtszüge vor Wut verzogen, wollte Andrew sich erheben. Ewen hielt seinem Sohn die Hand vor den Mund und versuchte mit Godfreys Hilfe, den sich wehrenden Jungen zurück auf seinen Sitz zu drücken.

Einen Moment schien jedermann wie gelähmt, es herrschte eisige Stille. Joanna schwankte leicht. MacLean fasste ihren Ellbogen und stützte sie. Doch letztendlich wagte kein Macdonald, sich vor den König zu stellen und Gründe kundzutun, weshalb Joanna und MacLean nicht in rechtmäßiger Ehe verbunden sein sollten.

MacLeans Augen strahlten triumphierend, als er Joannas schmale Hände mit seinen sehr viel größeren umschloss. Halb benommen, mit sehr widersprüchlichen Gefühlen, hörte Joanna zu, wie der Furcht einflößende Krieger ruhig und deutlich Pater Thomas' Worte wiederholte: „Ich, Rory Niall MacLean, nehme Euch, Joanna Màiri Macdonald, zu meiner Ehefrau ..."

Erstaunt und wie hypnotisiert lauschte Joanna. Die Leidenschaft in der tiefen Stimme ließ sie erzittern. Es kam ihr vor, als spräche er zu seiner wahren Braut.

„… in guten und in schlechten Tagen …“

Den goldenen Schopf gebeugt, stand er neben ihr – eine imposante, charismatische Gestalt. Als sie schüchtern zu ihm aufschaute, wurden die harten Gesichtszüge plötzlich weich, und er zeigte eine Leidenschaft, die sie sich nicht erklären konnte.

„… in Reichtum und Armut, … in Gesundheit und Krankheit, … von nun an … bis dass der Tod uns scheidet, … gelobe ich Euch Treue.“

Natürlich konnte MacLean nicht wissen, dass er diese Worte zu seiner wahren Braut gesprochen hatte, so glaubte Joanna jedenfalls. Dennoch kam es ihr so vor – warum, konnte sie sich nicht erklären –, dass er dieses Gelübde ihr ganz persönlich gegeben habe. Unbewusst lehnte sie sich an MacLean. Der frische Waldduft, der den Bräutigam umgab, war betörend. Einen Moment lang vergaß sie sogar, in welch schäbigem Aufzug sie an ihrem Hochzeitstag vor dem Altar stand. Die Smaragde an seiner Plaidnadel glänzten in der Maisonne, die durch die getönten Fenster fiel, und schienen ihr verheißungsvoll zuzublinken.

„Joey …“, riss Pater Thomas sie abermals aus ihren Tagträumen. „Joey …“

Ängstlich blickte sie auf den Geistlichen: Jetzt erst bemerkte sie, dass er versuchte, ihr das Brautgelübde vorzusprechen, und sie nicht reagiert hatte.

MacLean drückte ihre Hände ein wenig fester, und Joanna schenkte ihm ein scheues Lächeln. Keine Sorge, dachte sie, ich laufe nicht weg. Ihre Knie waren viel zu weich. Es war wirklich ein Wunder, dass sie sich immer noch aufrecht hielt. Obwohl ihr Herz klopfte wie eine keltische Trommel und das Blut ihr in den Ohren pochte, gelang es ihr dann doch irgendwie, Pater Thomas’ Worte nachzusprechen.

„Ich, Joanna Màiri Macdonald, nehme Euch, Rory Niall

MacLean, zum Ehemann … in guten und in schlechten Tagen, … in Gesundheit und Krankheit, … sanftmütig und gehorsam im Bett und im Haus …“

Ein betörendes Lächeln erhellte MacLeans Gesicht, während sie mit leiser, leicht zitternder Stimme das Gelübde sprach. Sein Blick war so besitzergreifend, als wolle er sie verschlingen, und Joanna benötigte all ihre restliche Willenskraft, um mit der Zeremonie fortzufahren.

„… von nun an … bis dass der Tod uns scheidet, … gelobe ich Euch Treue.“

Mit einer Geste bedeutete Pater Thomas Lachlan, den Ring zu bringen. Der Priester segnete ihn und reichte ihn MacLean.

Unfähig, dem glühenden Blick ihres Bräutigams standzuhalten, senkte Joanna die Lider. Überraschend winzig wirkte der Ring, den er zwischen Daumen und Zeigefinger hielt, in der großen Hand.

Ruhig hielt MacLean ihre zittrige Hand, und während er ihr den Goldreif über den Finger streifte, sprach er mit sicherer Stimme: „Mit diesem Ring, Joanna, nehme ich Euch zur Ehefrau, dieser Ring sei das Zeichen, dass ich Euch ehre, mit meinem Körper für Euch einstehe …“

Mit hochroten Wangen schaute Joanna erschrocken zu ihm auf. In seinen grünen Augen funkelte es vergnügt. Rory hob die schmale Hand seiner Braut an seine Lippen und fuhr mit einem zufriedenen Lächeln fort: „… und all meinen weltlichen Besitz mit Euch teile.“

Dann zog er die zierliche Gestalt in seine Arme, riss ihr die Strickmütze vom Kopf und schleuderte sie über die Kanzel. Wie von ihren Fesseln befreit, löste sich Joannas herrliche Lockenpracht, fiel ihr über die Schultern, und die Schildpattkämme, die alles provisorisch zusammengehalten hatten, landeten zu ihren Füßen.

Nächtelang hatte Rory versucht, sich auszumalen, welches Rot sich unter der hässlichen Mütze verbergen würde. Doch diesen kupferroten Glanz, dieses verführerische Strahlen hätte er sich in seinen kühnsten Träumen nicht ausmalen können. Über ihrem Haupt vermählten sich einzelne gelbrote und zinnoberrote Haarsträhnen mit dem Scharlach- und Karmesinrot in dem bunten Fensterglas zu einem leuchtenden Strahlenkranz. Er konnte gar nicht anders, er musste mit den Fingern durch die seidige Pracht streichen, und gleichzeitig verspürte er tief in seinem Innersten ein fast animalisches Verlangen.

Mit beiden Händen stemmte sich Joanna gegen seine Schultern; steif versuchte sie von ihm abzurücken. Ihr misstrauischer Blick verriet, dass sie verwirrt und kaum fähig war, dem blitzartigen Wandel des Geschehens zu folgen.

„Ich weiß, wer Ihr wirklich seid, Joanna“, flüsterte er ihr zu, während er sie zum Brautkuss hochhob. Mit feuchten Lippen liebkoste er ihre Wange, suchte und fand ihren voller Erstaunen leicht geöffneten Mund.

Das fleischliche Verlangen, das Rory zuvor in den ihm endlos erscheinenden Tagen so bewusst unterdrückt hatte, entlud sich plötzlich völlig ungezügelt. Unbeherrscht schlüpften seine Finger unter die üppigen Locken zu ihrem Nacken, legte seine Hand sich um ihren Hinterkopf und drückten sich seine Lippen auf ihren Mund.

Vor Schreck wie gelähmt erlaubte Joanna dem MacLean, sie zu küssen. Um Gottes willen, das ist doch kein mönchhafter Kuss, fuhr es ihr durch den Kopf. Dieser Kuss ist voller Leidenschaft, eben der Leidenschaft, die ein Mann für eine Frau empfindet.

MacLean wusste, wer sie war. Er wusste, dass sie nicht Joey, sondern Joanna Macdonald war.

Leise und ergeben seufzend schlang sie ihre Arme um MacLeans Hals und erwiderte den Kuss und die Leidenschaft, die sein erregter Körper, an den er sie mit solcher Leichtigkeit drückte, ihr vermittelte.

Pater Thomas räusperte sich dezent. Joanna beantwortete

die taktvolle Mahnung, dass die aufmerksamen Blicke der verblüfften Gemeinde auf sie gerichtet waren, mit einem Seufzer.

Zögernd stellte Rory seine Frau zurück auf den Boden. Die Hand um ihre schmale Taille gelegt, drehte er sich strahlend wie ein verliebter Narr zu der fassungslosen Versammlung um. „Es brauchte keine Stellvertreterbraut“, erklärte er dem schottischen Hof. „Die Maid of Glencoe hat gerade selbst für alle hörbar ihr Ehegelübde abgeben. Sire, Verwandte und Freunde, darf ich meine Gemahlin, Lady Rory MacLean, vorstellen.“

Erschrocken sah Joanna all die neugierigen Gesichter auf sich gerichtet. Der größte Teil der Höflinge hatte sich von den Bänken erhoben und applaudierte laut. Nur Argyll war sitzen geblieben und verhielt sich unbeteiligt. MacLeans Krieger riefen unter lautem Gelächter Hurra, und Rorys Familie strahlte zufrieden.

Joannas loyale Dienerschaft, samt Ethel und ihrer Tochter Peg sowie Mary, die liebreizende, rotwangige Milchmagd, lächelten schüchtern, als sie erkannten, dass das listige Täuschungsmanöver von Anfang an fehlgeschlagen war. Seumas, Davie und Jock sahen einander ängstlich an und schienen sich wohl zu fragen, ob ihnen nun eine Strafe drohe.

Nur die Macdonald-Krieger äußerten laut schimpfend ihr Missfallen. Ewens, Godfreys und Andrews Blicke waren voller Hass. Sie machten aus ihrem Zorn keinen Hehl, obwohl sie ruhig und schweigend in ihren Bänken sitzen blieben. Im Moment konnten sie nichts tun. MacLean hatte sie ausgetrickst.

In der allgemeinen Verwirrung verließ Lady Emma ihren Platz zwischen Duncan und Keir und ging zu dem Brautpaar. „Kommt mit mir, meine Liebe“, wandte sie sich an Joanna. „Bevor die Brautmesse beginnt, haben wir noch eine Überraschung für Euch.“

Erstaunt sah Joanna zu MacLean auf. „Geht nur mit meiner Mutter“, nickte er zustimmend.

Lady Emma führte Joanna in die Sakristei, wo Maude bereits auf die beiden wartete. Ein gütiges Lächeln erhellte das gerötete Gesicht, und freudig strahlten ihre grauen Augen.

Über einem Stuhl war eine exquisite Robe aus weißem Satin drapiert. Langsam ging Joanna durch den Raum. Vorsichtig, voller Bewunderung strich sie über das edle Material.

„Aber woher ...?“ Sie schaute zu ihrem alten Kindermädchen und schüttelte verwundert den Kopf. „Du hast es gewusst?“, fragte sie zaghaft lächelnd.

„Auch erst seit heute Morgen, mein Kleines. Aber nun komm, beeil dich. Lass dich für die Brautmesse ankleiden. Sie warten alle auf dich.“

Immer noch ganz benommen ließ sich Joanna von Lady Emma und Maude aus ihren schäbigen Kleidern helfen. Das grobe Hemd wurde durch ein feines Unterhemdchen ersetzt. Strumpfbänder aus blauer Seide hielten die langen Strümpfe, die Absätze der weißen Satinschuhe waren mit Diamanten besetzt. Als Nächstes zog man ihr einen langen bestickten Unterrock an und darüber ein mit Spitzen besetztes seidenes Unterkleid. Dann halfen ihr die beiden Frauen in die Robe aus unzähligen Metern schwerer weißer Seide mit eng anliegenden Ärmeln, die spitz auf ihre Handrücken zuliefen.

Verlegen schaute Joanna an sich herunter. Das eckige Dekolleté des Mieders war so tief geschnitten, dass man die Fältelung des Unterkleides und ihren Brustansatz sehen konnte. „Vielleicht ist es ein ganz klein wenig zu ...“

„Scht ...“, warnte Maude. „Dein Bräutigam hat seine Mutter gebeten, ein wunderschönes Kleid mitzubringen, das du an deinem Hochzeitstag tragen sollst. Lady Emmas Gesellschafterinnen haben deine Robe eigens für dich entworfen.“

MacLeans Mutter, die die unausgesprochene Frage in Joannas Augen las, zog lachend den seidenen Gürtel eng um die schmale Taille der jungen Frau. „Weiß habe ich für eine Jungfrau gewählt, aber auch, weil ich mir vorstellen konnte, dass es ein wunderbarer Kontrast zu Eurem roten Haar wäre."

„Woher kanntet Ihr denn meine Haarfarbe?", fragte Joanna erstaunt.

Lady Emma ließ eine Locke durch ihre Finger gleiten. Nachdenklich richtete sie ihre grünen Augen auf Joanna. „Rory schrieb mir, dass Ihr die Farben Eures Großvaters bevorzugt."

Bevor Joanna antworten konnte, strich ihr die Witwe zärtlich über die Wange. „Ich bete, mein Kind, dass Ihr meinem Sohn vergeben könnt. Denn allein durch Vergebung werden eure beiden Herzen zusammenfinden können."

Joanna kämpfte mit den Tränen und senkte beschämt den Blick.

Als Nächstes streifte man ihr einen ärmellosen weißen Samtumhang über, dessen lange Schleppe mit Hermelin besetzt war, und auf ihrem Kopf – das hüftlange Haar trug sie offen – befestigten Lady Emma und Maude sorgfältig einen Kranz aus weißen Rosen.

Maude trat einen Schritt zurück und begutachtete ihr Werk. „Fantastisch!", rief sie zufrieden nickend.

Joanna drehte sich um und schaute in den schmalen Spiegel an der Schranktür. Es verschlug ihr fast den Atem. Mit den weißen Rosen und dem weißen Seidenkleid sah ihr rotes Haar wirklich fantastisch aus. All ihre Mädchenträume sah sie in dem Bild erfüllt, das ihr aus dem Spiegel entgegenschaute.

Lady Emma trat hinter sie und legte ihr eine Perlenkette um den Hals. „Rory hat mir erzählt, dass Ihr über die Saphirkette nicht sonderlich begeistert ward. Ich habe ihm gesagt, dass man einer Braut Perlen schenken sollte. Die Kette ist meine Hochzeitsgabe für Euch, mein Kind."

Fast ehrfürchtig strich Joanna über die Perlen. „Wieso seid Ihr so gütig, Milady, obwohl ich Euren Sohn so übel hinters Licht geführt habe?"

Lady Emma drehte Joanna herum und nahm ihr Gesicht

in beide Hände. „Meine liebe Tochter, weder mit vielen Zauberformeln noch durch langes Suchen würde ich in der ganzen Welt eine bessere Frau für Rory finden.“ Liebevoll küsste sie Joanna auf die Wange.

Durch die Seitentür der Sakristei geleiteten die beiden Frauen Joanna zum Haupteingang vor die Kapelle, wo Lady Emma der Braut ein Bukett aus weißen Rosen gab.

Weit öffnete Maude die Tür. „Tritt langsam ein, mein Liebling“, riet sie. „Wir gehen voran und sagen Pater Thomas Bescheid, dass du kommst.“

Als Joanna das Vestibül betrat, stand dort James IV., der König von Schottland, und wartete, umgeben von einer kleinen Schar von Höflingen, auf sie. Der König war ein großer, attraktiver Mann mit hoher Stirn, großen, klugen Augen, breiten Backenknochen, einem gepflegten Bart und glattem rötlichen Haarschopf. Bei seinen Besuchen im schottischen Hochland trug er häufig die farbenfrohe Tracht der Highlander, und auch heute hatte er einen prächtigen rot-schwarzen Tartan angelegt.

Joanna blieb erschrocken stehen. Als ihr König und ihr Vormund hatte er ihr befohlen, den MacLean zu heiraten, und sie hatte mutwillig versucht, sich seinem königlichen Befehl zu widersetzen. War er vielleicht hier, um sie des Hochverrats zu bezichtigen? Ihr Mund war trocken; sie kämpfte mit den Tränen. Nur aus einem Grund bereiste der König die Westlichen Highlands: um sich der Lehnstreue der mächtigsten Lairds der Gegend zu versichern. Was hielt er wohl von einer Maid, die es wagte, sich ihm zu widersetzen?

„Da Ihr unser Mündel wart, bevor Ihr Lady MacLean wurdet, haben wir die Ehre, Euch zum Altar zu führen“, sagte James Stewart, ein wohlwollendes Lächeln auf den Lippen.

Während sie einen formvollendeten Hofknicks machte, atmete Joanna tief durch. „Danke, Sire. Es ist mir eine große

Ehre, von meinem Souverän zum Altar geleitet zu werden."

Er war der einzige schottische König, der Gälisch gelernt hatte. Obwohl er nicht ganz perfekt in der Sprache war, so würde er sich dennoch auch mit den Untertanen unterhalten können, die des schottischen Englisch nicht mächtig waren. Aber James IV. besaß eine Gabe, die weit über die Sprache und das richtige Tragen des gegürteten Plaids hinausging. Seine Liaisons waren legendär. Im Alter von neunundzwanzig Jahren hatte er eine ganze Reihe von Mätressen mit königlichen Bastards beschenkt.

Die dunklen Augen strahlten im schmalen, blassen Gesicht des Königs, als er Joanna beruhigend zunickte, ihre Hand nahm und sie auf seine Armbeuge legte. „Niemand weiß die Schönheit eines hübschen jungen Mädchens mehr zu schätzen als Euer Souverän", sagte er, während er ihre Hand tätschelte. „Da wir eines Tages unsere Braut aus politischen Gründen wählen müssen, können wir nur hoffen, dass wir so viel Glück haben wie MacLean und ein ebenso bezauberndes Mädchen finden."

„Sire, Ihr seid zu gütig", erwiderte Joanna schüchtern lächelnd. Nun wusste sie, weshalb der König beim größten Teil seiner Untertanen – natürlich mit Ausnahme der Macdonalds und ihrer Verbündeten auf den Hebriden – so beliebt war.

Auf eine Geste des Königs öffneten zwei Höflinge die Flügeltür zum Kirchenraum. Als Joanna an der Seite von James Stewart das Längsschiff betrat, erhob sich die Gemeinde. Gleichzeitig erklangen vom Chor über ihnen, begleitet vom lieblichen Klang des Dudelsacks, die herrlichen Stimmen der Franziskanermönche und der Armen Klarissinnen. Nun verstand Joanna auch, weshalb die Mönche und die Nonnen dem königlichen Tross angehörten.

Vor dem Altar stand MacLean und beobachtete mit einem entwaffnenden Strahlen in den Augen, wie Joanna sich näherte. Jedes Detail nahm er wahr: ihr langes, offenes Haar, die weiße

Seidenrobe und den Samtumhang mit der langen, eleganten Schleppe. Majestätisch schritt Joanna am Arm des Königs von Schottland durch den Mittelgang, vorbei an den fröhlich grinsenden MacLeans und den wütenden Macdonalds, vorbei an Kinlochlevens treuen Gefolgsleuten und dessen Gesinde, vorbei an dem gesamten schottischen Hof.

Beim Anblick ihres schmalen, knabenhaften Gesichtes machte Rorys Herz Luftsprünge. Die Angst und Verwirrung, die er in Joannas blauen Augen erkennen konnte, schmerzten ihn. Lieben und schützen wollte er sie. Seine Mutter hatte recht – sein Glücksstern war aufgegangen. All der eiskalte Zynismus, der sein Herz verschlossen hatte, schien beim Anblick seiner hübschen kleinen Braut zu schmelzen.

Als Joanna und der König den Altar erreichten, nahm Rory Joannas Hand und führte seine Frau zum Betpult. Sie schlugen das Kreuz, knieten auf den roten Samtkissen nieder, und Pater Thomas öffnete sein Messbuch. Vom Chor ertönte das herrliche und ergreifende *Kyrie eleison,* und Joanna und Rory MacLeans Brautmesse begann.

12. KAPITEL

Joanna, die neben Rory beim Hochzeitsmahl saß, schaute sich staunend im festlich herausgeputzten Bankettsaal von Kinlochleven um. Grüne Girlanden mit rosa Rosen, weiße Apfelblüten und Zweige der Eberesche, die die bösen Geister vertreiben und dem jungen Brautpaar Glück für die gemeinsamen Jahre bringen sollten, schmückten den Saal. Auf den Tischen brannten Bienenwachskerzen in goldenen Kerzenhaltern. Elegante Teller aus chinesischem Porzellan, silberne Pokale, Becher, Schalen und Löffel aus den Werkstätten flämischer Silberschmiede standen auf den blütenweißen Tischdecken. Dicke levantische Teppiche bedeckten den Steinfußboden anstelle des üblichen Belags aus Binsen. An den hohen Wänden waren riesige Wäscheschränke aufgereiht, die Türen weit geöffnet, um exquisit besticktes Leinen, Ballen mit feinstem Wollstoff, Taffetaseide, Damast und golddurchwirktes Tuch zur Schau zu stellen. Eine geschnitzte Truhe war gefüllt mit edlen Fellen von Kaninchen, Feh, Otter, Marder, Fuchs, Hermelin und Zobel. Bunte italienische Gobelins mit Szenen aus dem alten Rom hingen in den halbrunden Nischen der Halle. Die Geschenke des Bräutigams und seiner Familie für die Braut übertrafen alles, woran sich die Gäste bei ähnlichen Hochzeiten erinnern konnten.

Nicht nur von diesem Prunk, sondern vor allem von der Nähe ihres Ehemannes war Joanna so überwältigt, dass sie kaum wahrnahm, wer sonst noch an der Tafel mit den Ehrengästen unter dem Baldachin auf der Empore saß. Zur Linken MacLeans unterhielt sich König James angeregt mit den beiden Earls Archibald Campbell of Argyll und Duncan Stewart of Appin. Auch Lady Emma, Lachlan und Keir diskutierten lebhaft.

Schweigend, mit versteinerter Miene, saß Ewen auf der anderen Seite neben Joanna. Lady Beatrix und Godfrey führten ein gestelztes Gespräch. Andrew saß still grübelnd neben seiner Schwester. Kein Wort hatte Andrew mit Joanna an diesem Morgen gesprochen, nur mit wütenden Blicken jede ihrer Bewegungen verfolgt. Umwerfend sah er in seinem rot-blauen Tartan aus. Die Damen des schottischen Hofes zollten denn auch offen ihre Bewunderung für dieses Bild von einem Highland-Jüngling mit den feinen Gesichtszügen und den prachtvollen schwarzen Locken. Doch heute schenkte Andrew ihnen keine Beachtung.

Pater Thomas hatte sich an den Tisch zu den nichtweltlichen Gästen gesetzt. Als er aufstand und ein kurzes Gebet sprach, herrschte für einen Augenblick friedliche Stille. Danach bahnten sich die Dienstboten zwischen den herumtollenden Kindern ihren Weg zu den Tischen. Roastbeef, Lamm, Lachs, Forelle, Stör und Tümmler lagen auf den riesigen Servierbrettern, Schüsseln und Platten waren randvoll gefüllt mit Krabben, Flusskrebsen, Langusten, Austern und Aalen. Lakaien in blaugoldener Livree des Königs versorgten die Gäste mit Wasserkrügen, silbernen Fingerschüsseln und Handtüchern.

Obwohl sie mit einem Trick dazu gebracht worden war, das Ehegelöbnis zu sprechen, glaubte Joanna dennoch, dass es sich gehörte, ihrem Ehemann zu danken – für die wunderbaren Geschenke und vor allem für die Aufmerksamkeit, seine Mutter zu bitten, das herrliche Brautkleid mitzubringen. „MacLean, ich …“, wandte sie sich an ihren Ehemann.

„Rory“, verbesserte er sie leise, während er seinen Arm um ihre Taille legte. Begehrlich glitt der Blick aus den glänzenden seegrünen Augen über ihr Gesicht. Langsam und sacht strich er mit dem Daumen über ihren Wangenknochen bis hinunter zum Kinn. „Sagt Rory zu mir“, murmelte er, bevor seine Zungenspitze über ihre zusammengepressten Lippen strich, sich kühn den Zugang ertrotzte und in ihrem Mund mit ihrer Zunge ein aufreizendes Spiel begann.

Erschrocken blickte Joanna ihn an. Genauso hatte er sie in

der Kirche geküsst. Sogar zweimal. Obwohl sie sich an einem sakralen Ort befanden, hatte er sie am Ende der Messe völlig unbekümmert in den Arm genommen und sie mit einer solchen Leidenschaft geküsst, wie es sich kein Mädchen vorstellen konnte, wenn es von seinem Hochzeitstag träumte. Und das direkt nachdem sie die Heilige Kommunion erhalten hatten.

Von derart skandalösen Küssen hatte Joanna noch nie gehört. Ob er diesen schamlosen Zauber vielleicht von einer Seejungfrau gelernt hat, fragte sie sich beunruhigt und rückte wieder von ihm ab.

Aber wie zuvor ließ er es nicht zu. Am dichten Nackenhaar hielt er sie sanft zurück. „Sanftmütig und gehorsam in Bett und Haus", erinnerte er sie mit einem tiefen, leisen Lachen, während er verliebt an ihrer Unterlippe nagte. „Weib, habt Ihr schon vergessen, was Ihr gelobt habt?"

„Ich … ich weiß nicht, ob wir das tun sollten?", flüsterte sie.

„Küssen meint Ihr?"

Wieder sah sie ihn erschrocken an. „Ja, natürlich erwartet man, dass wir uns küssen", erwiderte sie ein wenig verärgert. „Es ist schließlich unser Hochzeitstag. Aber nicht …"

In seinen grünen Augen funkelte es amüsiert, als er ihr Gesicht mit beiden Händen umschloss. „Ach so", sagte er todernst, obwohl das Zucken um seine Mundwinkel ihr verriet, dass er wohl am liebsten laut gelacht hätte. „Keine Sorge, Mädchen. So küsst jeder Bräutigam seine Braut."

„Das hat mir keiner gesagt", beklagte sie sich stirnrunzelnd. Dann schaute sie tadelnd zu ihm auf. „Ihr habt mich überrascht", beschwerte sie sich.

„Ich habe heute noch eine Menge anderer Überraschungen für Euch, Joanna", versprach er, während er sich ganz darauf konzentrierte, eine Strähne ihres langen Haares um seinen Zeigefinger zu wickeln.

Verwundert blickte sie ihn an. Ein aufgeregtes Kribbeln lief ihr plötzlich über den Rücken, und in ihrem Bauch flatterte ein ganzer Schwarm Schmetterlinge.

Wollte er sie etwa vor seinem Drachenschwanz warnen?

„Ihr ... Ihr wollt?"

„Ich will." Er verschloss ihr die Lippen und tauchte seine Zunge abermals in ihren Mund.

Joanna gab schließlich seinem unmissverständlichen Verlangen nach und legte den Arm um seinen Nacken. Schüchtern fuhr sie erst mit der Zungenspitze über seine Zähne, dann wagte sie sich vorsichtig in das warme, verführerische Innere seines Mundes.

Er reagierte sofort. Mit einem kehligen Laut zog er sie näher, so nahe, dass ihr weicher Busen gegen seine harte Brust drückte. Aufmunternde Rufe in der Halle begleiteten diese Zügellosigkeit. Die MacLean-Krieger sprangen auf und verfolgten mit erhobenen Bechern salutierend den leidenschaftlichen Kuss des Brautpaares. Schließlich beendete MacLean den heißblütigen Kuss und liebkoste sanft ihr Kinn.

Joanna atmete den Wohlgeruch frischer Kiefern ein, der sich mit dem eigenen süßlichen Duft von Rosen mischte. Sie seufzte verwundert. Der Kuss hatte sie alles um sie herum vergessen lassen. „Hm ... Danke."

„Oh, keine Ursache, Milady", erwiderte er grinsend.

„... für die Geschenke", beendete sie spröde ihren Satz, rückte von ihm ab, setzte sich aufrecht auf ihren Stuhl und faltete sittsam die Hände im Schoß. „Und dafür, dass Ihr Eure Frau Mutter gebeten habt, mir so eine kostbare Hochzeitsrobe mitzubringen."

Er langte nach einer ihrer Locken und ließ sie langsam durch die Finger gleiten. „Da die Saphire, die ich für Euch ausgewählt hatte, ja nicht Euren Gefallen fanden, hoffte ich, meine Mutter würde Euren Geschmack besser treffen."

„Wann habt Ihr Eurer Frau Mutter denn geschrieben?", fragte Joanna irritiert, während sie unsicher mit dem Finger das Muster der Spitze an der feinen Tischdecke nachzeichnete. „Ich meine, seit wann habt Ihr es gewusst?"

„Würdet Ihr mir glauben, wenn ich sage, von Anfang an?"

Sie schaute auf. Als sie das Lachen in seinen Augen sah, schüttelte sie zweifelnd den Kopf. „Sollte ich das wirklich glauben?"

Zärtlich zeichnete er mit dem Daumen die Konturen ihrer Oberlippe nach. „Vielleicht werde ich es Euch erzählen." Seine Stimme klang verheißungsvoll. Die Hand, die auf ihrer Taille gelegen hatte, bewegte sich höher den Rücken hinauf und strich zart entlang ihrer Wirbelsäule. „Heute aber nicht."

Scham kroch ihr heiß den Nacken hinauf. „An dem Abend, an dem Ihr mir befahlt, Euch beim Bad zu helfen, habt Ihr es da schon gewusst?"

„Ganz bestimmt."

Joanna erinnerte sich. Er hatte ihr erlaubt, ihm beim Ausziehen zu helfen, bis auf den Gürtel und das Plaid. Da hatte er ihr mit Nachdruck befohlen, die Kammer zu verlassen. Gütiger Himmel! Ahnte er etwa, dass sie ihn hatte nackt sehen wollen?

MacLean küsste sie auf die Nasenspitze. „Genießt Ihr nur die Feier, während ich mich daran erfreue, meine kleine Braut erröten zu sehen."

„Ich erröte doch nicht", widersprach sie. „Und wenn, dann wegen der Hitze hier in der Halle und der vielen Menschen, die mich beobachten."

„Ach, lasst ihnen doch das Vergnügen. Sie wären tief enttäuscht, wenn der Bräutigam die Braut nicht küssen würde", beruhigte er sie und begann, sie abermals und wieder unter den ohrenbetäubenden Hochrufen seiner Männer heißblütig zu küssen.

MacLean ließ erst von ihr ab, als ein Diener ihre halb geleerten Pokale mit Rotwein auffüllte. Joanna rückte die Rosenkrone auf ihrem Kopf zurecht, versuchte nicht auf ihr wildes

Herzklopfen zu achten, sondern sich auf die Unterhaltung der Gäste, die neben ihrem Gemahl saßen, zu konzentrieren.

„MacLean und seine Brüder sind exzellente Seeleute", hörte sie James IV. zu Argyll sagen. „Nur ungern haben wir ihm erlaubt, die Seefahrt aufzugeben. Dank seiner Flotte blüht unser Handel mit dem Kontinent. Er hat Reichtum und Ruhm erworben, deshalb konnten wir auch sein anfängliches Zögern verstehen. Aber wir waren nun einmal der Meinung, dass diese Verbindung äußerst wichtig für uns wäre."

„Alter Hass ist vergessen wie vergangene Tage", erwiderte Archibald Campbell speichelleckerisch. „Es sieht ganz so aus, als ob der unbesiegbare Sea Dragon der Allianz mit einer Macdonald nicht mehr ganz so abgeneigt ist", meinte er mit einem Blick zu dem Paar. Als er merkte, dass die Braut das Gespräch verfolgte, versuchte er sich mit einem zögernden Neigen des Kopfes in ihre Richtung zu entschuldigen.

Zurückhaltend kühl erwiderte Joanna die Blicke des Earls, dann schaute sie schüchtern zu ihrem Ehemann. Obwohl er nichts sagte, erkannte sie an seinem Mienenspiel, wie wütend er über Argylls gedankenlose Bemerkung war.

Sie dachte an die Unterhaltung im Stall. An jenem Tag hatte MacLean angedeutet, dass er die Maid of Glencoe nicht heiraten wollte. Die Erkenntnis, dass er niemals den Wunsch gehabt hatte, sie zu heiraten, war desillusionierend und schmerzte. Die Vorstellung, dass die ganze Pracht bei dieser Hochzeitsfeier vielleicht nur demonstriert wurde, um die Form zu wahren, verletzte zutiefst ihren Stolz. Während sie in Cumberland lebte, hegte sie keinen Zweifel, dass ihr Wert als Person allein auf dem Ausmaß ihres Reichtums beruhte. Die Einsicht, dass dies hier in den Highlands nicht anders gesehen wurde, war bitter. Doch es ist nur mein Stolz, der verletzt ist, nicht mein Herz, sagte sie sich. Schließlich hatte sie den MacLean ja auch nicht heiraten wollen. Weshalb war sie wohl die letzte Woche in Jungenkleidung herumgelaufen?

Dennoch machten ihr ihre Gefühle Angst. Sie hatte den Sea Dragon geküsst, obwohl er für den Tod ihres geliebten Großvaters verantwortlich war. Tief enttäuscht hatte sie ihre Clansleute. Selbst hier am Tisch ermahnten sie die anklagenden Blicke von Ewen und seiner Familie, dass sie bei der wichtigsten und verantwortungsvollsten Aufgabe als neue Anführerin ihres Clans versagt hatte: nämlich den Mann zu heiraten, den sie für sie ausgewählt hatten.

Während MacLeans Familie sich nach der Messe um das Brautpaar versammelt und zusammen mit dem schottischen Hof ihre Glückwünsche geäußert hatte, waren nur ihre engsten Gefolgsleute und Diener zurückgeblieben. Ewen, Godfrey und Andrew hatten abseits bei den Macdonald-Kriegern gestanden und das Schauspiel mit eisigem Schweigen verfolgt.

Jedoch schienen sie auch nicht sonderlich unglücklich, dass man ihnen die Entscheidung aus der Hand genommen hatte. Joanna wusste, wenn die Glencoe Macdonalds sie als ihre Anführerin ablehnten, dann gab es einen blutigen Machtkampf um die Kontrolle über Kinlochleven. Und mitten in diesem Chaos würden sie und die Burginsassen wie hilflose Schachfiguren hin- und hergeschoben werden.

Immer wieder wurden neue Speisen aufgetragen, eine köstlicher und aufwendiger als die andere: Wildschweinsköpfe, Spanferkel und Reh, Pfauen, Schwäne und Störche, Wachteln und Lerchen. Schüsseln voll mit süßem Reis, mit Weintrauben, Feigen, mit Orangen und Granatäpfeln. Auf den Tafeln standen Krüge mit gewürztem Wein und Bier, und die Gäste sprachen dem Alkohol kräftig zu.

Die Tafeln waren um einen freien Platz in der Mitte der Halle arrangiert. Hier wurden, während die Gäste schmausten, traditionelle Highlandtänze aufgeführt und unter Begleitung von drei Dudelsackspielern, deren einer Tam MacLean war, alte schottische Weisen gespielt. Anschließend stimmte der Barde des Königs seine Gitarre und unterhielt die Gäste mit Legenden über schottische Helden.

Während des Festschmauses nutzte MacLean jede Gelegenheit, seine junge Frau zu berühren. Er streichelte ihr über die Arme, über Hüften, Schultern und Rücken, und ganz besonders schien ihn ihr rotes Haar zu faszinieren. Zweimal strich seine große Hand sogar über ihr Hinterteil – wie sie den Weg unter ihre Samtrobe gefunden hatte, war Joanna allerdings ein Rätsel.

Entrüstet dachte sie daran, wie er einmal mit der Hand unter ihr Plaid gefahren war und über ihre nackten Schenkel gestrichen hatte. Zwar hatte er so getan, als bemerke er es gar nicht, aber jetzt wusste sie, dass auch dieses Ereignis kein Versehen gewesen war.

Ihr wurde ganz warm, als sie spürte, wie seine schwieligen Finger die nackte Haut an Nacken und Schultern liebkosten. Immer wieder ging sein begehrlicher Blick zu ihrem Busen, dorthin, wo sich bei jedem Atemzug ihre festen Brüste in dem tiefen Dekolleté auf- und niederbewegten.

Meine Güte, MacLean ist dein Mann, rief sie sich zur Ordnung. Und wenn er sich noch so taktlos verhielt, hier in der Öffentlichkeit konnte sie sich nicht gegen sein aufdringliches Liebäugeln und Liebkosen wehren. Was sie mit ihm machen wollte, wenn sie allein waren, stand auf einem anderen Blatt. Zweifellos wollte er heute Nacht seinen Spaß mit ihr haben. Aber da kannte er die Maid of Glencoe nicht, die hatte mehr als einen Trick auf Lager.

Sie lehnte sich zu ihm hinüber, lächelte schüchtern und sprach hinter vorgehaltener Hand: „Mein Herr und Gebieter, offenbar hat Euch niemand gelehrt, dass es sich nicht geziemt, der Tischnachbarin in den Ausschnitt zu blicken."

Er besaß die Unverschämtheit, laut aufzulachen. „Ihr seid nicht nur meine Tischpartnerin", belehrte er sie, ohne seinen Blick von dem Objekt seiner Begierde zu lassen. „Ihr seid meine Bettpartnerin, Lady MacLean. Jedermann freut sich auf die süßen Leckerbissen nach dem Festschmaus. Ich genieße lediglich schon vorab ein wenig von dem Naschwerk, das mich erwartet."

Unter dem Vorwand, die Perlenkette, die seine Mutter Joanna geschenkt hatte, zu begutachten, strich MacLean ihr mit dem Handrücken über den Busenansatz. Überrascht spürte sie, wie ihre Brüste anschwollen und ihre Brustwarzen hart wurden.

Ein kurzes, vielsagendes Lächeln huschte über seine Lippen. „Wer hätte gedacht, dass unter jenem viel zu weiten Hemd eine solche Fülle verborgen ist?", murmelte er mit heiserer Stimme. „Und das ist nun alles mein."

Zu spät bemerkte Joanna, was er vorhatte. Verführen wollte ihr Gemahl sie. Hier, in der Banketthalle von Kinlochleven. Die vielen Menschen schienen ihn nicht zu stören. Als sie seinen entschlossenen feurigen Blick sah, befürchtete sie einen Moment lang, er würde sie sich wie einen Sack Kaminholz über die Schulter werfen und nach oben ins Schlafgemach schleppen. Unruhig rutschte sie tiefer in ihren Sessel, ein Beben fuhr durch ihren Körper; ganz langsam wurde ihr heiß und immer heißer.

Nun ja, sie war sein. Sollte er sie eben nehmen.

Nach dem Mahl führten die Komödianten eine derbe Farce auf, die voller schlüpfriger Zweideutigkeiten und versteckter Anspielungen war. Begeistert grölten die Zuschauer vor Schadenfreude, als der ältliche Ehemann sein feuriges Weib mit einem lüsternen Grinsen begrüßte und dann aufs Gesicht fiel, als er sich auf sie stürzen wollte.

Als Nächstes verwöhnten die italienischen Spielleute des Königs das Publikum mit einer Pastorale, in der die Heldin eine bezaubernde Schäferin war. Die Gäste, satt und zufrieden von Schmaus und Trank, hörten ruhig zu.

Schließlich ergriff ein älterer Barde mit seiner keltischen Harfe das Wort. Bevor er auf dem dreibeinigen Schemel Platz nahm, verbeugte er sich erst tief vor dem König und dann noch einmal ebenso tief vor Joanna. „Ich habe die Ehre", begann er, „eine Ballade vorzutragen, die der Clanführer der MacLeans anlässlich dieser Festlichkeit zur Ehre seines ihm angetrauten Eheweibs gedichtet hat."

Plötzlich ganz still und starr beobachtete Rory Joanna aus den Augenwinkeln. Mit einer Hand hielt er das Tischtuch fest, die andere ruhte weiter auf Joannas Hüften. Er hatte keine Ahnung, was nun kam. Mit der Ausrede, es sei doch keine Zeit mehr für Änderungen an Text und Vertonung, hatte Lachlan sich nämlich geweigert, seinem Bruder die Komposition vorzutragen.

Gespannt lehnte sich Joanna vor, schenkte der buckeligen Gestalt ihre ungeteilte Aufmerksamkeit und wunderte sich zugleich, weshalb ihr Gemahl einen so alten weißbärtigen Barden ausgewählt hatte, der ihr sein Liebeslied vortragen sollte. Als dann Fergus MacQuistens wundervoll kehliger Tenor erklang, ging ein ergriffenes, ehrfürchtiges Staunen durch die Hochzeitsgesellschaft. Die Worte, die Lachlan gefunden, und die Musik, die er dazu komponiert hatte, drückten das unerwiderte, nahezu hoffnungslose Sehnen eines Ritters nach einer zauberhaften und doch so fernen Dame aus. Wie Venus am nächtlichen Firmament war sie das unerreichbare Ziel, der unerreichbare Schatz. Der subtile und doch so unmissverständlich romantische Lobgesang auf ihre Schönheit und ihre Intelligenz übertraf alles, was die Zuhörer bislang gehört hatten. Gewandt und ritterlich waren die Worte gewählt, und doch war in ihnen die fleischliche Begierde zu spüren. Melancholisch und süß zugleich sprach das Lied die stille Sehnsucht eines jeden Zuhörers an, die große Leidenschaft, die jedes einsame Herz kannte.

Während Fergus sang, schaute Joanna zu Rory auf. Als er

ihren verträumten Blick sah, war er sicher, dass sie ihn nun in ganz neuem Licht sehen würde. Nicht mehr der raue, ungeschlachte Krieger, sondern der galante Kavalier würde er für sie sein. Der edle Ritter in glänzender Rüstung.

Rory wusste nicht, wie er Lachlan jemals danken sollte. Irgendwie hatte er es verstanden, das qualvolle Verlangen, das sein älterer Bruder für das kleine Wesen empfand und doch nie selbst in Worte würde fassen können, auszudrücken.

„Das war wunderschön, Rory", seufzte Joanna, als die letzten Töne der Ballade verklungen waren. Sanft strich sie ihm über die Wange. „Nie zuvor habe ich etwas so Bewegendes gehört."

Zum ersten Mal an diesem Tag war sie es, die ihn zuerst küsste. Es war ein zarter, keuscher Kuss, so unerfahren und doch so verwundert forschend, dass Rorys Herz vor Glück fast zerbarst. Sein Körper reagierte auf ihre schüchterne, zaghafte Berührung mit einer unbändigen Lust; heiß floss das Blut in seinen Adern.

Mein Gott, jetzt konnte er sich doch nicht seinem fleischlichen Triebe hingeben. Erst kurz nach Mittag war es, viel zu früh, um sich mit Anstand zurückzuziehen, obwohl er allzu gerne seine Frau gepackt und sie – die schockierten Blicke der Gäste ignorierend – nach oben getragen hätte. Oh ja, er konnte es kaum erwarten, Joanna auf das Bett zu werfen und ihr langsam und erwartungsvoll die Seidenrobe und das zarte Hemd auszuziehen. Aber mehr noch als seine Lust zu befriedigen, war Rory daran gelegen, dass sie ihren Hochzeitstag als den Tag in Erinnerung behalten sollte, an dem ihre Träume sich erfüllten.

Eines Tages wollte er ihr beichten, dass sein Bruder das gefühlvolle, erotische Liebeslied geschrieben hatte. Dann würden sie beide darüber lachen können, denn dann würden sie bereits ein halbes Dutzend Nachkommen haben, hübsche Töchter und stramme Söhne, die sie tagsüber in Atem hielten.

Aber die Nächte … oh ja, die Nächte, die würden sie immer ganz für sich haben.

Die feierlich majestätische Melodie der Pavane, zu der die Musiker auf der Galerie nun aufspielten, riss Rory aus seinen Gedanken. Zögernd ließ er Joanna los. Mit einem zittrigen Lächeln auf den Lippen erhob er sich. „Ich denke, es ist Zeit für den Hochzeitstanz, Lady MacLean", forderte er sie auf. Nur dieser eine Tanz, dachte er dabei, dann kann ich mich zurücklehnen und den Rest des Tages genießen.

Rory führte Joanna von der Empore auf die Tanzfläche in der Mitte der Halle, wo er eine leidlich passable Verbeugung zustande brachte. Sich all der neugierigen Blicke bewusst, die auf ihn und Joanna gerichtet waren, wollte er sich ganz auf die Instruktionen konzentrieren, die Lachlan ihm während der Übungsstunden mit Keir gegeben hatte. Mochten seine Bewegungen ruhig angespannt und seine Schritte ungelenk und gestelzt wirken, Hauptsache, er trat nicht auf Joannas lange Samtschleppe.

Joanna knickste tief vor Rory und ergriff seine ausgestreckte Hand. Man sah ihr deutlich an, wie sehr sie sich auf den Tanz freute. Wie Sterne strahlten die indigoblauen Augen unter den dichten rotbraunen Wimpern. Seidig glänzend fiel ihr die kupferrote Lockenpracht über die Schultern. Mit angeborener Eleganz bewegte sich das grazile Persönchen über die Tanzfläche.

Rory hatte geahnt, dass unter den hässlichen Jungenkleidern ein hübsches Mädchen steckte, aber in seinen kühnsten Träumen hatte er sich nicht vorstellen können, was für eine hinreißende Schönheit zum Vorschein kommen sollte.

Graziös streckte Joanna den Fuß vor. Rory gefror das Blut in den Adern, als er den winzigen Seidenschuh sah. Ein falscher Schritt, und er würde dem zierlichen Fuß alle Knochen brechen.

Lange hatte er es aufgegeben, die Feinde zu zählen, die er auf dem Schlachtfeld erschlagen hatte. Allein bei einem Kampf waren es einmal vierzehn Männer gewesen, die er mit Breitschwert und Dolch niedergemetzelt hatte. Doch diese zierliche Person brachte es fertig, dass er in seinen glänzenden Abendschuhen erzitterte. Kalter Schweiß stand ihm auf der Stirn. Inständig hoffte er, dass sie nicht merkte, wie er sich fühlte.

„Das Hochzeitsbankett war köstlich. Einige der exotischen Gerichte, die der Chefkoch des Königs zubereitet hat, habe ich gar nicht gekannt“, gestand Joanna.

Jedes Mal, wenn seine Frau einen der vielen tiefen Knickse machte, wie es die Pavane verlangte, verbeugte sich Rory galant, und jedes Mal gestattete ihm diese Schrittfolge eine unglaublich erfreuliche Sicht auf ihren Busen, die selbst einen Greis in einen röhrenden Hirsch verwandelt hätte. Der tiefe Ausschnitt gewährte Einblick auf die glatten zarten Rundungen der prallen verführerischen Brüste, so cremig weiß die Haut, dass einem Mann schon bei einem nur kurzen Blick das Wasser im Mund zusammenlaufen musste.

Rory lächelte zufrieden. Mit Joanna zu tanzen erwies sich als weitaus angenehmer, als er geglaubt hatte. Wenn sie nur noch etwas tiefer knicksen wollte, dann könnte er auch noch einen flüchtigen Blick auf die süßen rosigen Knospen erhaschen.

„Zum Glück hat meine Mutter die Aufgabe übernommen, Euch zu bewachen“, antwortete er.

„Mich zu bewachen? Was will sie denn verhindern? Dass ich in die Küche gehe?“

Wieder knickste sie. Rory leckte sich die Lippen wie ein Verdurstender, den Blick fest auf den verführerischen Busen gerichtet. „Warum nicht?“

Den Kopf leicht geneigt, sah Joanna ihn schelmisch an, während sie noch einmal tief knickste.

Applaus erschallte von der Empore. Erstaunt stellte Rory fest, dass die Musik nicht mehr spielte und der Tanz beendet war. Erleichtert holte er Luft. Seine kleine Braut besaß noch alle ihre zehn Zehen, und auch auf der makellos weißen Samtschleppe war kein Fußabdruck zu sehen.

Zufrieden warteten Keir und Lachlan am Rand der Tanzfläche auf das junge Paar. Lachlan legte Rory den Arm um die Schulter und zog den älteren Bruder etwas beiseite. „Als ich dir riet, deiner Braut deine Begierde zu zeigen, habe ich nicht gemeint, dass du das arme Ding mit deinen Augen auf dem Tanzboden ausziehen sollst, du Narr."

Verlegen zog Rory die Stirn in Falten. Dass seine Gefühle so offensichtlich waren, war ihm gar nicht bewusst gewesen.

„Ach, warum denn nicht?", lachte Keir. „Jetzt gehört sie ihm. Jetzt kann er mit ihr machen, was er will."

Joanna hatte den kurzen Wortwechsel zwischen den Brüdern mitbekommen, und wenn Keir das kurze wütende Aufflackern in ihren Augen richtig deutete, dann hatte sie eine bissige Erwiderung auf der Zunge. Bevor sie ein Wort herausbringen konnte, griff er nach der Hand seiner Schwägerin.

„Der nächste Tanz ist eine Gaillarde, der lombardische Springtanz", sagte er, zog ihr den ärmellosen Umhang von den Schultern und reichte ihn dem Bräutigam. „Laird MacLean, ich schlage vor, du trinkst einen Kelch Wein, während ich mit deinem Eheweib auf dem Tanzboden ausgelassen im Kreis hopse."

„Pass nur auf, dass du sie nicht trittst", antwortete Rory mit einem bösen Blick auf die großen Füße seines jüngsten Bruders.

Am Nachmittag wurde den Gästen ein Turnierspiel geboten. Joanna war sichtlich erfreut, dass die MacLeans in der Waffenkammer der Burg Rüstungen und Waffen entdeckt hatten, die ihre Vorfahren wohl vor fast hundert Jahren von Sassenach-Kriegern erobert hatten. Eisenhelme, Brustpanzer, Beinschienen und Panzerhandschuhe hatten die MacLeans poliert, bis jedes einzelne Teil wie Silber in der Sonne glänzte. Auf der Wiese unterhalb der Burgmauern war ein Pavillon errichtet worden; bunte Lanzenwimpel flatterten in der leichten Brise. Nachdem Joanna und Rory ihre Plätze neben dem König eingenommen hatten, ritt Fearchar mit Schild und Lanze auf seinem mächtigen Hengst in die Mitte des Turnierfeldes. Vor der Tribüne machte er Halt und senkte zum Gruß seine Waffe vor den drei Ehrengästen.

„Mit Erlaubnis meines Lairds und dem Einverständnis von Milady werde ich als ihr Kämpfer agieren“, rief er mit dröhnender Stimme.

Nachdem Rory mit einer Handbewegung seine Zustimmung signalisiert hatte, befestigte Joanna ein grünes Seidenband an Fearchars Lanze. „Viel Glück“, wünschte sie ihrem fahrenden Ritter.

Die blauen Augen leuchteten vor Aufregung, als sie sich wieder Rory zuwandte. „Wie konntet Ihr das alles nur ohne mein Wissen planen?“, erkundigte sie sich leise.

Er grinste spitzbübisch. „Die MacLeans hüten ihre Geheimnisse. Ganz besonders vor den Macdonalds.“

Schelmisch lachend zog sie die sommersprossige Nase kraus. „Mein Ehegemahl, Ihr haltet Euch wohl für sehr klug. Wenn Ihr nächstes Mal versucht, mich zu überraschen, werde ich nicht darauf hereinfallen.“

Obwohl die Männer mit stumpfen Waffen kämpften, brüllte die Menge jedes Mal vor Begeisterung, wenn Fearchar seinen Gegner vom Pferd warf. Wie erwartet erwies sich Murdock MacLean, ein Krieger mit mächtiger Brust und breitem Nacken, als der gefährlichste Gegner des blonden Hünen. Bei der ersten Parade stieß Fearchar seine Lanze gegen Murdochs Schild, ohne dass dieser auch nur die Steigbügel verlor. Der zweite Angriff war erfolgreicher. Ein dumpfer Schlag war zu hören, als die eiserne Lanzenspitze den eisernen Brustharnisch traf – Murdoch flog vom Pferd. Einen Moment lang blieb er wie bewusstlos am Boden liegen, doch rappelte er sich schnell wieder hoch und verließ mit einer kurzen Verbeugung in Richtung seines Souveräns und des Brautpaars den Kampfplatz.

„Gott sei Dank", seufzte Joanna erleichtert und griff schutzsuchend nach Rorys Hand. Eine simple Geste, aber damit eroberte sie Rorys Herz im Sturm. Ihm war, als zöge sich sein Brustkorb zusammen, als zerbröckelte das dickwandige Bollwerk, das seine verletzlichen Gefühle schützte, durch ihren zarten Vorstoß von innen. Ihr sanfter Händedruck besaß mehr Kraft, mehr Macht, ihn zu zerstören als das Breitschwert eines Feindes.

„Meine Männer sind alles alte, erfahrene Krieger", erklärte er mit angespannter, strenger Stimme, um zumindest ein wenig Distanz zu wahren. Sie war es, die hingerissen sein sollte. Nicht er. „Für die ist das Turnier nicht mehr als ein Kinderspiel."

Bekümmert sah sie ihn an. „Dennoch fände ich es schrecklich, wenn einer von ihnen sich ernsthaft verletzen würde – und auch noch meinetwegen."

„So so, Lady MacLean", sagte er und führte ihre Hand an seine Lippen, „wir MacLeans scheinen Euch wohl allmählich zu gefallen."

Sie zuckte mit der Schulter. „Einige … vielleicht."

„Welche denn?", bohrte er.

„Tam und Arthur, und Fearchar natürlich", erklärte sie, während sie nachdenklich seine Fingerlänge an der ihren maß. „Er hat Maude sogar geholfen, Flechten und Brombeeren zu sammeln, damit sie Farbe für ihr Garn produzieren kann, um den Gobelin, an dem sie arbeitet, fertigzustellen."

„Der im Südzimmer", fragte Rory, da er sich an die erotische Szene mit dem drachenschwänzigen Seeräuber, der auf einer Nymphe ritt, erinnerte.

„Ja, der."

Spöttisch zog er eine Braue hoch. „Wir haben uns gefragt, ob das Werk vielleicht eine wenig bekannte griechische Sage darstellen soll."

Joanna schürzte die Lippen, um nicht zu lachen, und blickte auf ihre gefalteten Hände. „Nicht griechisch", sagte sie nach einem Moment des Nachdenkens, „und nicht römisch. Eine keltische Legende."

Er lächelte skeptisch. „Aber keine, von der ich jemals gehört habe."

„Ach, das ist eine Legende, die nur die Macdonalds kennen."

Das aufsässige Blitzen in ihren Augen machte ihm deutlich, dass hinter der Szene auf dem Gobelin mehr steckte, als Joanna preisgeben wollte. Neckend tippte er ihr mit dem Finger auf die Nasenspitze. „Eines Tages werdet Ihr mir diese keltische Legende erzählen müssen."

„Wenn Ihr wollt, schon heute Nacht", erwiderte sie fröhlich und wurde sofort wieder ernst, da sie bemerkte, in welch gefährliche Gewässer sie sich da begab.

„Das ist aber lieb von Euch", dankte er ihr mit einem Kuss. „Aber ich glaube, heute Nacht bleibt uns wenig Zeit zum Geschichtenerzählen."

Nach dem Festzug war es fast schon Zeit für das abendliche Festmahl. Die braunen Locken leicht zerzaust von der leichten Nachmittagsbrise, spielte Tam auf dem Dudelsack den *Creag-an-Sgairbh,* Stewart Appins lebhaften Marsch, während die Gäste fröhlich schwatzend über die Zugbrücke zurück in die Burg gingen.

Fearchar und Maude spazierten nebeneinanderher. Sie wechselten kaum ein Wort, aber Maude hielt seinen Helm und die Panzerhandschuhe. Zuvor hatten sie zusammen einen Branle getanzt. Anmutig und graziös wie zwei Katzen hatten sie sich nach rechts und links im Rhythmus des französischen Tanzes bewegt, wie man es von den beiden großen, stämmigen Gestalten niemals erwartet hätte.

Rory musste lächeln, als er die beiden so friedlich nebeneinanderher gehen sah. Es würde ihn freuen, wenn sein hünenhafter Cousin sich hier auf Kinlochleven eine Frau aus dem Clan der Macdonalds wählte.

Als sich Höflinge und Clansleute im Vestibül des Wohnturmes sammelten, nutzte Rory das kurze Durcheinander, um seine Braut beiseite zu ziehen. „Kommt, Joanna, ich muss Euch etwas zeigen."

Doch seine Frau sah ihn plötzlich ganz misstrauisch an und schüttelte den Kopf. „Ich meine, wir sollten mit unseren Gästen in die große Halle zurückgehen."

Bevor Joanna weiter protestieren konnte, führte Rory sie in die Bibliothek, lehnte sich mit dem Rücken gegen die Tür und drehte leise den Schlüssel im Schloss um.

13. KAPITEL

Er hob Joanna hoch, drückte sie an seinen schmerzenden Körper und begann sie leidenschaftlich zu küssen. Sein Herz schlug schneller, als er merkte, dass sie ihre weichen weiblichen Formen an ihn schmiegte. Selbst durch Unterröcke und Seidenrobe musste sie die harte Wölbung unter Plaid und Sporran gespürt haben, denn sie lehnte sich in seinem Arm zurück und sah ihn verwundert an.

„Betörend ist Euer Duft; ein Wohlgeruch, süß wie Honig und die Sinne betäubend wie Rosen, umgibt Euch", murmelte er, während er ihre Schläfe mit Küssen bedeckte.

Vergeblich versuchte sie, sich ihm zu entziehen. „Und Ihr verhaltet Euch wie ein Verhungernder", beschwerte sie sich mit heiser lachender Stimme.

„Das bin ich." Leise brummend ließ er ihre zierliche Figur an sich entlanggleiten und stellte sie vorsichtig auf den Boden. Nur zögernd ließ er sie los und ging zum Bibliothekstisch. „Das ist für Euch, Joanna", sagte er und reichte ihr ein Päckchen.

„Noch ein Geschenk?" Ihre Lippen zitterten leicht. Zaghaft lächelnd blickte sie zu ihm auf und strich dabei über die milchig-weiße Perlenkette an ihrem Hals. „Ihr und Eure Familie haben mich doch schon so reich beschenkt."

„Das waren Geschenke für den Haushalt. Dies soll Euch zur Zerstreuung dienen."

Verwundert hob sie die rostbraunen Brauen.

„Ziert Euch nicht. Macht es auf", drängte Rory.

Joanna nahm das Kästchen aus seinen Händen und stellte es auf den Tisch. Behende schnürte sie es auf und hob vorsichtig den Deckel. „Oh, wie wunderschön", rief sie begeistert. Behutsam nahm sie einen kleinen goldenen Käfig heraus, in dem ein gelber Kanarienvogel auf einer Sitzstange saß. Blüten aus Amethyst und Blätter aus Jade verzierten die Spitze des Bauers, der sich mit einer Goldkette an den Fensterbalken hängen ließ.

Rory löste den Verschluss am Boden des Bauers, und augenblicklich erfüllte ein Klimpern den Raum, das verblüffend ähnlich klang wie eine auf einem Miniaturklavichord gespielte Melodie. Mit einem kleinen Schubs setzte er dann noch die Sitzstange in Bewegung, sodass der Porzellanvogel zur Musik hin- und herschaukelte.

„Oh!“, jubelte sie überrascht. „Er singt! Der kleine Vogel singt!“ Freudestrahlend sah Joanna zu ihrem Mann auf. „Woher kommt denn so ein wundervolles Spielzeug?“

„Aus Indien, vielleicht auch aus Persien“, erklärte Rory, erfreut über ihr Entzücken. „Ein französischer Kaufmann hat den Tand vermutlich auf einem Bazar in der Levante erstanden. Ich entdeckte den Kram vor drei Jahren in einem Laden in Paris.“ Kaum hatte er die Worte ausgesprochen, als er schon seinen Fehler bemerkte. Seine geradlinige, sachliche Art half wahrlich nicht, ein verträumtes junges Mädchen zu umwerben.

„Paris?“, wiederholte Joanna. Die Stirn in nachdenkliche Falten gezogen, betrachtete sie die zierliche Figur, die ganz offensichtlich für die Unterhaltung einer feinen Dame gefertigt war.

Damals hatte Rory das Spielzeug für eine Geliebte gekauft. Als er dann nach Schottland zurückgekehrt war, hatte er herausgefunden, dass zwar das Interesse der Dame nicht verflogen war, aber ihr spießiger reicher Ehemann die flüchtigen Liebschaften seiner jungen Frau mehr als missbilligte. Der Tand hatte in Stroh verpackt in einer Kiste tief im Frachtraum der *Sea Dragon* gelegen – fast vergessen bis zu dem Tag, an dem er an seine Mutter geschrieben hatte. Es war Arthurs Aufgabe gewesen, das Päckchen vom Schiff zu holen und nach Kinlochleven zu bringen.

„Rory“, begann Joanna schüchtern. Ohne den Blick von dem kunstvoll gefertigten Käfig zu wenden, hielt sie kurz inne, um dann doch mit leiser, zögernder Stimme fortzufahren:

„Habt Ihr jemals zuvor mit einer anderen Frau geschlafen?“

Er dachte kurz nach. Sollte er seine Ehe mit einer Lüge beginnen? Wie würde sie auf eine ehrliche Antwort reagieren? „Ja“, entschied er sich dann aber doch für die Wahrheit.

Traurig blickte Joanna zu Boden. Die Wahrheit schien ihr nicht zu gefallen. Die kühnen Ritter in den glänzenden Rüstungen himmelten offensichtlich nur ihre einzige wahre Liebe an und keine anderen schönen Frauen.

„Ich verstehe.“ Ihre Stimme war kaum zu hören. Sanft strich sie über ein fragiles Jadeblatt am Käfigdach und neigte leicht den Kopf, so als höre sie fasziniert den leise klingenden Tönen zu. „War sie sehr schön?“

Er hielt es für besser, sie bei der Vermutung zu belassen, dass es sich nur um eine einzige Frau handelte. Gewiss würde zu viel Ehrlichkeit binnen weniger Stunden seine kleine Braut überfordern. Er ließ seine Hände über ihre Schultern gleiten und strich zärtlich über ihren Halsansatz.

„Joanna“, fragte er leise, „erinnert Ihr Euch, wie wir auf dem Belfried gestanden und hinunter ins Tal geschaut haben?“

Sie nickte kurz, schaute aber nicht auf.

„Ich sagte damals, dass ich nie zuvor etwas Schöneres gesehen hätte. Nicht die Landschaft, Ihr wart es, der meine Bewunderung galt.“

Nun sah sie zu ihm auf. Ungläubig strahlten ihre Augen. „Ich? Aber ich war schmutzig und in Jungenkleidern?“

Lächelnd nahm er ihr das Spielzeug aus der Hand und stellte es auf den Bibliothekstisch. Dann setzte er sich in den Armsessel und zog sie zu sich auf den Schoß. Liebevoll strich er ihr über die sommersprossige Nase. „Ich habe gesehen, wie schön Ihr seid. Trotz der lächerlichen Verkleidung und obwohl Ihr Euer Haar unter der hässlichen Mütze versteckt habt.“

„Wirklich?“ So verwirrt, wie sie ihn ansah, schien Joanna wahrhaftig keine Ahnung zu haben, wie hübsch und liebenswert sie war.

„Wirklich."

Bevor er seine Antwort mit einem Kuss bekräftigen konnte, hörte der Messingzylinder im Innern des kleinen Käfigs schleppend auf sich zu drehen; die Melodie erstarb.

„Oh je!", rief sie und drehte sich zu der Spieluhr um, ohne zu bemerken, welche verheerende Wirkung ihre Bewegung bei ihm anrichtete.

Rorys kärgliche Selbstbeherrschung drohte zu schwinden, als er ihren Körper auf seiner harten Männlichkeit spürte. Mit einem mühsam unterdrückten Stöhnen rückte er seine Felltasche zurecht und schob Joanna dabei auf seinen Oberschenkel.

Enttäuscht, ohne seine Not zu bemerken, griff Joanna nach dem Spielzeug. „Ist es entzwei?"

Er schüttelte den Kopf, drehte den Vogelkäfig um und zeigte ihr, wie sie mit dem Schlüssel das Laufwerk aufdrehen konnte.

Ehrfürchtig staunend verfolgte sie, wie er den Käfig zurück auf den Tisch stellte und das fröhliche Liedchen von Neuem begann. „Wollt Ihr damit sagen, ich kann das immer wieder spielen lassen? Sooft ich will?"

„Sooft Ihr wollt", versicherte er ihr lachend.

„Danke, Rory." Sie legte ihren Arm um seinen Nacken, drückte ihr weiches Gesicht an seine bärtige Wange und berührte mit ihren Lippen kurz seinen Mund. „Ich danke Euch für alles."

Aufreizend war die verschämte Andeutung dieses keuschen Kusses. Unbeherrscht reagierte Rory auf ihren Dank, alle Vorsicht vergessend fuhr er mit der Hand in den tiefen Ausschnitt ihres Mieders. Doch als seine Finger ihre seidige Haut berührten, fuhr Joanna erschrocken zurück, zitternd rang sie nach Luft. „Oh ... oh ... je!", wisperte sie.

Rory lächelte. Er war sicher, kein Mann – und ganz bestimmt kein tollpatschiger Sechzehnjähriger – hatte sie jemals an so intimer Stelle berührt. Er konnte sich kaum sattsehen an seiner unschuldigen Braut in ihrem weißen Hochzeitskleid. Sein ganzes Sein verlangte nach ihr, sein Herz brannte vor Liebe und sein Fleisch schmerzte vor Begierde. Joanna war die Seine. Ganz und für immer. Sie war seine Frau; eines Tages würde sie auch die Mutter seiner Kinder und somit auf ewig mit ihm verbunden sein. Dieser Gedanke erfüllte ihn mit einer unbekannten Befriedigung und Dankbarkeit, einem tiefen und ehrfürchtigen Glücksgefühl.

„Hat Euch das Hochzeitsbankett gefallen?“, fragte er, während er sie sanft drehte, bis er ihr ins Gesicht sehen konnte.

„Es war perfekt.“ Ein wenig argwöhnisch blickte sie zu ihm auf. Aber trotz ihrer offensichtlichen Angst konnte er am Glanz ihrer Augen auch die Freude an seiner Berührung erkennen.

Er spürte, wie ihre warmen, weichen Brüste unter seinen liebkosenden Fingern allmählich groß und fest wurden. Vor Verlangen hätte er fast gestöhnt.

Zittrig holte Joanna Luft; in seiner gewölbten Hand hob sich ihre Brust und reagierte auf die zärtliche Berührung seines Daumens über die aufgerichtete Knospe.

Rory beugte sich vor und forderte erneut einen Kuss. Und während seine Zunge in ihrem Mund ein verführerisches Spiel spielte, strich seine Hand über das Seidenkleid, fühlte darunter ihre verheißungsvollen weiblichen Formen und ihren flachen Bauch. Vorsichtig suchte er sich weiter seinen Weg unter dem Spitzensaum ihres Unterrocks über den dünnen Seidenstrumpf die schlanken Waden hinauf. „Bevor wir uns zu Bett legen, müssen wir noch am Nachtmahl teilnehmen“, sagte er mit heiserer Stimme, während seine Fingerspitzen an den Rosetten ihres Strumpfbandes nestelten. „Trotzdem könnten wir ja schon ein wenig Spaß haben, bevor wir zu unseren Gästen zurückkehren.“

Als seine Hand dann an ihrem Knie unter die Spitzenrüschen ihres Hemdes glitt, versuchte sich Joanna aufzusetzen. „Vielleicht sollten wir doch besser jetzt schon in den großen Saal zurückgehen“, mahnte sie mit vor Angst dunkler Stimme.

„Ach, lasst sie warten.“ Liebkosend fuhr er mit der Zunge über ihre Ohrmuschel, während seine Finger sacht über ihre seidigen Schenkel strichen. „Ich will Euch berühren, Joanna“, flüsterte er zärtlich, da er ihre Anspannung spürte. „Ich werde vorsichtig sein. Habt keine Angst. Gewährt mir Einlass, meine kleine Braut.“

„Wir sollten das nicht tun, bevor wir uns zu Bett legen“, widersprach sie schüchtern, obwohl sie dennoch seinen liebevollen Anweisungen folgte.

Sacht legte er seine gewölbte Hand über ihren Hügel. Sein Blut geriet in Wallung, und sein ganzer Körper begann vor Verlangen zu glühen. „Da unsere Verlobungszeit ziemlich unkonventionell war, meine ich, wäre es gut, wenn wir uns schon vor dem gemeinsamen Zubettgehen etwas besser kennenlernen würden.“

„Bei Gott, ich glaube nicht, dass wir uns noch besser kennenlernen können“, erklärte sie fröhlich, während sie versuchte, sich ihm zu entwinden.

Sanft hielt er sie fest. „Doch, mein Mädchen, ganz bestimmt können wir das.“

Joanna verspürte ein Prickeln in ihrem Innern, als seine Finger sich in den Löckchen zwischen ihren Schenkeln verloren. So liebevoll, so zart streichelte er sie, dass Joanna vor Glück seufzte. Bereitwillig öffnete sie ihre Beine.

„Ja, mein Liebling, so ist es gut. Lasst mich Euch glücklich machen“, schmeichelte er mit verführerisch tiefer Stimme.

Ganz behutsam erforschte er sie mit seinem Finger, und Joannas Schoß nahm ihn wie selbstverständlich auf. Beschämt schloss sie die Augen. Ihre Hüften hoben und senkten sich im Rhythmus seines Streichelns, ihr Atem wurde schwer und unregelmäßig.

„Rory“, stöhnte sie und schüttelte den Kopf. „Ich glaube nicht …“ Sie stieß ihn gegen die Schulter. Die unbekannten Gefühle machten ihr plötzlich Angst. Gefühle, die sich ihrer bemächtigten und sie an Orte trugen, an denen sie noch nie gewesen war und von denen sie niemals zuvor geträumt hatte. „Ich glaube, … wir sollten, … nicht jetzt …“

„Sch…“, wisperte er. „Nicht sprechen, Joanna, nur fühlen. Nur fühlen, wie ich Euch berühre. Fühlt, wie ich Euren Schoß liebkose. Ihr wollt es doch, dass ich Euch so streichele.“

In Joannas Lehrbüchern hatte nichts darüber gestanden, was nun mit ihr geschah. Nicht die Moralgeschichten, die die Lehrer in Allonby erzählten, nicht Joannas lebendige Fantasie, nicht ihre Tagträume hatten sie darauf vorbereitet. Ihr Herz schlug so wild, dass es ihr fast den Brustkorb sprengte. Ihre Welt geriet aus den Fugen, alles drehte sich, glühend heiße Erregung fraß sich durch ihren Körper. Sie stöhnte und seufzte, während ihr Mann mit kundiger Hand die in ihr schlummernde Lust weckte.

„Seht mich an, Joanna“, befahl er mit tiefer, harscher Stimme. „Sagt mir, dass Ihr mich wollt.“

Erschrocken riss sie die Augen auf. Er starrte sie an, fesselte sie mit seinem Blick. Sie streckte die Hand aus, berührte mit den Fingerspitzen den Smaragd in seinem Ohrläppchen, strich mit der Hand durch sein bernsteinfarbenes Haar und fühlte doch nichts anderes als seine innige Berührung, sah nur die Leidenschaft in den grünen Augen. „Rory, ich … ich will Euch“, gestand sie mit zittriger Stimme.

Männlicher Stolz leuchtete in seinen Augen, ein sieghaftes Lächeln lag auf seinen Lippen. „Bestimmt nicht so sehr, wie ich Euch will, Liebling“, gestand er heiser vor Leidenschaft. „Ich verspreche Euch, ich werde Euch glücklich machen.“

Ihr Mann schien genau zu wissen, wo er sie berühren, wo er sie liebkosen, wo er sie streicheln musste. Wieder wurde sie von einem Glücksgefühl erfasst und in ungeahnte Höhen getragen.

Sie packte seinen Arm, zog sich an ihm hoch, suchte und fand seine Lippen. Sie schwamm auf einer Welle der Glückseligkeit, ein Zustand, den sie nie zuvor erfahren hatte. Hilflos rief sie seinen Namen, und Rory küsste sie auf den Mund, um ihren Schrei zu ersticken, mit dem sich die Erfüllung löste.

Danach lag Joanna wie betäubt im schützenden Rund seiner Arme. Sie holte tief Luft, fingerte träge an der Spitze seines Kragens und wartete, dass ihr wilder Herzschlag sich allmählich wieder beruhigte.

Rory bedeckte ihre Stirn, ihre Wangen, ihre Nase mit kleinen, tröstlichen Küssen. „Mein süßes kleines Weib", raunte er mit schmachtender Stimme, während er ihre Röcke ordnete und die Knitterfalten in der Seide glatt strich. „Wisst Ihr, wie sehr Euer Gemahl Euch begehrt?" Er nahm einen ihrer Finger in den Mund und biss ihn mit seinen scharfen Zähnen.

„Aua", rief Joanna und zog ihre Hand zurück. Die Wirklichkeit hatte sie wieder. Was hatte sie sich dabei gedacht, ihm solche Vertraulichkeit zu gestatten? Einen Moment lang hatte sie sich wahrhaftig erlaubt zu vergessen, dass er der Todfeind ihres Clans war. Es durfte kein gemeinsames Lager geben, keine sinnlichen Freuden. Sobald sie an diesem Abend allein mit dem MacLean war, wollte sie ihn informieren, dass es zwischen ihnen keinerlei Intimitäten geben würde. Er hatte sie mit einem Trick dazu gebracht, das Eheversprechen abzulegen. Und sie hatte vor, die Ehe aus eben diesem Grund annullieren zu lassen.

Ihr Bräutigam knabberte verliebt an ihrem Nasenrücken. „Die nächsten zwei Wochen werde ich Euch nicht aus dem Bett lassen, Lady MacLean. Mit Haut und Haar, wie einen kleinen Leckerbissen werde ich Euch verschlingen."

Skeptisch zog sie die Stirn in Falten. „Wenn Ihr mich mit Haut und Haar verschlingt, Laird MacLean, was bleibt Euch denn dann für die folgenden zwei Wochen?"

Er grinste lüstern. „Nun gut, dann muss ich eben mit ganz vorsichtigen, kleinen Bissen anfangen."

„Mein Bruder hat alles genau geplant. Heute Nacht wird Andrew mit ihr fliehen“, erklärte Godfrey dem kräftig gebauten Mann, der am schmalen Erkerfenster stand.

Archibald Campbell, der zweite Earl of Argyll, nahm einen Schluck Kamillentee, während er hinunter in den oberen Burghof blickte. Da sich hin und wieder seine Gicht bemerkbar machte, hatte er das Bankett frühzeitig verlassen und sich schon zurückgezogen. Normalerweise legte er großen Wert auf korrekte Kleidung, doch an diesem Abend empfing er seinen heimlichen Besucher im Hausrock aus blauem Samt und in bequemen Pantoffeln.

Dem Earl war die zweitbeste Zimmerflucht – die besten Kammern hatte natürlich der König bezogen – in der Burg zugewiesen worden. Die recht geräumige Kammer war mit einigen Eichentruhen mit besonders schönen Schnitzereien möbliert, und auf den Holzdielen lag ein dicker Teppich. In der großen Vitrine standen eine Reihe Glas- und Silberpokale sowie Karaffen mit edlem Wein und kostbarem Cognac.

„Ihr werdet das Mädchen niemals aus dem Schloss bekommen“, sagte Argyll ohne Pathos. „Ohne auch nur einen Schweißtropfen zu verlieren, kann MacLean zusammen mit seinen beiden Brüdern und diesem monströsen Verwandten alle Eure Krieger vernichten. Und gemessen an der Leidenschaft, die ich heute in seinen Augen habe glänzen sehen, würde ich sagen, dass der MacLean jeden töten wird, der es wagen sollte, ihm seine junge Braut zu stehlen.“

Godfrey drehte nachdenklich sein Cognacglas. „Wir haben nicht vor, uns unseren Weg freizukämpfen. Ihr müsst lediglich dafür sorgen, dass Eure Männer bei Rannoch Mill warten, wenn die beiden Liebenden mit ihrer Eskorte dort vorbeireiten.“

„Wie viele werden es sein?“

„Andrew, vier Krieger und natürlich das Mädchen. Ich habe Ewen überzeugt, dass nur eine kleine Gruppe unbehelligt an den Wachen vorbeikommen kann. Und macht Euch keine Sorgen um MacLean. Um den kümmert sich die Macdonaldbraut selbst. Noch bevor die Gruppe die Mühle erreicht hat, wird der seinem Schöpfer begegnet sein."

„Unmöglich", lachte Argyll, während er sich umdrehte und Godfrey skeptisch musterte. „Das kleine Mädchen kann doch keinen Mann töten, schon gar nicht ihren kräftigen Bräutigam."

Godfrey zuckte verächtlich mit den Schultern. „Wenn sie es nicht schafft, dann ist es auch egal. Ich werde jedenfalls dafür sorgen, dass es so aussieht, als sei sie es gewesen. Es wird aussehen wie ein tragischer Unfall: die Braut gerät in Panik, hat Angst, von ihrem Erzfeind entjungfert zu werden, versucht ihre Tugend zu bewahren und flieht mit ihrem hübschen Cousin. Der Versuch, sich zu wehren, schlägt leider fehl, und ihr allzu unbeherrschter Mann wird Opfer ihrer jungfräulichen Angst."

Campbell setzte sich auf einen Stuhl und stellte Tasse samt Untertasse auf den Beistelltisch. Er drückte die Fingerspitzen gegeneinander und dachte nach. „Es ist besser, MacLean nicht zu töten", meinte er schließlich. „Es reicht, wenn Ihr verhindern könnt, dass die Ehe vollzogen wird. Wir sollten nicht riskieren, dass der König Vergeltung für den Mord an seinem geliebten Freund sucht."

„Ihr hört Euch an wie mein überängstlicher Bruder", erwiderte Godfrey lachend, sog den Duft des französischen Cognacs ein und nahm einen Schluck. Scharf brannte ihm der Alkohol in der Kehle. Er war fest entschlossen, sich von dem Rächer des Königs zu befreien, denn er wusste: Solange der Bastard nicht im Grab lag, würde er sich niemals sicher fühlen.

Der Earl zog höflich, aber erstaunt die Brauen hoch.

„Nun", fuhr Godfrey erklärend fort, „mein Bruder möchte, dass es so aussieht, als seien nur Andrew und Joanna daran beteiligt. Ewen hat dem Jungen befohlen, den MacLean wie ein Spanferkel gefesselt auf dem Hochzeitsbett liegen zu lassen. So sollen ihn seine Brüder am nächsten Morgen finden. Falls etwas schiefläuft, will Ewen behaupten, nichts von den Plänen seines Sohnes gewusst zu haben. Er wird dann erklären, dass die Liebe die beiden jungen Leute blind gemacht habe, und so versuchen, beim König Mitgefühl zu erwecken. Man weiß ja, dass James Stewart ein Romantiker ist."

„Den König könnte die Geschichte schon rühren, aber der gehörnte Bräutigam wird wohl weniger Mitgefühl zeigen", stellte Argyll trocken fest. „Wie wollt Ihr die beiden ungestüm Verliebten denn aus dem Schloss zaubern?"

„Es gibt da einen Geheimgang."

Archibald Campbell lächelte. Es war ein seltsam humorloses Lächeln.

Ewen Macdonald war nicht der Einzige, der die Macdonald-Erbin für seinen Sohn begehrte. Iain, Argylls jüngster Sohn war zwar gerade erst fünfzehn geworden, aber für die Ziele seines Vaters war er Manns genug: eine Heirat mit der Maid of Glencoe sollte das mächtige Fort von Kinlochleven und die riesigen Ländereien der Glencoe Macdonalds fest unter die Kontrolle der Campbells bringen.

„Wenn ich die Gelegenheit bekomme, werde ich MacLean die Kehle durchschneiden", erklärte Godfrey hasserfüllt. „Nur so kann ich mich von ihm befreien. Ich habe wahrlich nicht vor, für den Rest meines Lebens ständig vor ihm auf der Hut zu sein."

Der Earl lehnte sich in seinen reich geschnitzten Eichensessel zurück und legte seinen geschwollenen Fuß auf den gepolsterten Hocker. „Das Mädchen hat ihren Bräutigam getötet? Denkt Ihr wirklich, James glaubt Euch dieses Märchen? Mein Gott, habt Ihr denn nicht mitbekommen, wie die beiden den ganzen Tag lang wie zwei Turteltäubchen miteinander gegurrt und geschnäbelt haben?"

Godfrey goss den restlichen Cognac hinunter und ging zur Vitrine, um das Glas erneut zu füllen. „Küssen und Streicheln bedeutet noch lange nicht auch bespringen“, bemerkte er gehässig. „Insbesondere nicht für ein verängstigtes, unerfahrenes Mädchen. Außerdem werden sie längst über alle Berge sein, wenn man den Leichnam entdeckt. Wenn der König dann schließlich erfährt, dass sich Joanna in Inverary befindet und mit Iain verheiratet ist, dann wird er auch gnädig den Tod von MacLean verzeihen. Ohne …“, er hob sein Glas und prostete Argyll zu, „… einen der mächtigen Clanführer Schottlands des eindeutigen Verrats zu beschuldigen.“

Argyll gab nicht zu erkennen, ob ihm die Schmeichelei gefiel. „Dennoch, … ich wünsche, dass MacLean am Leben bleibt. Um welche Uhrzeit sollen meine Männer das flüchtige Liebespaar erwarten?“

„Vor Mitternacht, wenn alles gut geht. Befehlt Euren Männern, sich wie Franziskanermönche zu verkleiden. Und denkt daran, Andrew darf nichts geschehen. Verstanden? Andernfalls werde ich …“

„Was?“, fragte Argyll leise.

Godfrey griff nach seinem Cognacglas, starrte wütend in die bernsteinfarbene Flüssigkeit und fluchte still über sein Missgeschick, Argyll ins Netz gegangen zu sein. Dann leerte er ohne weiteren Kommentar sein Glas.

14. KAPITEL

Nach einer alten Highlandtradition stahlen Rorys Brüder dem Bräutigam die goldene Schnalle seines linken Schuhs. „Damit die Hexen Eurem lüsternen Gatten nicht die Kraft rauben, Euren Keuschheitsgürtel zu lösen“, erinnerte Keir Joanna herzhaft lachend. Und als sie charmant errötete, beruhigte er sie leise: „Ich glaube allerdings nicht, dass Ihr Euch deshalb sehr ängstigen müsst.“

Als Nächstes nippten alle an dem Brautgetränk, einem Gebräu aus heißem Wein, Milch, Eiern, Zucker und Gewürzen.

Lachlan hob seinen silbernen Becher zum Wohl auf das frisch vermählte Paar. „Der Wein soll dem Bräutigam Kraft schenken, der Zucker soll ihn freundlich und zärtlich machen“, erklärte er Joanna anschließend mit fröhlich blitzenden Augen.

„Es wird Zeit, dass sich die Braut zurückzieht“, mahnte Lady Emma und lächelte dabei Joanna warm und aufmunternd zu.

Rory, der vor dem gewaltigen Kamin saß, verfolgte, wie Joanna und ihre weibliche Eskorte sich den Weg durch die große Halle bahnten. Lachlan und Keir standen neben ihm und witzelten über das offensichtliche Verlangen ihres älteren Bruders, seiner Frau auf dem Fuße zu folgen. Den ganzen Abend hatte er ihre obszönen, humorvollen Bemerkungen ertragen müssen. Joannas Ohren wären tiefrot entflammt, hätte sie nur die Hälfte von dem mitbekommen, worüber die Männer sich unterhielten.

Insgeheim wiederholte Rory immer wieder die Verse des romantischen Gedichts, das Lachlan für ihn geschrieben hatte. Er war fest entschlossen, die Begierde, die in seinen Lenden brannte, so lange zu zügeln, bis seine Braut von den romantischen Zeilen, die sein kluger Bruder ihm geschrieben hatte, verzaubert war.

Meine Braut, meine Geliebte, mein leuchtender Stern,
Eure Schönheit strahlt wie das Mondlicht am Himmel fern …

Während die Gäste tanzten und der König im Südzimmer mit seiner Mätresse schäkerte, führten die Brautjungfern Joanna zur Treppe.

Fearchar war den Damen bis zum ersten Treppenabsatz gefolgt. „Seid gewiss, Milady, ich werde aufpassen, dass Euer Abend ungestört verläuft."

Joanna drehte sich um und lächelte dankbar.

Der Hüne verschränkte die Arme vor der breiten Brust und zeigte, dass er bereit war, die ganze Nacht Wache zu halten, falls randalierende trunkene Gäste den Neuvermählten mit lärmender Katzenmusik in Form von Kesselschlagen und Hornblasen einen mitternächtlichen Besuch abstatten wollten.

„Sorgt bitte dafür, dass nur mein Mann heraufkommen kann", bat sie.

Der Hüne zwinkerte seiner neuen Herrin zu. „Seid unbesorgt, Lady MacLean." Sein Blick ging zu Maude, die eine Stufe höher als Joanna stand. „Und Euch, Demoiselle, schöne Träume."

„Blödsinn!", schnaubte Maude. „Ich bin viel zu realistisch, um zu träumen, und zu alt, mich als junges Mädchen anreden zu lassen."

Fearchar grinste spitzbübisch; humorvoll funkelte es in dem grünlich blauen Auge. „Ihr besitzt zwar eine spitze Zunge, Maude Beaton, aber Ihr seid dennoch eine liebe, brave Frau."

Maude ging mit dem Licht voran, um Joanna, Lady Beatrix und Abby den Weg zu weisen. Idoine, die Brautjungfer, war zusammen mit Lady Emma und den anderen Frauen in der großen Halle zurückgeblieben.

Ewen und Andrew traten aus dem Schatten, als sich Joanna und ihre Begleiterinnen aus dem dunklen Treppenhaus kommend dem Schlafgemach im dritten Stockwerk näherten. Erschrocken blieb Maude stehen. Joanna wäre fast mit ihr zusammengestoßen. Abby unterdrückte ihren leisen Aufschrei, indem sie die Hand vor den Mund schlug.

„Was wollt Ihr hier?“, fragte Maude barsch, hob den Kerzenhalter etwas höher und sah die Eindringlinge böse an.

Sofort packte Lady Beatrix Joanna am Arm, fast so, als habe sie Angst, ihre Nichte könne versuchen fortzulaufen. „Eure Cousins möchten nur einen Moment mit Euch allein sein, Liebes“, flüsterte Beatrix.

Unwillig sah Joanna, deren Gedanken ganz bei der bevorstehenden Nacht waren, die beiden Männer an. Ihr Entschluss stand fest: MacLean mochte ruhig schmeicheln, Süßholz raspeln oder protestieren – alle seine Überredungskünste sollten ihm nichts nützen. „Hat das nicht Zeit bis morgen früh?“, fragte sie verärgert.

Im trüben Schein der Kerze glänzten graue Strähnen in Ewens dunkelbraunem Haar und Bart. Vierzig war er, sah aber bedeutend älter aus. „Als Euer Heerführer habe ich das Recht, mit Euch über Angelegenheiten zu sprechen, die den Clan betreffen, Joanna“, antwortete er schroff.

Gewiss, wenn es ein Problem gab, das ihre sofortige Aufmerksamkeit erforderte, dann musste sie sich darum kümmern. Verheiratet oder nicht – sie war die Clanführerin. Die Pflicht ging vor. „Also gut“, willigte sie ein. „Geht schon vor in meine Kammer“, wandte sie sich an Maude und Abby.

Missbilligend zog Maude die Nase kraus. Ihr war, als röche sie Unheil. „Das ist äußerst rücksichtslos von Eurem Cousin, Milady.“ Sie richtete ihre kritischen grauen Augen auf die beiden Störenfriede und zeigte ihnen mit ihrem Mienenspiel deutlich ihre Verärgerung. „Lady MacLeans Bräutigam wird gleich zu seiner Frau kommen. Fasst Euch also kurz“, ermahnte sie die beiden unmissverständlich.

Schweigsam und mürrisch, die Hand am Griff seines Schwertes, stand Andrew neben seinem Vater. Ewen biss sich wütend auf die Zunge; feindselig starrte er die große Frau an. „Es wird nur eine Minute dauern."

Joanna lächelte den beiden Frauen beruhigend zu. „Nun geht schon. Ich komme sofort nach." Sie wartete, bis die beiden in der Kammer verschwunden waren und Beatrix die Tür hinter ihnen geschlossen hatte. Dann wandte sie sich an ihre Cousins. „Und? Was habt Ihr mir zu sagen?" Joanna blickte fragend vom Vater zum Sohn.

Andrew trat einen Schritt vor. „Könnt Ihr Euch vorstellen, wie man sich fühlt, wenn einem die Verlobte gestohlen worden ist?", fragte er erbost. „Den ganzen Tag musste ich mit ansehen, wie MacLean Euch betatscht, während Ihr mir nicht einmal einen keuschen Kuss erlaubt habt."

„Wir zwei waren nie verlobt, das wisst Ihr ganz genau. Bevor der Dispens aus Rom eintrifft, kann unsere Verlobung nicht stattfinden", antwortete Joanna verärgert.

Andrew stemmte die Hände in die Hüften und grinste höhnisch. „Ihr konntet ja nicht bis zum Eintreffen der päpstlichen Erlaubnis warten."

Joanna blickte zu Ewen und hoffte, dass der Vater mehr gesunden Menschenverstand besäße. „Was hätte ich denn tun sollen? Habe ich mich nicht bemüht, meine Identität zu verbergen? Als ich heute Morgen die Kapelle betrat, war ich fest davon überzeugt, dass MacLean mich für einen Jungen hielt. Was blieb mir denn anderes übrig, als das Eheversprechen abzugeben, nachdem er mich zum Altar geführt hatte? Sollte ich dem König den Gehorsam verweigern und mich des Hochverrats anklagen lassen?"

Ewen zog Joanna am Arm tiefer in die dunkle Nische. „Aber jetzt könnt Ihr etwas tun, Joanna", flüsterte er beschwörend.

„Das weiß ich auch", antwortete sie kurz angebunden. Was dachte er wohl? Dass sie fröhlich und unbekümmert zu dem Sea Dragon ins Bett springen würde?

Ewen verzog die schmalen Lippen zu einem kümmerlichen Lächeln. „Dann kommt Ihr heute Nacht mit uns?"

„Seid Ihr verrückt?" Erschrocken trat sie einen Schritt zurück, als sie im schwachen Mondlicht, das durch die Fensterschlitze fiel, seinen entschlossenen Blick sah. „Wie sollte ich denn fliehen können, wenn jeder MacLean-Krieger in dieser Burg sein Leben dafür gibt, mich davon abzuhalten? Jeden töten würde, der mir zur Flucht verhilft?"

Als Ewen heftig protestieren wollte, fuhr sie ruhig fort: „Meine Ehe besteht nur auf dem Papier. Sie ist nicht vollzogen, solange das Eheversprechen nicht eingelöst ist. Wenn MacLean in meine Kammer kommt, erlaube ich ihm nicht, mich zu berühren."

Ewen lachte wütend. Er trat einen Schritt näher und deutete auf die verschlossene Tür. „Joanna, glaubt Ihr wirklich, Ihr könntet die ganze Nacht in der Schlafkammer mit dem Anführer des MacLean-Clans verbringen und ihn daran hindern, mit Euch die Ehe zu vollziehen?"

Kämpferisch hob Joanna das Kinn. „Das ist meine Absicht."

„Ihr werdet ihn nicht die ganze Nacht daran hindern müssen", mischte sich Andrew hastig ein. „Mein Vater hat einen besseren Plan." Er strich sich eine Locke aus dem Gesicht und kicherte wie ein aufsässiger Schuljunge. „Ich habe eine Waffe unter Eurem Bett versteckt."

„Eine Waffe?", rief Joanna erschrocken.

„Ihr werdet unsere Hilfe brauchen, Mädchen", sagte Ewen. „Wir wollen nur dafür sorgen, dass Ihr fliehen könnt, bevor er Euch vergewaltigt."

Joanna schüttelte den Kopf. „Er wird mich nicht zwingen."

„Mein Gott, Mädchen!" Ewens Stimme triefte vor Sarkasmus. „Ihr täuscht Euch! MacLean hasst alles, was den Namen Macdonald trägt. Habt Ihr denn nicht gehört, was man sich überall erzählt?"

Als er ihren fragenden Blick sah, schüttelte er traurig den

Kopf. „MacLean wollte Euch zunächst überhaupt nicht heiraten. Er hat sich strikt geweigert, dem Befehl des Königs, eine Macdonald zur Frau zu nehmen, nachzukommen. Erst nach Androhung einer harten Strafe hat der schleimige Bastard der Verbindung zugestimmt."

Joanna nahm sich zusammen und starrte auf die Wand hinter Ewen. „Ich weiß, dass nicht er es war, der mich gewählt hat. Und ich habe ihn auch nicht gewählt", erwiderte sie steif.

Ewen packte Joanna am Kinn und zwang sie so, ihn anzusehen. „Wenn Ihr weder den Stolz einer Macdonald besitzt", knurrte er, „noch den der Tochter eines tapferen Highlanders, der auf dem Schlachtfeld im Kampf gegen den alten Stewart-Tyrannen starb, dann solltet Ihr doch wenigstens einen winzigen Funken Stolz von Eurer Sassenach-Mutter geerbt haben."

Eisig hielt Joanna dem zornigen Blick stand. Aber sie hatte plötzlich verstanden. Sie schluckte die aufkommenden Tränen hinunter und schob unwillig die Hand beiseite. „Was hat denn meine Mutter mit all dem zu tun?", fragte sie mit leiser, zittriger Stimme.

Ewen trat zurück; mit kaltem Blick musterte er sie. „Wisst Ihr das denn nicht, Mädchen?", fragte er entrüstet. „MacLean hat behauptet, er würde lieber in der Hölle schmoren, als die Brut eines Teufels und einer Hexe zu heiraten."

Joanna war zutiefst erschrocken. Die Anschuldigung der Hexerei war ungeheuerlich. Eine Frau konnte von ihrem Wohnsitz vertrieben, ja selbst eine Tote noch aus dem geweihten Boden entfernt werden, wenn man ihr ein solches Vergehen nachweisen konnte. „Ich … ich kann Euch nicht glauben. Niemals würde er Mama der schwarzen Magie beschuldigen. Er hat sie doch gar nicht gekannt."

„Ihr müsst mir ja nicht glauben, Joanna", zischte ihr Cousin. „Fragt den hinterhältigen Bastard, Euren Gemahl." Er deutete mit dem bärtigen Kinn in Richtung Treppenschacht. „Oder fragt alle die da unten. Selbst durch die geschlossene

Türe in Stalcaire war MacLeans gotteslästerliche Weigerung zu hören. Der gesamte schottische Hof weiß davon. Meine Güte, sie haben sich alle ins Fäustchen gelacht, als Ihr mit dem Mann über den Tanzboden getrippelt seid, der Euren heroischen Vater einen Teufel und Eure arme verstorbene Mutter eine Hexe genannt hat."

Ewen klang so sicher, es musste wahr sein. Rory hatte ihre geliebte Mutter der Hexerei bezichtigt. Joanna empfand tiefe Enttäuschung; alle Hoffnung auf ein wenig Glück schwand. Sie spürte regelrecht, wie ihr Herz in tausend Stücke zersprang, es tat unendlich weh. All ihre Kindheitsträume zerplatzten. Ein Mann, der den guten Namen einer so warmherzigen Frau wie Lady Anne verleumdete, war zu allem fähig.

Es gab keine tapferen Ritter, keine liebreizenden Edelfrauen. Es gab nur boshafte Drachen, die alte hilflose Männer an den Galgen brachten und tugendhafte gottesfürchtige Edelfrauen verleumdeten. Herzlose, verachtenswerte Drachen, die schrecklich dumme Mädchen täuschten und verführten.

Fröstelnd rieb sich Joanna über die Arme. Ihr war plötzlich kalt in dem zugigen, halbdunklen Treppenaufgang. „In Ordnung", sagte sie, und ihre Lippen zitterten dabei. „Ich werde ihn fragen. Ich will es von ihm hören, heute Nacht noch."

Weiß blitzten Ewens Zähne in dem braunen Bart. „Hoffentlich besitzt er auch soviel Schneid, es zuzugeben."

Aufgeregt griff Andrew nach ihrer Hand. „Joanna, unter Eurem Bett liegt eine Waffe", flüsterte er. „Wartet bis Eure Frauen gegangen sind und MacLean gekommen ist. Während er seine Kleider ablegt, holt sie hervor …"

Trotzig hob sie das Kinn. „Ich werde ihn nicht töten. Egal, was er getan oder gesagt hat, ich werde ihn nicht töten."

„Ihr müsst ihn gar nicht töten", erklärte Ewen mit ruhiger Stimme. „Haltet Euch den Bastard nur damit vom Leib, bis Andrew Euch zu Hilfe kommt. Ich verspreche Euch, es wird nicht lange dauern. Während Ihr die Waffe auf MacLean richtet, wird Andrew ihn verschnüren. So wird man ihn dann am Morgen in seinem Bett finden."

Andrew lachte fröhlich. „Heimlich schleichen wir uns heute Nacht alle aus Kinlochleven, und wenn wir in Mingarry Castle sind, beantragen wir die Annullierung der Ehe."

„Ich will die Wahrheit aus dem Mund dieses elenden Feiglings hören", erklärte Joanna mit fester Stimme. „Aber ich werde nicht wie ein verängstigter Hase davonlaufen. Dies ist meine Burg. Dies sind meine Ländereien. Ich werde meine Gefolgsleute, die mir vertrauen, nicht auf Kinlochleven im Stich lassen."

„Wie Ihr meint, Joanna." Bedächtig strich sich Ewen über den Bart; ein kurzer beschwörender Blick sollte seinen Sohn beruhigen. „Dann werden wir uns wohl Euren Wünschen fügen müssen."

15. KAPITEL

Die blauen Damastvorhänge des eichenen Vierpfostenbetts waren zurückgezogen. Joanna saß aufrecht gegen die voluminösen Federkissen gelehnt. Andächtig blieb Rory einen Moment lang an der Tür stehen. Sein Herz schlug so wild wie das eines jeden Bräutigams in ähnlicher Situation. Auf den Nachttischen, der Truhe und dem Kaminsims brannten Kerzen. Ihr flackernder Schein tauchte die Kammer in ein sanftes warmes Licht und überzog die stille zierliche Gestalt auf dem Bett mit einem goldenen Schimmer. Im Kamin loderte ein einladendes Feuer. Alles deutete auf ein freundliches Willkommen hin. Den Blick fest auf sein bezauberndes Weib gerichtet, trat Rory schließlich ein und schloss leise die Tür hinter sich.

Joanna trug ein weites elfenbeinfarbenes Nachtgewand, ein paar der gelben Bänder am Kragen bereits verführerisch für den Ehemann geöffnet. Das offene Haar umrahmte das liebliche herzförmige Gesicht, fiel ihr in glänzenden Locken über die schmalen Schultern und bedeckte Brust und Kopfkissen. Joannas dunkelblaue Augen erschienen ihm noch größer als sonst, während sie ihn schweigend beobachtete.

Rory spürte, wie sehr er sie begehrte. Das bereits bekannte Ziehen in den Lenden erinnerte ihn daran, wie ungeduldig er auf diesen Moment gewartet hatte. Seit der Nacht, als er sie in der Küche schlafend vor dem Herdfeuer gefunden und das Licht des Feuers ihre zarte Gestalt preisgegeben hatte, seit dieser Nacht hatte er auf sie gewartet.

„Hübsch seht Ihr aus." Ein armseliges Lob, fand er und ärgerte sich, dass ihm nichts Besseres einfiel. Es kam ihm vor, als ob auch der edle Ritter auf dem Wandteppich sich über seine fantasielosen Worte amüsiere.

Joannas Unterlippe zitterte, sie versuchte zu lächeln, und da es ihr nicht ganz gelang, dankte sie ihm mit einem kurzen, stummen Nicken. Sie ist aufgeregt, noch aufgeregter als ich, dachte er bei sich und war irgendwie erleichtert. Er holte tief Luft und stellte sich auf eine langsame, sehr sorgfältig vorbereitete Verführung ein. Mit leichter Konversation wollte er beginnen, obwohl ihm belangloses Geschwätz wahrlich zuwider war und er heute Nacht bestimmt an anderes dachte als an den neuesten Hofklatsch. Dennoch – er musste Joanna Zeit lassen, Zeit, sich daran zu gewöhnen, dass sie in ihrer Schlafkammer allein mit einem Mann war, der zu ihr ins Bett steigen wollte.

Er nickte ihr aufmunternd zu. „Ich gieße uns ein Glas Wein ein."

Joanna nickte wieder.

Rory ging zu der Vitrine, auf der schon zwei Gläser für das Brautpaar bereitstanden. Es war ein Geschenk von Keir, wie Rory an der keltischen Gravur erkannte. Während er den dunkelroten Wein einschenkte, rezitierte er im Stillen Lachlans Gedicht:

Meine Braut, meine Geliebte, mein leuchtender Stern
Eure Schönheit strahlt wie das Mondlicht am Himmel fern …

Er wollte die Verse vortragen, nachdem sie beide etwas von dem Wein getrunken hatten – wenn sie nicht mehr so angespannt war, aber bevor seine schmerzenden Lenden ihn die Zeilen ganz vergessen ließen.

Meine Braut, meine Geliebte, mein leuchtender Stern …
Eure Schönheit strahlt wie das Mondlicht am Himmel fern …

Ach, so schwer war das nicht – nur verhaspeln durfte er sich nicht. In jeder Hand ein Glas drehte er sich um … und sah … eine gespannte Armbrust auf seinen Unterleib gerichtet. Mit zitternden Händen hielt seine schüchterne kleine Braut die gefährliche Waffe.

Jesus! Er hatte von jungfräulicher Angst gehört, aber das ging dann doch etwas zu weit. „Legt sie beiseite, Joanna“, befahl er ruhig. Seine Finger umklammerten die zerbrechlichen Glasstiele.

„Nicht … bevor … Ihr meine Fragen … beantwortet“, erwiderte sie giftig. Aufrecht, das Kinn trotzig gehoben, stand sie neben dem Bett und starrte ihn an.

Jetzt erst erkannte er, dass es nicht die Angst vor der Brautnacht war, die Joanna die Sprache verschlagen hatte. Nur der Grund ihrer Verärgerung war ihm unerklärlich. Sie stand keine fünf Schritt entfernt. Nahe genug, um ihn nicht zu verfehlen, obwohl sie ihn durch den Tränenschleier kaum richtig sehen konnte. Und doch zu weit, um sie zu erreichen, bevor sie den Abzug lösen konnte.

„Joanna, legt das verdammte Ding beiseite, bevor es losgeht“, befahl er in einem Ton, wie er einen seiner Männer, der dreimal so groß und kräftig wie sie war, während der Schlacht angeschrien hätte.

Die zierliche Gestalt zitterte vor Wut. „Erst … beantwortet … meine Fragen …, MacLean. Habt …Ihr … meinen Vater … einen Teufel … genannt?“

Wer hat ihr das erzählt? Wenn ich diesen kleinen Hintern verprügelt habe, werde ich den verdammten Bastard bei lebendigem Leibe häuten und ihm dann den Hals umdrehen, fluchte er insgeheim. Es brauchte Kraft und wollte gelernt sein, die Armbrust zu spannen. Nie im Leben hatte seine grantige kleine Frau diese Meisterleistung allein vollbracht!

„Wer hat den Bogen gespannt, Joanna?“, fragte er ruhig.

Zornig glänzten ihre Augen. Sie schien ihn weder richtig zu sehen noch seine Frage zu verstehen. Zwar hatte ihr jemand – und Rory konnte sich gut vorstellen, wer dieser Jemand war – die Waffe gespannt, doch alles, was sie nun tun musste, war den

Hebel unter den Stock zu schieben. Der Schuss einer solchen Armbrust besaß eine Reichweite von bis zu dreihundertsechzig Metern. Er würde ihn mit ungeheurer Kraft treffen, ihn durchbohren und gegen den Schrank hinter ihm schleudern.

Joanna flossen die Tränen über die Wangen. „Habt Ihr … meine Mutter … der Hexerei beschuldigt, …Ihr … perverser Satyr?“ Jedes Wort war begleitet von heiserem Schluchzen.

Verdammt! Dieser Kanaille werde ich höchstpersönlich die Eingeweide entfernen, alle Glieder abtrennen und anschließend auf der Folterbank noch die restlichen Knochen brechen, schwor er im Stillen.

„Wer hat Euch den Bogen gespannt, Joanna?“, wiederholte Rory geduldig seine Frage, während er einen Schritt vorwärts machte. „Mädchen, ich weiß, Ihr könnt das nicht alleine gemacht haben. Sagt mir, wer Euch die Waffe gegeben hat. Ich verspreche Euch, ich werde nicht böse sein.“

Gereizt trat sie zurück; sie war rasend vor Wut. Offensichtlich hatte sie nicht erwartet, dass er so ruhig und gelassen reagierte.

„Habt Ihr … habt Ihr es gesagt? Antwortet, … Ihr Unmensch, … Ihr Laune der Natur. Verdammt, ich will die Wahrheit wissen! Habt Ihr … meinen Vater … einen Teufel … und meine Mutter … eine Hexe genannt?“

Rory lächelte säuerlich und zuckte unverbindlich mit den Achseln. Blitzschnell schleuderte er das Weinglas gegen die Wand, wo es unter einem Regen von rotem Wein und Glasscherben zerschellte.

Erschrocken sprang Joanna zur Seite, löste dabei reflexartig den Abzug, der Bolzen zischte durch die Luft und bohrte sich in die massive Eichentür. Mit vier schnellen Schritten war Rory bei Joanna, schlug ihr die Armbrust aus den Händen und schleuderte die Waffe auf die Truhe am Fußende des Bettes. Fast gleichzeitig flog die Tür auf, und Andrew stürmte in den Raum. Ratlosigkeit spiegelte sich in den braunen Augen des jungen Mannes, hatte er doch einen eingeschüchterten Bräutigam erwartet, der um sein Leben flehte.

„Ich hätte es wissen sollen“, brüllte Rory, trat die nun nutzlose Waffe beiseite, packte den erschrockenen Jüngling am Nacken und stieß ihn gegen die Wand. „Du nutzloser Jammerlappen, du kümmerlicher Wicht. Ich sollte dich umbringen, du miserabler Wurm“, schimpfte er und knallte bei jedem Wort den Kopf des Jungen hart gegen die weiß gekalkte Wand.

Andrew schlotterte vor Angst.

Rory war fuchsteufelswild. Er hob den jugendlichen Schwachkopf in die Höhe und knallte seinen dicken Schädel noch ein paarmal gegen die Wand. Am liebsten hätte er ihm das hübsche Gesicht zu einem blutigen Brei geschlagen, denn die Vorstellung, dass Joanna diesen eingebildeten Knirps als Ehemann bevorzugte, brachte Rory richtig Rage. Doch dann nahm er sich zusammen. Der Dummkopf war erst sechzehn und verliebt in ein so verführerisches Mädchen, von dem selbst er, ein kampferprobter Krieger, sich hatte blenden lassen. Laut fluchend stieß er den Jüngling mit einem kräftigen Tritt in den Hintern in Richtung Tür. „Raus! Zum Teufel mit dir!“

Andrew landete bäuchlings auf allen vieren, rappelte sich mühsam hoch und stolperte in den dunklen Gang vor der Kammer.

Auch Joanna versuchte verängstigt, sich an ihm vorbeizudrücken und hastig die Kammer zu verlassen. „Ihr nicht!“ Am Rüschenkragen ihres Nachtgewandes hielt er sie, zog sie zurück in die Kammer und schlug die Türe zu. „Ihr bleibt hier!“ Selbst in seinem unsäglichen Zorn achtete er darauf, dass sie mit ihren nackten Füßen nicht in Glasscherben oder Holzsplitter trat.

Keuchend und wie ein Aal sich windend versuchte sie sich ihm zu entziehen. „Lasst mich los! Wagt ja nicht … mich anzufassen … Ihr Unhold. Ihr … Ihr habt meine Eltern beleidigt."

Er packte sie beim Nackenhaar und bog ihren Kopf zurück, sodass er ihr in die Augen sehen konnte. Zornig blitzen ihn die tränennassen tiefblauen Augen unter den langen rotbraunen feuchten Wimpern an. „Übers Knie sollte ich Euch legen und Euch anständig den Hintern versohlen", schimpfte er.

„Und ich hätte Euch töten sollen!", schrie sie.

Grob fluchend packte er sie, trug sie flugs zum Bett, warf sie auf den Quilt, hielt ihr die Hände über dem Kopf fest und beugte sich über sie. „Ihr wollt wissen, ob ich Euren Vater einen Teufel und Eure Mutter eine Hexe nannte?", brüllte er. „Natürlich habe ich das. Welcher Schotte, der noch alle fünf Sinne beisammen hat, würde denn freiwillig eine Tochter des Verräters Macdonald heiraten?"

Verächtlich verzog Joanna den Mund. „Als Ihr dann aber das Ausmaß meines Erbes erfuhrt, habt Ihr recht schnell eingewilligt. Entschuldigt, Laird MacLean, wenn ich mich da nicht sonderlich geschmeichelt fühle", höhnte sie.

Atemberaubend wirkte sie in ihrer Rage. Rotgolden lagen die zerzausten Locken auf dem hellen Nachtgewand und dem weißen Laken. Unter der zarten Haut waren die feinen blauen Äderchen an ihrer Schläfe zu erkennen, fast durchsichtig leuchtete ihr blasser Teint im warmen Schein der Kerzen, nahezu schwarz vor Wut glänzten die Augen.

Ein verführerischer Rosenduft strömte aus den zerwühlten Bettlaken, und Begierde – schiere männliche Begierde – entflammte ein Höllenfeuer in seinen Lenden.

In seinem Blick musste sie seine qualvolle Begierde bemerkt habe, denn plötzlich las er nicht mehr Wut, sondern nur noch pure Angst in ihren Augen. „Lasst mich los", bettelte sie mit zittriger Stimme.

Zischend entwich die Luft aus seinen Lungen. Was ist nur aus der romantischen Hochzeitsnacht geworden, die ich so sorgfältig geplant habe, fragte sich Rory. Allmächtiger Gott, dieses kleine eigensinnige Biest konnte einen Mann wahrhaftig zur Weißglut bringen.

„Gehorsam und sanftmütig im Bett und im Haus“, zürnte er. „Halten die Macdonalds jemals ihre Versprechen?“

„Gegenüber widerlichen Schurken, die ihre Eltern verleumden? Das erwartet niemand von ihnen“, stichelte sie.

„Verdammt, Ihr kleines zänkisches Weib, Ihr halbe Sassenach- und halbe Macdonald-Xanthippe, wer hat denn versucht, den Ehemann in der Hochzeitsnacht umzubringen?“

Er hatte ins Schwarze getroffen, das bewies ihm ihr schockierter Blick.

„Ich hasse Euch“, schrie sie. Tränen glänzten auf ihren blassen Wangen. „Ich werde nie aufhören, Euch zu hassen.“

Traurig schaute Rory sie an und verfluchte im Stillen den Dummkopf, der sich hatte einmischen müssen. Alle Wärme, alle Zärtlichkeit zwischen ihnen war versiegt. Ein Gefühl der Leere legte sich wie ein kalter Eisenpanzer um seine Brust. Vor Gott und der Welt besaß er das Recht, Joanna jetzt zu nehmen – aber er konnte es nicht. Nicht jetzt, da Wut in seinen Adern brannte, seine Muskeln steif vor Zorn waren. Nicht jetzt, da Joanna wie gelähmt vor Angst und Hass war. Mutig und trotzig, wie sie war, würde Joanna sich so lange wehren, bis er sie dann wirklich vergewaltigte. Die Vorstellung, sie dabei versehentlich zu verletzen oder ihr feuriges Temperament zu brechen, erfüllte ihn mit Schrecken.

Himmel, was war nur los mit ihm? Er sorgte sich, sie zu verletzen, nachdem sie gerade versucht hatte, ihn aus kurzer Distanz mit einem Armbrustbolzen an die Wand zu nageln? In seinem Herzen brodelten die unterschiedlichsten Gefühle. Zorn, … Lust, … Zärtlichkeit, … und vor allem Enttäuschung, unendliche Enttäuschung.

Rory ließ Joannas Hände los und richtete sich auf. Er war wütender über sich selbst als über Joanna oder diesen Störenfried, ihren feigen Cousin. Unwillig brummend ging er zum Nachttisch, holte eine Flasche aus seiner Tasche und wandte sich zur Tür, wo er kurz stehen blieb und noch einmal zum Bett schaute.

Joanna lag auf dem Bauch; den Kopf auf den Armen schluchzte sie herzzerreißend. Er vermutete, dass seine süße, unschuldige Braut völlig untröstlich war, weil sie ihn nicht hatte töten können. Ohne ein weiteres Wort trat er in den Gang. Laut schlug er die Tür hinter sich ins Schloss.

Die kühle Abendluft und ein Schluck Lebenswasser wirkten beruhigend auf Rorys wütende Stimmung. Die Silberflasche in der einen Hand, die andere auf die Brüstung gestützt, schaute er in den Sternenhimmel. In vollem Rund stand der Mond über den Berggipfeln und tauchte die friedliche Landschaft in silbrigen Glanz.

Er war über die Treppe im Wehrturm auf die Verteidigungsanlage gestiegen. Unter dem einsamen Sternenhimmel klagte er dem kühlen Mond sein Leid. Mit jedem weiteren Schluck von dem schottischen Feuerwasser wurde ihm die Ironie der Situation klarer. Während er die Verse des idiotischen Gedichts seines Bruders gelernt hatte, hatte seine Braut seinen Tod geplant.

Himmel, was für ein Dummkopf war er gewesen. Zum Narren hatte er sich gemacht. In der Festhalle war er mit seiner Braut über den Tanzboden gesprungen, obwohl jeder im Saal gewusst hatte, dass er nicht besser als ein Bär tanzen konnte. Zu einem kurzen zärtlichen Liebesspiel hatte er sie in die Bibliothek gelockt, wo er wie ein dummer Schuljunge zugegeben hatte, mit einer anderen Frau geschlafen zu haben.

Verdammt, er war es leid, jemanden zu spielen, der er nicht war. Joanna musste ihre großartigen Träume von Rittern in glänzenden Rüstungen vergessen und würde lernen müssen, dass sie einen nüchternen, praktisch denkenden und handelnden Mann geheiratet hatte. Nichts anderes kam für ihn in Frage. Er glaubte nicht an die romantische Liebe. Sie würde zufrieden sein müssen mit einem Ehemann, der die Ländereien verwalten konnte, der die Burg vor Räubern und Plünderern sicherte, der sie und ihre gemeinsamen Kinder vor allem Unheil bewahrte.

Meine Güte, was konnte eine intelligente Frau mehr erwarten?

Rory nahm einen langen Schluck aus der Flasche. Zufrieden lehnte er sich gegen die Brüstung und blickte hinunter auf den oberen und unteren Burghof von Kinlochleven, über die dicken Burgmauern, über das Vorwerk und das Torhaus, wo man bereits mit den Reparaturarbeiten begonnen hatte. Er blickte über die Befestigungsanlagen hinüber zum nachtdunklen Wald und dann zum ruhigen See, in dem sich der Mond spiegelte.

Unmensch und Monster hatte seine Frau ihn genannt. Bitter bereute Rory den Tag, als er die Kontrolle verloren und ihre Eltern so übel beschimpft hatte. Natürlich konnte er Joannas Ärger verstehen. Hätte sich irgendjemand erlaubt, Lady Emma der Hexerei zu bezichtigen, läge der jetzt schon unter der Erde.

Gewiss, es war ein schwerer Fehler, den er damals auf Stalcaire Castle begangen hatte. Aber so einen Fehler musste man doch auch – irgendwann zumindest – verzeihen können. Wenn ich mich entschuldige, überlegte er, ihre Eltern so beschimpft zu haben, vielleicht ist Joanna dann ja bereit, noch einmal von vorne zu beginnen?

Nachdem er einen letzten Schluck genommen hatte, steckte Rory die halbleere Flasche in seine Felltasche. Er hatte seiner unglücklichen Braut genügend Zeit gelassen, sich in den Schlaf zu weinen. Wenn sie neben ihm in ihrem gemeinsamen breiten, weichen Bett aufwachte, dann wollte er sich entschuldigen. Danach wollte er die restliche Hochzeitsnacht genießen – und vielleicht sogar, wenn das Glück ihm hold war, einen Erben zeugen.

Als Rory zum zweiten Mal an diesem Abend die Schlafkammer betrat, waren die Kerzen nahezu heruntergebrannt. Das Feuer im Kamin glomm nur noch schwach. Allein der Mond warf sein fahles Licht durch das hohe, schmale Fenster in den stillen Raum. Da waren das zerbrochene Glas, der verschüttete Wein und die Armbrust. Ihr Bolzen steckte noch im Türblatt.

Joanna lag mit abgewandtem Gesicht, so wie er sie verlassen hatte, auf der Bettdecke. Vorsichtig ging Rory über den Teppich ans Bett. Joanna rührte sich nicht.

Er berührte sie an der Schulter. „Joanna", sagte er leise, „es tut mir leid, was ich über Eure Eltern gesagt habe."

Sie rührte sich immer noch nicht.

„Joanna", wiederholte er leise, aber schon mit etwas mehr Nachdruck. Noch einmal sollte sie ihn nicht dermaßen reizen, dass er die Kontrolle verlor. Doch als sie ihn weiter ignorierte, drehte er sie sachte auf den Rücken und schaute in ihr tränenverschmiertes Gesicht. Sie schlief tief und fest. Er stöhnte resigniert, zog das Oberbett beiseite und deckte die zierliche Gestalt damit zu. Joanna drehte sich auf die Seite und kuschelte sich in das warme Bett. Nachdem er sie eine Weile beobachtet hatte, beugte er sich zu ihr herunter und küsste sie sanft auf die Wange.

Dann zog er sich schnell aus, ging auf die andere Seite des Bettes und sank neben ihr in die weichen Kissen. Die Hände unter dem Kopf verschränkt blickte er nachdenklich auf den seidenen Baldachin. Natürlich konnte er Lady MacLean aufwecken. Aus Erfahrung wusste er allerdings, dass sie einen Schlaf wie eine Tote hatte. Natürlich konnte er seine Rechte als ihr Ehemann und Laird einfordern. Aber er wollte, dass seine leidenschaftliche Frau freiwillig und voller Begierde zu ihm kam. Er wollte die Lust, die er selbst verspürte, auch in ihren Augen lesen.

Es stand ihm eine lange, ungemütliche Nacht bevor, aber morgen, da wollte er sie so verführen, dass sie nicht widerstehen konnte. Unter seiner Anleitung sollte seine hübsche Braut morgen all die Freuden entdecken, die sie in ihrer Ehe erwarteten.

16. KAPITEL

Langsam erwachte Joanna am nächsten Morgen. Schlaftrunken stellte sie fest, wo sie sich befand – nicht am Küchenherd, sondern in ihrem eigenen breiten Baldachinbett. Schläfrig erinnerte sie sich an den großen Männerkörper, der in der Nacht neben ihr gelegen hatte. Erschrocken schlug sie die Augen auf. Hatte sie sich etwa in die Wärme gekuschelt, die ihr muskulöser männlicher Bettgenosse ausstrahlte?

Oh Gott! Nackt war er gewesen!

Rot vor Scham zog sie die Decke bis zum Kinn und äugte vorsichtig durch die Kammer. Kein Zeichen von ihrem wütenden Gemahl. Nur das zerbrochene Glas auf dem Fußboden und der Bolzen der Armbrust, der in der Tür steckte, bewiesen ihr, dass die vergangene Nacht kein schrecklicher Albtraum war.

Meine Güte, war der MacLean wütend gewesen. Sie hatte doch gar nicht beabsichtigt, ihn zu töten. Nur zugeben hatte er sollen, dass er ihre Mutter der Hexerei bezichtigt hatte. Oh ja, er hatte es wirklich zugegeben. Ohne ein Fünkchen Reue. Hochmütig rümpfte Joanna die Nase. Was konnte man auch anderes erwarten von einem Feind, der einen unschuldigen alten Mann an den Galgen brachte?

Gedämpfte Hammerschläge trieben Joanna aus dem Bett. Sie rannte zum Fenster, öffnete es weit und blickte verärgert hinunter auf den Burghof. Eine Gruppe Arbeiter schlug gegen die alten verrosteten Fallgitter am Haupttor. Die Gerätschaften und das neue Eisenrost, das am Boden lag, verrieten ihr, dass die Männer mit den Verbesserungsmaßnahmen begonnen hatten, von denen MacLean gesprochen hatte.

In Windeseile zog sich Joanna an und rannte die Treppen hinunter. Sie achtete nicht auf die erstaunten Blicke ihrer Gäste, als sie die große Halle durchquerte. Normalerweise blieb die junge Braut den Tag nach der Hochzeitsnacht in ihrer

Kammer, um keine anstößigen Fragen beantworten zu müssen. Aber sie war eine Braut, die sich für nichts zu schämen brauchte.

Schnellen Schrittes verließ Joanna den Wohnturm und ging zu ihrem angeblichen Ehemann. Egal, wofür er sich hielt, ihr richtiger Ehemann würde er sowieso niemals werden, dachte sie. MacLean stand mit dem Rücken zu ihr und beobachtete die Arbeiter. Noch hatte er ihr Kommen nicht bemerkt.

„Aufhören!“, rief sie. Erstaunt drehten sich die Männer um. „Sofort aufhören! Alle!“

Ihre Gefolgsleute legten die Arbeit nieder und blickten überrascht erst zu ihrer Herrin, dann zu MacLean, als warteten sie auf seinen Befehl.

„Reißt das Fallgitter herunter“, befahl er ruhig und wartete, bis die Leute die Arbeit wieder aufgenommen hatten. Erst dann drehte er sich langsam um. Ihren wütenden Blick registrierte er mit einem gelassenen Lächeln. „Wie ich sehe, seid Ihr schon auf, Lady MacLean. Ich hätte es wissen sollen. So fest, wie Ihr während unseres Kartenspiels geschlafen habt, können Euren Schlaf nur Hammerschläge auf eine Eisenstange stören. Hübsch seht Ihr übrigens heute Morgen aus.“

Joanna wurde rot vor Scham. Jeder, der das gehörte hatte, musste annehmen, dass der Mann, der so glücklich und selbstgefällig lächelnd neben ihr stand, der Grund für ihren langen Schlaf gewesen sein musste.

„Die Arbeiten müssen aufhören“, antwortete sie wütend.

MacLean trat neben sie und drehte verliebt eine Locke ihres langen Haares um seinen Finger. Zerzaust sah sie aus; sie hatte sich kaum Zeit genommen, sich zu kämmen.

„Nur weil ich ein frisch gebackener Bräutigam bin, kann ich nicht den ganzen Tag verbummeln“, erklärte er leise. „Heute Nachmittag haben wir Zeit genug, uns in aller Ruhe zu unterhalten.“

Während MacLean seiner Braut ganz unverhohlen anzügliche Blicke zuwarf, holten die Arbeiter das rostige Fallgitter herunter und legten es neben das neue.

Die Hände auf die Hüften gestemmt verfolgte Joanna die Arbeit. „Bringt das alte Fallgitter sofort wieder an“, herrschte sie die Männer an, die alle aus umliegenden Dörfern angeheuerte Macdonald-Gefolgsleute waren.

Niemand bewegte sich. Schweigend standen die Männer da, ihre fragenden Blicke waren auf den Anführer des MacLean-Clans gerichtet. Er nickte kurz, und sie begannen, die verrosteten Angeln aus dem maroden Holztor, das die Zugbrücke bewachte, zu entfernen.

Nahezu in Panik schaute Joanna über den belebten Burghof. Überall liefen Arbeiter herum. Der Maurermeister stand bei seinen Lehrlingen und erklärte ihnen die Baupläne. Dort hatte eine Gruppe Arbeiter begonnen, einen neuen Brunnen zu graben, während andere Männer eifrig damit beschäftigt waren, die Seitentore zu entfernen. Wagenladungen von Quadersteinen waren in den Hof gebracht und nahe der südlichen Festungsmauer gestapelt worden.

Joanna schlug die Hände vors Gesicht. Großer Gott, niemals würde sie imstande sein, alle diese Reparaturarbeiten zu bezahlen. Die meisten Pächter beglichen ihre Pacht in Naturalien, mit den Produkten von Hof und Feld. In ihren Ställen standen Rinder und Schweine, Hühner bevölkerten den Hof. In ihren randvoll gefüllten Speichern lagerten Körbe mit Getreide und Gemüse. Nur in ihren Schatullen befand sich momentan herzlich wenig Silber.

Joanna packte MacLean am Arm. „Was macht Ihr mit meiner Burg?“, fuhr sie ihn an. „Für diese Arbeiten habe ich keine Erlaubnis gegeben.“

Er nahm ihre Hand, mit der sie seinen Arm umklammerte, und hauchte einen angedeuteten Kuss auf ihre Fingerspitzen. „Ich tue nur, was schon vor Jahren hätte getan werden müssen. Die äußeren Festungsmauern müssen verstärkt, die maroden

Tore ersetzt werden. Außerdem gehört Kinlochleven Castle jetzt mir. Ich bestimme, was in diesen Mauern getan wirdund was nicht", machte er ihr klar, ließ ihre Hand fallen, drehte sich um und ging.

Joanna folgte ihm. „Wartet einen Moment", bat sie, obwohl ihr die Wut fast die Kehle zuschnürte. Doch dann, als er nicht reagierte, schrie sie ihn an: „Ich will mit Euch reden, MacLean. Und zwar sofort!"

Ihren Befehl überhörend ging er zum Zeughaus. Joanna folgte ihm auf dem Fuße.

Im Innern des Gebäudes war Fearchar mit einigen MacLeans dabei, Waffen und Rüstungen zu mustern. „Guten Morgen, Lady MacLean." Mit breitem Grinsen grüßte Rorys Cousin das frisch vermählte Paar.

Joanna nickte zerstreut, ihre Aufmerksamkeit war auf das Chaos in ihrem Waffenarsenal gerichtet. Auf den Werktischen lagen veraltete Brustpanzer und Beinschienen sowie ein Berg alter Helme, deren Silber bereits schwarz angelaufen war, aufgeschichtet. Unmengen von Lanzen, Piken und Äxten waren am Boden gestapelt.

Fearchar zeigte auf ein paar altertümliche schottische Breitschwerter. „Die können in die Schmiede", erklärte er Rory. „Daraus kann der Schmied neue Breitschwerter fertigen."

MacLean nickte zustimmend und tat, als nähme er Joanna gar nicht wahr.

Angriffslustig hob sie den Kopf, kreuzte die Arme vor der Brust und musterte die beiden zornig. „Die Waffen kommen sofort wieder an ihren alten Platz", forderte sie. „Die alten Tore werden wieder in die Angeln gehoben, die Fallgitter unverzüglich wieder aufgehängt."

Einige MacLeans hielten kurz inne und sahen neugierig zu ihr herüber, dann nahmen sie ihre Arbeit wieder auf. MacLean blickte einen Moment amüsiert zu ihr hinunter. Dann ging er zu den anderen MacLeans, die ihren Clanchef aus den Augenwinkeln beobachteten, und sagte leise etwas zu ihnen. Wortlos verschwand einer nach dem anderen aus dem Zeughaus. Als Letzter schloss Fearchar das Tor hinter sich.

Bevor Joanna ein Wort sagen konnte, schob Rory einen Haufen alter Panzerhandschuhe beiseite, packte seine Frau um die Taille und setzte sie auf die Werkbank. Dann beugte er sich über sie und legte seine Hände auf ihre Hüften. „Weib, jetzt erzählt mir mal genau, was Euch heute Morgen quält."

„Mich quält ..." Sie machte eine allumfassende Geste. „Alle unsere Burgtore habt Ihr entfernen lassen. Kinlochleven kann von jeder vorbeireitenden Streitmacht angegriffen werden."

Leise lachend ließ MacLean seine Hände über ihr blaues Samtmieder gleiten, die Daumen verweilten unter ihren Brüsten. „Joanna, eine Streitmacht kommt normalerweise nicht eben mal so zum Angriff vorbeigeritten. Sie bleibt und belagert. Gegenwärtig befinden sich alle meine Feinde innerhalb der Burgmauern, weshalb sollen da nicht alle Tore weit offen stehen?"

Ohne ihr Zeit für eine Antwort zu lassen, schob er ihr zerzaustes Haar zur Seite, bog ihren Kopf zurück und knabberte an ihrem Ohrläppchen. Sein Atem war warm und feucht. Es war ein eigenartiges, sehr intimes Gefühl, wenn er mit der Zunge durch ihre Ohrmuschel fuhr. Energisch straffte sie den Rücken. Solche Freiheiten wie am Tag zuvor durfte sie ihm nicht wieder erlauben. Dieses Mal wollte sie sich seiner lüsternen Attacken erwehren. In der Absicht, ihn wegzuschubsen, legte sie ihre Hände auf seine breiten Schultern. Doch stattdessen zog Rory sie mühelos noch näher an sich.

„Die meisten Leute zahlen ihre Pacht in Naturalien. Ich habe kein Geld für solche kostspieligen Reparaturen", erklärte sie verärgert.

„Aber ich", murmelte MacLean und zog sie noch näher.

Joannas Herz begann seltsam aufgeregt zu pochen. Sie spürte seinen Atem auf ihrem Gesicht, ein kräftiger Kiefernduft nebelte sie ein. Kurz nur berührte er ihre Lippen, seine Zunge erzwang sich Eintritt in ihre Mundhöhle, küsste und liebkoste sie verführerisch. Sie brauchte einen Moment, um den Schauer der Erregung, der in ihrem Innern ausbrach, zu unterdrücken. Dann drehte sie resolut den Kopf beiseite. „Diese hohen Ausgaben werde ich Euch niemals zurückzahlen können", warnte sie ihn keuchend, während sie gleichzeitig vergeblich versuchte, ihm zu entkommen.

„Das müsst Ihr auch gar nicht."

Joanna wusste, dass das nicht stimmte. Jeden verdammten Silbertaler, den er in ihre Burg investierte, würde sie ihm zurückzahlen müssen, sobald ihre Ehegelübde für null und nichtig erklärt waren. Sie überlegte, welche Gegenstände im Haus sich verkaufen ließen, um eine solch enorme Summe zu erzielen. Von ihren geliebten italienischen Gobelins, die sie aus Cumberland mitgebracht hatte, von der Silberplatte und dem goldenen Kandelaber würde sie sich trennen müssen. Die Hochzeitsgeschenke mussten natürlich an den abgelehnten Bräutigam und seine Familie zurückgehen.

Während sie hektisch darüber nachdachte, was jedes Stück wohl bringen könnte, strich der Sea Dragon ihr mit der Hand durchs Haar, bog erneut ihren Kopf zurück und bedeckte ihren Hals mit Küssen. Doch dann, als sich seine heißen Lippen ihren Weg in den tiefen, breiten Ausschnitt ihres Kleides suchten, war es vorbei mit ihrer Konzentration. Sie rang nach Luft, als er mit der Hand ihre Brüste umschloss. Durch die Kleider hindurch spürte sie seine Körperwärme. Mein Gott, stellte sie plötzlich erschrocken fest, sie hatte nachts im Schlaf gar nicht geträumt, vor dem lodernden warmen Feuer zu liegen. Neben ihm, in seinen Armen hatte sie geschlafen.

Der liebliche Duft, der von seiner Braut ausging, regte Rorys Begierde an. Ein kehliges, begehrliches Stöhnen entfuhr ihm. „Ihr riecht gut", raunte er, während er ihr die Ärmel über die Schultern nach unten zog. Ein Duft von Zimt lag auf ihrer elfenbeinfarbenen Haut. Er drückte einen Kuss auf ihr zierliches Schlüsselbein und erkundete die kleine Kuhle mit der Zunge.

Joanna beugte den Kopf zurück. Ihr kupferfarbenes Haar fiel über seine Hände. „Rosenwasser ist das", erklärte sie. „Schön, dass es Euch gefällt. Manche Frauen finden den Duft zu leicht und zu flüchtig, sie bevorzugen Lavendel oder Jasmin, manchmal sogar Moschus."

„Mir gefällt der Duft", versicherte er ihr. „Mir gefällt überhaupt alles an Euch, angefangen von den roten Haaren bis zu den zierlichen Zehen."

Rory zog ihr das Samtmieder aus, um ihre festen Brüste zu befreien. Mit Mühe unterdrückte er ein Stöhnen, so sehr schmerzte ihn das Verlangen nach ihr. Er küsste die rosigen Knospen – köstlich, die festen Wölbungen auf der Zunge zu spüren, köstlich auch, die zarte, seidige Haut ihrer Brüste unter seinen schwieligen Handflächen zu fühlen. Das Herz klopfte ihm bis zum Hals, als er ihren lang gezogenen zufriedenen Seufzer hörte.

Animalisch war sein Bedürfnis, Joanna hier auf dem harten Holztisch inmitten rostiger Brustschilde und Rüstungen zu lieben. In der Liebe war er noch nie ein geduldiger Mann gewesen. Doch nun war es etwas ganz anderes. Meine Güte, kein Beischlaf mit einer seiner früheren Geliebten hatte ihn jemals so erregt, wie Joanna zu küssen. Dennoch musste er sich zurückhalten, er durfte sie nicht zu etwas drängen, was sie später bereuen würde.

Rory griff den Saum ihres blauen Kleides und schob ihn ganz langsam hoch, Zentimeter für Zentimeter, bis er ihre Knie auseinanderdrücken und zwischen ihren cremeweißen Schenkeln stehen konnte. Unter seinem Plaid pulsierte seine Manneskraft heiß und drängend.

„Oh, Joanna, Geliebte", flüsterte er mit schwerer Zunge. Der Anblick der blassen, zarten Haut über den Strumpfbändern nahm ihm fast den Atem. Der Inbegriff der Weiblichkeit bot sich ihm dar, verführerisch, zart und so winzig, dass er ihre kleinen Pobacken mit der Hand umschließen konnte. Vorsichtig schob er Joanna zurück, bis sie vor ihm auf den rauen Planken der Werkbank lag.

„Erinnert Euch, wie ich Euch gestern berührte", flüsterte er. „Liebling, erinnert Euch, wie gut Ihr Euch fühltet. Ich verspreche, ich werde auch jetzt genauso vorsichtig, genauso zärtlich sein."

Wieder beugte sich Rory über sie, doch dieses Mal drückte er seine Lippen auf ihren Bauch und küsste ihn durch das dünne Hemd. Zärtlich strichen seine Finger ihre Beine hinauf und umschlossen den Hügel mit den feuchten Löckchen zwischen ihren Schenkeln.

Keuchend griff Joanna nach Rorys goldenem Haarschopf. Die Erinnerung an die Intimitäten in der Bibliothek ließ sie alle Pflicht gegenüber ihrem Clan vergessen. Eine erwartungsvolle Anspannung erfasste sie, als seine rauen Fingerspitzen vorsichtig ihre intimste Stelle berührten und sie allmählich feucht wurde.

„Oh Gott", seufzte sie. Und während er sie unentwegt weiter liebkoste, griff sie mit einer Hand nach seinem Hemdkragen und klammerte sich mit der anderen an den wollenen Tartan. Ein unbekanntes Verlangen erfasste sie, brannte tief in ihrem Innern und wurde immer intensiver. Schließlich begann sie sich fiebrig unter seinen Liebkosungen zu bewegen. Wortlos drängte sie ihn fortzufahren, wartete atemlos auf den Moment, in dem Rory mit zärtlichem Finger in sie eindrang, so wie er es zuvor getan hatte. Doch dieses Mal zog er seine Hand zurück.

„Oh nein", stöhnte sie gequält, setzte sich auf und schlang ihre Arme fest um Rorys Nacken. Ihre empfindlichen Brustwarzen rieben sich an dem weichen Baumwollhemd und den Falten seines dicken rauen Plaids. Sie hatte den Wunsch, sich wie ein Kätzchen an ihn zu schmiegen, um weiter liebkost zu werden. Unbändig war ihr Schmerz. Sie biss sich auf die Lippen, um nicht vor Enttäuschung laut zu wimmern.

Rory umschloss Joannas von Erregung und Leidenschaft gezeichnetes Gesicht mit beiden Händen und schaute sie an. Verlangen brannte in ihren violettblauen Augen, Bestürzung und Begierde las er in ihrem Antlitz. Doch es gab etwas, was er sich noch mehr wünschte, als fortzufahren und den zitternden Körper seiner Frau bis zur Erfüllung zu liebkosen. „Joanna, sagt, dass Ihr mich wollt“, bat er mit heiserer Stimme und setzte zärtliche Küsse auf Wangenknochen und Mundwinkel. „Sagt mir, dass Ihr mich so wollt, wie ein Mann eine Frau nimmt.“

Erschrocken sah sie ihn an, ihre langen Wimpern flatterten, dann senkte sie den Blick. Langsam, aber bestimmt schüttelte sie den Kopf, während ein unkontrolliertes Zittern ihren schlanken Körper erfasste. „Lasst mich jetzt bitte gehen“, bat sie mit kaum hörbarer Stimme.

Jede Faser seines Körpers wehrte sich gegen die Vorstellung, sie jetzt gehen lassen zu müssen. Doch Rory trat zurück und erlaubte Joanna, ihre Röcke zu ordnen. Schweigend verfolgte er, wie sie von der Werkbank rutschte und schnellen Schrittes durch die Tür ging. Danach stemmte er die Fäuste auf das raue Holz der Bank und holte tief Luft. Er schloss die Augen und kämpfte gegen den Wunsch an, ihr zu folgen. Nein, gegen ihren Willen wollte er seine Frau nicht nehmen. Er wollte warten, bis sie aus freien Stücken zu ihm kam.

Der Teufel sollte ihn holen, wenn er noch mal mit Balladen und Gedichten aus der Hand eines anderen Mannes um sie werben würde. Joanna musste ihren Ehemann so akzeptieren, wie er war: ein Clanführer aus den Highlands, der eine deutliche Sprache sprach.

„Ihr solltet mal nachschauen, was in Eurer Schlafkammer los ist“, sagte Fearchar leise, als er Rory auf den Befestigungsanlagen am Vorwerk traf. „Vor ein paar Minuten bin ich Maude begegnet. Sie war auf dem Weg nach oben und machte eine interessante Bemerkung. Wie es scheint, müsst Ihr Euch sofort darum kümmern, andernfalls wird in ein paar Stunden der gesamte schottische Hof drüber klatschen."

Rory, der dem Maurermeister bei der Vermessung der neuen Schießscharten zugeschaut hatte, drehte sich wütend um. Großer Gott, was hatte sie sich wohl nun schon wieder ausgedacht?

„Was hat Joanna vor?", erkundigte er sich, während er mit Fearchar außer Hörweite anderer ging.

„Ach, Eure sanftmütige kleine Braut hat sich nur entschlossen, einiges Mobiliar aus Eurer gemeinsamen Schlafkammer zu räumen und es zusammen mit mehreren Dutzend anderer Gegenstände aus dem Haus höchstbietend zu verkaufen", erklärte Fearchar lachend. „Die Versteigerung soll nach dem Mittagessen in der großen Halle beginnen. Da einige der wohlhabendsten Schotten des ganzen Königreichs anwesend sind und sicherlich auch ein paar Mitglieder der Kirche mitbieten werden, kann die Kleine bestimmt ein ganz schönes Sümmchen zusammenbekommen."

„Allmächtiger Gott!", fluchte Rory leise. Ohne weitere Erklärungen abzuwarten nahm er die Außentreppe des Vorwerks und eilte über den Innenhof zum Wohnturm. Oben fand er die Tür zu seiner Schlafkammer weit offen. Unter Aufsicht ihrer Herrin waren Seumas und Davie gerade dabei, den Gobelin mit dem Ritter und dem Edelfräulein von der Wand zu nehmen. Neben Joanna stand Maude, die kopfschüttelnd ihre Missbilligung ausdrückte.

„Darf ich erfahren, was Ihr da macht?", wandte sich Rory höflich an seine Frau.

Joanna fuhr herum. Rosig waren ihre Wangen. „Meine Güte, habt Ihr mich erschreckt", schimpfte sie. „Habt Ihr denn nichts Besseres zu tun, als uns nachzuspionieren? Wolltet Ihr nicht die

Festungsanlage vermessen?“

Missbilligend zog er die Brauen hoch. Ganz offensichtlich hatte sie irgendetwas vor. Weshalb sonst diese Schimpfkanonade? „Joanna, ich erwarte eine Erklärung. Warum lasst Ihr den Wandteppich aus unserer Schlafkammer entfernen?“

Trotzig hob sie das Kinn. „Ich werde ihn verkaufen. Ich habe diesen Wandteppich aus Cumberland mitgebracht und werde ihn verkaufen.“

„Um dann mit dem Geld die Reparaturen zu bezahlen, nicht wahr?“ Er machte nicht einmal den Versuch, seine Wut zu verbergen.

Verächtlich zuckte sie mit den Achseln. „Natürlich!“

Lässig lehnte sich Rory gegen den Türrahmen und verschränkte die Arme vor der Brust. „Hängt den Gobelin zurück an die Wand“, befahl er den beiden Männern, und sein barscher Ton ließ keinen Zweifel daran, dass er sofortigen Gehorsam erwartete. Seumas kletterte denn auch unverzüglich wieder auf die Leiter, während Davie den farbenfrohen Wandbehang auf dem Fußboden ausrollte.

Langsam ging Joanna auf ihren Ehemann zu. Ihre Augen sprühten Feuer. „Weshalb stört es Euch, dass ich ihn verkaufe? Ihr könnt diesen Wandteppich doch überhaupt nicht leiden.“

„Das stimmt nicht“, widersprach Rory ruhig. „Er gefällt mir sogar sehr.“

Sie drehte sich um, blickte auf den Ritter in seiner silbrig glänzenden Rüstung und dann wieder zu Rory. „Das glaube ich Euch nicht. Warum sollte er Euch gefallen?“

„Der junge Mann sieht mir ähnlich“, erwiderte Rory leicht grinsend.

Joanna schnaubte verächtlich. „Nie und nimmer! Kein bisschen seid Ihr ihm ähnlich.“

„Meint Ihr etwa, ich sei viel attraktiver?“, fragte Rory höflich und ohne eine Miene zu verziehen. „Oder gar viel ritterlicher?“

„Weder das eine noch das andere!“

„Joanna! Ihr vergesst Euch“, tadelte Maude leise.

Derweil mühten sich Seumas und Davie, vergeblich ein verhaltenes Lachen unterdrückend, den Wandteppich wieder an seinen alten Platz zu hängen.

„Ist das so in Ordnung, Milady?“, fragte Seumas, während er von der Leiter stieg.

Joanna zeigte auf die Eichentruhe, in der ihre Pelze und Roben lagen. „Die könnt ihr auch hinuntertragen“, befahl sie mit rebellischem Blick in Richtung Rory.

„Die Truhe werdet Ihr auch nicht verkaufen“, sagte Rory streng.

„Das wollte ich auch nicht“, antwortete sie mit einem strahlenden Lächeln. „Sie wird lediglich in eine andere Kammer gebracht.“

Jetzt erst fiel Rory auf, dass der eichene Kleiderständer nicht mehr neben dem Bett stand. Verschwunden waren auch all die Dinge, die eine Frau benötigte und die auf der Vitrine an der gegenüberliegenden Wand gestanden hatten. Langsam ging er auf seine Frau zu und blieb dicht vor ihr stehen.

Besorgt blickte Joanna zu ihrem riesigen Mann auf. Hat der Sea Dragon wohl schon mal einen armen Kerl über eine Schiffsplanke ins Wasser getrieben?, fragte sie sich verzagt.

Glücklicherweise war MacLeans Ton ruhig und sachlich, obwohl es um seine Mundwinkel verräterisch zuckte. „Mein teures Weib, alle Eure Utensilien bleiben hier, wo sie hingehören.“

Joanna machte den Mund auf, wollte widersprechen und besann sich dann doch eines Besseren.

„Ist das dann alles, Milord?“, fragte Seumas verängstigt, während er und Davie an ihrem neuen Herrn vorbei zur Tür schlichen.

Kurz sah MacLean zu den beiden hinüber, dann richtete er seinen Blick wieder auf Joanna. „Ja, das ist alles. Schließt die Tür hinter euch.“

Maude brauchte keine besondere Aufforderung. Sie knickste und folgte wortlos den beiden Dienern, die fast fluchtartig den Raum verließen.

„Verräter!“, rief Joanna ihnen nach. Ohne den zornigen Clanführer eines Blickes zu würdigen, drehte sie sich um und ging zu der Truhe, die am Fußende des Bettes stand. „Wenn die sie nicht umräumen wollen, dann muss ich es eben selbst machen“, sagte sie und packte den Griff.

Just in dem Moment, als Joanna kräftig an der Truhe zog, stellte MacLean seinen Fuß auf den Deckel, Joanna rutschte nach hinten weg und landete mit einem Plumps auf dem dicken Fellteppich. „Au!“, protestierte sie lautstark und rieb sich ihr malträtiertes Hinterteil. „Ich hoffe, Ihr habt das nicht mit Absicht gemacht“, fauchte sie ihren Ehemann mit blitzenden Augen an.

Rory kniete neben seiner widerborstigen Frau. Er packte Joanna am Kinn und bog ihren Kopf zurück, sodass sie ihn ansehen musste. Wütend funkelte sie ihn an; ihr schlanker Körper war steif vor Zorn.

„Wenn ich Euch strafen wollte, dann würdet Ihr mehr als nur einen kleinen Klaps auf Eurem Allerwertesten verspüren.“

Mit großen erschrockenen Augen sah sie ihn an. Dieses Mal sollte sie wohl die Drohung besser stillschweigend hinnehmen und ihn nicht noch mehr erzürnen.

„Ich habe versucht, geduldig mit Euch zu sein“, fuhr er fort und beugte sich drohend über sie. „Aber, bei Gott, langsam geht meine Geduld zu Ende. Unsere Haushaltsgegenstände werden nicht verkauft – nicht heute Nachmittag und auch an keinem anderen Tag. Und wenn ich heute Abend in meine Schlafkammer zurückkomme, Lady MacLean, dann will ich jedes Möbelstück und jeden Wandteppich an seinem angestammten Platz vorfinden. Ich will Eure Parfümfläschchen genau da auf dem Schrank stehen sehen, wo sie hingehören. Ich will Eure seidenen Haarbänder und Eure silberne Haarbürste auf dem Tisch neben dem Bett liegen sehen. Und ich will Euch in diesem Bett vorfinden."

Ein dicker Kloß steckte in Joannas Kehle, und schweigend verfolgte sie, wie das Oberhaupt des Clans der MacLean sich erhob. Sie wollte widersprechen, aber das eisige Glitzern in seinen Augen hielt sie zurück. Manchmal war es besser, sich auf den gesunden Menschenverstand zu verlassen. Manchmal war es sogar besser, seine Pläne geheim zu halten und dem Feind nicht direkt offen den Krieg zu erklären. Ganz besonders, wenn dieser Feind ein Riese von einsneunzig war und die Kraft eines jungen Bullen besaß.

Joanna wartete ab, bis ihr zorniger Gemahl die Kammer verlassen hatte. Danach hob sie den Deckel der Truhe hoch, holte ihre Kleider heraus und legte sie auf das Bett. Als Nächstes zog sie das schwere Möbelstück zur Tür. Es würde eine Weile dauern, aber sie war sicher, dass es ihr bis zum Mittag gelungen war, alle ihre persönliche Habe in die leere Schlafkammer am Ende des Ganges zu räumen.

Rory begab sich derweil wieder zu den Befestigungsanlagen, wo Tam auf den Steinen die Geschützstände für die neuen Kanonen markierte.

„Holt Murdoch und wartet, bis sich alle zum Mittagsmahl im großen Saal versammelt haben", befahl er dem jungen Mann. „Dann räumt ihr alle persönliche Habe meiner Frau zurück in unsere privaten Gemächer. Maude Beaton wird euch zeigen, wo alles hinkommt. Und passt auf, dass niemand in den Gesindestuben etwas davon mitbekommt. Die haben anderes zu tun, als über ihre Herrin zu tratschen."

Tam nickte. „Verstanden, Laird", antwortete er und wagte es nicht, seinen Clanführer mit einer Frage zu belästigen.

17. KAPITEL

Joanna kniete sich ins weiche, saubere Heu auf dem Heuboden, hob ein Kätzchen auf und streichelte das schwarzweiße Fell. „Hallo, meine Hübsche“, begrüßte sie das junge Tier liebevoll. „Wie sollen wir dich denn nennen?“ Seine Schnurrhaare kitzelten sie, als es neugierig an ihrer Wange schnupperte.

Drei Tage vor Ankunft der Gäste auf Kinlochleven hatte die Stallkatze fünf Junge geworfen, aber erst jetzt ließ es Joannas hektischer Zeitplan zu, die junge Katzenfamilie in Augenschein zu nehmen. Sie setzte sich tiefer ins Heu, kreuzte die Beine unter ihrem langen Rock, und während sich Tabby, die Katzenmutter, stolz an ihrem Knie rieb, hob Joanna die Kätzchen eins nach dem anderen auf ihren Schoß.

„Ja, ich weiß, du hast wunderschöne Kinder“, lobte sie und kraulte dabei Tabby am Hals. „Ich freue mich, dass ihr alle wohlauf seid.“

„Ich nehme an, Ihr habt mittlerweile alle Eure Sachen wieder in unsere Schlafkammer zurückgeräumt“, meldete sich plötzlich MacLeans dunkle Stimme. Erschrocken sprang Tabby davon und überließ ihre Jungen Joannas Obhut.

Sie war so beschäftigt mit den fünf Kätzchen gewesen, dass sie ihren Mann nicht die Leiter hatte heraufkommen hören. Joanna blickte auf. Rory stand am Rand des Heubodens, und sie nahm ihren ganzen Mut zusammen, um dem tyrannischen Blick dieses großen, kräftigen Mannes standzuhalten. Der Clanführer mochte größer als viele andere Männer sein, er mochte auch stärker sein, aber dennoch ließ sich eine Macdonald von einem MacLean nicht einschüchtern.

„Früher oder später werdet Ihr es sowieso erfahren. Nachdem Ihr heute Morgen gegangen seid, habe ich meine persönlichen Sachen aus Eurer Kammer geräumt. Ich werde in einer anderen Kammer schlafen – heute Nacht und alle folgenden

Nächte, bis Ihr meine Burg wieder verlassen habt.“

MacLean lächelte. Es war dieses herablassende, selbstsichere Lächeln, das sie mittlerweile schon so gut kannte. „Joanna, mein Mädchen“, begann er, und seine Stimme klang leicht amüsiert, „Eure Aufrichtigkeit erstaunt mich immer wieder. Ein guter Heerführer signalisiert dem Feind seine Pläne niemals vor Beginn der Schlacht.“

Sie biss sich auf die Zunge. „Au!“, jammerte sie und sah ihn dabei an, als sei es seine Schuld. Fast hätte sie dem herrischen Anführer des MacLean-Clans nämlich verraten, dass sie auf Annullierung klagen wollte, weil ihre Ehe nach zwei Tagen nicht vollzogen war – und auch niemals vollzogen werden würde.

MacLean kniete sich neben sie. „Habt Ihr Euch auf die Zunge gebissen, Süße?“, fragte er mitfühlend. „Lasst mal sehen.“ Er umfasste ihr Kinn und bog ihren Kopf nach hinten.

Sanft berührten seine Lippen ihren Mund. Ein Schauer lief ihr über den Rücken; so zärtlich war die Liebkosung. „Zeigt mir Eure Zunge, mein kleines Weib“, schmeichelte er mit samtener Stimme. „Ich küsse sie, und schon ist es wieder gut.“

„Pah“, schnaubte sie verächtlich. „Wenn Ihr etwas gutmachen wollt, dann überlasst es mir, unsere Gäste zu unterhalten. Alle hatten sich auf die Auktion gefreut, aber Ihr musstet sie ja absagen.“

Leise lachend ließ sich MacLean neben ihr ins Heu fallen. „Es gehört sich einfach nicht, Gäste einzuladen und dann zu versuchen, ihre Geldbörsen zu erleichtern, indem man seine Teller und sein Leinen dem Meistbietenden verkauft.“

Eine Weile sah sie ihn nachdenklich an. „Euch haben wir es zu verdanken, dass wir nun ein schwieriges Maskenspiel aufführen müssen, damit die Leute nicht allzu enttäuscht sind. Ich habe Fergus MacQuisten schon gebeten, heute Abend zu singen. Könntet Ihr vielleicht noch einmal so eine romantische Ballade schreiben, diesmal zu Ehren von Beatrix? Es würde sie sehr freuen und wäre eine Art Entschuldigung für die abgesagte Auktion."

MacLean streckte die Beine aus und stützte sich auf einen Ellbogen. Er lächelte nachdenklich, während er eins der Kätzchen streichelte, das von Joannas Schoß gekrochen war und mit dem Heu spielte. Zutraulich legte das kleine schwarze Geschöpf sein Pfötchen um MacLeans Zeigefinger und begann an der schwieligen Fingerkuppe zu saugen.

„Ich fürchte, ich muss Eure Bitte ablehnen, noch eine Ballade zu schreiben. Das kann ich nicht. Lady Beatrix erweckt keine Leidenschaft in mir. Heute Abend wird Fergus seine eigenen Lieder vortragen müssen. Welches Thema hat denn eigentlich Euer Historienspiel? Vielleicht kann ich Euch ja helfen und so wieder etwas gutmachen?"

„Die griechische Unterwelt", erklärte Joanna fröhlich, da sie glaubte, ihm endlich etwas von seiner übertriebenen Selbstsicherheit nehmen zu können.

Er zog die Brauen hoch. „Eine seltsame Wahl für Gäste, die zu einer Hochzeitsfeier eingeladen sind."

„Ich halte das Thema durchaus für passend. Persephone wird von Hades ins Reich der Toten entführt und zu seiner Gemahlin gemacht." Sie warf MacLean einen betörenden Blick zu, während sie das Kätzchen kraulte. „Ihr könntet den Hades spielen."

„Den Gott der Unterwelt?", lachte er. „So seht Ihr mich? Und Ihr? Ihr seid dann wohl Persephone?"

„Idoine wird die Rolle der Göttin spielen. Und ich den Pan."

Wie gerne hätte Rory in ihr dichtes kupferrotes Haar gefasst und sie geküsst, bis sie außer Atem war und um seine Liebkosungen bettelte. Doch er kämpfte das unbändige Verlangen nieder, lehnte sich gegen einen Stapel Heu und schob den Arm unter den Kopf. „Wieso überrascht mich das denn nicht?", fragte er.

Es kostete ihn ungeheure Anstrengung, seine Frau nicht mit Blicken zu verschlingen, nicht auf die schlanke Taille und die sanft gerundeten Formen zu schauen. „Na ja“, fuhr er fort, „ich übernehme doch lieber die Rolle des Zuschauers. Ich wäre kein guter Darsteller in Eurem kleinen Historienspiel. Ihr könnt ja Andrew den Part des Vergewaltigers geben. Es kann dem Jungen nicht schaden, mal ein wenig Leidenschaft zu zeigen.“

„Andrew ist zu jung und zu unerfahren für die Rolle. Wenn Ihr sie nicht übernehmen wollt, dann werde ich Tam bitten.“

„Tam hat heute Nachmittag bereits andere Aufgaben zu erledigen.“ Rory lächelte bedauernd. „Warum fragt Ihr nicht Fearchar? Wenn ein Mann sich Idoine über die Schulter werfen und davontragen kann, dann ist es mein hünenhafter Cousin.“

Joanna dachte einen Moment lang nach und nickte. Misstrauisch beobachtete sie Rory, während sie das Kätzchen zu seinen Geschwistern laufen ließ. „Woher wusstet Ihr eigentlich, dass ich hier oben auf dem Heuboden bin? Verfolgt Ihr mich etwa?“

„Von den Befestigungsanlagen aus sah ich Euch in den Stall gehen und beschloss, Euch zu folgen“, erklärte er, ohne seine völlig entspannte Stellung zu ändern. Er hatte vermutet, dass Joanna mit ihrem Pferd Behind ausreiten wollte, und ohne die Eskorte eines MacLean wollte er ihr nicht erlauben, das Schloss zu verlassen.

Unter halb geschlossenen Lidern studierte er ihr schmales Gesicht. Bronzen leuchteten die Sommersprossen in dem Sonnenstrahl, der durch das hohe Westfenster fiel. Ihre dichten Wimpern flatterten aufgeregt, während sie wachsam zu ihm aufblickte. Zweifel und Angst verdunkelten die violettblauen Augen.

Unruhig rutschte Joanna auf ihrem Platz hin und her. Schließlich überwand sie sich. „Ihr seid mir nicht böse?“, fragte sie mit stockender Stimme.

„Weshalb?“

Die Frage schien sie zu überraschen. Er konnte regelrecht sehen, wie ihre Gedanken rasten. Sie wollte ihn wohl weder an den nächtlichen Streit erinnern, noch an die Rolle, die ihr Cousin dabei gespielt hatte. Es war auch nicht der passende Moment für ihn selbst, sich für den Fauxpas mit ihren Eltern zu entschuldigen. Für sie beide waren die Verletzungen noch zu frisch und zu schmerzlich.

„Weil ich in einer anderen Kammer schlafe“, erklärte sie mit trotzig erhobenem Kinn.

„Darüber sprechen wir heute Abend“, antwortete er barsch. „Erzählt mir lieber mehr über Euer Spiel. Was werdet Ihr tragen als Pan?“

„Eine kurze Toga.“ Sie lächelte unsicher. Humorvoll und respektlos, wie es nur ein Kobold konnte, rümpfte sie die sommersprossige Nase. „Und einen Efeukranz im Haar, das ich wie ein Junge hochgebunden trage.“

Rory schüttelte sich mit gespieltem Entsetzen. „Doch hoffentlich nicht wieder unter der hässlichen Mütze.“

„Ach so hässlich war die doch gar nicht“, protestierte sie amüsiert.

Schmerzlich verzog er das Gesicht und erreichte, was er wollte. Ihr tiefes, melodiöses Lachen verschlug ihm fast den Atem. „Ich hätte das hässliche Ding schon vor Tagen verbrennen sollen.“

Die dunkelblauen Augen funkelten, als sie sich herausfordernd lächelnd über ihn beugte. „MacLean, nie hätte ich Euch erlaubt, meine Lieblingsmütze zu zerstören. Vielleicht sollte ich sie sogar mit Perlen schmücken und als Nachtkappe tragen.“

Die Vorstellung, Joanna im Nachtgewand zu sehen – mit Perlen geschmückt oder nicht –, entfachte seine Fantasien. In dieser Nacht wollte er ihr das weite Nachthemd über die nackten Schultern ziehen und ihren schlanken weißen Körper mit dem seinen bedecken. Sein Herz klopfte wie wild; in den Lenden verspürte er ein brennendes Ziehen, eine Erregung, der sich kein Mann entziehen konnte.

„Küsst mich, Joanna“, bat er leise.

Mit großen erschrockenen Augen sah sie ihn an. „Besser nicht“, antwortete sie in einem Ton, als habe er sie gebeten, vergifteten Wein zu trinken.

„Aha, Ihr habt also doch Angst vor mir.“

„Ich habe keine Angst“, log sie, und dabei wurden ihre Wangen rosig vor Ärger. „Ich habe heute Nachmittag nur viel zu viel zu tun. Überall im Schloss laufen gelangweilte Gäste herum, die sich nach Zerstreuung sehnen. Ich habe einfach keine Zeit, Euch oder irgendjemand anderen zu küssen.“

„Nur einen Kuss, mein Mädchen“, schmeichelte er. „Einen Kuss, zum Beweis, dass Ihr keine Angst vor mir habt. Danach könnt Ihr gehen.“

Heilige Hosanna, sie hatte doch keine Angst. Sie traute ihm nur nicht. „Macdonalds sind keine Feiglinge“, murmelte sie.

Er gab keine Antwort, aber das sinnliche Lächeln um seine Mundwinkel verleitete sie dazu, ihre Behauptung unter Beweis zu stellen.

Eine Hand auf seine Brust gestützt, beugte sie sich zu ihm herunter. Nur kurz und leicht wie eine Feder streiften ihre Lippen seinen Mund. „So“, sagte sie mit einem energischen Kopfnicken, als sie sich wieder aufrichtete, „das beweist wohl, dass ich keine Angst vor Euch habe.“

„Wirklich?“, fragte er ungläubig. „Das nennt Ihr Macdonalds einen Kuss?“

Nun stützte sie sich mit dem Unterarm auf seine Brust. „Es küssen eben nicht alle wie Ihr“, erklärte sie herablassend.

Erstaunt zog er die Brauen hoch. „Wie ich?“

„Ihr wisst genau, was ich meine … mit der Zunge.“

Rory lachte schallend. „So küssen alle, nur die Macdonalds nicht. Himmel, warum bin ich nur so überrascht, dass Ihr nicht richtig küssen könnt? Eure Gefolgsleute sind doch bekannt für ihre Unfähigkeit, … besonders im Bett. Darüber tuschelt man doch am schottischen Hof. Es ist ein offenes Geheimnis. Sassenachs und Macdonalds haben Eiswasser in ihren Adern."

„Das ist nicht wahr!", protestierte sie. „Die Macdonalds küssen genauso gut wie andere. Sogar besser!"

„Na ja, wenn Ihr es wisst." Zweifelnd sah er sie an.

„Ich weiß es nicht nur. Ich werde es auch beweisen."

Gleichgültig, fast desinteressiert zuckte MacLean mit den Schultern.

Joanna legte ihre Hände um sein wettergegerbtes Gesicht und drückte ihren Mund auf seine Lippen – mit einer solchen Leidenschaft, so heißblütig und so aufreizend, dass es ihm fast peinlich war, nicht zu reagieren. Sie fuhr mit der Zungenspitze über seine fest zusammengepressten Lippen, und als er immer noch nicht reagierte, klopfte sie Einlass heischend mit den Fingerspitzen gegen sein Kinn.

Zögernd gehorchte er.

Joanna berührte seine Zunge, zögerlich zunächst, doch plötzlich vergaß sie jegliche Zurückhaltung. Mit wachsender Erregung küsste sie ihn; aufreizend und herausfordernd strich ihre Zunge über die seine. Ihr Herz hämmerte gegen die Rippen, ihr Puls raste. Sie wollte aufhören und entschied sich dagegen. MacLean schien bei Weitem noch nicht so erregt, wie sie selbst es war. Sie wollte dafür sorgen, dass er nie mehr so absurde Gerüchte über die Macdonalds verbreitete. Nach diesem heißblütigen Kuss sollte Rory MacLean niemals mehr behaupten können, dass Eiswasser in ihren Adern flösse.

„Es wäre hilfreich, wenn Ihr mich umarmtet", wisperte sie.

„So?", fragte er leise.

„Ja, so."

Wieder begann Joanna ihn zu küssen, wieder tauchte ihre Zunge in seinen Mund. Mit den Fingern berührte sie den Smaragdohrring, und während sie über sein goldblondes Haar strich, fragte sie sich fast verzweifelt und vor Erregung zitternd, wie sie ihrem leidenschaftslosen Gatten eine Reaktion entlocken könnte. Sie schlang die Arme um seinen Nacken und rieb ihren Busen an seiner Brust. Das war die einzige Möglichkeit, die ihr einfiel, seine volle Aufmerksamkeit zu erheischen.

Als Joanna so – mit ihren vollen Brüsten und den vor Erregung harten Knospen – über seinen Körper glitt, war es um Rorys Beherrschung geschehen. Er erwiderte den leidenschaftlichen Kuss, zugleich zog er mit einem tiefen begehrlichen Brummen ihre schlanke Gestalt auf sich, umfasste mit beiden Händen ihr kleines Gesäß und begann, sie langsam und lüstern gegen seine harte Männlichkeit zu wiegen.

Keuchend stemmte Joanna ihre Hände gegen seine Schultern. Große unschuldige Augen sahen ihn an. „I...ich sollte jetzt gehen", stammelte sie und küsste ihn erneut.

Rory fieberte vor Verlangen. Er rollte Joanna zur Seite und legte sich, sein Gewicht auf die Arme gestützt, über sie. Ihren Mund bedeckte er mit Küssen, liebkoste ihr Kinn und den Hals. Er küsste den seidenweichen Brustansatz über dem tiefen rechteckigen Ausschnitt, löste schließlich die Bänder ihres Mieders und schob es hinunter. Heiß pulsierte das Blut in seinen Adern, während sein Blick bewundernd über ihre makellosen Reize glitt.

„Oh Gott, wie liebreizend seid Ihr", stöhnte er. „Jeden Zentimeter Eures bezaubernden Körpers werde ich erforschen."

Mit zitternden Fingern entfernte Joanna die Nadel, mit der Rorys Plaid an seinem Hemd befestigt war. Dann zog sie das Hemd aus dem Gürtel und glitt mit den Händen unter den safrangelben Stoff auf seine nackte Brust. Jede Faser, jeder Muskel seines Körpers spannte sich, als er spürte, wie ihre zarten Finger über seinen lüsternen Leib strichen.

„Zieht das Hemd aus", befahl sie, die Stimme heiser vor Erregung.

Rory streifte das Hemd über den Kopf und warf es neben sich ins Heu. Er stöhnte verhalten, als sie mit den Fingern durch seine dichten krausen Brusthaare strich, sanft die harten Brustwarzen streichelte und sich dann halb aufrichtete und kleine feuchte Küsse auf das fiebrig glühende Fleisch platzierte.

„Ach, Mädchen", raunte er. Die Lenden heiß vor Begierde, malte er sich aus, was er mit seiner unschuldigen Braut zu tun gedachte. Er beugte den Kopf und saugte an einer Knospe. Erst als Joanna leise wimmernd ihre Erregung äußerte, widmete er sich der anderen rosigen Spitze. Tief atmete er dabei ihren verführerischen Duft ein.

Mit eisernem Willen zwang er sich zur Zurückhaltung. Vorsichtig schob er den Saum ihres Kleides bis über den Rand der Strumpfbänder, dann drückte er ein Bein zwischen ihre samtenen Schenkel. Intuitiv schmiegte sie sich leise seufzend an ihn.

„Rory", raunte sie. Die heisere, atemlose Stimme und die leichten Anzeichen ihrer Kapitulation sandten prickelnde Schauer durch seinen Körper. Heiß pulsierte seine Männlichkeit unter dem dicken Wollplaid und verlangte nach ihr – nur nach ihr.

„Ergebt Euch, Joanna", wisperte er in ihr Ohr, während er die zarten Konturen der Ohrmuschel mit der Zunge liebkoste. „Ich weiß, es wird Euch gefallen."

Joanna bog und krümmte sich unter MacLean und versuchte zu verstehen, was mit ihr geschah. Ein unwiderstehlicher Drang veranlasste sie, sich ganz dicht an ihn zu schmiegen, die Beine zu öffnen und ihm entgegenzukommen. Sie wollte, dass er sie so wie zuvor liebkoste. Noch einmal wollte sie dieses unglaubliche Glücksgefühl erleben. Sie umklammerte seine breiten Schultern und schaute ihm in die Augen. Die grenzenlose Begierde, die unbändige Lust, die sie darin las, entfachte in ihr eine wahre Feuersbrunst.

„Oh Rory, ich will, … ich möchte …"

Ein unbeschreiblich zärtliches Lächeln lag auf seinen Lippen, als er die Hand ausstreckte, um sie zu berühren – und doch abrupt innehielt.

Joanna blieb vor Schmerz fast das Herz stehen. Mit einem kehligen Stöhnen tat sie ihre Enttäuschung kund, doch dann verstummte sie, und warnend legte er ihr den Finger auf die Lippen.

Männerstimmen klangen von unten herauf. Eine Gruppe Jäger, die schon früh am Morgen aufgebrochen war, brachte die Pferde zurück in den Stall. Die Jagd musste recht erfolgreich gewesen sein, denn die Männer waren in bester Laune. Joanna erkannte Fearchars tiefe, dröhnende Stimme, als er einen Witz erzählte.

Bevor Joanna reagieren konnte, hatte MacLean ihr mit kundiger Hand das Mieder übergestreift und das Kleid wieder in Ordnung gebracht. „Ihr bleibt hier“, flüsterte er, während er sich das Hemd über den Kopf zog und das Plaid an der Schulter befestigte. „Ich versuche, die Männer so schnell wie möglich aus dem Stall hinüber zum Exerzierplatz zu lotsen. Wenn sie fort sind, könnt auch Ihr gehen. Und niemand wird etwas bemerkt haben.“ Seine grünen Augen strahlten voller Glück, als er ihr einen Halm Heu aus dem Haar entfernte. Dann gab er ihr einen letzten, langen Kuss. „Bis heute Abend, Lady MacLean. Wie werden dort fortfahren, wo wir gestört worden sind. In der Zwischenzeit freue ich mich darauf, einen kleinen rothaarigen Pan in der Toga durch die Große Halle tanzen zu sehen.“

Sprachlos verfolgte Joanna, wie MacLean die Leiter hinunter verschwand. Die Jäger schienen über sein plötzliches Auftauchen nicht sonderlich verwundert zu sein, und innerhalb weniger Minuten war es unten im Stall wieder so ruhig wie zuvor. Verlegen ließ sie ihren Blick über den Heuboden schweifen. Völlig unberührt von der Nahezu-Kapitulation ihrer Herrin gegenüber ihrem wilden Kriegergatten lag Tabby still und zufrieden im Heu und säugte ihre Jungen. Joanna hielt sich die Hand vor den Mund, um nicht laut zu stöhnen. Herr im Himmel, beinahe hätte sie mit ihm geschlafen – und das aus freiem

Willen. Mit dem Rächer des Königs, der verantwortlich war für den Tod ihres Großvaters und der ihre Eltern verleumdet hatte. Großer Gott, was hatte sie sich nur dabei gedacht?

Sie ließ sich zurück ins Heu fallen und bedeckte ihr Gesicht mit einem Arm. Bei Gott, sie hatte sich wahrlich nichts dabei gedacht. Selbst jetzt noch verlangte ihr willfähriger Körper schmerzlich nach seiner Berührung. Es war egal, ob sie ihre Sachen in eine andere Schlafkammer räumte oder ob sie im selben Bett mit ihm schlief. Was sich gerade hier auf dem Heuboden abgespielt hatte, bewies, dass sie immer MacLeans williges Weib sein würde – wann und wo es ihm beliebte.

Ewen hatte recht gehabt. Dem teuflischen, hinterhältigen Hochlandkrieger war sie keine ebenbürtige Gegnerin. Noch heute Nacht musste sie Kinlochleven verlassen, ansonsten blieb ihr keine Chance mehr, die Ehe annullieren zu lassen.

Joanna flitzte die Leiter hinunter, verließ in Windeseile den Stall und machte sich auf die Suche nach dem Befehlshaber des Macdonald-Clans. Ewens Fluchtplan musste heute Nacht in die Tat umgesetzt werden. Zusammen mit Andrew konnte sie unbemerkt über die Geheimtreppe flüchten. Erst wenn MacLean abends in seine leere Schlafkammer käme, würde die Suche nach ihr beginnen.

Die Aufführung eines Historienspiels war bei den Mitgliedern des schottischen Hofes auf breite Zustimmung gestoßen. Selbst König James und seine Höflinge stellten sich als Darsteller zur Verfügung und übernahmen die Rolle der Griechen, die zum Tempel der Athena pilgerten. Bettlaken und Tischtücher dienten der Kostümierung. Lachlan hatte sich glücklicherweise überzeugen lassen, den Zeus zu spielen. Keir stellte Poseidon dar, den Bruder des Himmelsgottes, Lady Emma war fantastisch in ihrer Rolle als Aphrodite und Lady Beatrix spielte die Hera.

Zur Freude aller verkörperte Idoine eine glaubhafte, wenn

auch verdrießliche Persephone. Und obwohl Seumas als Hades – Fearchar hatte sich geweigert, die Rolle zu übernehmen – die plumpe Göttin nicht ohne fremde Hilfe davontragen konnte, so machte sich Kinlochlevens Haushofmeister mit seiner Pappkrone und dem schwarzen Holzzepter doch gut.

Größte Aufmerksamkeit erhielt jedoch der listige Pan, der Flöte spielend voranging und die Kavalkade durch den Wohnturm, hinaus in den oberen Burghof und zurück in den großen Bankettsaal geleitete. Die violettblauen Augen blitzten spitzbübisch, als der kleine Schelm darauf bestand, ihren Gatten für die Rolle des Narziss mit Frühlingsblumen zu dekorieren.

„Selbst schuld, weil Ihr die Toga nicht tragen wolltet, die ich Euch gesandt habe“, flüsterte sie, während sie ihm eine Glockenblume hinter das Ohr steckte.

Rory verfolgte den ausgelassenen Mummenschanz mit wachsendem Unmut, den er selbst vor seinen scharfsichtigen Brüdern nicht verbergen konnte. Doch da niemand außer dem Brautpaar wusste, wie die Hochzeitsnacht wirklich abgelaufen war, blieb es an diesem Abend bei den üblichen anzüglichen Scherzen über die frisch Vermählten.

Als das Spektakel endlich vorbei war und er sich entschuldigen und nach oben gehen konnte, war Joanna nirgends zu sehen. Er fragte sich, ob sie vielleicht schon herausgefunden hatte, dass ihre Habseligkeiten zurück in die gemeinsame Schlafkammer geräumt worden waren. Seit dem überraschenden Rendezvous auf dem Heuboden hatte er sie keinen Moment mehr alleine erwischen können. Beim abendlichen Bankett war sie stets charmant errötet, wenn sich ihre Blicke trafen. Am Tischgespräch hatte sie sich allerdings kaum beteiligt, und ihn hatte ihre Wortkargheit schon etwas irritiert, nachdem sie nachmittags doch seinem Werben schon fast nachgegeben hatte.

Mit einem siegessicheren Lächeln auf den Lippen stieg Rory die Treppen hinauf, völlig überzeugt, dass Joanna ihn in dem großen Vierpfostenbett bereits sehnsüchtig erwartete. Als er die Kammer betrat, fand er die niedrige Truhe wieder an ihrem alten Platz, auf der Vitrine und dem Nachttisch standen Joannas persönliche Utensilien – doch ansonsten war die Kammer leer. Über so viel Starrsinn dieser kleinen Macdonald konnte er nur wütend mit den Zähnen knirschen.

Er verließ die Kammer, ging über den Gang im dritten Stockwerk, öffnete jede Tür und schlug sie wieder zu. Mit jeder leeren Kammer wuchs sein Zorn. Am Ende des Ganges betrat er das Zimmer, in dem Tam und Murdoch Joannas Habseligkeiten gefunden hatten. Die Bettdecke lag glatt und unberührt auf dem Bett – auch hier keine Spur von seiner Braut.

Rory ging zum Fenster und öffnete die Läden, um in den Innenhof zu sehen. Ein Geräusch erregte seine Aufmerksamkeit. Fünf Franziskanermönche, die Kapuzen gegen die Kälte hochgezogen, führten ihre Pferde über den unteren Burghof zum Vorwerk. In ihrer Mitte ritt eine Arme Klarissin, den Kopf hielt sie gebeugt, und unter dem Brusttuch und dem Schleier war ihr Gesicht auch im Schein der Fackel nicht zu erkennen. Die Wachen am geöffneten Tor sprachen die kleine Gruppe freundlich an und winkten sie dann durch. Weit hatten es die Mönche nicht. Das Kloster St. Findoca lag ganz in der Nähe. Vom Fenster aus konnte Rory den rechteckigen Glockenturm der Kapelle im Mondschein oberhalb des Lochs sehen. Dennoch schien es seltsam, dass sie nicht bei Tagesanbruch aufgebrochen waren.

Die Hufeisen dröhnten über die Bohlen der Zugbrücke und verhallten in der Nacht. Plötzlich verstand Rory die Gegenwart der einzigen Nonne. Er stürmte aus der Kammer den Gang entlang zur Treppe. „Fearchar", brüllte er und hetzte zurück zu seiner Schlafkammer.

Nach der Tracht Prügel, die er Andrew in der Nacht zuvor verpasst hatte, hatte Rory nicht im Traum mit der Möglichkeit gerechnet, dass der Junge die Dreistigkeit besitzen würde, sich ein zweites Mal einzumischen. Es konnte nur Joanna gewesen sein, die den Milchbart ein zweites Mal überredet hatte, ihr zu helfen.

Himmel und Hölle! Das wäre alles nicht passiert, wenn er sofort seine ehelichen Rechte eingefordert hätte. Weniger rücksichtsvoll hätte er sein sollen. Nicht abwarten, bis sie freiwillig zu ihm ins Bett kam. So etwas passierte ihm ganz bestimmt nicht noch einmal.

Fearchar kam in die Kammer gestürzt. „Was ist los?“

„Ruft Lachlan und Keir! Sie sollen mich sofort im Stall treffen.“

Fearchar nickte. „Sonst noch etwas?“

„Ich übertrage Euch die Verantwortung für Kinlochleven“, sagte Rory, während er sein Schwertgehänge umschnallte und das Breitschwert in die Scheide steckte. „Sorgt dafür, dass alle MacLeans sofort zu den Waffen greifen und auf ihre Posten gehen. Seid allzeit bereit! Ewen Macdonald könnte versuchen, die Macht in der Burg zu übernehmen.“

Fearchar sah ihn finster an. „Während der König hier residiert? Das wäre Hochverrat.“

Rory schnaubte verächtlich. „Den Macdonalds würde ich jeden Verrat zutrauen.“ Er kontrollierte seinen Dolch und das kleine Messer, das er in der Achselhöhle versteckte. „Sobald ich mit meinen Brüdern den Burghof verlassen habe, weckt Ihr den König und informiert ihn über das, was passiert ist.“

Fearchar Blick glitt durch die leere Schlafkammer. „Hm, … was ist denn eigentlich passiert?“

Mit kalter Wut griff Rory seine Handschuhe und ging zur Tür. „Wenn ich mich nicht ganz täusche, dann ist meine Frau gerade mit ihrem idiotischen Cousin geflohen.“

18. KAPITEL

Sie fanden die Mönche in der Nähe von Rannoch Mill. Ihre Leichen lagen versprengt am Flussufer, wo die Gruppe Halt gemacht hatte, um die Pferde zu tränken. Rory war wie gelähmt vor Angst, als er vom Pferd stieg und über die dunklen Körper blickte, die regungslos im Mondlicht lagen. Fieberhaft begann er zu zählen.

Vier! Und keiner von ihnen war die Arme Klarissin. Gott sei Dank!

Tief sog er die Nachtluft ein. Gott Allmächtiger, er musste Joanna finden. Sollte sie ruhig aufsässig, frech und schwierig sein, Hauptsache, sie war gesund. Nur das war wichtig.

„Hierher!", rief Keir. „Der hier lebt noch!" Er hockte sich auf den Boden im Adlerfarn und schob seinen Arm unter den Kopf des Mönchs.

Rory eilte herbei und kniete sich neben den Mann. Wie Rory erwartete hatte, war der Verletzte kein Klosterbruder mit Tonsur, sondern ein Macdonald. „Wo ist Lady MacLean?" Seine Stimme überschlug sich vor Sorge.

Der Mann starrte Rory an mit den glasigen, blicklosen Augen eines tödlich Verwundeten. Sein Mönchsgewand war blutdurchtränkt, Blut sickerte auch aus seinem Mundwinkel. Kraftlos schlossen sich seine Lider, langsam begann er in die Bewusstlosigkeit hinüberzugleiten. Er würde sterben, aber es sollte kein leichter Tod sein, schwor sich Rory. Er packte die dicke Wollkutte am Hals des Mannes und riss ihn brutal in die Höhe. „Du gottverdammter Bastard! Wo ist meine Frau?"

Die Lider des Sterbenden flatterten; für den Bruchteil einer Sekunde schien er Rory zu erkennen. „Sie haben Lady Joanna und Andrew mitgenommen", hauchte er und spuckte Blut.

Rüde schüttelte Rory ihn. Der Kerl durfte nicht den Geist aufgeben, bevor er alle Fragen beantwortet hatte. „Wer? Wer hat sie mitgenommen?"

„Banditen …“ Der Macdonald hustete Blut. „… haben uns überrascht, … ein Dutzend … oder mehr.“

Lachlan hatte inzwischen drei weitere leblose Körper mit der Spitze seines Schnallenschuhs zur Seite gerollt und ihnen den Puls gefühlt. Nun kam er kopfschüttelnd zu Keir und Rory, um anzudeuten, dass der Krieger am Boden der einzige Überlebende war.

„Macht seinem Elend ein Ende“, befahl Rory, während er den Mann losließ und aufstand.

Schnell und mit geübter Hand schnitt Keir dem Kerl die Kehle durch, wischte seinen Dolch an dessen grober Kutte ab und steckte ihn zurück in die Scheide.

Voller Mitgefühl sah Lachlan seinen älteren Bruder an. „Sie lebt“, versuchte er ihn zu beruhigen. „Weit können sie nicht sein. Die Körper dort sind noch warm.“

Bebend vor Zorn schwang sich Rory in den Sattel, nahm die Zügel auf und klopfte Fraoch beruhigend den Hals, während er ungeduldig wartete, bis Keir und Lachlan auf ihre Pferde gestiegen waren.

„Wir reiten am Loch entlang. Hoffen wir, dass sie im Wald kampieren und nicht ahnen, dass wir ihnen dicht auf den Fersen sind. Vielleicht können wir im Mondlicht sogar den Rauch ihres Lagerfeuers über den Baumwipfeln entdecken.“

Im gestreckten Galopp trieben die drei Brüder ihre Rösser über das junge Maigras. Immer in Richtung Westen ritten sie, am Nordufer des Loch Leven entlang, dichte Birken- und Eichenwälder an der Hangseite zu ihrer Rechten.

Im braunen Gewand der Armen Klarissinnen saß Joanna gegen eine dicke Eiche gelehnt. Die Hände auf dem Rücken verschnürt, im Mund einen Knebel, so hatte man sie mit einem Seil an dem Stamm festgebunden. Auf der anderen Seite des Lagerfeuers hockte Andrew, ebenfalls gefesselt und geknebelt. Mit vor Furcht weit aufgerissenen Augen schaute er zu ihr herüber. Er trug die Kutte eines Franziskanermönchs. Die Kapuze war ihm heruntergerutscht, und lange braune Haarsträhnen hingen ihm wirr in die Stirn.

Dreizehn Männer lagen schlafend um das Feuer, zwei standen Wache. Es waren Ausgestoßene, die keinem Clan angehörten, Banditen, die sich keinem anderen als nur ihren ebenfalls verfemten Kameraden verbunden fühlten. Als sie Joanna und Andrew gefangen genommen hatten, hatte ihr Anführer, ein stämmiger Kerl mit dem Körperbau und der Haltung eines Kriegers, ihnen versichert, dass ihnen kein Leid geschähe. Ihre Vermummung hatte ihnen nichts genützt. Der Kerl kannte sie, denn er sprach sie mit ihrem Namen an, und Joanna vermutete, dass er sie so lange gefangen hielt, bis Ewen Beutel voller Gold aus Kinlochlevens Schatullen als Lösegeld gezahlt hatte. Alle Heiligen, die sie kannte, hatte Joanna angefleht, und vielleicht waren ihre inbrünstigen Gebete erhört worden, denn keiner der Männer versuchte, sie zu belästigen. Man hatte sie lediglich gefesselt und geknebelt, ansonsten aber höflich und respektvoll behandelt.

Sie lehnte den Kopf gegen die raue Rinde des Stamms und schloss die Augen. Handgelenke und Fußknöchel taten weh, ihr Körper war steif, weil sie sich nicht bewegen konnte. Zu allem Übel hatte ihr die grobe Wollkutte die Haut an Schultern und Armen wund gerieben, und das leinene Brusttuch scheuerte an Nacken und Kinn.

Tränen rannen ihr über die Wangen. Drei Stunden und länger saß sie nun an diesen Baum gefesselt. Zeit genug, um über die Ereignisse der vergangenen zwei Tage nachzudenken. Die letzten zwei Nächte hätten die schönsten ihres Lebens sein sollen. Nächte, von denen jedes junge Mädchen träumte. Als Kind war sie hingerissen gewesen von Geschichten über Tristan und Isolde, Fraoch und Mai oder über Lanzelot und Genoveva. Sie hatte von einer Liebeslaube geträumt, von einem romantischen Treffen zweier verwandter Seelen, denen es bestimmt war, sich auf immer und ewig zu lieben, und von Nächten zärtlicher Leidenschaft. Bei dem Gedanken an das, was sich wirklich ereignet hatte, wurde ihr hundeelend. Sie fand nur eine Entschuldigung dafür, dass sie sich von ihrem Todfeind hatte küssen und liebkosen lassen: Sie musste unter einem Anfall von geistiger Verwirrung gelitten haben. Wie sollte sie sich sonst ihre Bereitwilligkeit, ja ihre Begierde erklären, sich derart intim von ihm berühren zu lassen?

Oh, sie hasste ihn! Sie musste ihn hassen. Sie war eine Macdonald und er ein MacLean. Allein deshalb musste sie ihn hassen und um Annullierung nachsuchen. Sobald die Erlaubnis aus Rom kam, wollte sie dem Wunsch ihres Clans Folge leisten und Andrew heiraten.

Ein tröstlicher Gedanke, der Joanna eigentlich zu entschlossenem Handeln hätte anfeuern müssen. Ein Gedanke, der sie bestärkt haben müsste, sich aus den Klauen der Banditen zu befreien. Doch eine seltsam pathetische Stimme in ihrem geplagten Hirn sagte ihr, dass sie während der Zeit, in der sie Geisel war, weder die Annullierung ihres Ehegelübdes vorantreiben noch die Ehe mit ihrem hübschen Cousin eingehen konnte. Und aus eben diesem seltsam pathetischen Grund bedeutete ihr diese Tatsache mehr Trost als ihre sofortige Befreiung.

Ein Rascheln in den Bäumen unterbrach Joannas Grübeln. Sie schlug die Augen auf und hielt Ausschau nach einem kleinen Tier, das sich am Rand des Lagers herumtreiben mochte. Doch was sie sah, ließ ihr fast das Herz stocken. Keine zehn Schritte entfernt sank einer der Wachposten langsam und geräuschlos zu Boden. Im Mondlicht sah sie kurz eine Klinge aufblitzen. Eine dunkle Gestalt hatte ihren Dolch aus dem Brustkorb des reglosen Körpers im Gras gezogen. Es bestand kein Zweifel, der Wachmann war tot. Nur eine Leiche lag so still.

Keine Sekunde später fiel der Wachmann an der anderen

Seite des Lagers leise ächzend mit durchgeschnittener Kehle Andrew vor die Füße. Blut spritzte dem Jungen über die staubigen Schnallenschuhe und die kurzen karierten Strümpfe. Vor Grauen weiteten sich seine Augen; Hilfe suchend schaute er zu Joanna. Doch gefesselt, wie sie waren, blieb ihnen nichts anderes übrig, als das anschließende Gemetzel mit anzusehen.

Mit Breitschwert in der Rechten und Dolch in der Linken näherte sich Rory dem Schläfer, der am nächsten zu Joanna lag. Als der stämmige Bandit mit einem Alarmruf auf die Beine sprang, versenkte Rory sein Schwert in der breiten Brust. Lachlan hatte derweil die Pferde auseinandergetrieben, die sich im Galopp in die umliegenden Wälder entfernten. Mit Klingen in beiden Händen half er anschließend seinen beiden Brüdern, die Gegner niederzumetzeln.

Rory streckte den nächsten Banditen, der ihn von hinten ansprang, mit dem Dolch zu Boden. Blitzschnell drehte er sich dann nach dem dritten Angreifer um, und mit einem einzigen nach oben gerichteten kräftigen Hieb schlitzte er dem kräftigen Kerl die Brust auf. Prüfend blickte Rory danach über die Lichtung. Lachlan und Keir hatten jeweils zwei Banditen getötet. In weniger als vier Minuten hatten die Brüder neun Männer umgebracht. Keiner, der seine Frau entführt hatte, sollte am Leben bleiben.

So verängstigt, dass sie kaum zu atmen wagte, verfolgte Joanna, wie ihre Retter die restlichen Banditen, die in der Mitte des Lagers in der Falle saßen, in einem gnadenlosen Nahkampf töteten. Innerhalb von Sekunden waren alle niedergemacht. Keir und Lachlan blieben stehen, die blutverschmierten Waffen in Händen, und sahen sich an. Ein Ausdruck von Freude und Stolz lag in ihrem Blick.

„Vielleicht hätten wir einen dieser Bastarde besser vorerst noch am Leben lassen sollen, um ein paar Fragen beantworten zu können“, meinte Lachlan fröhlich. Sein Atem ging leicht und regelmäßig, die schwarze Mütze mit den beiden Federn, die ihn als Clanführer auszeichneten, war nicht mal von dem rotbraunen Haar gerutscht.

„Weshalb?“, fragte MacLean. Er säuberte seine Klingen am Tuch eines seiner Opfer und steckte das Schwert zurück in die Scheide. Federnden Schrittes bahnte er sich seinen Weg zwischen den verstreut herumliegenden Leichen hindurch in Joannas Richtung.

Mit dem Dolch in der Hand sah Joanna ihren Mann auf sich zukommen. Ihr Mund war trocken vor Furcht. Gegen den grenzenlosen Zorn, den sie in MacLeans Augen brennen sah, erschien ihr die Wut, mit der er eben noch die Banditen niedergemetzelt hatte, wie ein leichter Groll. Die große Gestalt strahlte Härte und Wildheit aus – und dafür, erinnerte sich Joanna, war er in ganz Schottland als der Rächer des Königs bekannt.

Gerade hatte er innerhalb weniger Minuten sieben Männer getötet. So wütend wie er dreinschaute, war er wohl auch bereit, sie zu ermorden. Ob er einer solchen Versuchung widerstehen konnte? Sie drückte sich fest gegen den Stamm und versuchte so Abstand, wenn er auch nur winzig war, von ihrem zornigen Gemahl zu halten. „Hmm!“, warnte sie ihn durch den Knebel.

Rory würdigte sie keiner Antwort. Wortlos trennte er mit dem Dolch erst das dicke Seil durch, mit dem Joanna an den Baum gebunden war, schnitt die Schnüre um ihre Fußgelenke auf, griff nach den nun recht langen Fesseln an ihren Handgelenken und zog sie daran mit einem Ruck in die Höhe.

Da das Gewand der Armen Klarissin wohl einer viel größeren Person gehört hatte, stolperte Joanna über den Saum und taumelte unbeholfen gegen MacLean. „Hmm … ah“, klagte sie, während sie mit ihren gefesselten Händen die braune Wollkutte ungeschickt ein wenig vom Boden hob.

MacLean ignorierte ihr Missgeschick. Am Seil führte er sie – wie eine Kuh zum Marktplatz – zu den drei Pferden, die

Lachlan mittlerweile auf die kleine Lichtung gebracht hatte. In der Zwischenzeit hatte Keir auch Andrew losgebunden und ihm die Handfesseln abgenommen.

„S...sie sind v...on h...inten gekommen“, stotterte er, nachdem er sich den Knebel aus dem Mund gezogen hatte. Ängstlich blickte er von einem Bruder zum anderen. „W...wir hatten k...keine Ch...chance.“

Grimmig standen die drei Krieger über ihm. Ihre Kleidung war mit reichlich Blut bespritzt. Selbst Andrew, der verwöhnte Jüngling, musste mittlerweile gemerkt haben, dass er neben den hochgewachsenen Clanführern ausgesprochen unreif wirkte. Wutentbrannt musterte Keir den vor Angst bibbernden Jungen und schüttelte schließlich angewidert den Kopf. „Du hasenfüßiger Einfaltspinsel, bei denen hättest du doch überhaupt keine Chance gehabt, selbst wenn der Engel Gabriel mit Trompeten laut ihre Ankunft verkündet hätte.“

„Was sollen wir mit dem Milchbart machen?“, fragte Lachlan seinen älteren Bruder in gelangweiltem Ton. Joanna sah, wie der Blick aus den grünen Augen einen Moment lang auf ihr ruhte. Sie hätte schwören können, dass Lachlan am liebsten laut gelacht hätte.

„Mein Vorschlag: auf der Stelle kastrieren“, erklärte Keir mit tückischem Grinsen. „Das wäre dann das letzte Mal gewesen, dass er einem anderen Mann die Frau stiehlt.“

Andrews Gesicht wurde kreidebleich. Offensichtlich schien ihm der Vorschlag Übelkeit zu bereiten, denn er presste sich die Hand vor den Mund. Beschwörend blickte er zu seiner Cousine. „J...joanna“, stöhnte er hinter vorgehaltener Hand. „S... sagt d...denen, dass es nicht m...meine Idee war.“

„Lafft hm“, bat Joanna.

Ihr Mann warf ihr einen kurzen, eisigen Blick zu – eine stumme Mahnung, die wirkungsvoller als der Knebel war. Joanna schwieg.

„Du bringst den Jungen nach Mingarry Castle“, sagte

MacLean zu Lachlan. „Keir, du reitest nach Kinlochleven und berichtest seinem Vater, was geschehen ist. Überlassen wir es Ewen, bei dem König für seinen Sohn um Gnade zu bitten. Vielleicht kann er diesem Idioten ja den Galgen ersparen."

Keir hielt die Spitze seines Dolches an Andrews weiche Wange. „Sollte ich dieses hübsche, feine Gesichtchen nicht ein wenig aufschlitzen? Gerade so viel, dass die Mädchen sich nicht mehr nach ihm den Kopf verdrehen?", fragte er hämisch grinsend.

MacLean antwortete nicht sofort, offensichtlich schien er über den Vorschlag seines Bruders nachzudenken. Andrew beugte sich vor und erbrach sich vor ihren Füßen. Impulsiv machte Joanna ein paar Schritte auf ihn zu, dabei zog sich das Seil fest um die Finger ihres Mannes.

„Schaff den Jungen fort, Lachlan", befahl der Anführer des Clans der MacLeans mit kalter Stimme. „Meine Frau und ich werden ein wenig Zeit allein miteinander verbringen."

„Komm, Bürschchen!" Lachlan grinste aufmunternd, während er auf sein Pferd stieg und den unglückseligen Jüngling hinter sich band. „Reiten wir, bevor mein Bruder seine Meinung ändert und du doch noch einen geliebten Körperteil hier im Gras zurücklassen musst."

Auch Keir schwang sich auf seinen Braunen. „Lady MacLean!", salutierte er, und die smaragdgrünen Augen funkelten im Licht des Lagerfeuers, als er höflich an seine blaue Mütze tippte.

Jetzt erst bemerkte Joanna, dass er vermutlich scherzte. Herrje, einen recht makabren Humor hat er, dachte sie, während sie die beiden Brüder zusammen mit ihrem erleichtert wirkenden Cousin im Wald verschwinden sah.

„Hall!", lallte sie ihnen nach. „Warpn!" Erschrocken hielt sie inne. Plötzlich wurde sie sich ihrer schrecklichen Lage gewahr. Allein mit ihrem zornigen Mann im Wald, die Hände gefesselt, einen Knebel im Mund, umgeben von den niedergemetzelten, verstümmelten Körpern von fünfzehn Männern, von denen er fast die Hälfte selbst getötet hatte. Eiskalt wurde ihr unter der rauen Wolltracht, das plissierte leinene Brusttuch lag ihr wie eine Schlinge um den Hals.

Langsam zog MacLean an ihrer Fessel, grausam langsam, Zentimeter für Zentimeter zog er sie näher zu sich heran. Joanna grub die Fersen fest in den Boden und versuchte sich gegen das Unvermeidliche zu stemmen. Gereizt zog er sie näher, so nahe, dass sie seinen warmen Atem auf ihrem Gesicht spürte. Feindselig blickten sie sich an. Sie wollte und konnte nicht wegschauen. Fest entschlossen, nicht nachzugeben, nicht zu zucken, selbst wenn er die Hand gegen sie erheben sollte, straffte sie Schultern und Rücken.

„Wie ich sehe, liebt Ihr es, Spiele zu spielen." Die tiefe Stimme vibrierte mit unheilvollem Humor. „Erst gabt Ihr Euch als Stallbursche aus, dann spieltet Ihr den Bogenschützen. Heute Abend schlüpftet Ihr in die Rolle des Pan, und nun verkleidet Ihr Euch als Nonne. Welches Spiel sollen wir als Nächstes spielen, Weib? Entführer und Geisel? Das wäre für uns beide doch ein wirklich unterhaltsames Spiel, für mich bestimmt."

„Hörfuf!", flehte sie.

Er beugte sich noch weiter zu ihr hinunter, bis sich ihre Nasen berührten. „Aber ich muss Euch warnen", sagte er fast liebevoll. „Meine Späße sind etwas derb." Ohne Vorwarnung packte er sie um die Taille, hob sie hoch und warf sie trotz ihres erstickten Schreis bäuchlings über den Widerrist von Fraoch. Dann stieg er in den Sattel und trieb das Pferd in einen wilden Galopp.

19. KAPITEL

Wie einen Hafersack ließ der teuflische grünäugige Rächer Joanna über seinem Pferd hängen. Sie schrie und brüllte wie am Spieß durch den Leinenstreifen, der ihr den Mund verschloss. Erschöpft gab sie schließlich auf.

Endlich hielt MacLean neben einem munter plätschernden Bächlein an, um sich Gesicht und Hände vom Blut zu reinigen. Doch zuerst schnitt er ihr die Handfesseln durch. Joanna riss sich den Knebel aus dem Mund und zerrte vergeblich an dem Knoten im Nacken. Mit einem grimmigen Schnauben schob MacLean ihre Hände beiseite und trennte den Stoff mit seinem Dolch durch.

Nun, da Joanna ihrem grausamen Mann die verdiente Strafpredigt halten konnte, brachte sie keinen Ton heraus. MacLean ertrug ihr eisiges Schweigen mit Gelassenheit. Er zog eine silberne Flasche aus seiner Satteltasche und reichte sie ihr. „Hier", sagte er beinahe milde, „das wird Euch helfen."

Joanna drehte sich um; deutlich zeigte sie ihm ihre Verachtung. Doch da sie sich plötzlich schwindelig fühlte und ihr übel wurde, lehnte sie den Arm auf Fraochs Sattel und legte den Kopf gegen den kratzigen Wollärmel. Jeder Muskel tat ihr weh. Ihre Kehle war wie ausgedörrt, in ihren Schläfen pochte ein solcher Schmerz, dass sie das Gefühl hatte, ihr platze der Schädel. „Nur etwas Wasser", krächzte sie leise.

„Joanna, nehmt erst hiervon einen Schluck. Danach könnt Ihr Wasser aus dem Bach trinken." Seine Stimme war ruhig, aber streng und ließ keinen Zweifel: Entweder sie trank freiwillig, oder er flößte ihr die Flüssigkeit eigenhändig ein.

Ohne sich umzuschauen, langte Joanna hinter sich nach der Flasche, setzte sie an und schluckte. Der feurige Trank brannte ihr bis hinunter in den Magen. „Pah!", krächzte sie und wirbelte mit vor Abscheu verzogenem Gesicht herum. „Was ist das denn für ein widerliches Gebräu?"

MacLean lächelte grimmig. „Aqua vitae, Lebenswasser“, erklärte er und zeigte auf die Flasche. „Nehmt noch einen winzigen Schluck. Es wird Euch für den Weiterritt stärken.“

Widerwillig führte sie die kleine Metallflasche an ihre tauben Lippen. Mund und Kehle waren zum Glück auch ohne Gefühl, aber als sich dann in ihrem Bauch eine wohlige Wärme ausbreitete, da seufzte sie dankbar.

MacLean nahm ihr die Flasche aus der Hand und gönnte sich selbst mit langen Zügen den Rest des Feuerwassers. Dann krochen sie beide zum Bachrand hinunter und schlürften das eisige Schmelzwasser aus der gewölbten Hand. Anschließend füllte er die leere Flasche aus dem Bach und verstaute sie wieder in seiner Satteltasche. Dann zog er aus einem weißen Leinensäckchen ein Stück Hammelpastete, die beide in feindseligem Schweigen verzehrten.

Danach stieg er wieder aufs Pferd, und ohne ein weiteres Wort hob er sie hoch und platzierte sie vor sich in den Sattel. Da sie im Damensitz saß, musste sie sich an seinem Arm festhalten, als Fraoch lostrabte. Sie saß steif und aufrecht und versuchte ihren Mann so wenig wie nötig zu berühren. Natürlich ein vergeblicher Kampf, denn er hielt mit einer Hand die Zügel, und die andere ruhte locker auf ihrer Hüfte.

Bei Tagesanbruch ging ein kalter Nieselregen nieder – wahrhaftig der passende Ausklang für eine verhängnisvolle Nacht. Rory zog ein Plaid hinter seinem Sattel hervor und warf es sich über die Schulter. Um sich nicht an ihn schmiegen zu müssen, weigerte sich Joanna, ebenfalls unter dem schwarz-grünen Tartan Schutz zu suchen. Nach kurzer Zeit war ihre braune Wolltracht völlig durchnässt. Joanna war nass bis auf die Haut, aber sie ritt aufrecht wie ein Lanzenträger. Wenigstens ihren Stolz hatte sie nicht verloren.

„Joanna!“, rief Rory leise. Während der letzten Stunden hatte sie wie ein Kätzchen an seiner Brust geschlafen. „Joanna, wacht auf! Wir sind da."

Sie kuschelte sich noch enger an ihn. Ihr Kopf ruhte unter dem Plaid auf seiner Schulter, und es war ein angenehmes Gefühl, wie sich ihre geschmeidige Gestalt an seine Schenkel schmiegte. Trotz des kalten Regens und der vielen Stunden im Sattel war es ihm schwergefallen, seiner Frau weiter böse zu sein. Bei jeder ihrer Bewegungen wurde er daran erinnert, dass ihr weicher schlanker Körper genau für seine kantigen männlichen Formen gemacht zu sein schien.

„Joanna!", wiederholte er ein wenig lauter.

Sie bewegte sich, rieb sich die Augen und setzte sich eiligst auf. Bestürzt sah sie ihn an. „Ich ... ich muss für ein paar Minuten eingenickt sein."

Mädchen, das waren ein paar Stunden, dachte er, laut aber sagte er: „Schaut nach vorne."

Durch die Regenwand sah man Archnacarry Manor zwischen den mit Heidekraut bewachsenen Hügeln liegen. Als Junge hatte man Rory in den Belfried gebracht. Gideon Cameron und seine erste Frau hatten ihn an Kindes statt groß gezogen.

„Wo sind wir?" In panischer Angst umklammerte Joanna seinen Ellenbogen. „Wo bringt Ihr mich hin?"

„Wir brauchen Schutz vor dem Regen. Bei dieser Nässe könnt Ihr keine weitere Nacht draußen bleiben."

Mit einem unguten Gefühl starrte Joanna auf das graue Steingebäude mit seinen vier flankierenden Türmen. Das erste Geschoss war ein schlichter rechteckiger Wohnturm, darüber aber ragte eine schlossähnliche Fassade auf mit Ziergiebeln, Türmchen und Dachgauben. „Das ist kein Wohnturm der Macdonalds", sagte sie misstrauisch, als sie in den Burghof ritten. „Diese Leute kenne ich nicht."

Er legte den Arm um ihre Taille und zog sie näher zu sich. „Ihr habt recht", antwortete er. „Wir sind auf dem Territorium unseres Nachbarn. Ein Mann mit einer Macdonald-Frau braucht viele Verbündete. Also benehmt Euch, Joanna, oder Ihr werdet es bereuen."

Der Majordomus führte sie in die Halle, wo die Burgherren, die über die Ankunft der überraschend eingetroffenen Gäste bereits informiert waren, vor einem lodernden Kaminfeuer warteten. Ein sympathisch wirkender Laird, vielleicht Anfang dreißig, hieß Joanna freundlich willkommen. Er war mittelgroß, von schlanker, muskulöser Statur und hatte mittelbraunes, leicht gewelltes, schulterlanges Haar. Die haselnussbraunen Augen in dem nachdenklich wirkenden Gesicht verfolgten die Ankunft der Gäste mit der distanzierten Neugier eines gebildeten Mannes.

Neben ihm stand eine bildhübsche Frau mit hellrotem Haar und cremig weißem Teint. Neugierig und mit vor Schreck geweiteten Augen betrachtete sie die Besucher, insbesondere die durchnässte braune Tracht, den triefenden Schleier und das feuchte, zerknitterte Brusttuch. Doch noch bevor sie ihren leicht vorwurfsvollen Blick auf den ebenso jämmerlich aussehenden Begleiter der Nonne richtete, hatte Joanna das Mitleid für den zitternden weiblichen Gast in den hellblauen Augen erkannt.

MacLean nahm Joannas Arm und führte sie zu dem wartenden Paar.

„Oh, verehrte Dame, rettet mich", flehte Joanna mit schriller Stimme, warf sich zugleich vor der erschrockenen Frau auf die Knie und hob ihr beschwörend die gefalteten Hände entgegen. „Ich bin eine Arme Klarissin auf Pilgerreise zum Schrein der Heiligen Findoca. Ich bin entführt worden von dem bösen, lüsternen und perversen Sea Dragon, dessen Absichten nur äußerst verwerflicher Art sein können."

„Schande über Euch!", tadelte die schöne Dame den Sea Dragon. Sie zog Joanna hoch und nahm sie, ungeachtet dessen, dass die Bittstellerin triefnass war und auf dem frisch geputzten Boden eine Reihe Pfützen hinterließ, in die Arme.

MacLean sah schmunzelnd zu Joanna, dann wandte er sich an das verwunderte Paar. „Meine Begleiterin liebt Verwandlungsspiele“, erklärte er, und seine bösen, lüsternen Augen glitzerten dabei fröhlich, wie Joanna feststellte. „Heute spielt sie eine Novizin. Morgen vielleicht eine Zigeunerin, die Euch für einen Penny die Zukunft aus der Hand liest, oder einen Minnesänger, der mit Gesang und Lautenspiel erfreuen will.“

„Oh nein, gnädige Frau, ich bin keine Novizin mehr. Ich habe mein Gelübde bereits abgelegt. Vor zwei Tagen habe ich mein Gelübde abgelegt“, erklärte Joanna mit tiefem Ernst. Herausfordernd blickte sie zu ihrem Mann auf, der sie eine Lügnerin zu nennen wagte, denn dieses Mal hatte sie wirklich nichts anderes als die reine Wahrheit gesagt.

Amüsiert verschränkte Rory die Hände auf dem Rücken. „Ganz recht, sie hat ein Gelübde gesprochen“, bestätigte er lachend. „Nur war es nicht das Armuts- und Keuschheitsgelübde. Gehorsam war allerdings ganz gewiss eines ihrer vielen Versprechen, und ich werde dafür sorgen, dass sie sich auch daran hält.“ Er grinste. „Alex und Nina, ich möchte Euch meine Gemahlin vorstellen. Lady Joanna, Laird Alexander und seine Schwägerin, Lady Nina.“

Anstatt dass MacLean auf seinem drachenschwänzigen Hinterteil vor dem Burgtor landete, wie sie gehofft hatte, wurden sie beide freudig willkommen geheißen.

„Ihr kommt gerade zur rechten Zeit zum Abendessen“, sagte der liebenswürdige Laird. „Nina kann Lady MacLean helfen, etwas Trockenes anzuziehen, während ich für Rory ein Hemd und ein Plaid besorge. Wir treffen die Damen in einer halben Stunde in der oberen Halle. Ist das recht?“

Lady Nina geleitete Joanna, einen Arm fürsorglich um ihre Taille gelegt, zur Tür.

„Oh, verehrte Dame“, begann Joanna mit einem herzzerreißenden Schluchzer. „Glaubt diesem Mann kein Wort. Wir sind gar nicht richtig verheiratet. Ihr dürft es nicht zulassen, dass mich dieser verdorbene Mensch wieder berührt.“

Rorys tiefes dröhnendes Lachen schallte durch den riesigen Raum. „Oje, ich sollte ihr mal eine ordentliche Tracht Prügel verpassen“, meinte er zu Laird Alex. „Vielleicht hört sie dann auf, solches Bilgenwasser auszuspeien.“

Ärgerlich straffte Joanna die Schultern, holte tief Luft, doch trotz seiner höhnischen Worte sah sie sich nicht um. Er war ihr einfach zu ungehobelt und vulgär.

Nina drückte sie liebevoll. „Ach, morgen früh, wenn Ihr geschlafen habt, Lady MacLean, sieht alles viel besser aus“, versuchte sie Joanna zu beruhigen.

Direkt nach dem Nachtmahl führte der Majordomus Rorys Frau zu ihrer Schlafkammer. Joanna bemerkte nicht, dass es die gemeinsame Schlafkammer war.

Da Rory wusste, wie erschöpft und müde seine Frau war, saß er bis spät in die Nacht mit seinen beiden alten Freunden zusammen. Alex Cameron war nur drei Jahre älter als Rory, aber die beiden waren Freunde seit dem Tag, an dem Rory bei Alex’ älterem Bruder in Pflege kam. Gideon Cameron war ein kluger und gütiger Mensch gewesen, der Rory mehr als nur die Fähigkeit, die Waffen zu führen, gelehrt hatte. Gideons erste Frau war vor vierzehn Jahren gestorben. Danach hatte Laird Gideon die hübsche Nina MacVicker geheiratet, die ihn, obwohl viel jünger als ihr Gatte, vielleicht noch mehr liebte als seine erste Frau. Doch sein tragischer, viel zu früher Tod hatte in den vergangenen zwei Jahren Archnacarry Manor mit einem dichten Schleier von Düsterheit und Schwermut überzogen.

Es war schön, die Camerons wieder lachen zu hören. Während Alex und Nina Rorys Bericht von seinem Werben und seiner Heirat zuhörten, brachen sie immer wieder in fröhliches Gelächter aus. Bei der Geschichte, wie Rory Joanna als Hausbursche verkleidet dabei erwischt hatte, wie sie Tam und das Milchmädchen beobachtete, rannen Nina vor Lachen Tränen über die Wangen. Selbst bei der Geschichte von der gespannten Armbrust, die auf den erschrockenen und ahnungslosen Bräutigam gerichtet war, zeigten die beiden Sinn für Humor.

Als die drei Freunde sich schließlich im Korridor vor ihren Kammern trennten, hielt Nina den Leuchter hoch. „Seid gewiss, MacLean, wenn ich auch nur einen einzigen weiblichen Schrei aus Eurer Kammer höre, komme ich hinein – egal, ob Ehegelübde oder nicht“, drohte sie, und im Schein der Kerze konnte man sehen, dass ihre Drohung durchaus ernst gemeint war.

Rory grinste. „Und wenn Ihr eine männliche Stimme um Hilfe rufen hört?“

„Ihr seid doch ein strammer Bursche, Milord. Heute Nacht werdet Ihr wohl allein zurechtkommen“, antwortete sie amüsiert.

„Na ja, als Erstes werde ich wohl nachsehen müssen, ob unter dem Bett keine Waffen liegen“, meinte er lachend. „Eure Hakenbüchsen haltet Ihr doch wohl unter festem Verschluss … oder?“

„Aber selbstverständlich. Und noch etwas, Rory“, sagte sie dann schon im Gehen, „meinen herzlichen Glückwunsch!“

Am nächsten Morgen saß Rory gegen das hohe Nussbaumkopfende des Bettes gelehnt. Geduldig wartete er darauf, dass Joanna aufwachte. Sie war nicht aufgewacht, als er gegen Mitternacht leise zu ihr unter die Bettdecke geschlüpft war. Arme und Beine weit von sich gestreckt, hatte sie in der Mitte des Bettes gelegen. Vorsichtig hatte er sie zur Seite geschoben, aber sie war sofort wieder zurückgerollt. Es war erregend gewesen, die kleine Gestalt so dicht neben sich liegen zu haben. Als sie sich im Schlaf umgedreht hatte, hatte ihr dünnes Nachthemd seine pralle Männlichkeit gestreift. Leise fluchend vor Verlangen hatte er seinen Arm unter seine Frau geschoben und sie auf die Seite gedreht. Nur ihre Erschöpfung, die ihm schon beim Nachtmahl aufgefallen war, als Joanna fast über ihrem

Schneidbrett eingeschlafen war, hatte ihn davon abgehalten, ihr das Nachthemd, das Nina ihr geliehen hatte, auszuziehen und seine Frau mit feurigen Küssen und leidenschaftlichen Liebkosungen aufzuwecken.

Ihn verwirrte die ungewöhnliche Zärtlichkeit, die er für Joanna verspürte, trotz all ihrer Versuche, ihn zu täuschen und seine Pläne zu vereiteln. Stundenlang hatte er wach neben ihr gelegen, hatte sie in den Armen gehalten und sich gewundert, wie diese freche halbe Portion es fertiggebracht hatte, so wichtig für ihn zu werden. Ein Leben ohne sie konnte er sich gar nicht mehr vorstellen.

Es regnete ohne Unterlass. Glanzlos bahnte sich das Morgenlicht den Weg durch die zugezogenen Vorhänge. Rory lauschte dem Trommeln der Regentropfen gegen die Fensterscheiben und betrachtete seine Frau. Joanna lag auf dem Bauch. Im Profil sah er ihr hübsches, leicht sommersprossiges Gesicht auf dem weißen Kopfkissen ruhen. Glänzend wie frisch gestanzte Kupfermünzen lag ihr die zerzauste Lockenpracht auf den Schultern. Schläfrig spielte er mit einer Strähne; wie verzaubert wickelte er sich die seidige Locke um den Finger.

Die dichten, leicht gebogenen Wimpern flatterten leicht, langsam schlug sie die Augen auf. „Was macht Ihr in meinem Bett?“, flüsterte sie.

Ganz still, wie zu Tode verängstigt, lag sie da und starrte auf seine nackte Brust. Das Betttuch bedeckte Rory bis zum Bauch. Schließlich blieb ihr Blick an dem Feuer speienden Drachen hängen, der sich um Rorys rechten Arm wand.

Er musste über ihre ehrliche Naivität grinsen. „Das ist auch mein Bett, Lady MacLean.“

„Oje, Ihr habt doch wohl nicht die ganze Nacht hier geschlafen!“, stöhnte sie.

„Normalerweise schläft ein Mann in seinem Bett“, antwortete er. „Unter anderem“, betonte er nach einer vielsagenden kurzen Pause. „Aber leicht war es nicht, Schlaf zu finden. Erst habt Ihr mich mit dem Ellbogen gestoßen und dann mit dem Knie. Ein paar Stunden habe ich dann doch schlafen können. Aber den größten Teil der Nacht habe ich wach gelegen und Eurem Schnarchen zugehört."

„Ich schnarche nicht."

„Wie könnt Ihr das wissen?"

Immer noch bäuchlings richtete sich Joanna langsam auf, stützte sich auf die Ellbogen und sah ihn ärgerlich an. „Maude hat sich niemals beschwert."

Rory beugte sich über sie, stützte seine Hand neben ihr ins Kissen und hielt sie so sicher unter seiner Armbeuge. Als er sie auf die Wange küssen wollte, wandte sie den Kopf ab, und er grub sein Gesicht in ihr zerzaustes Haar und sog tief den betörenden Duft ein.

„Wer beschwert sich denn?"

„Ich", murmelte sie ins Kissen. „Ihr seid wieder ohne Nachtgewand ins Bett gekommen."

Leise lachend liebkoste er zärtlich ihre Schulterrundung. Ihr Hemd roch nach Lavendel – und nach einer Frau, einer süßen, entzückenden Frau. Oh Gott, er genoss es, ihr so nahe zu ein. Und dabei hatte er sie noch nicht einmal ausgezogen.

„Ich habe kein Nachtgewand. In der Eile habe ich vergessen, es einzupacken."

„Dann seid Ihr ein Barbar. Nur Barbaren verlassen ihr Heim ohne Nachtgewand", erklärte sie ärgerlich.

„Aha! Vermutlich ist das dann auch Euer Nachthemd, das Ihr da tragt, Lady MacLean."

„Hört auf, mich so zu nennen."

„Mädchen, das ist Euer Name."

„Nicht lange", meinte sie schnippisch. „Ihr habt mich hereingelegt und gezwungen, das Ehegelübde abzulegen."

Rory strich ihr Haar zur Seite und presste seinen Mund auf ihre rosige Ohrmuschel. „Ihr seid auf Eure eigene List hereingefallen“, meinte er lächelnd. „Wir zwei sind verheiratet, das lässt sich nicht ändern.“

Er konnte sich gut vorstellen, wie durcheinander sie war. Gefangen in einem Labyrinth verwirrender Gefühle – Gefühle, die er ja selbst nicht verstehen, geschweige denn seiner Frau erklären konnte – versuchte er selbst mühsam zu begreifen, was ihm in den vergangenen zwei Wochen passiert war.

Er glaubte nicht an das romantische Gefasel, das Verliebte von sich gaben, um ihre dümmlichen Liebeleien und heimlichen Affären zu erklären. Das Einzige, was er sicher wusste, war, dass er Joanna in seinem Bett haben wollte und sie eine bereitwillige, leidenschaftliche Partnerin sein sollte. Doch trotz seines kolossalen Verlangens nach seiner Frau durfte er ihre zarten Gefühle nicht ignorieren. Er wollte, dass ihr gemeinsames Leben auf gegenseitigem Vertrauen, auf Achtung und Rücksichtnahme aufbaute.

„Es tut mir leid, Joanna, dass ich Eure Mutter und Euren Vater so geschmäht habe.“

Sie rollte sich auf die Seite und sah ihn an. „Dafür danke ich Euch“, sagte sie leise.

Er gab ihr einen keuschen Kuss auf die Stirn und schaute ihr ins Gesicht. Tränen glitzerten in den tiefblauen Augen. „Sagt, dass Ihr mir vergebt.“

Ihre Unterlippe zitterte. „Ich vergebe Euch.“

Sacht streiften seine Lippen über ihre leicht zuckenden Augenlider, über die niedliche Nase und die samtigen Wangen. „Danke“, wisperte er.

Als er die letzte Nacht hinter Joanna und Andrew hergejagt war, hatte er viel Zeit zum Nachdenken gehabt und seinen zweiten schweren Fehler erkannt. Hätte Joanna Mingarry erreicht, so hätten ihre Gefolgsleute die Heirat für null und nichtig erklären können, da die Ehe nicht vollzogen war. Er hätte natürlich sofort die Burg gestürmt, was allerdings schreckliche Verluste auf beiden Seiten bedeutet hätte und bestimmt kein

Vorzeichen für eine glückliche Ehe gewesen wäre.

Rory wusste, dass Joanna nicht in Andrew verliebt war. Er hatte es gesehen, als er sie gefunden hatte. Die beiden machten durchaus nicht den Eindruck eines unsterblich verliebten Paares, das vor dem harschen Diktat des Königs geflohen war. Im Übrigen hätte Joanna in ihrer Verkleidung als Stalljunge mehr als eine Woche lang versuchen können, von Kinlochleven zu fliehen. Nein, Rory war sich ganz sicher, sie war erst ausgerissen, als ihr jemand von seiner Verleumdung ihrer Eltern berichtet hatte. Seine beste Ferrara-Klinge wollte er verwetten, dass Ewen dieses Großmaul gewesen war. Der Heerführer der Macdonalds hatte an Joannas Loyalität gegenüber ihrem Clan und an die Liebe zu ihren Eltern appelliert. Rory verstand ihre Gefühle sehr wohl – aber er war nicht bereit, den gleichen Fehler zweimal zu machen. Er war nicht bereit, Joanna zu erlauben, das Bett zu verlassen, bevor er sie unlösbar an sich gebunden hatte. Das Band ihrer Ehe konnte nicht mehr getrennt werden, von niemandem – nicht von ihren Gefolgsleuten, nicht einmal vom Papst.

20. KAPITEL

Joannas erster Gedanke war, aus dem Bett zu springen und so, wie sie war, barfüßig und im geborgten Nachthemd, zur Tür zu rennen und laut um Hilfe schreiend die Treppe hinunterzuflüchten. Doch dann, als sie vorsichtig zur Seite schaute und Rorys schläfrigen Blick sah, fiel ihr ein, dass dies ihre letzte Chance war. Nie wieder würde MacLean so hüllenlos neben ihr liegen. Nein, sie wollte nur so lange im Bett bleiben, bis sie herausgefunden hatte, ob das, was man ihr als Kind erzählt hatte, den Tatsachen entsprach.

„Ich hatte nicht vor, Euch mit der Armbrust zu töten. Ich wollte nur die Wahrheit hören", erklärte sie ernst und legte ihm dabei freundschaftlich die Hand auf den Arm.

„Ich weiß." Der feurige dreiköpfige Drache schien sich drohend auf dem gespannten Armmuskel zu bewegen, als ihr Mann sich auf den Unterarm gestützt über sie beugte. Träge glitt sein Blick über ihr Haar und ihr Gesicht, während er an dem blauen Band an ihrem Hals zog und so die erste Schleife ihres Nachtgewandes öffnete.

„Ich hoffe, Ihr könnt mir von Herzen verzeihen", wisperte sie.

„Ich habe Euch bereits verziehen."

Sie lächelte zaghaft, immer noch beschämt, dass sie es gewagt hatte, eine gespannte Waffe auf ihren Bräutigam zu richten. „Habe ich Euch sehr geängstigt?"

Er lächelte betörend und zog an der zweiten Schleife. Nachdenklich runzelte Joanna die Stirn, als sie auf seine schmalen, geübten Finger blickte. Sie musste ihre Entdeckung schnell machen oder ohne die gewünschte Antwort die Gefahrenzone verlassen.

„Ihr habt mich allerdings überrascht." Seine Stimme war leise und belegt. „Ich hatte weder gehört, wie Ihr das Bett verlassen habt, noch wie Ihr die Waffe hervorholtet. Meine Gedanken waren bei ganz anderen Dingen."

„Bei welchen anderen Dingen?"

„Bei solchen", raunte er, löste die dritte Schleife und suchte zugleich ihren Mund. Mit der Zungenspitze folgte er der Linie ihrer fest verschlossenen Lippen, um sie dazu zu bringen, sie für ihn zu öffnen. Und als Joanna nachgab, tauchte seine Zunge in ihren Mund, lüstern und belehrend zugleich, bis sie sein schmeichelndes Drängen freudig erwiderte.

Joanna legte ihren Arm um seinen Nacken. Für den Augenblick war ihre heimliche Frage vergessen. Seine Lippen waren fest und verheißungsvoll, seine Zunge verlockend und forsch. Scheu und zögernd folgte sie seinem Beispiel und bemerkte, dass er ihre Liebkosungen begierig erwartete. Vorsichtig erforschte sie seine süße Wärme, lernte zu geben und zu nehmen.

Ihr Ehemann beendete den Kuss und ließ die heißen feuchten Lippen über ihren Nacken gleiten, wo seine Zunge eine feurig glühende Spur zeichnete. Joanna gab ein zittriges Stöhnen von sich, als die Hitze unter den Spitzenkragen ihres weiten Nachtgewandes wanderte. Erschrocken öffnete sie die Augen. Jetzt erst merkte sie es. Ihr Nachthemd war geöffnet – vom Hals bis hinunter zum Bauchnabel.

Himmel, wann hatte er nur die restlichen drei Schleifen aufgemacht?

„Oh Gott, wie peinlich", seufzte sie und versuchte die Schleifen wieder zu schließen.

Doch Rory nahm ihre Hände, legte sie neben ihren Kopf auf das Kissen und hielt sie sanft fest. Mit vielen kleinen Küssen wanderte er an einer Seite des weit offen stehenden Hemdes hinunter und an der anderen wieder herauf.

Joannas Herz schlug im Rhythmus der Regentropfen, die an das Fenster klopften. „Rory", bat sie atemlos.

„Mmm ..."

„Ich ... ich denke, wir sollten wirklich warten, bis wir uns besser kennen."

Er lachte leise, während er den bestickten Stoff mit der Nase beiseite drückte, um ihre Brüste zu entblößen. „Wir lernen uns doch gerade besser kennen."

Ihre Brüste erbebten unter seinen Küssen. Joanna seufzte tief, als seine warme feuchte Zunge erst über die eine und dann die andere Brustknospe strich. Es war ein köstliches Gefühl, und als die empfindlichen Spitzen unter seinen feuchten Liebkosungen hart wurden, musste sie sich sehr zusammennehmen, um ihr Ziel nicht zu vergessen. So schnell wie möglich musste sie die Wahrheit über das Oberhaupt des MacLean-Clans herausfinden. Schleunigst musste sie ihre Neugierde befriedigen und das Bett verlassen, bevor sie den Kopf verlor und ihr Körper durch seine Liebkosungen völlig behext war.

„Ihr lernt mich besser kennen, ich Euch aber nicht", klagte sie mit zittriger Stimme.

„Wir wechseln uns ab. Ich fange an", antwortete er heiser und begann, an ihren Brüsten zu saugen.

Der Genuss war so stark und kam so überraschend, dass sie die Luft durch die Zähne einsaugte, den Rücken krümmte und ihm glückselig ihren Busen entgegenstreckte. Ihr wurde ganz warm, und sie verspürte das dringende Verlangen, sich enger an ihn zu drücken. Unruhig bewegte sie ihre Beine, da das Betttuch ihrem Wunsch entgegenstand.

Rory ließ sie los und nahm ihre Brüste in beide Hände. „Erst will ich jeden Zentimeter Eures süßen kleinen Körpers ganz genau erkunden, mein Mädchen. Danach dürft Ihr meinen Leib nach Herzenslust erforschen", sagte er, schnipste mit den schwieligen Daumen gegen ihre festen Knospen und küsste sie leidenschaftlich.

Joanna wusste, dass sie nicht warten konnte, bis sie an der Reihe war, ihn zu erforschen – nicht, wenn sie das Bett als Jungfrau verlassen wollte.

Von ihrer Unschuld war die Annullierung abhängig. Und

auch ihr Clan war von ihr abhängig.

Zaghaft strichen ihre Hände über seine sonnengebräunten Arme und die breiten Schultern. Unter ihren Fingern spürte sie die prallen Muskeln; hart wie Eisen fühlten sie sich an. Nichts an ihm war weich und nachgiebig.

„Lasst uns uns gemeinsam erforschen", wisperte sie.

Während er an ihren Brüsten saugte, ließ Joanna ihre Hände über seine breiten Schulterblätter gleiten, tiefer und tiefer wanderten sie unter der Bettdecke, glitten an der Wirbelsäule entlang bis zu der Kuhle am unteren Rücken. Ihr Herz schlug wie wild. Weiter strich sie mit der Handfläche über den Beckenknochen, fuhr mit den Fingern über die festen Gesäßbacken und an der Spalte entlang. Noch einmal ließ sie ihre Finger über diese Stellen wandern – um ganz sicher zu sein.

Das sanfte Streicheln über seine nackten Lenden schien ihren Mann zu fesseln. Angespannt und völlig still wurde er unter ihrer neugierigen Inspektion. Dann hob er den Kopf von ihren Brüsten und sah sie verwundert an. „Oh Joanna … Liebste …", raunte er. Fast ein wenig überrascht klang er. „Ihr wisst ja nicht, was Ihr mit mir macht." Er drückte ihr einen kurzen Kuss auf die Lippen.

Joanna lachte leise, erleichtert und dankbar. Kein Drachenschwanz! Nicht die kleinste, nicht die winzigste Spur von einem Drachenschwanz!

„Ich lerne Euch kennen", erklärte sie ihm, während sie glücklich seine schmalen Hüften umfasste. Sie lächelte zufrieden, als sie dann erneut mit der flachen Hand über sein nacktes Gesäß strich.

Viel zu spät bemerkte sie, dass Rory bereits die dünne Bettdecke weggezogen hatte. Er griff den Saum ihres Nachtgewandes und zog ihr das dünne Hemd mit geübter Hand über den Kopf. Bevor sie nur den Versuch machen konnte, ihre Blöße zu bedecken, hatte er schon ihre Hände festgehalten und sich neben sie gehockt.

„Oh, mein Gott! Was seid Ihr schön!“, raunte er mit heiserer Stimme, während er seinen Blick langsam und bedächtig, aber sehr aufmerksam über sie gleiten ließ.

„Um Gottes willen“, jammerte sie, als sie die seidige Länge seiner Männlichkeit sah und ihr zugleich bewusst wurde, dass sie einen schwerwiegenden Fehler begangen hatte. Ihre dümmliche, unbezähmbare Neugier hatte sie geradewegs in den brodelnden Hexenkessel ungezügelter männlicher Begierde geführt.

Mit fester Hand hielt er sie um die Hüften. „Ihr müsst Euch nicht fürchten, Joanna.“ Seine Stimme war seidig und weich. „Wir wollen uns nur ein wenig besser kennenlernen. Mehr nicht.“

Unfähig, seinem Blick standzuhalten, senkte sie die Lider und schaute auf die heilige Medaille, die seine vernarbte Brust schmückte. Ihre Wangen waren tiefrot vor Verlegenheit. Sie hatte Tam und Mary im Stall beobachtet und wusste, was ihr Mann im Sinn hatte – sicher kein weitschweifiges Gespräch über ihre liebsten Kinderspiele oder über die Farbe ihres ersten Ponys. Sie schluckte hörbar. Ihr Mund war plötzlich ganz trocken. „Mein Cousin Ewen will, dass ich die Ehe annullieren lasse“, krächzte sie.

„Es wird keine Annullierung geben“, antwortete er ganz friedlich.

Er beugte sich näher und saugte wieder an ihren Brustwarzen. Sie biss sich auf die Unterlippe, um einen leisen Schrei des Glücks zu unterdrücken. Doch obwohl sie fest entschlossen war, seiner lüsternen Attacke zu widerstehen, wurden ihre Brüste unter den geschickten Künsten seines Mundes immer empfindsamer.

Joanna räusperte sich und versuchte es erneut. „Ewen sagt, ich solle Andrew heiraten.“

„Vergesst diesen Andrew“, beschied er ihr leise grollend. „Ich bin Euer Gatte, Liebes. Niemand anderes.“

Er ließ seine Hand zwischen ihre nackten Schenkel gleiten,

und mit verführerischer Übung tauchten seine Finger ein in das Dreieck voller rötlichbrauner Härchen. Während er an ihren Knospen saugte, streichelte er sie zart an ihrer intimsten Stelle. Ein Beben ging durch Joannas angespannten Körper und weckte in ihr das hemmungslose Verlangen, sich immer näher an diesen kräftigen Krieger zu schmiegen, der sie mit so herzzerreißender Zärtlichkeit liebkoste.

„Oh Gott", murmelte sie.

Er lächelte zufrieden und fuhr fort, ihre empfindsamsten und erregbarsten Stellen zu liebkosen.

Joanna versuchte stumm, den Wahlspruch des Macdonald-Clans zu rezitieren, als sie spürte, wie sie unter seinen geschickten Liebkosungen sehnsüchtig erzitterte. Bei Gott, Rory sollte sie nicht für einen launischen, lüsternen Quälgeist halten, der ihm erst gestattete, sie zu liebkosen und dann forderte aufzuhören. Als ein bisher unbekanntes Lustgefühl ihren Körper durchflutete, stöhnte sie verzückt, und ihr Herz schlug schneller. Verzweifelt versuchte sie sich darauf zu konzentrieren, was sie MacLean noch sagen musste, bevor die Dinge zu weit gegangen waren.

„Ewen hat einen Boten nach Rom geschickt mit der Bitte um die Erlaubnis, dass ich meinen Cousin heiraten darf", erklärte sie seufzend. „Vielleicht sollten wir warten, bis die Antwort kommt."

„Wir werden nicht warten", antwortete er und ließ seinen Finger in sie hineingleiten.

Sie seufzte vor Glück. „Rory … Ich bin nicht sicher …", stammelte sie verstört.

„Küsst mich, Joanna", bat er und nahm ihren Mund mit wilder Leidenschaft in Besitz. Ihre gespreizten Finger tasteten über seine vernarbte Brust, und sie küsste seine Brustwarzen, so wie er zuvor die ihren geküsst hatte.

„Himmel, Ihr seid göttlich", flüsterte er ihr ins Ohr, ohne aufzuhören, sie zu streicheln.

Joanna legte ihren Kopf auf seine Brust, grub ihr Gesicht in die Mulde an seinem Schlüsselbein und atmete den erdigen männlichen Duft ein, während sie mit der Zunge über seine Haut strich. Als ihre Finger die goldene Kette berührten, hielt sie das Medaillon fest und flehte zu St. Columba. „Ich glaube, ich bin zu klein“, flüsterte sie kaum hörbar.

Sie konnte fühlen, wie das Lachen tief in seiner Brust vibrierte. „Lasst das mal meine Sorge sein“, beruhigte er sie liebevoll. „Das ist die Aufgabe des Bräutigams.“

„Und was ist die der Braut?“

„Nichts, außer es zu genießen.“

„Werde ich das?“

„Ganz gewiss, Joanna. Ich verspreche es Euch.“

Rory bettete seine Frau auf die weiche Matratze und kniete sich zwischen ihre schlanken Beine. Vorsichtig beugte er sich über sie und küsste ihre harten Brustspitzen. Ihre Lider schlossen sich, und die langen rotbraunen Wimpern ruhten auf ihren Wangen. Schön war sie, wie sie da vor ihm lag. Blass und schlank der Körper, kupferrot die Haare auf dem Kissen und rostrot das Dreieck zwischen ihren weißen Schenkeln. Dieser Anblick weckte eine solche Zärtlichkeit in ihm, derer er sich niemals für fähig gehalten hätte. Sie gehörte zu ihm. Er durfte sie berühren, sie küssen, sie liebkosen. Kein anderer Mann, nur er allein durfte ihre nackte Schönheit und die Glut sinnlicher Leidenschaft in ihren wunderschönen Augen sehen. Ganz, ganz vorsichtig öffnete er ihre samtigen Schamlippen und kitzelte sanft das zarte, empfindsame Fleisch, bis Joanna sich vor Wonne krümmte.

„Berührt mich, Joanna“, drängte er.

Ihre Lider flatterten leicht. Als ihre Finger zaghaft über seinen Körper tasteten, nahm er ihre Hand und zeigte ihr, wie sie ihn streicheln sollte. Wilde, ungezügelte Lust packte ihn, als er die zarten Finger auf seinem heißen Fleisch spürte. Verzweifelt hielt er die Luft an – ein zäher Krieger von achtundzwanzig

Lenzen, den seine unerfahrene Frau mit einer zärtlichen Berührung fast zur Kapitulation brachte.

Rory beugte sich über Joanna, küsste sie mit der grenzenlosen Freude des Besitzenden. „Ich komme jetzt zu Euch. Ich werde sehr vorsichtig sein, mein Liebling“, beruhigte er sie. Sein Herz raste vor Aufregung. Gott, ist sie schmal, dachte er besorgt.

Ganz langsam schob Rory seine harte Männlichkeit in ihren warmen Schoß. So behutsam, wie er nur konnte, drang er in sie ein, doch ihre Enge widersetzte sich seinen vorsichtigen Anstrengungen. Als er spürte, wie Joanna sich allmählich ob des Kommenden verspannte, lenkte er sie mit liebevollen kleinen Küssen ab. „Es wird ein wenig wehtun. Aber nur das erste Mal, Liebling“, flüsterte er mit belegter Stimme, hielt Joanna fest und drang mit einem kräftigen Stoß tief in sie hinein. Der entsetzte Schrei zerriss ihm fast das Herz. Steif und ablehnend lag ihr schlanker Körper unter ihm. Er küsste ihr die salzigen Tränen fort, die unter den geschlossenen Lidern hervorquollen. „Ach, Liebling, es tut mir leid, dass ich Euch Schmerzen bereite“, schmeichelte er leise.

„Ist es vorbei?“

Rory musste über ihre unschuldige Offenheit lächeln. Er war völlig außer Atem, sein Puls raste, und er fühlte sich, als wäre er gerade in voller Rüstung in einen Nahkampf verwickelt gewesen. „Noch nicht, Liebes. Das war der schwierige Teil. Nun beginnt der schöne, glückliche Teil.“

Er liebkoste langsam und rhythmisch ihren weichen weiblichen Schoß mit seiner harten Männlichkeit. Dabei beobachtete er ihr ausdrucksvolles, erstauntes Mienenspiel, nahm wahr, wie ihr Lustgefühl immer stärker wurde.

Tränen kullerten über Joannas Wangen. Bestürzt hielt Rory inne. Fast setzte vor Angst sein Herzschlag aus. „Habt Ihr Schmerzen, Liebes?“, fragte er besorgt und war bereit, sich zurückzuziehen.

Sie schlug die Augen auf und sah ihn an. Ehrfürchtiges Erstaunen lag in ihrem Blick. „Es schmerzt nicht, Rory“, wisperte sie mit tiefer, belegter Stimme. „Überhaupt nicht. Es fühlt sich nur so … so …“

Lächelnd nahm er seine rhythmischen Bewegungen wieder auf. „Sagt mir, Liebste, sagt mir, wie es sich anfühlt, wenn ich in Euch bin“, drängte er.

„Es ist so … wunderbar, … himmlisch …“, seufzte sie. Ihre Finger tasteten über seine Brust und griffen in die dichten Brusthaare. „So … wundervoll, … ich muss einfach weinen.“

Er strich ihr Haar zur Seite und stützte sich auf die Unterarme links und rechts neben ihrem Kopf. „Schlingt Eure Beine um meine Hüften, Joanna.“

Ohne Zögern folgte sie seiner Bitte. Ihre geschmeidigen Gliedmaßen umklammerten ihn, und so fest, wie ihr erregter Schoß seine Männlichkeit nun umschloss, trieb sie ihn fast zur Ekstase.

„Lasst Euch Zeit, Liebes“, versicherte er ihr. „Genießt jede Bewegung, all die kleinen Wonnen. Und seid gewiss, das ist noch nicht alles. Es kommt noch mehr, viel mehr.“

Joanna küsste ihn mit offenem Mund auf die Schulter, dann auf den Oberarm und biss ihn schließlich mit ihren kleinen, scharfen Zähnen. Sie atmete schwerer und unregelmäßiger. Sie schlang ihre Arme und Beine fester um ihn, drückte sich näher und enger an ihn, bedrängte ihn mit nicht mehr zu bezähmender Leidenschaft.

„Oh mein Gott, Liebes“, keuchte er. Heiße Wonnen durchströmten ihn. „Ihr nehmt mir den Atem …“

„Oh, Rory …, oh, Rory …oh, Rory …“, wimmerte sie. Zitternd und bebend näherte sie sich dem Höhepunkt. Er spürte ihr zartes, pochendes Fleisch, spürte wie sie sich einmal, ein zweites Mal und dann noch einmal aufbäumte, bevor sie erschöpft in die Kissen sank.

Ihre ungezügelte Gefühlsentladung, ihr verführerisch weiblicher Duft entzündete ein Feuerwerk sinnlicher Erregung in ihm. Tief drang er in sie ein, zitternd und bebend verströmte er sich in ihr.

Sein Herz raste, sein Atem kam stoßweise, erschöpft rollte sich Rory auf den Rücken und zog Joanna mit sich. Doch sie richtete sich auf, die Knie links und rechts von ihm in den Kissen und die Arme auf seine Brust gestützt, blickte sie ihn mit großen, verwunderten Augen an. Das, was gerade zwischen ihnen passiert war, machte sie sprachlos.

Er legte seine Hände um ihren Kopf, und seine Finger vergruben sich tief in ihrem wunderbaren Haar. „Ihr gehört mir, Joanna." Seine Stimme war rau vor Emotionen. „Mir und mir allein. Ich schwöre bei Gott, ich werde jeden Mann töten, der es wagen sollte, Euch mir zu nehmen."

„Es ist freundlich von Euch, dass Ihr uns in der Küche helfen wollt", sagte das schwarzhaarige Mädchen höflich. Es stand neben dem Tisch und sah zu, wie Joanna den mehligen Teig knetete. „Früchtekuchen und Obsttörtchen lässt Mama immer die Köchin machen, ich darf nur bei den Stachelbeerpasteten helfen."

„Ja, Stachelbeerpasteten backe ich auch sehr gern", versicherte Joanna der Vierzehnjährigen. „Hab übrigens herzlichen Dank dafür, dass du mir das gelbe Kleid geliehen hast." Plötzlich entdeckte sie auf dem hellgelben Wollstoff einen grünen Fleck. „Oje! Schau her! Jetzt habe ich es ruiniert."

„Ach, macht Euch darüber keine Sorgen", meinte Lady Nina lachend, während sie den eisernen Kessel von der großen Feuerstelle auf die Tischplatte schob. Ihr hübsches Gesicht glühte rosig von der Hitze des Feuers. „Raine wächst so schnell, sie wird das Kleid nicht mehr lange tragen können."

„Tante Isabel behauptet immer, dass ich, bevor ich sechzehn bin, schon größer als mein Vater sein werde", meinte Raine bekümmert zu ihr.

Joanna blickte zu dem jungen Mädchen mit den ungewöhnlichen schwarzen Augen, das ihr gegenüber an der anderen Seite des Tisches stand und mit einem langen Holzlöffel die brodelnde Fruchtmasse rührte.

Lady Nina schaute von ihrer Arbeit auf und blickte einen Moment lang nachdenklich zu ihrer Tochter. Dann begann sie leise summend das dampfende Obst in die fertigen Pastetenschalen zu löffeln, während Joanna den Teig für die Deckel ausrollte.

Draußen regnete es nun zwar nicht mehr, aber es war feucht und neblig trüb, in der großen Küche dagegen warm und heimelig, und da die Stimmung fröhlich war, ging den dreien die Arbeit besonders gut von der Hand.

Joanna hatte das Frühstück verschlafen, und als sie herunterkam, hatte man ihr gesagt, dass die Männer unmittelbar nach dem Frühstück in den Stall gegangen waren. Joannas Pulsschlag ging schneller, wenn sie nun an die vergangene Nacht dachte. Sie hatte in Rorys Armen gelegen, als sie nach ihrer leidenschaftlichen Vereinigung bei Tagesanbruch zum ersten Mal wieder aufgewacht war. Nackt, wie er war, hatte er erneut seine harte Männlichkeit in ihren weichen Schoß getrieben, immer und immer wieder, langsam und doch so voller Lust. Allmählich hatte er so erneut diese unfassbare Erregung in ihrem Innern aufgebaut, bis sie schließlich nicht mehr anders konnte, als wild und ungezügelt auf seine Liebkosungen zu reagieren. Was mochte er wohl von ihrem ungehörigen Gebaren halten? Sie wusste es nicht. Sie wusste nur noch, dass sie völlig erschöpft auf ihm liegend eingeschlafen war. Als sie dann das zweite Mal an diesem Morgen aufgewacht war, hatte sie warm unter der Bettdecke gelegen, und ihr Gemahl war nicht mehr da.

„Aha, das ist also Somerled Macdonalds Enkelin", meldete sich plötzlich eine helle Stimme von der Küchentür aus.

Aus ihren Tagträumen gerissen, schaute Joanna vom mehligen Küchentisch auf. Eine Dame in einem dunkelroten Samtkleid und einer altmodischen kegelförmigen Haube stand an der Küchentür und beobachtete sie. Ein wenig Hafermehl lag auf ihren Schultern – sicherlich um die bösen Feen abzuhalten – und an einer Kette um ihren Hals baumelte eine kleine Stahlschere – der allerbeste Schutz gegen das gesamte Elfenvolk. Joanna vermutete, dass die Dame, die sie so fröhlich musterte, Lady Isabel sein musste. Beim gemeinsamen Mahl am vorherigen Abend hatte man ihr nämlich erzählt, dass die ältere Schwester des Lairds mit ihrer Nichte in ihren eigenen Gemächern zu Abend aß.

Ungefähr Ende vierzig, hellblond, mittelgroß und stämmig, besaß die Dame auffällige Ähnlichkeit mit Laird Alex, auch wenn sie ein wenig wie aus einer anderen Welt wirkte. Joanna hielt es sehr wohl für möglich, dass die Dame weiße Magie praktizierte.

„Kommt herein, Isabel, und lernt Laird MacLeans junge Braut kennen", rief Nina, ohne ihre Arbeit, die Pastetenhüllen mit dem kochenden Mus zu füllen, zu unterbrechen. „Joanna, das ist Isabel, die Schwester meines verstorbenen Mannes."

Ohne weitere lange Begrüßungsformalitäten abzuwarten, ging Isabel quer durch die Küche und stellte sich neben ihre Nichte. „Ich sehe die Ähnlichkeit mit Somerled", erklärte sie. „Das außergewöhnlich rostrote Haar und die pflaumenblauen Augen. Man würde sie immer erkennen, selbst in einem Raum voller rothaariger Macdonalds."

Joanna legte den Teigroller beiseite. „Ihr kanntet meinen Großvater?", fragte sie interessiert.

Gütig lächelnd küsste Isabel ihre Nichte kurz auf die Schläfe, dann erst richtete sie ihre haselnussbraunen Augen, in denen ein seltsamer, geheimnisvoller Glanz verborgen schien, auf Joanna, die sie wissbegierig anblickte. „Aha, man hat es Euch also noch nicht gesagt."

Nina legte den Löffel beiseite und wischte sich die Hände an ihrer Schürze ab. „Isabel, das ist weder die Zeit noch der richtige Ort …“

„Euer Großvater ist gehängt worden, weil er meinen Bruder ermordet hat“, äußerte Isabel ohne eine Spur von Verbitterung.

21. KAPITEL

Der Holzlöffel glitt Raine aus der Hand und fiel polternd auf den Steinboden. Leichenblass rannte das Mädchen aus der Küche.

„Raine!“, rief Lady Nina vergeblich hinter ihr her. Dann sah sie zu Joanna. „Es tut mir leid, Joanna“, sagte sie traurig. „Ich wollte, dass Raine Euch erst ein wenig kennenlernt, bevor sie erfährt, dass Ihr die Enkelin von Somerled Macdonald seid.“

Fassungslos starrte Joanna sie an. „Euer Gatte war …“

In Lady Ninas Augen, die so himmelblau wie ihr Kleid waren, standen plötzlich Tränen. Sie nickte unglücklich. „Gideon Cameron. Der Mann, den Euer Großvater getötet hat.“

„Großvater hat Euren Gatten nicht getötet. Ohne Grund hätte mein Großvater nie einen Menschen getötet.“

„Gideon wurde hinterrücks ermordet“, erklärte Nina ruhig. „Egal, was für einen Grund es gibt, ein ehrenhafter Mann würde niemals eine ahnungslose Person in den Rücken schießen.“

„Wenn Gideon hinterrücks von einem unbekannten Angreifer getötet worden ist, dann beweist das, dass es nicht Großvater gewesen sein kann“, widersprach Joanna heftig. „Wegen der fälschlichen Anschuldigung Eurer Familie hat man meinen Großvater für ein Verbrechen gehängt, das er nicht begangen hat.“

Alex und Rory kamen gerade rechtzeitig in die Küche, um Joannas aufgeregte Behauptung mitzubekommen. Haare und Kleidung waren noch nass vom Regen, und es schien fast, als hätten sie die Kälte von draußen mit hereingebracht, denn trotz des knisternden Feuers war die Atmosphäre in der Küche plötzlich eiskalt.

„Ihr irrt, Joanna“, sagte Rory barsch. „Wir haben untrügliche Beweise für die Schuld des Red Wolf.“

„Das glaube ich nicht!“ Wütend, dass er solch schamlose Lügen über ihren Großvater verbreitete, stemmte sie ihre mehligen Hände auf den Tisch. Herausfordernd starrte sie ihn an.

Laird Alex legte seiner Schwägerin besorgt, wie um ihr Halt zu geben, den Arm um die Schultern. „Das ist alles sehr schmerzlich für Nina“, sagte er ruhig. „Dennoch solltet Ihr die Wahrheit erfahren, Lady Joanna. Gideons Kopf wurde in einem Tartan, der mit einem Clanabzeichen der Macdonalds zusammengehalten war, nach Archnacarry geschickt.“

„Das beweist doch gar nichts“, widersprach Joanna. „Viele Macdonalds tragen dieses Zeichen. Jemand könnte es gestohlen haben.“

Breitbeinig stand Rory nun da; die Arme vor dem safrangelben Hemd verschränkt, zog er höhnisch eine Braue hoch. „Das Abzeichen kam zusammen mit den schriftlichen Komplimenten von Somerled Macdonald.“

„Ihr lügt!“ Joanna riss sich die Schürze ab und warf sie wütend auf den Pastetenteig.

Nahezu unbeeindruckt, die Hände vor dem Leib gefaltet, stand Isabel etwas abseits. Sie lächelte distanziert. „Das ist keine Lüge, Joanna MacLean. Dort auf dem Tisch haben Euer Gemahl und Laird Alex beim Kopf Gideons den heiligen Eid geschworen, dass sie den Red Wolf von Glencoe vor Gericht bringen werden.“

Joanna bebte vor Zorn. Wütend kämpfte sie gegen die Tränen an. Vor den Feinden ihres Großvaters wollte sie keine Schwäche zeigen. Sie sah ihnen direkt ins Gesicht, so wie es sich für eine echte Macdonald gehörte. Dann richtete sie ihren Blick auf ihren Mann. „Ich will zurück nach Kinlochleven“, verlangte sie mit tiefer Verachtung.

Zornig straffte er die Schultern, sein Blick war eisig. „Wir kehren zurück, wenn ich es will, Joanna.“

So harte Worte hatte Nina von Rory noch nie gehört. Unsicher blickte sie erst zu ihm, dann voller Mitgefühl zu ihrem zitternden Gast.

Mit ihrem seidigen rötlich blonden Haar und dem samtigen

Teint kam sie Joanna wie ein gutherziger Engel vor. Aber Joanna wollte nicht das Mitleid dieser Frau. Sie wollte gar nichts von den Camerons. In ihren übereilten Rachegelüsten hatten die Camerons den Tod eines unschuldigen Mannes verursacht. Sie waren diejenigen, die Mitleid verdienten.

„Hätte ich gewusst, wie man hier über meinen Großvater denkt, hätte ich es vorgezogen, im Straßengraben statt unter diesem Dach zu schlafen“, erklärte sie steif, drehte sich auf dem Absatz um und rannte aus der Küche.

Anstatt in ihre Schlafkammer zurückzukehren, wohin ihr MacLean hätte folgen können, flüchtete sich Joanna in einen großen Raum im zweiten Geschoss, dessen Tür weit offen stand. Sie wollte allein sein, sich vor der unweigerlichen Konfrontation mit ihrem Gemahl erst einmal beruhigen und ihre Gefühle unter Kontrolle bringen.

Sie hegte nicht den geringsten Zweifel, dass ihr Großvater am Tod von Gideon Cameron unschuldig war. Am Tag bevor ihr Großvater gehängt worden war, hatte man ihr nämlich einen kurzen Besuch bei ihm gestattet. Liebevoll hatte er sie dabei an sich gedrückt. „Mein Herzliebchen“, hatte er sie dabei ein letztes Mal genannt, „ich schwöre beim Grab deines Vaters, dass ich keine Schuld am kaltblütigen Mord an Gideon Cameron habe.“

Joanna wischte die Tränen ab und schaute sich in dem halbdunklen Raum um. Es brannten keine Kerzen. Die schweren Damastvorhänge waren zurückgezogen, und nur das trübe Licht des grauen Morgens, das durch die hohen Fenster fiel, erhellte den Raum ein wenig. Vor den Fenstern standen eine Harfe und ein Tafelklavier – sie hatte also das Musikzimmer entdeckt. Bücherregale, verschiedene Porträts und ein Gobelin, auf dem Herkules einen Löwen erschlug, schmückten die Wände. Hier und da im Raum standen kleine Tische und Armsessel, vor dem Kamin befand sich ein Lehnstuhl.

Als Joanna in der Hoffnung, in dem erkalteten Kohlenbecken noch ein Feuer entfachen zu können, zum Kamin ging, entdeckte sie auf der Polsterbank neben der Feuerstelle eine zusammengekauerte Gestalt. Erschrocken sprang das Mädchen mit den langen Zöpfen hoch.

„Oh, entschuldige, Raine. Ich wollte nicht stören. Ich gehe sofort", sagte Joanna leise. Das unglückliche Mädchen tat ihr von Herzen leid, denn Raine war von allen Beteiligten das unschuldigste Opfer.

Raine streckte die Hand aus. „Bitte, bleibt."

Joanna zögerte. Sie wollte das Mädchen nicht noch mehr aufregen, als sie es ohnehin schon getan hatte. „Ich verstehe gut, wenn du allein sein willst."

Raine schüttelte den Kopf. Mit großen traurigen Augen schaute sie Joanna an. „Nein, wirklich nicht. Ich möchte, dass Ihr bleibt."

Joanna setzte sich auf das golddurchwirkte Daunenkissen neben Raine und überlegte, was sie dem traurigen Kind, dem man erzählt hatte, dass Joannas Großvater seinen Vater getötet hatte, wohl sagen könnte. Doch dann sah sie den grauen Stein, den Raine in der Hand hielt. „Was hast du denn da? Darf ich mal sehen?", fragte sie vorsichtig.

Mit einem verlegenen Schulterzucken reichte Raine Joanna den Stein. „Ein Elfenpfeil."

Äußerst interessiert betrachtete Joanna den kleinen Flintstein. Sie hatte zuvor noch nie einen gesehen, aber sie wusste, dass die Elfen kleine Pfeilspitzen, wie diese eine war, zur Tötung von Sterblichen benutzten. Da sie die Elfenbolzen nicht selbst katapultieren konnten, zwangen sie einen unter ihrer Macht stehenden Menschen, ihn auf einen anderen Sterblichen zu schleudern. Die Person, die davon getroffen wurde, war auf der Stelle bewegungslos und wurde dann sofort zum Wohnsitz der Elfen getragen. Neugierig drehte Joanna den Stein auf ihrer Handfläche. „Hast du ihn selbst gefunden?"

Raine nickte schüchtern. „Ja, vor zwei Sommern, im Wald,

ganz hier in der Nähe. Ich habe ihn für Euch aufbewahrt.“ Still und nachdenklich sah sie Joanna an. „Obwohl ich Euren Namen nicht kannte, Lady Joanna, wusste ich, dass ich Euch eines Tages begegnen würde. Ich sah Euch dort im Birkenwald an dem Tag, als ich den Elfenpfeil gefunden habe.“

„Wie kann das sein?“ Joanna schüttelte zweifelnd den Kopf. „Ich war nie zuvor in diesem Tal.“

Ruhig erwiderte Raine den ungläubigen Blick ihres Gastes. Aus ihren rauchgrauen Augen sprach eine gelassene Zuversicht. „Ich habe das zweite Gesicht.“

„Wirklich?“ Verwundert lehnte sich Joanna zurück. Sie war noch nie jemandem mit hellseherischen Fähigkeiten begegnet, aber sie wusste, dass einige Schotten das zweite Gesicht besaßen. „Und du hast mich gesehen?“

Raine nickte ernst. „Ich schenke Euch den Elfenpfeil. Er wird Euch vor Bösem bewahren.“

Tief bewegt nahm Joanna die schmale Hand des jungen Mädchens. „Obwohl du glaubst, dass mein Großvater deinen Vater ermordet hat, willst du mir diesen Stein schenken?“

Raine drückte Joannas Hand. „Der Red Wolf hat meinen Vater nicht getötet“, sagte sie voll ehrlicher Überzeugung.

„Wieso weißt du das denn?“, fragte Joanna erstaunt. „Hast du das auch gesehen? Hast du die Person, die Laird Gideon getötet hat, erkannt?“

Traurig senkte Raine den Kopf, bekümmert ließ sie die Schultern sinken, und die langen schwarzen Zöpfe baumelten vor dem mohnroten Kleid. „Ich kenne den Mann nicht, der dafür verantwortlich ist“, gab sie zu. „Aber als ich die Nachricht sah, die Somerled Macdonalds Unterschrift trug, wusste ich in meinem Herzen, dass sie falsch war. Ich habe versucht, den Erwachsenen zu sagen, was ich fühlte, aber niemand hat mir Beachtung geschenkt.“

„Oh, Raine!“, seufzte Joanna. Sie konnte sich gut vorstellen, wie schmerzlich es sein musste, den Vater auf so grausame

Art zu verlieren. „Ich hoffe, du hast nicht ...“, erschrocken hielt sie inne und schloss das junge Mädchen fest in die Arme.

„Ich habe den abgetrennten Kopf meines Vaters gesehen. Ich stand im Garten, als man ihn über die Mauer in den Hof warf.“ Sie weinte nicht, aber sie klammerte sich mit ihren dünnen Ärmchen fest an Joanna.

„Das tut mir sehr leid.“ Joanna küsste sie auf die Schläfe. „Gideon muss ein sehr feiner Mann gewesen sein.“

Raine schaute auf das Porträt über dem Kamin. „Meine Mutter vermisst ihn sehr. Ich auch“, gestand sie ganz leise und wischte sich eine einzelne Träne von der Wange.

Der Mann auf dem Bild hatte große Ähnlichkeit mit seinem jüngeren Bruder. Auch Gideon Cameron war groß und kräftig gebaut, auch er besaß das rotblonde Haar und die etwas distanziert wirkenden, klugen Gesichtszüge. Und wie bei Alex und Isabel war die Farbe seiner Augen auch ein helles Haselnussbraun.

Joanna lächelte dem Mädchen mit den dunklen Augen aufmunternd zu, strich ihr eine schwarze Locke aus dem Gesicht und küsste sie auf die Stirn. „Ich hoffe, wir können Freundinnen werden. Und vielleicht wird eines Tages auch der wahre Mörder deines Vaters entdeckt.“

Rory blieb an der Tür zum Musikzimmer stehen und beobachtete, wie Joanna Raine umarmte. Nachdem seine Frau wütend aus der Küche gerannt war, hatte er sich bei Alex und Nina für ihr Verhalten entschuldigt und war dann in der Erwartung, dass Joanna ihn dort mit einem Schwall von Schmähungen und Beschimpfungen empfangen würde, in die gemeinsame Schlafkammer gegangen. Doch die Kammer war leer. Methodisch hatte er daraufhin das Haus nach ihr abgesucht, die große und die kleine Halle, das Südzimmer, die Galerie, die Vorratskammer und die Mensa, die Kleiderkammer und sogar den regennassen Küchengarten. Es war reiner Zufall, dass er an der offen stehenden Tür zum Musikzimmer vorbeigekommen war – gerade in dem Moment, als Joanna aufschaute und ihn bemerkte. Ohne auf eine Einladung zu warten, kam Rory quer durch das Zimmer zu ihnen.

„Raine hat mir einen Elfenpfeil geschenkt. Er soll mich vor Unglück schützen“, sagte Joanna und reichte ihm die Pfeilspitze.

Nachdenklich drehte Rory den Flintstein in der Hand. Erleichtert, dass Joannas feuriger Gefühlsausbruch überstanden war, lächelte er dem dunkelhaarigen Mädchen an ihrer Seite zu. „Du verbringst zu viel Zeit bei deiner Tante“, tadelte er liebevoll. „Demnächst mischst du sicher auch Zaubertränke gegen den bösen Blick und deklamierst Sprüche, um alle möglichen Wehwehchen zu heilen.“ Er hielt nicht besonders viel von Isabels exzentrischer Lebensweise, vermutete aber, dass Raine ihr viel näher stand als ihrer sanften, warmherzigen Mutter. Er glaubte auch zu wissen, weshalb.

„Tante Isabel weiß nichts von dem Elfenpfeil“, entgegnete Raine sehr ernst. „Ich möchte, dass Lady Joanna die Pfeilspitze immer bei sich trägt. Sie wird sie vor Gefahren schützen.“

„Meine Gemahlin braucht weder ein Amulett noch einen Talisman. Ich werde sie vor Gefahren schützen“, antwortete er in liebevollem Ton.

Die Vierzehnjährige sah ihn nachdenklich an. „Wenn Ihr bei ihr seid, Laird MacLean, dann wird ihr keiner etwas Böses tun. Aber wenn Ihr nicht bei ihr seid, dann werdet Ihr sie nicht vor ihren oder Euren Feinden beschützen können.“

Mit einem zuversichtlichen Lächeln nahm Rory Raines Hand und legte ihr den Flintstein auf die Handfläche. „Dann müssen wir ja keine Angst haben, Raine. Ich werde nämlich immer bei Lady Joanna sein. Und nun geh zu deiner Mutter. Sie sucht dich nämlich schon.“

Raine ließ den Elfenpfeil in Joannas Schoß fallen, lächelte ihr kurz zu und eilte zur Tür. Dort blieb sie stehen und schaute sich noch einmal um. Ein kurzes, fast lausbubenhaftes Lächeln erhellte ihre sonst so ernsten kindlichen Gesichtszüge. „Für Euch habe ich auch ein Geschenk, Laird MacLean“, rief sie ihm zu. „Ich bringe es Euch gleich. Es ist für den Erfolg Eurer Ehe.“

„Oh danke, Raine. Wie aufmerksam von dir“, bedankte er sich lachend.

Als das Kind endlich die Tür hinter sich geschlossen hatte, blickte Rory zu seiner Frau. Selbst in dem verblichenen gelben Kleid, das für ein viel jüngeres Mädchen gemacht war, sah Joanna blendend aus. Es war, als strahle sie von innen heraus. Im Augenblick war ihre sonst so spontane Fröhlichkeit allerdings verschwunden, und sie sah ihn sorgenvoll an.

„Warum habt Ihr mich hierher gebracht?“, fragte sie ärgerlich und konnte nur schwer den Schmerz in ihrer Stimme verbergen. Sie legte die Pfeilspitze neben sich auf den Sitz, erhob sich und schaute giftig zu ihm auf. „Warum hier nach Archnacarry? Ihr wusstet doch genau, wie ich über die Hinrichtung meines Großvaters denke und welchen Part Ihr und die Camerons dabei spielten.“

„Ich wollte, dass Ihr Gideons Familie kennenlernt, Joanna. Ich wollte, dass Ihr erfahrt, was für ein feiner, lieber Mensch Gideon war und was für ein schwerer Verlust sein Tod für seine Lieben ist. Ich wollte, dass Ihr versteht, weshalb ich den Red Wolf aufspüren und vor Gericht bringen musste.“

Gereizt richtete sie die blauen Augen auf ihn. „Ihr und Eure Brüder habt den falschen Mann gejagt, MacLean. Die Macdonalds werden das bestimmt nicht vergessen.“

Wütend über ihre Sturheit ging Rory quer über den Teppich. Vor dem hohen Fenster blieb er stehen. Die Hand auf den Holzrahmen gestützt, blickte er hinaus. Frühjahrsnebel lagen über dem Archnacarry Glen, überzogen das Tal und die weiße Heide, die auf den Hügeln schon blühte, mit einem zarten Schleier. Er holte tief Luft und versuchte, sich zu beruhigen. Er war fest entschlossen, nicht die Geduld zu verlieren und seine hübsche kleine Frau anzuschreien. Den ganzen Morgen hatte er an ihre leidenschaftliche Vereinigung gedacht. Nie zuvor hatte er mehr als ein oder zwei kurze Gedanken über die nächtliche Liebelei mit einer Frau verschwendet. Es war für ihn eine ganz neue Erfahrung, dass er so begeistert war von Joannas naivem und zugleich so leidenschaftlichem Verhalten im Bett, und er freute sich jetzt schon auf die Nacht.

„Die Fehde zwischen den Clans muss endlich aufhören. Sie zerstört sonst die schottische Nation", begann er ruhig. „Unsere Eheschließung bietet uns eine Chance, die bitteren Kämpfe, die die Highlands spalten, endlich zu beenden."

„Gebt nicht wieder den Macdonalds alle Schuld", erwiderte Joanna scharf. „Es gab keine Rebellion, bis sich James Stuarts Vater entschied, Donald Macdonalds Land an sich zu reißen und sich selbst zum Herrn über die Inseln zu machen."

Rory drehte sich um, ging wieder zu ihr und blieb vor ihr stehen. „Dadurch dass die Glencoe Macdonalds sich unter der Herrschaft der Krone befinden, können wir – Ihr und ich, Joanna – eine erneut drohende Rebellion vereiteln. Wir können Hunderte von Menschenleben retten und unseren Kindern etwas schenken, was uns nie geboten worden ist: ein Leben ohne Krieg in den Highlands."

Joanna sank zurück auf die Bank – fast so, als habe sie die Kraft seiner Worte niedergedrückt. Ganz in Gedanken nahm sie den Elfenpfeil in die Hand und zeichnete mit dem Daumennagel die rauen Kanten des dreieckigen Steins nach. „Ich wünsche auch nicht, dass der Krieg weitergeht", sagte sie leise. „Ich hege auch keinen Groll gegen diese Familie. Ihr Tod würde Großvater auch nicht wieder lebendig machen."

„Ich bin erleichtert, Euch so sprechen zu hören, Joanna. Durch noch mehr Tote würde die Tragödie nur immer größer."

Ihre feinen Gesichtszüge wirkten angespannt und müde, als sie traurig zu ihm aufblickte. „Ich verstehe nun, weshalb

Ihr und Gideons Familie so überzeugt von Großvaters Schuld wart. Ihr habt einen schrecklichen Fehler gemacht, Rory, aber ich verstehe Eure Beweggründe. Ich könnte Euch vielleicht sogar verzeihen, wenn Ihr nur zugeben würdet, dass Ihr Euch geirrt habt."

Rory hatte das Gefühl, als habe man ihm gerade brutal in den Magen getreten. Dennoch reagierte er ruhig, hockte sich vor seiner Frau nieder und legte seine Hände um ihre schmale Taille. „Es war kein Fehler, Joanna. Wenn nötig, würde ich immer wieder so handeln."

Ganz langsam hob sie den Kopf und sah Rory an. Tränen hingen in ihren Wimpern. „Ich muss zurück in die Küche", sagte sie steif. „Ich muss Lady Nina bei der Fertigstellung der Pasteten helfen."

Wie gerne hätte er Joanna umarmt, sie in seinen Armen gewiegt, bis der Schmerz vergessen war. Ihr Schmerz – und seiner. Doch er wusste, dass sie Zeit brauchte, um die bittere Wahrheit zu akzeptieren. „Gut", sagte er deshalb fast verständnisvoll, während er sich erhob.

Joanna stand auf und ging aufrecht und beherrscht zur Tür. Ohne sich noch einmal umzuschauen verließ sie den Raum.

Nachdem seine Frau gegangen war, stand Rory noch lange nachdenklich vor dem Bildnis von Gideon Cameron. Der Laird besaß großen Respekt bei allen, die ihn gekannt hatten. An seinen eigenen Vater konnte sich Rory nicht erinnern. Er war zu jung gewesen, als sein Vater in der Schlacht getötet worden war. Alles, was Rory über das Zusammenleben der Menschen gelernt hatte, hatte er von seinem weisen Adoptivvater. Gideon hatte Rory gelehrt, sich Ziele zu setzen, seine Pflichten ehrenvoll und wagemutig zu erfüllen und vor allem das Wohl seines Landes vor sein persönliches Ansehen zu stellen. Aber es war auch Gideon, der begabte Gelehrte der Geschichte und der Geographie, gewesen, der Rory ermutigt hatte, ein Schiff zu bauen und auf den Meeren sein Glück zu suchen.

Rory wusste, dass seine Beteiligung an Somerleds Tod am Galgen der eigentliche Grund für den Zwist zwischen ihm und seiner Frau war. Das Rad der Geschichte ließ sich nicht zurückdrehen. Solange er Joanna nicht davon überzeugen konnte, dass der Clanführer der Macdonalds des Mordes schuldig war, würde sie ihn für die Hinrichtung ihres Großvaters verantwortlich machen.

Er stützte sich mit beiden Händen auf den Granitsims und starrte mit leerem Blick in die kalte Feuerstelle. Von Herzen wünschte er sich, dass Joanna genauso verliebt in ihn war, wie es seine Mutter einst in seinen Vater gewesen war. So verliebt, dass sie freiwillig dem Todfeind ihrer eigenen Gefolgsleute folgte. Allein deshalb hatte er sich so bemüht, Joannas Hochzeitstag zu einem gelungenen Tag werden zu lassen. Er hatte sich gewünscht, dass seine Frau ihn mit den Augen eines verliebten Mädchens sah, eines Mädchens, das ihn anhimmelte und voller Staunen war. Beschämt schüttelte Rory den Kopf, denn er hatte noch einen heimlichen Wunsch: dass Joanna ihm ihre Liebe gestand.

„Ich bringe Euch Euer Hochzeitsgeschenk, Laird MacLean", hörte er Raine plötzlich neben sich sagen. Sie war so leise über den Teppich gekommen, dass er nicht wusste, wie lange sie schon neben ihm vor dem Bildnis ihres Vaters stand. Das große, schlanke Mädchen reichte ihm ein kleines, rechteckiges, mit rosa und scharlachroten Rosen besticktes Leinenkissen. „Da ist Rosmarin drin", erklärte sie ihm.

„Aha, Rosmarin fürs Erinnern", sagte er freundlich lächelnd, als er das Geschenk entgegennahm. „Ich danke dir, Raine. Lady MacLean wird sich sehr darüber freuen."

Raine machte mit der Hand eine warnende Geste. „Oh, nein! Eurer Gemahlin dürft Ihr das nicht zeigen."

„Warum denn nicht?"

Ernst blickten ihn die dunklen Augen einen Moment lang

an. „Es ist ein Liebeszauber“, gestand sie dann mit einem lieblichen Lächeln. „Wenn sie schläft, müsst Ihr es heimlich unter ihr Kopfkissen legen. Dann wird sie Euch lieben.“

Er musste über ihre großartige Fantasie lächeln. „Jetzt weiß ich, dass du wirklich zu viel Zeit bei Tante Isabel verbringst. Und willst du denn Lady MacLean auch einen Liebeszauber für mich geben?“, neckte er sie.

Raine schüttelte den Kopf und drehte verschämt an einem ihrer langen Zöpfe. „Nicht für Euch, Milord. Ihr seid bereits unsterblich in Eure Gemahlin verliebt.“

Was für eine absurde Bemerkung. „Ach, an solch einen Unsinn glaube ich nicht“, widersprach er ruppiger als eigentlich beabsichtigt.

Raine lachte silberhell, während sie zur Tür eilte. „Euer Kopf glaubt nicht an die Liebe, aber Euer Herz und Eure Seele haben sich schon ergeben.“

Unschlüssig blickte Rory auf das alberne Symbol. Herrje, wieso glaubt dieses rätselhafte Mädchen, ich sei verliebt in Joanna?, fragte er sich. Fast hätte er das Leinenkissen unwillig auf die Bank geschleudert, aber dann hielt er inne. Er wollte Raine nicht verletzen. Leise stöhnend und ein wenig angewidert ließ er den abstrusen Liebeszauber in seiner Felltasche verschwinden.

22. KAPITEL

Während seiner langen Jahre im Krieg hatte Rory gelernt, dass die Wahl des richtigen Zeitpunkts nicht nur wichtig, sondern absolut entscheidend war. Als er an diesem Abend die Treppe zu seiner Schlafkammer hinaufstieg, ließ er mit dem erwartungsvollen Lächeln eines frisch verheirateten Mannes die Ereignisse des Tages Revue passieren. Wie er gehofft hatte, war Joanna nicht lange wütend gewesen. Es war nicht ihre Art, allein in ihrem Zimmer zu sitzen und sich in ihren Ärger zu vergraben.

Seine Frau war viel zu anständig, um ihren Zorn an der herzensguten Witwe und dem unschuldigen jungen Mädchen auszulassen. Und Alex bewies seine guten Manieren gegenüber einem Gast – ob nun Feind oder Freund. Zwischen Isabel und Joanna war eine Art Waffenstillstand geschlossen worden, der auch leicht eingehalten werden konnte, solange die exzentrische Dame sich in ihre privaten Gemächer zurückzog, wo sie mit ihren Kräutergebräuen hantierte und magische Beschwörungsformeln murmelte. Nur Rory gegenüber zeigte Joanna ihre ganze Verachtung.

Joannas Verhalten war eisig, aber höflich gewesen, als sie zusammen mit der Familie beim mittäglichen Mahl an der Tafel gesessen hatte. Am Nachmittag, den man zusammen im Musikzimmer verbrachte, war ihre eisige Reserviertheit den Camerons gegenüber dann allmählich geschmolzen.

Als Raine sich an die Drehleier und Nina an die Harfe setzte, nahm Joanna sich die Laute und stimmte die Saiten. Zu Rorys Erstaunen und zur Freude der Camerons konnte sie die Ballade, die Fergus MacQuisten bei ihrem Hochzeitsbankett vorgetragen hatte, zur Begleitung ihrer Laute singen. Möglicherweise war der Vortrag ohne Noten nicht ganz so perfekt gewesen – und wenn, Rory hätte es sowieso nicht bemerkt. Als Nina die Harmonie von Wort und Ton des Liedes pries, da erzählte Joanna den Camerons stolz, dass ihr Gemahl Musik und Text zu Ehren seiner Braut geschrieben hatte.

Mürrisch ließ Rory Ninas und Raines überschwengliches Lob über sich ergehen. Ihm war durchaus nicht wohl in seiner Haut, und als er dann noch Alex' wissendem Blick begegnete, wusste er, dass der Laird, der nicht nur Rory, sondern auch Lachlan kannte, sofort die Wahrheit begriffen hatte. Der Gedanke, dass er sich zu so einem Idioten hatte machen können, nur um seiner fantasievollen jungen Frau zu gefallen, verletzte Rorys Stolz. Zur Hölle mit ihren blauäugigen Fantastereien. Er wollte genau so sein, wie er war: ein unnachgiebiger, zynischer Anführer eines ehemals landlosen Clans.

Nach dem Abendessen hatte sich Joanna alsbald mit der Entschuldigung, müde zu sein, zurückgezogen. Rory, der mit Alex Backgammon spielte, hatte nur kurz aufgeschaut und ihr höflich angenehme Träume gewünscht. Doch kurz darauf hatte er das Spiel beendet und war ihr ohne Hast nach oben gefolgt.

Einen Augenblick blieb Rory nun vor der Schlafkammer stehen, dann stieß er die Tür auf und betrat den Raum. Er konnte Wasser plätschern und leises, vergnügtes Summen hinter einem Paravent hören, den eine Magd vor den Kamin gestellt hatte. Sein Kalkül ging auf. Er überraschte Joanna genau in dem Moment, in dem sie ein Bad nahm.

Leise schloss er die Tür und trat hinter den Paravent. Im Kaminfeuer knisterten Eicheln, und auf dem Sims brannten Duftkerzen. Es roch nach Sommerrosen, Winterilex und nassfeuchten Kiefernzapfen. Heißer, nach Seifenschaum duftender Dampf stieg aus dem Zuber auf. Seine Frau saß bis zur Hüfte im heißen Seifenwasser, die cremefarbenen prallen Brüste mit ihren samtigen Knospen keck nach oben zeigend. Sie war dabei, sich einzuseifen. Ihre Überraschung ließ sie sich nicht anmerken, während sie mit frostigem Blick verfolgte, wie er seinen Schwertgürtel löste und die Waffe zu seinen Füßen auf den Teppich fallen ließ. Erst als er sich auf den dreibeinigen Schemel setzte, nachdem er zuvor die Schale mit der Duftseife und das weiße Badetuch auf den Perserteppich gelegt hatte, starrte Joanna ihn böse an.

„Was macht Ihr da?“, lamentierte sie.

Selbstzufrieden lächelnd erfreute sich Rory an ihrem Anblick. Die herrliche Fülle ihres kupferroten Haares hatte sie hochgekämmt und mit vier Elfenbeinkämmen befestigt. Bis auf ein paar widerspenstige Strähnen waren der schlanke Hals und die leicht sommersprossigen Schultern entblößt. Rosig glühten ihre Wangen in der dampfenden Hitze, wild funkelten die lebhaften violettblauen Augen.

Zynisch zog er die Brauen hoch. „Ja, was mache ich wohl hier? Ich möchte ein Bad nehmen.“

„Hier … hier könnt Ihr nicht bleiben“, stotterte sie. „Das ist nicht Eure Schlafkammer.“ Sie zeigte mit dem Finger in Richtung Tür. „Eure Kammer liegt links, weiter unten am Gang. Hat Lady Nina Euch das nicht gesagt?“

„Doch.“ Ganz ungeniert begann er sich Schnallenschuhe und Strümpfe auszuziehen. „Aber ich habe ihr erklärt, dass ich dort schlafe, wo meine Frau schläft.“ Kopfschüttelnd blickte er auf.

Sie hielt den triefenden Waschlappen über die Mulde zwischen ihren Brüsten. „Himmel noch mal, wollt Ihr vielleicht hier warten, bis ich fertig bin?“, zischte sie.

Er löste die Plaidnadel, zog sich den schwarz-grünen Wollstoff von der Schulter und das Hemd aus dem Gürtel. „Ich bin nicht sicher, ob wir beide in den Zuber passen, Joanna. Ach, wenn ich das so sehe, Ihr seid so winzig … es wird schon gehen.“

Wütend funkelte sie ihn an, während sie zugleich in die äußerste Ecke des Eichenzubers zurückwich. „Sagt den Dienstboten, sie sollen Euch einen eigenen Zuber in Eure eigene Schlafkammer bringen.“

„Das hier ist meine Schlafkammer.“ Er zog sich das Hemd

über den Kopf und ließ es auf den Boden fallen. „Warum einen Zuber wunderbar heißen Wassers vergeuden? Wollen wir Ninas Gesinde zusätzliche Arbeit machen?“

Ärgerlich hob Joanna das Kinn; ihr schienen die Worte zu fehlen. Entrüstet rieb sie sich mit dem Lappen erst über die Schulter und den Arm, dann in Richtung Brust und hielt plötzlich inne. „Ich kann mich nicht waschen, während Ihr zuschaut. Das gehört sich nicht“, protestierte sie.

Rory öffnete die Gürtelschnalle. „Ich helfe Euch gerne“, bot er an, während er sich des Gürtels und des Dolchs entledigte.

Joanna seufzte ärgerlich. „Also gut, MacLean! Ihr habt gewonnen. Ich steige aus der Wanne.“ Über den Rand des Holzzubers langte sie nach dem Leinentuch, breitete es aus und hielt es schützend vor sich, während sie aus dem Wasser stieg.

Im selben Moment stand Rory auf, sein Plaid fiel zu Boden, und nackt, wie er nun war, reichte er ihr galant die Hand, um ihr aus dem Bad zu helfen. Joannas Augen sprühten Feuer und Schwefel, als sie ins Wasser griff und ihm den nassen Seifenlappen ins Gesicht warf. Das erschrockene Lachen, als sie auf der anderen Seite des Zubers aus dem Wasser stieg, sagte Rory, dass sie zwar nicht vorsätzlich auf sein Gesicht gezielt hatte, aber dennoch recht erfreut über den Erfolg ihrer Flegelei war.

„Aber, Joanna! Warum habt Ihr nicht gesagt, dass Ihr spielen wollt?“, fragte er nur.

Mit großen Augen sah sie ihn an. Das Handtuch presste sie gegen die Brust, die sich vor Aufregung betörend hob und senkte. Hinter ihr loderte das knisternde Kaminfeuer, vor ihr stand der Eichenzuber voll dampfenden Wassers. Sie trat einen winzigen Schritt zurück.

„Oh, entschuldigt, mein lieber Gatte“, giftete sie keck wie eine Hirschkuh, die gerade vor dem Jäger die Flucht ergreift. „Ich wollte Euch nur etwas behilflich sein bei Eurem Bad.“

„Ach nein, erst werde ich Euch helfen“, antworte der große starke Mann mit seidenweicher Stimme. Als er nach ihr greifen wollte, sprang Joanna behende hinter den Wandschirm, und Rory erwischte nur noch ihr feuchtes Badetuch.

Sie lachte herzlich über ihren erfolgreichen Trick.

Rory folgte ihr nicht hinter den Wandschirm, wie sie erwartet hatte. Stattdessen stieß er den leichten Paravent und zugleich auch den Schemel beiseite und stellte sich vor die Tür, um seiner Frau den Fluchtweg zu versperren.

Beim Knall der fallenden Barriere wirbelte Joanna herum, rannte zum Bett, hielt dann abrupt inne, um die Richtung zu ändern. Doch zu spät. Rory fing sie ein, als sie versuchte, nach ihrem Nachthemd zu greifen.

„Ich will nicht, dass meine Haare nass werden“, jammerte sie, und dabei funkelten ihre Augen fröhlich. „Es dauert zu lange, bis sie wieder trocken sind.“

„Daran hättet Ihr eher denken sollen.“

Eine Wasserspur auf dem Teppich hinterlassend, wich Joanna langsam gegen die Außenmauer zurück. Wasser und Seifenschaum glitzerten auf ihrer nackten elfenbeinfarbenen Haut. An einer rosigen Brustwarze hing ein Wassertropfen. Joanna hielt die Luft an, als sie bemerkte, wie fasziniert er sie anstarrte. „Bleibt, wo Ihr seid“, warnte sie.

Ungeniert näherte er sich ihr. „Ihr seid doch nicht wasserscheu, meine liebste Gemahlin?“

Mit ihrem nackten Hinterteil stieß die gegen den Nachttisch, schaute sich um und entdeckte die Schale mit Äpfeln. Rory erkannte ihren Plan, bevor Joanna ihn selbst gefasst hatte.

„Wagt es nicht“, spornte er sie an.

Als sie nach der ersten Frucht langte, griff er hinter sich auf dem Schrank nach dem Silbertablett und wehrte damit das Wurfgeschoss ab, das seinen Kopf treffen sollte. Wie sie es auch versuchte, ob hoch oder niedrig gezielt, jedes Geschoss fing Rory mit seinem provisorischen Schild ab.

„Runter mit dem Ding, Ihr Feigling!“, stichelte sie, als er näher kam.

Er hatte sie fast erreicht, als ihr die Äpfel ausgingen. Doch dann entdeckte sie den Korb voll mit Nüssen, packte ihn und schleuderte ihn samt Inhalt mit einem triumphierenden Jubelruf gegen ihren Mann. Drei Dutzend braune Kugeln prasselten auf ihn nieder. Wie Steinkugeln trafen ihn die Nüsse, prallten gegen die gravierte Silberplatte, die er sich schützend über den Kopf hielt, und rollten dann über den Fußboden.

Rory linste hinter seinem Schild hervor und sah, dass sie nun nach ihren Schuhen griff. Mit einem Schrei rutschte sie über das breite Bett und warf einen Schuh nach dem anderen nach ihm. Es folgten vier harte Nackenrollen. Und wieder fing er alle Geschosse mit seinem zuverlässigen Schild ab.

Lachend und schnaufend wartete Joanna ab, zwischen ihnen nur das schwere Gestell des Vierpfostenbettes. Ein Kamm hatte sich aus ihrem Haar gelöst, und ein paar lange Locken hingen ihr über den nackten Arm.

„Ich werde mich erkälten“, klagte sie. Hinreißend, wie sie schmollend ihre Unterlippe vorschieben konnte. „Wenn ich an einer Lungenentzündung sterbe, ist es allein Eure Schuld.“ Indigoblau blitzten die Augen, als sie mit einem Ruck an dem Quilt zog, der über der Matratze lag.

Rory packte das andere Ende, riss ihr die grüne Decke aus der Hand und warf sie auf den Boden. „Ich werde Euch wärmen“, versprach er. „Nachdem ich Euch den Rücken geschrubbt habe.“

Ein zweiter Kamm löste sich aus ihrem Haar, als sie sich suchend nach einem neuen Wurfgeschoss umsah. Bislang war ihr die Schale mit den Orangen auf dem riesigen Schrank, der die ganze Länge der Wand einnahm, entgangen.

„Nun kommt schon, Joanna“, sagte er absichtlich ruhig, um sie anzustacheln.

Der Schalk blitzte in ihren Augen. An den Preis dieser exotischen Kostbarkeiten schien sie gar nicht zu denken. Regelrecht mit Hingabe feuerte sie eine Zitrusfrucht nach der anderen nach ihm, und als ihr die Apfelsinen ausgingen, griff sie nach den farbigen Garnknäueln in dem Weidenkorb neben dem Bett.

Ihre Zielgenauigkeit wurde immer besser. Doch sie attackierte einen Mann, der in den Kriegskünsten geschult war. Schwert- und Dolchhieben hatte Rory oft genug ausweichen müssen, er besaß reichlich Übung darin, seinen Gegner mit Finten und Täuschungsmanövern zu übertölpeln. Er hätte sie bereits einfangen können, als sie mit dem ersten Apfel nach ihm zielte, aber ihre strahlenden Augen und ihr melodiöses Lachen machten das Spiel viel zu fröhlich, als dass es so bald enden sollte.

Langsam bahnte er sich einen Weg zum Fußende des Bettes und trieb sie in eine Ecke. Alle Apfelsinen, alle Garnknäuel waren geworfen. Nun ließ er das Silbertablett fallen. „Morgen früh müsst Ihr Euch wohl eine Erklärung einfallen lassen. Nina wird denken, Ihr hattet einen Anfall von Jähzorn."

Der dritte Kamm löste sich, und das Haar fiel ihr über die Schultern. „Sie wird Euch dafür die Schuld geben", entgegnete Joanna lachend. „Es ist doch allseits bekannt, dass die MacLeans lüsterne Bestien sind."

Fasziniert studierte er ihren nackten Körper. Sehnsüchtig schweifte sein Blick über ihre herrlich kupfernen Locken, die zimtfarbenen Brauen, die Wimpern und die Sommersprossen, die tiefblauen Augen, die rosigen Wangen, die kirschroten Lippen und die zartrosa Brustwarzen bis hinunter zu dem rostroten Lockenbausch zwischen den samtweichen Schenkeln. Mein Gott, stöhnte er insgeheim, sie kann wahrhaftig jeden Mann zu einer lüsternen Bestie machen.

„Und was sagt Ihr dazu, Lady MacLean?" Grinsend stemmte er die Hände in die Hüften.

Ihr Blick glitt an seinem Körper entlang. Sie schnappte sichtlich nach Luft, als sie seine Männlichkeit sah. „Ihr sollt mich nicht so nennen!“, mahnte sie ihn schnippisch. „Das wird Euch leidtun.“ Sie wartete ab, bis er noch drei Schritte näher kam, dann griff sie nach dem bauchigen blauen Henkelkrug. Mit einem Schwapp schüttete sie Rory das Wasser ins Gesicht.

Wie alle anderen Wurfgeschosse hatte er auch diese Attacke vorhergesehen. Und er ahnte auch, was sie als Nächstes plante. Als Joanna nämlich übermütig lachend quer über die Matratze krabbelte, empfing er sie an der anderen Seite mit der Vase voller Frühlingsblumen, die auf dem Schrank gestanden hatte. Um seinem Angriff auszuweichen, wollte sie vom Bett springen, glitt aber auf den Walnüssen aus, die versteckt unter dem jadegrünen Quilt lagen. Rory packte sie um die Taille und leerte die Vase über ihrem Kopf. Weiße Margariten, gelbe Schlüsselblumen, blaue Glockenblumen und ein Schwall kalten Wassers ergossen sich über ihr Haar und spülten auch den letzten Elfenbeinkamm hinweg.

„Mistkerl!“, krächzte sie und schüttelte sich. Ihre Augen strahlten vor Aufregung. „Seht, was Ihr angerichtet habt!“

Lachend strich Rory über ihre Brüste. „Später werde ich Euch helfen, Euer Haar wieder zu richten.“

„Gar nichts werdet Ihr! Ihr habt schon genug Schaden angerichtet“, schimpfte sie und stieß ihn dabei ärgerlich gegen die Brust.

Bereitwillig stolperte Rory ein paar Schritte zurück, und im Fallen packte er sie so, dass sie weich auf ihn fiel, als sie zusammen auf dem flauschigen Bettvorleger landeten. Erschrocken sah Joanna zu Rory hinunter, der wie ein Lausbube grinste, der gerade erfolgreich einer Tracht Prügel ausgewichen war. Er zog ihr eine Glockenblume aus dem zerzausten Haar. „So seht Ihr noch viel hübscher aus.“

„Und wer soll das Chaos in Ordnung bringen?“, erkundigte sie sich streng.

„Wenn Ihr artig seid und Euch entschuldigt, dann wäre ich

bereit, Euch dabei zu helfen“, meinte er, während er sie auf den Boden setzte. Dann stand er auf, nahm sie gleichzeitig auf den Arm und trug sie zum Badezuber. „Aber zuerst werden wir ein Bad nehmen.“

„Rory!“, wehrte sie sich leise. „Das ist wirklich unschicklich.“

„Glaubt mir, Liebling, in einigen Kulturen ist es absolut nicht unschicklich. Dort baden Männer und Frauen immer zusammen. Ich halte das für eine grandiose Idee – insbesondere, da Ihr das Weib seid und ich der Mann bin.“

Schockiert schaute Joanna zu ihm auf. Natürlich hatte sie, während sie ihn mit allem, was ihr in die Hand gefallen war, beworfen hatte, seine Erregung bemerkt. Sie war ja nicht blind. Das Vibrieren in ihrem eigenen Körper hatte sich während ihres lächerlichen, einseitigen Duells verstärkt, obwohl es ihr kaum aufgefallen war.

„Rory“, murmelte sie undeutlich, vergrub ihre Hände in das sonnengebleichte Haar, nachdem sie zuvor den Lederriemen gelöst hatte, mit dem die volle Haarpracht gehalten wurde, und drückte ihre Lippen auf seinen Mund. Rory küsste sie, und die drängenden Bewegungen seiner Zunge zwischen ihren Lippen nahmen deutlich vorweg, was bald geschehen sollte.

Dann stieg er über den Wannenrand und tauchte zusammen mit ihr in das warme Wasser. Er rückte sie so zurecht, dass sie mit dem Rücken auf seiner Brust lag und er sie mit seinen kräftigen Schenkeln halten konnte. Ihr Kopf ruhte auf seiner Schulter, und die nassen Locken trieben rund um sie herum auf dem Wasser. Unmissverständlich drückte seine harte Männlichkeit gegen ihr Hinterteil.

Mit der hohlen Hand schöpfte er Wasser und ließ es ihr über die Haare laufen, dann rieb er die parfümierte Seife in den Waschlappen. „Ich hätte bereits am ersten Tag ein Bad bestellen und Joey Macdonald, diesen frechen Burschen, der da neben Pater Thomas stand, den Ruß abschrubben sollen. Das hätte mir eine Menge Zeit und Ärger erspart“, meinte er lachend.

Sanft rieb er mit dem Seifenlappen so lange über ihre Brüste, bis ihre Knospen hart wurden. Langsam wanderte die Hand mit dem Tuch über ihren Bauch immer tiefer ins Wasser. Rory beugte sich leicht vor und küsste ihr Ohr. Erst folgte die Zunge den Kurven der Ohrmuschel, dann tauchte sie tief in die Höhle ein. „Joanna“, begann er leise und zögernd. „Die Ballade, die Fergus MacQuisten auf unserer Hochzeit gesungen hat, habe ich nicht komponiert. Und die Worte stammen auch nicht von mir.“

Joanna nickte glücklich. „Ich weiß.“

„Ihr wisst es?“

Sie seufzte wonnetrunken. Es war eine Lust, das Bad mit dem Gemahl zu teilen. Sie genoss es, wie seine seifigen Hände über ihren nassen Körper glitten, wie er verführerisch und aufreizend ihre intimsten Stellen wusch. Beschämend und unschicklich mochte es sein, doch es war auch köstlich und erregend.

„Von wem?“, fragte er ein wenig schroff.

„Hmm?“, murmelte sie erstaunt. „Ach so. Von niemandem. Ich wusste einfach, dass Ihr sie nicht geschrieben habt.“

Er schwieg eine Weile, und sie ahnte, dass er sich nicht geschmeichelt fühlte – obwohl ihre Vermutung ganz offensichtlich stimmte. Dumpf rumpelte die tiefe Stimme in seiner Brust, als er mit seiner quälenden Befragung fortfuhr: „Und wieso wisst Ihr das, Weib?“

Sie hörte den Ärger in seiner Stimme und musste lächeln. „Ein Mann, der das Werben um ein Mädchen mit dem Füttern seines Pferdes mit Möhren und Äpfeln vergleicht, der konnte weder diese romantischen Verse geschrieben noch diese ergreifende wunderschöne Musik komponiert haben.“

Er hielt inne, während er über ihre Antwort nachdachte.

„Hört nicht auf“, bettelte sie. Immer matter und schläfriger fühlte sie sich – ein himmlisches Gefühl. Sie stieß einen langen, zufriedenen Seufzer aus. „Wer hat die Ballade denn komponiert?“

„Das werde ich Euch nach der Geburt unseres dritten Kindes erzählen“, sagte er und küsste sie auf die Schläfe. Joanna wusste, dass er dabei lächelte.

Während er sie sanft und kunstfertig streichelte, umspülte das warme Wasser seine Finger in winzigen, sich himmlisch anfühlenden Strudeln.

„Wenn Ihr es gewusst habt, warum habt Ihr es nicht sofort gesagt? Während MacQuisten die Ballade vorgetragen hat, habt Ihr mich angesehen, als glaubtet Ihr, ich hätte sie komponiert.“

„Weil ich annahm, Ihr hättet Fergus gebeten, nur für mich ein zärtliches Liebeslied zu komponieren. Ich war einfach tief gerührt von Eurem Wunsch, dass ich glauben sollte, Ihr hättet es für mich geschrieben.“

„Ich kann vielleicht keine Liebeslieder schreiben, Joanna“, raunte er ihr ins Ohr, „aber ich kann so auf Eurem hübschen zierlichen Körper spielen, dass Ihr seufzt wie die kleine Zauberharfe, mit der die Elfen einen sterblichen Mann verrückt machen können.“

Das warme Wasser strömte um Rorys gewandte Finger und verstärkte jede Berührung, jedes leichte Streicheln seiner schwieligen Fingerkuppen über ihren zarten Schoß. Als sie schließlich unter seinen Liebkosungen wie eine Elfenharfe zu seufzen begann, nahm Rory sie in die Arme und stieg mit ihr aus der Wanne. Nass wie sie war, trug er sie zum Bett und legte sie so, dass ihre Beine über den Rand der Matratze baumelten. Dann kniete er sich zu Joannas Überraschung vor sie auf den Boden, umfasste ihre schlanken Schenkel mit den Händen und legte sich ihre Beine über die breiten Schultern.

„Was macht Ihr da?“, fragte sie verlegen. Und da sie sich nicht vorstellen konnte, was er beabsichtigte, versuchte sie, sich aufzusetzen. Doch er gab ihr einen kurzen Schubs, und sie fiel zurück auf den Rücken.

„Das gehört zur Aufgabe des Bräutigams“, sagte er, und seine grünen Seedrachenaugen funkelten dabei übermütig.

„Was denn?“

„Euch jede Nacht etwas Neues zu lehren.“

„Und ich soll nur genießen? Das ist alles, was ich tun muss?“

Er grinste breit und frech. „Ich werde mir etwas ausdenken, was Ihr später tun könnt.“

Mit offenem Mund liebkoste Rory die Innenseite ihrer Schenkel und biss sanft in die zarte Haut. Sie spürte seinen warmen Atem und die kratzigen Barthaare. Ihr Herz begann wie wild zu pochen, als er die krausen Härchen teilte, die ihren Schoß bedeckten.

Gütiger Himmel. Auch ohne Drachenschwanz war er ein Halbwilder. Wie ein großes wildes Tier schleckten seine Lippen und seine Zunge über sie.

„Rory!“, keuchte sie. Joanna zuckte überrascht zusammen, als er mit der Zungenspitze ihre Scham berührte und gleichzeitig mit den Händen ihre harten Brustspitzen liebkoste. Das Gefühl, das durch ihren Körper fuhr, grenzte an Ekstase.

„Oh Gott!“, keuchte sie. „Oh Gott!“

Jetzt war sie sich ganz sicher. Die Anführer des MacLean-Clans lernten die Liebe bei den Seejungfrauen. Deshalb hatte er auch mit ihr in den Badezuber gewollt. Es war offensichtlich das gegen seine Männlichkeit schlagende Wasser, das ihn lüstern machte. Deshalb wollte er sie mit offenem Haar und triefend nass sehen – nur so erinnerte sie ihn an eine rotköpfige Meeresnymphe.

Er leckte ihre zarte Scham, feucht, warm und wohlriechend vom Bad, und noch feuchter und noch wärmer durch seine geschickten Liebkosungen mit Mund und Zunge. Joanna spürte nichts mehr um sich herum, es gab nur noch Rory und sie, während er sie die unglaublichen Freuden lehrte.

Mit starken Händen hielt er ihre Hüften, während sie sich unter seinen verführerischen Liebkosungen krümmte und aufbäumte und schließlich hilflos und keuchend seinen Namen rief. Leicht, wie auf einer Wolke schwebend, fühlte sich Joanna, als Rory aufstand und sich über sie beugte.

„Ich werde sehr vorsichtig sein, Liebling", flüsterte er.

Während dieses köstliche Gefühl noch anhielt und es in ihrer feuchten, geschwollenen Scham pochte und pulsierte, spreizte Rory ihre Beine und drang behutsam in sie ein. Sein Drängen und das Gefühl einer unglaublichen Erfüllung erschienen ihr vollkommen richtig. Glückselig schluchzte sie, presste sich enger und enger an ihn, schlang ihre Beine fest um seine Hüften und wollte es nicht zulassen, dass er behutsam mit ihr war.

„Ich will Euch, Rory", keuchte sie mit vor Lust heiserer Stimme. „Ich will Euch in mir spüren, hart und kraftvoll. Ich glaube, ich werde nie genug von Euch bekommen." Sie bog sich ihm entgegen und drückte sich verlangend gegen seine schmerzenden Lenden.

„Dann kommt mit mir, mein Liebling", raunte er, da er ihre Verzweiflung zu verstehen glaubte. „Kommt, reitet mit mir hinauf zu den Sternen."

Er beugte sich über sie, drang mit kräftigen Stößen tief in sie ein, immer schneller und schneller. Am Morgen noch waren seine Stöße behutsam und im gleichmäßigen Rhythmus erfolgt, doch heute Nacht drang er wild in sie ein und nahm Joanna mit auf einen atemberaubenden Ritt. Gemeinsam erreichten sie den Höhepunkt, ihre Körper bebten und zitterten vor Erleichterung.

Danach schob Rory seinen Arm unter Joanna und rollte sich mit ihr auf den Rücken, so dass sie auf ihm lag. Reflexartig klammerte sie sich an ihn. „Oh Joanna", stöhnte er. „Auch wenn Ihr frühzeitig einen alten Mann aus mir macht, werde ich jede Minute des Älterwerdens genießen."

Keuchend lag sie auf ihm. Als sich ihr Pulsschlag und ihre Atmung beruhigten, drückte sie sich hoch und stützte die Hände auf seine Schultern, über die ein paar Strähnen ihrer nassen Locken baumelten.

„Wie war es?“, fragte sie und schaute ihn neugierig lächelnd an. „Unter Wasser?“

Er sah sie verdutzt an. „Wie? Unter Wasser?“

„Wenn man es unter Wasser tut?“

„Was denn?“

„Ja, das.“

„Das?“

Überrascht und auch ein wenig verärgert runzelte Joanna die Stirn. Normalerweise war er wesentlich scharfsinniger. „Ja, was wir gerade gemacht haben“, erklärte sie. „Wie ist es, wenn man es unter Wasser macht?“

Ein wenig verwirrt strich Rory ihr die feuchten Locken von der Schulter. „Aber Joanna ... wieso kommt Ihr denn auf die Idee, ich hätte mit einer Frau unter Wasser ...?“

„Ach nein! Doch nicht mit einer Frau! Mit einer Seejungfrau.“

Seine scharfen Gesichtszüge verzogen sich zu einem amüsierten Lächeln; in den grünen Augen blitzte unterdrückte Fröhlichkeit. „Wieso glaubt Ihr, ich hätte es mit einer Nixe getan?“

„Allen Macdonald-Kindern erzählt man, dass die Anführer des MacLean-Clans sich mit den Wassergeistern vereinigen. Und dass sie Drachenschwänze haben, die man ihnen nach der Geburt kürzt, damit sie sie unter dem Plaid verbergen können. Deshalb wollte ich Euch heute Morgen ja besser kennenlernen. Ich wollte sehen, ob es stimmt ... ob Ihr wirklich einen Drachenschwanz besitzt.“ Sie lachte fröhlich. „Aber Ihr habt ja keinen.“

„Ihr meint, ... als Ihr mein nacktes Hinterteil gestreichelt habt, ... habt Ihr versucht ... herauszufinden ...“ Plötzlich strahlte sein Gesicht, als sei ihm ein Licht aufgegangen. Dann begann er schallend zu lachen, so schallend, dass sie auf seiner Brust auf und ab tanzte. „Oh nein, Joanna“, rief er und begann erneut schallend zu lachen. „Oh nein, ich glaube es nicht!“

„Scht! Ihr macht noch das ganze Haus wach.“

Sie war sich nicht ganz sicher, ob er nicht aufhören *wollte* zu lachen – oder ob er es nicht *konnte.* Schließlich griff sie nach dem Kissen und schleuderte es ihm ins Gesicht. Da war er endlich still.

Er war so still, dass Joanna schon befürchtete, sie hätte ihn erstickt. „Rory?“, flüsterte sie und hob vorsichtig das Kissen hoch.

Sofort zog er sie zu sich und küsste sie heißblütig. Dann begann er erneut zu lachen, er lachte und lachte, bis ihm die Tränen in den Augen standen.

„Ich werde böse, wenn Ihr jetzt nicht endlich aufhört, über mich zu lachen“, drohte sie.

Er küsste sie erneut. „Herzliebchen“, raunte er gegen ihre Schläfe, „wieso habe ich so viel Glück?“

Der zärtliche gälische Kosename machte Joanna ganz still. So hatte nur ihr Großvater sie genannt. Schmerz überflutete sie, und als sie das fröhliche Gesicht ihres Mannes sah, brach es ihr das Herz.

Weinend sank sie an seine Brust und barg ihr Gesicht an seinem Hals. „Oh Rory“, schluchzte sie, „warum musstet ausgerechnet Ihr es sein?“

Erschrocken hielt Rory seine Frau im Arm und lauschte ihrem herzzerreißenden, untröstlichen Schluchzen. Er starrte auf den grünen Seidenbaldachin und kämpfte seine bittere Enttäuschung nieder. Er hatte gehofft, dass Joanna ihm heute Nacht sagen würde, dass sie ihn liebte. Stattdessen heulte sie sich die Seele aus dem Leib, weil er, Laird Rory MacLean, ihr Gemahl war.

Rory und Alex standen am nächsten Morgen in der Küche und aßen Haferbrei und heiße Butterkekse. Da das Wetter sich aufgeklärt hatte, beabsichtigten die Männer einen Gang über die Felder von Archnacarry zu machen. Als Laird von Kinlochleven wollte sich Rory mit der jährlichen Routine des Pflügens, Pflanzens und Erntens sowie der Aufzucht des robusten langhaarigen Hochlandrindes vertraut machen. Doch bevor sie aufbrachen, wollte Rory seine Waffen holen und nach seiner Frau sehen, die er friedlich schlafend inmitten des Chaos der letzten Nacht zurückgelassen hatte.

Plötzlich wurde die Tür, die zur großen Halle führte, mit lautem Knall aufgestoßen. Überrascht drehten sich die beiden Lairds um. Godfrey Macdonald trieb mit seinem Schwert Malcolm, den Majordomus von Archnacarry, vor sich her. Direkt hinter den beiden stand ein stämmiger Macdonald-Krieger, der Raine ergriffen hatte und ihr seinen Dolch an den Hals hielt. Obwohl blass vor Angst, verhielt sich das Mädchen ruhig.

„E…es tut mir leid, Milord“, sagte Malcolm. „Sie haben gesagt, sie gehörten zu Lady Joannas Familie und seien gekommen, um der Braut und dem Bräutigam ihren Respekt zu zollen. Die Waffen hatten sie unter ihren Kleidern versteckt.“

Wie Rory hatte auch Alex weder sein Breitschwert noch seinen Dolch umgeschnallt. Mit vor Wut geballten Fäusten schrie er den bulligen Macdonald-Krieger an: „Nimm deine Hände von meiner Nichte, du dreckiger Fettwanst.“

Godfrey kicherte. Gehässig funkelten die Glubschaugen in dem aufgedunsenen Gesicht. „Niemandem geschieht etwas, wenn Ihr ruhig bleibt. Lady Cameron und das Mädchen garantieren uns nur Euer gutes Benehmen. Bei dem geringsten Widerstand werden das Mädchen und seine Mutter die Ersten sein, die wir töten.“ Der Mann mit dem dunklen mickrigen Bart deutete in Richtung Tür. „Nun, Gentlemen, wollen wir dann zu den Damen gehen?“

Beim Betreten des Bankettsaals mit der Galerie, die zu den Kammern im zweiten Stockwerk führte, blieb Rory stehen. Unauffällig ließ er den Blick durch den Saal schweifen. Am anderen Ende stand Nina, umringt von fünf Macdonald-Kriegern. Vor der breiten Feuerstelle warteten Andrew und ein fetter Franziskanermönch. Neben den Männern des Cameron-Clans war auch das Gesinde zusammengetrieben worden; sie alle saßen unter Aufsicht von einem Dutzend Kriegern auf den Bänken vor den langen Tischen. Eine Frau weinte leise – außer dem Klang ihrer eigenen Schritte auf den duftenden Binsenmatten das einzige Geräusch in der weiten Halle. Isabel stand abseits, bewacht von zwei Männern. Joanna war nirgends zu sehen.

„Los, rein“, knurrte Godfrey und schubste Rory in den Saal.

Rory hütete sich, seinem Drang nachzugeben, dem elenden Kretin an den Kragen zu gehen und ihm das Schwert zu entreißen. Solange er nicht wusste, ob Joanna in Sicherheit war, wollte er den Angriff nicht wagen.

Mit gezogenen Waffen umringten die restlichen Macdonalds Rory. Sie separierten ihn sofort von den Camerons, führten ihn in die Mitte der Halle und zwangen ihn, fünf Schwertspitzen auf seinen Kopf gerichtet, vor ihnen auf die Knie zu gehen.

Von der Galerie kam ein Geräusch, und alle Blicke richteten sich nach oben. Joannas Arm fest im Griff zerrte Ewen die entrüstete Frau unerbittlich hinter sich her. Sie trug noch ihr Nachtkleid, und die Haare waren ungekämmt. Die beiden stritten laut, obwohl man unten nicht hören konnte, worüber.

Joanna versuchte, sich aus dem festen Griff ihres Cousins zu befreien. „Lasst mich sofort los. Wie könnt Ihr es wagen, in das Heim dieser Leute einzudringen?“, schimpfte sie.

Etwas Böses flackerte in Ewens Augen, während er mit unverhohlenem Abscheu Joannas zerknittertes Nachtkleid und ihr zerzaustes Haar musterte. „Wir werden nicht lange hier bleiben, Mädchen. Nur so lange, bis Ihr die Papiere für die Annullierung unterzeichnet habt."

„Ihr seid verrückt! Für eine Annullierung gibt es keinen Grund."

„Gründe gibt es immer, wenn das Mädchen klug genug ist."

Fassungslos sah sie ihn an. „Was für Gründe könnten das denn wohl sein?"

„Impotenz!"

„Eine Lüge!", zischte sie.

Das wusste er doch bereits. Er hatte sie ja schlafend im Bett vorgefunden, umgeben von all den Beweisen für Rorys Anwesenheit und ihrem leidenschaftlichen Beischlaf. Er hatte das Chaos in der Kammer und den Zuber mit dem erkalteten Badewasser gesehen, selbst die Zobelfelldecke befand sich noch dort, wo sie sich in der Nacht vor dem lodernden Feuer hingesetzt hatten, während Rory ihr nasses Haar trocken gebürstet hatte. Und er musste auch wahrgenommen haben, dass Schwert und Dolch ihres Mannes auf dem Boden lagen. „Eine Lüge!", wiederholte sie. „Das wisst Ihr ganz genau!"

Ewen drehte sich mit dem Rücken zum Geländer der Galerie und stellte sich so geschickt, dass Joanna vor den Blicken der Leute unten im Bankettsaal verborgen war. Mit gesenkter Stimme drohte er: „Vor Gott und den Menschen werdet Ihr schwören, dass MacLean impotent ist." Er lächelte süßlich. „Die Urkunde und den Priester habe ich mitgebracht. Eure Clansleute werden Zeugen Eures Eides sein."

Entsetzt wich Joanna zurück. „Nie und nimmer werde ich das schwören. Das wäre eine Lüge, eine Gotteslästerung!"

Ewen krallte seine Finger in ihren Arm und zerrte sie energisch zurück. „Dann könnt Ihr Euch ja freuen, bald Witwe zu werden. Bei Gott, glaubt mir, wenn Ihr nicht schwört, dass die Ehe niemals vollzogen worden ist, werden wir diesen Bastard auf der Stelle töten."

Joanna fasste nach Ewens rotblauem Tartan. „Nein! Tötet ihn nicht“, flehte sie. „Ich bitte Euch, tötet ihn nicht.“

Er verzog den Mund über dem silbergrauen Bart zu einem kalten Lächeln. „Die Entscheidung liegt bei Euch.“ Joanna glaubte, leichte Verzweiflung in der schnarrenden Stimme zu hören. „Gerne riskiere ich die Vergeltung des Königs nicht, wenn wir seinen hochgeschätzten Hochland-Laird töten. Doch zum Teufel mit James Stewart und seinem grausamen Rächer; die nächsten Worte aus Eurem Munde entscheiden über Leben oder Tod von Rory MacLean.“

Er schubste sie gegen das Geländer der Galerie. Unten standen still und verängstigt die Camerons. Wie gebannt waren ihre Blicke auf die beiden Streitenden über ihnen gerichtet.

„Los! Sagt es ihnen“, knurrte Ewen.

Joanna war wie gelähmt vor Entsetzen, als sie auf die Szene unter sich sah. Fünf kräftige Macdonald-Krieger hatten ihr Schwert auf Rory gerichtet. Erniedrigt von seinen Feinden, kniete der imposante blonde Krieger auf dem mit Binsenmatten ausgelegten Boden, hinter ihm stand Godfrey. Der Anblick zerriss ihr das Herz.

Ihre Lippen bebten. „Ich ... ich ...“, begann sie und hielt sich die zitternde Hand vor den Mund.

„Sagt es, Joanna“, befahl Ewen.

Sie umklammerte das Walnussholzgeländer und starrte hinunter auf die Menge. Inmitten kräftiger Krieger stand Lady Nina. Leichenblass und verängstigt schaute sie mit beschwörendem Blick zu Joanna hinauf, ihre Familie zu retten. Die tückische Klinge des Dolchs dicht an ihrem Hals rührte Raine sich nicht. Die schwarzen Augen verrieten keine Angst, nur Geringschätzung. Alex und Isabel standen abseits, umringt von einer kleinen Gruppe Krieger.

Kühl und beherrscht schaute Rory zu seiner Frau auf. Ihr war, als wollte er ihr etwas von seiner Willensstärke vermitteln, als ob er sich mehr um ihr Wohlergehen sorgte, als er um seine eigene Sicherheit fürchtete. Joanna wandte den Blick ab. Sie brachte es nicht fertig, ihn dabei anzusehen, wenn sie ihn verleugnete. Stattdessen richtete sie ihren Blick auf den Priester im schwarzen Kapuzenhabit der Franziskaner, der neben Andrew vor der Feuerstelle wartete. „Ich … ich möchte um Annullierung bitten, Pater“, kamen ihre Worte kratzig und heiser aus der trockenen Kehle.

„Tut es nicht, Joanna“, rief Rory, seine Worte klangen wie eine eisige Warnung.

„Aus welchem Grund, Milady?“, fragte der Mönch scheinheilig. Der beleibte Mann war bestochen worden und wusste genau, was geschehen sollte.

„Aus dem Grund der … der …“ Tränen schossen ihr in die Augen, und sie sah die Menschen unter sich nur noch verschwommen. Mit den Fingern trocknete sie das verräterische Nass.

„Tut es nicht, Joanna“, rief Rory wieder. Die Wut in seiner Stimme traf sie wie ein Schlag mit der Reitpeitsche ins Gesicht.

Sie richtete ihren Blick fest auf den Geistlichen und umklammerte das Holzgeländer. Die Knie versagten ihr fast ihren Dienst. „Die Ehe zwischen Laird MacLean und mir … ist niemals … vollzogen worden.“

„Gottverdammt!“, fluchte Rory und richtete seinen ganzen Zorn auf den Priester. „Man hat sie zu dieser Aussage gezwungen, Ihr kaltherziger Hurensohn.“

Doch der Geistliche ignorierte ihn. „Habt Ihr Beweise für Eure Behauptung, Milady?“, fragte er höflich.

„Wir … wir haben immer getrennt geschlafen“, antworte Joanna und unterdrückte einen Schluchzer. „In unserer Hochzeitsnacht habe ich versucht, ihn zu töten. Am nächsten Abend bin ich geflüchtet – wie Cousin Andrew bezeugen kann. Seit unserer Ankunft in Archnacarry haben Laird MacLean und ich … in getrennten Kammern geschlafen.“

Der Mönch nickte ernst. Seine Tonsur glänzte so glatt wie ein Kiesel aus dem Meer. „Und das schwört Ihr feierlich, Lady Joanna?"

Joanna wischte sich erst die Tränen von den Wangen, dann faltete sie die Hände. „Ich schwöre bei allen Heiligen im Himmel, dass ich trotz des heiligen Ehesakraments noch Jungfrau bin."

„Sie lügt!", brüllte ihr Gemahl. Dröhnend hallte die vor Wut rasende Stimme durch die Halle. „Wir sind richtig und wahrhaftig verheiratet."

Fuchsteufelswild wollte Rory aufstehen, und die fünf Männer hatten Mühe ihn niederzuhalten. Fluchend packte Godfrey Rory am Schopf, drückte ihm das Knie zwischen die Schultern, zog ihm mit einem Ruck den Kopf zurück und hielt ihm die Klinge seines Dolchs an die Kehle.

„Macht nicht noch so einen Fehler", warnte Godfrey, das pockennarbige Gesicht mit den trüben Augen zu einem hämischen Grinsen verzogen.

„Ihr seid ein toter Mann", sagte Rory ruhig, und sofort bewegten sich die Schwertspitzen näher an seine Kehle.

„Soll ich dem Hurensohn nicht doch endlich die Gurgel aufschlitzen? Das geht wesentlich schneller, und wir müssen diese verdammten Papiere nicht erst nach Rom schicken", rief Godfrey seinem Bruder auf der Galerie zu und schickte sich bereits an, die messerscharfe Klinge an Rorys Kehle zu setzen.

„Wartet!", flehte Nina mit beschwörend erhobener Hand; ihr langes rotblondes Haar hatte sich gelöst und fiel ihr über die Schultern. „Tötet ihn nicht. Lady Joanna sagt die Wahrheit. Auf ihre beiderseitige Bitte habe ich ihnen separate Kammern gegeben. Laird MacLean hat niemals mit seiner Frau geschlafen." Sie schwieg einen Moment bedeutungsvoll, wohl wissend, dass nun aller Augen auf sie gerichtet waren. „Ich weiß es genau", fuhr sie fort. Alle Farbe war aus ihrem engelsgleichen Gesicht gewichen, und die sonst so melodiöse helle Stimme überschlug sich. „Ich weiß es, weil er bei mir geschlafen hat."

Im Saal herrschte ungläubige Stille.

„Und Ihr seid willens, das zu beeiden, Lady Cameron?", erkundigte sich der Mönch im schwarzen Habit mit einem salbungsvollen Lächeln.

Die hellblauen Augen fest auf Rory gerichtet, erwiderte sie: „Ich schwöre es beim heiligen Kruzifix. Joanna Macdonald ist Jungfrau geblieben."

Mit einem Wutgebrüll stieß Rory seinen Ellbogen rabiat in Godfreys fetten Wanst und sprang hoch. Ein gnadenloser Schlag mit dem Schaft eines Schwertes auf seinen Hinterkopf ließ Rory bewusstlos zusammensinken.

23. KAPITEL

Der Wind, der über den Loch wehte, trug den Duft der Ernte mit sich. Von seinem Kerkerfenster aus konnte Rory nur einen winzigen Ausschnitt des nächtlichen Wolkenhimmels erblicken und das leise Schlagen des Wassers gegen die dicken Steinmauern seines Gefängnisses vernehmen. Mit Hilfe der Striche, die er in die Granitwand geritzt hatte, wusste er, dass es allmählich Herbst wurde, Stroh- und Heuballen auf den Feldern lagen und die schwarzgesichtigen Schafe von ihren Weideplätzen in den Bergen ins Tal getrieben wurden.

Fünf Monate. Fünf lange Monate. Wie eine Ewigkeit kamen sie ihm vor.

Den Arm über den geschlossenen Augen, lag er auf seiner Pritsche und dachte an seinen letzten Tag in Freiheit.

Die Macdonalds hatten die Scheunen von Archnacarry in Brand gesetzt, um im Schutz des Feuers zu fliehen. Als Rory wieder zu sich kam, waren Alex und seine Männer bereits dabei, den Brand zu löschen und das Vieh in Sicherheit zu bringen. In aller Eile hatte Rory seine Waffen aus der Schlafkammer geholt, dort wo er sie morgens zurückgelassen hatte. Vor seinem Aufbruch hatte er dann noch kurz mit Nina gesprochen und sie gescholten, dass sie für ihn ihren guten Ruf geopfert hatte.

„Glaubt Ihr, ich lasse zu, dass sie Euch wie ein Mastschwein zu Sankt Martin abschlachten, nur um meinen lächerlichen Ruf zu retten?“, hatte sie ihm traurig lächelnd geantwortet. „Die vergangenen dreizehn Jahre wurde stets über mich geklatscht, Rory. Dieses Mal habe ich wenigstens selbst etwas dazu beigetragen.“

Verständnisvoll und voller Mitgefühl hatte er sie auf die Stirn geküsst. Seit der Geburt einer schwarzhaarigen Tochter mit dunklen Augen in einer Familie, in der alle hellblond waren, war Nina immer das Ziel hässlicher Gerüchte über Raines Herkunft gewesen.

„Ich kenne Euch, Nina. Ihr seid eine ehrenwerte Frau", hatte er geantwortet und ihr aufmunternd lächelnd die Hand gedrückt. „Mit Freuden werde ich jeden töten, der es wagt, das Gegenteil zu behaupten."

Dann war er auf Fraoch in Richtung Kinlochleven davongeritten. Er hatte vorgehabt, dort seine Männer zu sammeln – und, falls sie noch auf der Burg waren, seine Brüder zu treffen – und zusammen mit ihnen Mingarry zu belagern. Doch in seinem blinden Eifer, seine Frau wieder in Besitz zu nehmen, war er geradewegs in die Falle geritten.

Auf der Straße durch das Archnacarry Glen hatte eine Truppe bewaffneter Männer im Hinterhalt auf ihn gewartet. Acht von ihnen konnte er töten, bevor sie ihn schließlich überwältigt hatten. Gefesselt, geknebelt und mit einer Kapuze über dem Kopf hatte man ihn in diesen Kerker gebracht.

Er dachte an Joanna – wie jeden Abend bei Einbruch der Dunkelheit. Fast jede Nacht träumte er von ihr. Immer sah er sie so vor sich wie in ihrer letzten gemeinsamen Nacht – wie die zierliche Gestalt mit sprühenden Augen durch die Kammer getollt war. Manchmal glaubte er sogar, ihr kehliges Lachen zu hören.

Gott, er sehnte sich so sehr nach ihr.

Nach der leidenschaftlichen Vereinigung in jener Nacht hatte Joanna in seinen Armen gelegen und leise geschluchzt. Danach hatte er sie noch zweimal geliebt, jedes Mal so lang und innig, bis sie völlig außer Atem seinen Namen rief. Doch obwohl sie später nicht wieder geweint hatte, hatte er sie nicht dazu bringen können, ihm das Geständnis zu machen, wonach er sich so sehr sehnte.

Von ganzem Herzen hatte er sich gewünscht, dass Joanna ihm ihre Liebe gestand.

Es kam nicht mehr darauf an, dass er nicht an romantische

Liebe glaubte. *Joanna glaubte daran.* Doch sie hatte nicht gesagt, was er so gerne hören wollte. Und sie würde es auch nie sagen.

Auch wenn sie es nicht ausgesprochen hatte, war ihm in jener Nacht bewusst geworden, dass sie auf ein Eingeständnis seiner Schuld wartete. Joanna wollte von ihrem Gemahl hören, dass es falsch gewesen war, Somerled Macdonald gefangen zu nehmen. Sie wollte hören, dass er es bereute. Doch das konnte und wollte er niemals seiner geliebten Joanna sagen – weil es einfach nicht stimmte.

Rory hob den Arm, öffnete die Augen und blickte durch die düstere Zelle. Außer dass er in Ketten lag und in Einzelhaft war, hatte man ihn bislang gut behandelt. Offensichtlich wartete Ewen nur auf die Urkunde aus dem Vatikan, die den Weg für Andrews Heirat mit Joanna ebnen sollte. Nach der Eheschließung der beiden Cousins blieb Rory nur eines: Mord.

Gerne brachte er den armen Burschen nicht um, aber die Macdonalds ließen ihm ja keine andere Wahl. Der Tod von Ewen und Godfrey war allerdings eine andere Sache. Während seiner Haft hatte sich der Hass auf die beiden Verräter wie eine Eiterbeule in seinem Herzen ausgebreitet. In langen einsamen Stunden hatte er sich immer neue, immer subtilere Möglichkeiten ausgedacht, wie er sie töten wollte, Möglichkeiten, bei denen der Tod äußerst schmerzhaft sein und erst nach extrem langer Zeit eintreten sollte.

Ein metallenes Geräusch im Gang vor seiner Zellentür signalisierte ihm, dass man ihm seine Abendmahlzeit brachte. Als das gelbliche Licht der Fackel durch das winzige vergitterte Fenster in der Tür schimmerte, griff Rory nach den Eisenfesseln auf dem Steinboden und schlich auf nackten Füßen vorsichtig neben die verschlossene Tür. Wie einen Hund hatte man ihn mit einer Kette an die Wand geleint, und er hatte fünf Monate gebraucht, mit Hilfe eines Werkzeuges, das er sich aus einem Zinnbecher gefertigt hatte, den jämmerlichen Bolzen zu entfernen. Doch heute Nacht, da war er entweder ein freier oder ein toter Mann.

Als der Wärter in die dunkle Zelle trat, handelte Rory blitzschnell. Er schlang dem großen Kerl die Eisenkette um den Hals und zog sie fest. Der Hüne, keiner der üblichen Wächter, wehrte sich erstaunlich heftig. Mit beiden Händen packte der Hurensohn die Kette und riss sie herunter, gleichzeitig streifte er mit seinem schweren Halbschuh Rorys Schienbein und trat seinem Angreifer auf den nackten Fuß. Rory biss vor Schmerz die Zähne zusammen und zog die Kette wieder fester.

Von hinten klopfte ihn jemand leicht auf die Schulter. „Entschuldige, Rory", flüsterte Keir leise lachend, „du solltest deinen eigenen Bruder besser nicht erdrosseln."

„Jesus!", zischte Rory und ließ die Eisenkette fahren. Geschickt fing Keir sie auf, bevor sie rasselnd auf den Stein fallen konnte.

Rory schlang seine Arme um Lachlan, drückte ihn fest an sich und nahm sein Gesicht in beide Hände. „Du verdammter Idiot", schimpfte er, und seine Stimme war heiser vor Rührung. „Ich hätte dich umbringen können."

Lachlan erwiderte Rorys Umarmung mit einem brüderlichen Schlag auf den Rücken und grinste schief. „Wenn wir draußen sind, dann erinnere mich daran, dass ich dir ein blaues Auge verpasse." Selbst makellos und perfekt wie immer gekleidet, musterte er mit spöttischem Blick die zerrissenen Lumpen, die sein älterer Bruder trug. „Ich kann dir einen guten Schneider empfehlen, falls du Bedarf hast."

„Oh, Allmächtiger!", stöhnte Rory, während er grinsend auf einem Bein hüpfte. „Du hast mir fast den Fuß gebrochen."

„Reden könnt ihr später", empfahl Keir den beiden. Sein goldener Ohrring glänzte im schwankenden Licht der Fackel, als er Rory Schwert und Dolch reichte. „Lasst uns so schnell wie möglich von hier verschwinden." Er hielt die brennende Fackel hoch und bedeutete den beiden, still zu sein.

Rory folgte seinen breitschultrigen Brüdern einen schmalen gewundenen Gang hinauf. Auf ihrem Weg lagen drei tote Wächter mit durchschnittenen Kehlen. Keir führte sie über eine steinerne Wendeltreppe zu den Festungsanlagen, wo ein weiterer Leichnam eigenartig verrenkt lag. Trotz Brustplatte und Helm war dem Soldaten das Rückgrat wie ein trockenes Anzündholz gebrochen, zusätzlich hatte Keir dem glücklosen Schurken auch noch die Kehle aufgeschlitzt.

„Ich wollte sichergehen, dass er nicht losbrüllt", sagte Keir schulterzuckend, während er über den Leichnam trat.

„Hier logiert ständig eine Garnison", erklärte Lachlan seinem Bruder mit gedämpfter Stimme. „Deshalb haben wir uns entschlossen, ohne viel Wirbel rein- und wieder rauszuschleichen." Das Geräusch von Tritten war zu hören; jemand stieg langsam die Außentreppe hoch.

„Der gehört mir", sagte Rory.

Barfuß schlich er an der Burgmauer entlang und wartete auf den Soldaten. Schatten tanzten auf den Steinen im Schein der Fackeln, als der Mann, wohl als Ablösung für den toten Wachposten, der neben der Brüstung lag, näher kam. In dem Moment, als die Wache die Festungsmauer betrat, legte Rory ihm die Hand vor den Mund, packte mit der anderen Hand den Kopf seines Feindes und brach ihm mit einer schnellen Bewegung das Genick.

An dem Strick, mit dem Keir und Lachlan zuvor die Außenmauer hochgeklettert waren, seilten sich die drei Brüder ab. Am Fuß der Burgmauer wartete Fearchar mit dem Ruderboot. Er grinste glücklich wie ein kleiner Junge, als er nach Rorys Hand griff und ihn an Bord zog. „Mann, wenn Ihr verschwindet, müsst Ihr Euch denn dann gleich wie ein gewitzter Maulwurf vergraben?"

Finster sah Rory den hellblonden Riesen an, denn er befürchtete plötzlich, dass die Macdonalds sich nicht nur sein Weib, sondern auch seine Besitztümer angeeignet hatten.

„Herrje, du solltest doch Kinlochleven bewachen“, schimpfte er.

„Ach Junge, ich habe Murdoch beauftragt, Euer schönes Schloss zu bewachen“, erwiderte Fearchar ungerührt. „Zur Sicherheit hat Euer Onkel Duncan noch eine Abteilung seiner eigenen Männer dort zurückgelassen, als er mit Eurer Mutter zurück nach Stalcaire geritten ist. Kinlochleven wird Euch erwarten wie eine süße Braut – wenn Ihr bereit seid, zurückzukehren.“

Vorsichtig und mit leisen Ruderschlägen entfernten sie sich von der mächtigen Zitadelle auf der kleinen Insel mitten in einem Loch.

Erstaunt blickte Rory zurück. „Wo zum Teufel war ich?“

„Auf Innischonaill“, erklärte Lachlan finster.

Lange und nachdenklich schaute Rory zurück auf die unheimliche Festung, deren graue Umrisse gegen den bewölkten Himmel kaum wahrnehmbar waren. Anfänglich hatten die Anführer des Campbell-Clans hier gelebt, und erst als sie die Earls of Argyll wurden, hatten sie ihren Wohnsitz nach Inverary am Loch Fyne verlegt. Seitdem wurde die Zitadelle als Kerker genutzt.

„Warum?“, fragte Rory leise und mehr zu sich selbst, als an die anderen gerichtet.

Böse glänzte Fearchars Auge im Mondlicht, er spuckte ins Loch. „Die Frage haben wir uns alle gestellt. Vielleicht sollten wir uns mal bei Archibald Campbell erkundigen.“

Rory schüttelte den Kopf. „Erst schleife ich Mingarry. Bei Gott, Stein für Stein werde ich Ewens Burg dem Erdboden gleichmachen.“

„Nicht nötig. Mingarry gehört bereits dir“, verkündete Keir freudestrahlend.

Überrascht sah sich Rory zu seinem jüngsten Bruder um. „Wie lange hat die Belagerung gedauert?“

„Fünf Tage. Wir haben Tam MacLean als Kommandeur zurückgelassen. Der Bursche ist zwar jung, aber couragiert und tüchtig.“

Rory versuchte, seine wachsende Ungeduld niederzukämpfen. Bislang hatte noch niemand sein Weib erwähnt. Wenn er an die herzzerreißenden Tränen dachte, die Joanna in der letzten gemeinsamen Nacht vergossen hatte, dann musste er sich fragen, ob sie freiwillig mit Ewen und Godfrey gegangen war. Einerseits wollte er allzu gerne glauben, dass sie nur aus dem Wunsch, sein Leben zu retten, geschworen hatte, noch Jungfrau zu sein. Andererseits hätte sie auch die Gelegenheit nutzen können, um sich von einem ungewollten Gatten zu befreien. Egal, was auch immer für Gründe es waren – er wollte sie zurückhaben. Über ihre Gefühle würde er sich später Gedanken machen.

„Und Joanna? Habt ihr sie in Sicherheit gebracht?“

„Sie war nicht dort“, antwortete Lachlan voller Mitgefühl. „Auch Ewen und Godfrey nicht. Deshalb fiel die Burg ja auch so schnell. Sie war gänzlich ohne Führung. Lediglich eine angeheuerte Truppe war zur Verteidigung der Festung zurückgelassen worden. Wir haben weder den Wohnturm noch die Verteidigungsanlagen zerstört, alles ist noch intakt.“

„Und wo sind die Macdonalds?“

„Das weiß keiner“, antwortete Lachlan, während er weiterruderte. „Sie sind wie vom Erdboden verschwunden, mitsamt Ewens Weib und seinen beiden Kindern sowie einer gut ausgebildeten Truppe von Macdonald-Kriegern. Deshalb war es ja auch so schwer, dich zu finden. Es gab niemanden, den wir hätten befragen, und keine Spur, der wir hätten folgen können.“

„Ewen und Godfrey sind des Hochverrats angeklagt“, berichtete Keir weiter. „Wir sind also nicht die Einzigen, die nach den gewissenlosen Hunden suchen, aber wir werden die Ersten sein, die sie aufspüren. Wir werden sie töten! Kein anderer!“

Mit gleichmäßigen, ruhigen Schlägen tauchte Rory sein Ruder in die dunklen Wasser von Loch Awe. Die frische Nachtluft und die körperliche Betätigung wirkten wie eine Droge. In seinen Adern pulsierte endlich wieder kräftig das Blut, und seine Muskeln spannten sich willig gegen den Widerstand des Wassers.

Er bekam seine Frau zurück – daran zweifelte er keinen Moment.

„Wie habt Ihr mich gefunden?"

„Na ja, wenn man einen guten Köder auswirft, beißt irgendwann der Fisch auch an", antwortete Keir im Rhythmus seiner Ruderschläge. „Wie eine Henne auf ihrem Gelege hockt da nun ein Wächter auf Innischonaill auf einem Sack voll frisch geprägter Münzen."

Fearchar lachte, ein leises, freudloses Lachen voller Häme. „Wenn er schlau genug ist und zudem auch Glück hat, Archibald Campbell zu narren, dann kann der Judas ja sein Gold noch bei Lebzeiten ausgeben."

Nachdem sie das kleine Boot ans Ufer gezogen hatten, blickte Rory noch einmal zurück zu der Zitadelle im See. Irgendwo hinter diesen starken Kerkermauern wartete der junge Donald Dubh Macdonald auch in Ketten auf die Rettung durch seine Gefolgsleute. Gefangen hielt ihn dort sein Großvater, der zweite Earl of Argyll, der Vater seiner Mutter. Sollte der Jüngling einmal seiner Gefangenschaft entkommen, würden alle Macdonalds, ob in den Highlands oder auf den Inseln, und alle ihre Verbündeten gegen James Stewart rebellieren. Rory wusste, dass es dann seine Pflicht war, den Aufstand niederzuschlagen. Er betete, dass es dazu niemals kommen würde – nicht um seiner selbst, sondern um Joannas willen.

„Am besten reiten wir nach Stalcaire", sagte Rory, als sie auf ihre Pferde stiegen. „Duncan wird wissen, wann und ob die Heiratserlaubnis für Cousin und Cousine aus Rom eingetroffen ist. Und ob der Annullierung stattgegeben worden ist."

Wütend setzte sich Fearchar in seinem Sattel auf und starrte mit seinem einen Auge zu Rory hinüber. „Himmel und Hölle!

Wird dieser Rechtsstreit denn nicht fallen gelassen, jetzt da Ihr frei seid und die Wahrheit sagen könnt?“

„Ach!“, schnaubte Keir verächtlich. „Es gibt immer eine bestechliche Hebamme oder einen charakterlosen Doktor, die die Jungfräulichkeit einer jungen Frau beschwören. Und es gibt auch genügend Dummköpfe. Selbst Erzbischöfe verschließen ja oft genug die Augen vor himmelschreiendem Unrecht.“

„Egal wie das Ergebnis von Ewens Petitionen an Rom lauten wird, wir sollten zuerst nach Archnacarry reiten“, sagte Lachlan. Ein Lächeln erhellte seine aristokratischen Gesichtszüge. „Ich habe eine Nachricht von Isabel Cameron erhalten. Sie glaubt, ihre Nichte könnte uns sagen, wohin man Joanna gebracht hat.“

24. KAPITEL

Deine Tante Isabel hat uns geschrieben, dass du wüsstest, wo meine Gemahlin sich aufhält", begann Rory das Gespräch mit Raine, die schüchtern und doch irgendwie kühl und gelassen vor ihm stand. „Hast du an dem Tag, an dem sie von ihren Verwandten entführt wurde, irgendetwas gehört?"

Raine sah ihn eine Zeit lang schweigend an. Der Bart wirkte sicherlich ungewohnt auf sie. Er war Rory während der Gefangenschaft gewachsen, und der wollte ihn, gleichsam als ständige Erinnerung an das, was er den Macdonalds schuldete, behalten. Schließlich schüttelte sie den Kopf. Ihre langen schwarzen Zöpfe schaukelten leicht hin und her. „Die Männer haben nicht erwähnt, wohin sie Lady Joanna bringen, Laird. Zumindest habe ich nichts dergleichen gehört."

Enttäuscht lehnte sich Rory in seinem Sessel zurück, Verzweiflung nagte in seinem Innern.

Fearchar, Alex und Nina sowie seine beiden Brüder waren ihm in den oberen Salon von Archnacarry gefolgt, wo er das Mädchen befragte. „Aber Liebes, weshalb hast du denn Tante Isabel erzählt, du würdest Lady Joannas Aufenthaltsort kennen?", wandte sich Nina ebenfalls deutlich enttäuscht an ihre Tochter.

„Ich weiß es", antwortete das Mädchen, und dabei war das Strahlen in ihren dunklen Augen von einer so unerschütterlichen Gewissheit, wie sie nur die Jugend besitzt. „Doch nicht, weil ich Lady Joannas Gefolgsleute belauscht habe."

Lachlan stand vor einem Tisch voller Bücher. Mit dem rotbraunen gewellten Haar, den feinen klassischen Gesichtszügen, der makellos gepflegten Kleidung war er ein Bild städtischer Kultiviertheit. Er schenkte Raine ein warmes, aufmunterndes Lächeln. „Ja, woher weißt du es denn?"

„Ich sah sie in einer Vision."

„Jesus! Das kann ich nicht glauben", empörte sich Keir lautstark und musterte das Mädchen finster. „Mit solch vermaledeitem Hokuspokus vergeudest du unsere Zeit?"

Raine wich seinem anklagenden Blick nicht aus. Sie verschränkte die Arme vor der flachen Brust und blickte ihm in die zornigen grünen Augen. „Ich vergeude nicht Eure Zeit, Laird MacNeil", antwortete sie mit leicht vorgestrecktem Kinn. „Ich wusste nicht einmal, dass *Ihr* kommt."

Rory hob die Hand, um seinen hitzköpfigen Bruder zu warnen. „Lass es gut sein. Ich bin sicher, Raine wollte nur das Beste."

„Ich bitte Euch, hört sie an", flehte Isabel. „Meine Nichte hat übersinnliche Kräfte."

Alle drehten sich um und starrten Isabel überrascht an, die unbemerkt den Salon betreten hatte. Mit verschränkten Armen, die Hände in den weiten Ärmeln ihres dunkelvioletten Wollkleides versteckt, stand sie in der Nähe der Tür. Unter ihrem Schappel lugten ein paar graublonde Haarsträhnen hervor, und in ihren Augen war ein amüsiertes Funkeln zu erkennen.

Nina ging zu ihrer Tochter und legte ihr den Arm um die schmalen Schultern. „Aber Raine, warum hast du mir denn nie davon erzählt?"

Die Verletztheit, die in Ninas Stimme mitklang, berührte alle im Raum. Ihr sanftes, liebenswürdiges Wesen war eine Bereicherung für alle, die mit ihr zusammentrafen. Und doch schien es einen Wall von Missverständnis zwischen Mutter und Tochter zu geben, den die Mutter auch mit all ihrer Liebe nicht hatte überwinden können.

Das Gerede des Gesindes, Rory hatte es oft genug gehört. Himmel, wer kannte die Gerüchte nicht? Hinter vorgehaltener Hand flüsterten sich die abergläubischen Menschen zu, dass Raine von einem schwarzhaarigen Elfenprinzen gezeugt worden wäre. Manche behaupteten, das Mädchen sei eine halbe

Fee und besäße magische Kräfte. Rory glaubte nicht an solchen Unsinn. Aber wie jeder, der das schlehenäugige dunkelhaarige Mädchen inmitten der blonden Familie sah, war auch Rory sich sicher: Wer auch immer der Vater des Kindes war, Gideon Cameron konnte es nicht gewesen sein.

„Deine Tochter hat das Zweite Gesicht, Nina", sagte Isabel, und in ihrer Stimme klang Stolz. „Ich denke, Ihr solltet hören, was sie zu sagen hat, Laird MacLean."

Rory nickte Raine zu und bedeutete ihr, näher zu kommen. Er nahm ihre schmale Hand und fragte freundlich: „Stimmt es, dass du meine Gemahlin in einer Vision gesehen hast?"

Ernst richtete sie ihre dunklen Augen auf ihn. „Lady MacLean wird gegen ihren Willen festgehalten, Milord. Sie befindet sich zusammen mit ihren Verwandten weit weg auf einem Fort. Ich habe sie an einem Turmfenster stehen sehen. Sie schaute aufs Meer und betete, dass Ihr kommt, sie zu retten."

Ein winziger Funke Hoffnung glühte in Rorys Brust. War es wirklich nur der berühmte Strohhalm, an den er sich klammerte, oder konnte ihn dieses rätselhafte Kind doch zu Joanna führen? „Kannst du mir denn auch beschreiben, wie dieses Fort aussieht, Raine?"

„Die Burg steht auf einer Insel, am Rand eines niedrigen Kliffs." Sie holte tief Luft, biss sich einen Moment lang nachdenklich auf die Unterlippe, doch dann fuhr sie fort: „Sie liegt am Ende einer Landzunge, die sich ins Meer erstreckt. Es gibt drei Mauern zur See hin, und das Torhaus ist flankiert von achteckigen Türmen."

Enttäuscht sah Rory zu Alex. Diese Beschreibung passte zu unzähligen schottischen Festungen, insbesondere auf den Inseln.

Alex kam und kniete sich neben seine Nichte; liebevoll strich er ihr über den Rücken. „Das war gut, Raine. Sehr gut", lobte er sie. „Nun versuche noch einmal, dir ein ganz genaues Bild von der Burg zu machen. Gibt es vielleicht etwas, was sie von anderen Burgen unterscheidet?“

„Der Bergfried hat zwei rechteckige und zwei runde Türme, alle mit einem Ecktürmchen.“

„Noch etwas?“

Raine senkte den Kopf und presste den Zeigefinger auf den Mund, während sie angestrengt nachdachte. Dann schaute sie wieder auf und sah Rory freudig an. „An den Brüstungen befinden sich Wasserspeier in Form von wilden Adlern, mit offenen Schnäbeln, so als ob sie gegen den Wind anschreien würden, mit einem Bündel Pfeilen zwischen ihren spitzen Krallen.“

„Dhòmhuill“, rief Lachlan, die Stimme schrill vor Begeisterung.

„Gut gemacht, mein Mädchen!“, sagte Alex und umarmte seine Nichte.

Rory stand auf und klopfte ihr liebevoll auf die Schulter. „Danke, Raine.“ Endlich konnte er wieder hoffen.

Castle Dhòmhuill auf der Isle of Skye war die mächtige Festung, die Angus Macdonald, dem Oberhaupt des Uisdean-Clans, gehörte. Wie zuvor Somerled konnte auch Ewen nur bei einem Verwandten Schutz gesucht haben.

„Wir werden alle drei Schiffe benötigen“, überlegte Lachlan.

„Und was ist, wenn das Mädchen sich irrt?“, gab Keir zu bedenken. „Wir brauchen eine Woche, um Waffen und Verpflegung an Bord zu nehmen, und eine Woche, um dort hinzusegeln und eine weitere für die Rückreise. Das wäre fast ein Monat – Zeit, in der wir an Land suchen könnten.“

Raine fasste Rory am Ärmel. „Ich irre mich nicht, Laird MacLean. Ganz bestimmt nicht!“ Die Lippen zu einer schmalen Linie fest zusammengepresst, sah sie beschwörend zu ihm auf.

„Traut meiner Nichte“, bat Isabel. „Sie hat Lady MacLean schon gesehen, bevor sie nach Archnacarry kam. Bereits vor zwei Sommern hat sie das rote Haar und die pflaumenblauen Augen Eurer Frau beschrieben. Keiner von uns kannte die junge Frau in ihrer Vision, bis Ihr sie herbrachtet."

„Ist das wahr, Raine?", fragte Rory erstaunt.

„Ja, Milord."

Er kniete vor dem Kind nieder. „Geht es ihr gut?", fragte er leise.

Raine lächelte glücklich. „Lady Joanna geht es gut. Ja, mehr als gut."

„Was meinst du damit, Raine?"

„Das werdet Ihr erfahren, wenn Ihr sie findet, Laird MacLean."

Rory schaute zu seinem jüngsten Bruder hoch. „Keir? Kommst du mit uns?"

Keir zog die Brauen zusammen; eine steile Falte bildete sich auf seiner Stirn, während er Rorys fragendem Blick begegnete. „Verdammt!", antwortete er schließlich verärgert. „Ich würde dich nicht im Stich lassen, das weißt du ganz genau."

„Alle drei Schiffe liegen vor Stalcaire", erinnerte Lachlan seinen Bruder. „Bevor wir lossegeln, kannst du mit Duncan über den Stand der Annullierung sprechen."

Rory nahm Ninas Hand und sah ihr in die traurigen Augen. „Habt nochmals Dank, liebste Freundin. Endlich haben wir ein Ziel, das wir verfolgen können."

„Meine Familie wird Euch alle in ihre Gebete einschließen. Und ich bete zu Gott, dass Ihr Eure Gemahlin sicher nach Hause bringt", antwortete sie.

Die Macdonald-Festung saß wie ein steinerner Monolith auf den Basalt-Kliffs über dem Minch. Joanna schluckte Freudentränen herunter, während sie von ihrem Fenster hoch oben im Turm drei Galeonen beobachtete. Schon am Tag zuvor hatte sie in der Ferne die Segel ausgemacht. Nun wurden die Schiffe vor den gewaltigen Festungsmauern an Dhòmhuills Seeseite in Stellung gebracht.

Langsam durchschnitt die *Sea Dragon* die Wellen, ihr glatter Bug schmückte ein dreiköpfiges Monster. Am Großmast flatterte das lange schwarze Banner, versehen mit dem Emblem der wilden keltischen Seeschlange, deren lang gestreckter grüner Körper sich im Wind drehte. An Deck stand Rory MacLean, keltischer Spross wikingischer Seefahrerkönige auf den Hebriden, Laird von Kinlochleven samt all seinen Ländereien und Lehen. Mit dem geschulten Auge eines Kriegsherrn, der die Kunst der Belagerung gelernt hatte, studierte er die Wehrgänge auf den Verteidigungsanlagen.

„So ist der Mann endlich doch gekommen." Lady Beatrix schnaubte verächtlich über Joannas Schulter hinweg. „Er wird keinen Erfolg haben."

Vor dem zweiten Fenster des Südzimmers stand in einer kostbaren dunkelroten Seidenrobe Lady Idoine. Ruhelos spielte sie an ihren goldenen Armbändern, während sie die Schiffe beobachtete. Solange sich ihre Eltern auf der einsamen Burg versteckt hielten, konnten sie für ihre Tochter keinen Ehekontrakt arrangieren. Und mit jedem Tag wurde Idoine mutloser. Außer ihren Schönheitsmittelchen und ihren Juwelen hatte es in den letzten Monaten wenig gegeben, womit sie sich die Langeweile vertreiben konnte.

„Wird er uns töten, Mutter?", fragte sie mit schriller, weinerlicher Stimme. „Andrew hat gesagt, dass der Rächer des Königs mit seinen Brüdern kommt und uns alle ermordet."

Joanna lehnte sich gegen die steinerne Fensterlaibung. Ihre Finger wurden weiß, so fest umklammerte sie das Eisengitter. Obwohl sie äußerlich die Ruhe bewahrte, zitterte sie innerlich bei jedem Atemzug. Sie kämpfte gegen die Benommenheit, die sie ständig plagte, und wollte nicht die Furcht aufkommen lassen, dass Rorys Versuch, sie zu retten, scheiterte.

Rory war gekommen. Er lebte und hatte sie gefunden.

„Sei nicht närrisch, Tochter", antwortete Beatrix mit einem spröden Lachen. „Dhòmhuill ist uneinnehmbar. Seit zweihundert Jahren hat kein Feind diese Festung bezwungen."

Fest drückte Joanna den Elfenpfeil in ihrer Hand. Dabei dachte sie an Raine und deren Versprechen, dass er sie vor Gefahren beschützen würde. Joanna betete für die Sicherheit ihres Mannes und dafür, dass er ihr vergeben würde, weil sie ihn vor all seinen Freunden verraten hatte. Der zornige Blick, mit dem er, kurz bevor er von hinten attackiert wurde, zu ihr hochgeschaut hatte, verfolgte sie immer noch. Was hätte sie denn tun sollen? Godfrey hätte Rory doch, obwohl er schon bewusstlos am Boden lag, kaltblütig ermordet, hätte sie sich geweigert, mit Ewen zu gehen.

„Ewen hat Euch bereits gesagt, dass der Papst den Dispens bewilligt hat. Ihr seid nun frei und könnt Andrew heiraten. Das ist doch unser aller Wunsch. Warum ängstigt Ihr Euch vor dem Rächer des Königs und seinen grässlichen Brüdern? Was können die uns denn schon anhaben? Sie werden uns ankläffen und umrunden wie herrenlose Köter den Misthaufen."

„Die Annullierung wird immer noch untersucht", erinnerte Joanna die herzlose Frau, ohne den Blick von der Szene auf dem Meer abzuwenden. „Und solange bin ich die Gemahlin von MacLean."

Während das erste Schiff vor der zwölf Fuß dicken Festungsmauer in Stellung ging, kam die zweite Galeone näher. Ihren Bug schmückte ein riesiger Falke, der mit ausgebreiteten Schwingen über die Wellen ritt. Elegant glitt die *Sea Hawk* über die Wellenkämme, und mit jedem Auf und Ab sandten die hohen Segel wie eine Flagge einen tödlichen Gruß hinüber zur Festung: Lachlan MacRath, Oberhaupt des MacRath-Clans, Nachfahre der Könige von Irland und Norwegen, ist gekommen, der Festung einen Besuch abzustatten.

„Wenigstens hören nun die dämlichen Versuche auf, sich heimlich aus der Burg zu schleichen. Es sei denn, Joanna hat vor, direkt in deren Kanonenfeuer zu laufen." Lady Idoine lachte gehässig, während sie eine krause Haarsträhne um ihren Finger drehte.

Aber Joanna weigerte sich anzubeißen. Sie wollte ihre Chance nicht aufs Spiel setzen. Nicht jetzt, nachdem sie fünfeinhalb Monate lang jeder Konfrontation aus dem Weg gegangen war. Nur wenn einer ihrer Verwandten vor lauter Ärger richtig ausfällig werden und sie physisch attackieren sollte, dann wollte sie sich wehren.

Hoch oben auf dem Großmast der dritten Galeone grüßte ein Rabe, Symbol einer nordischen Göttin, von einer blutroten Flagge. Keir MacNeil, Clanführer der MacNeils of Barra und Spross keltischer Seeräuber, manövrierte sein Schiff neben die beiden anderen. Als Salut an ihre Schwesterschiffe holte die *Sea Raven* die Flagge ein und hisste sie wieder. Gleichzeitig wurde ein Skiff, ein schmales Ruderboot, zu Wasser gelassen, das ihren Kapitän zur Beratung mit seinen beiden Brüdern bringen sollte.

„Eure Illoyalität gegenüber Eurem Clan ist beschämend", stichelte Beatrix. „Ewen meint es nur gut mit Euch, meine Liebe."

„Ewen wird ausschließlich von Ehrgeiz und Machtgier getrieben", erwiderte Joanna dann doch gereizt. „Das Wohl des Clans lag ihm nie am Herzen. Mein Cousin ist zu allem bereit, einschließlich Mord, um die Kontrolle über mein Erbe zu erlangen."

Laut rauschte die weite Satinrobe, als Beatrix sich abrupt umdrehte und zur Polsterbank neben dem Kamin ging. „Es macht keinen Sinn, am Fenster zu stehen, Mädchen", sagte sie mit süßlicher Stimme, während sie sich setzte und ihre Stickerei zur Hand nahm. „Sie werden lediglich eine Zeit lang eine Menge Krach und Rauch machen, aber am Ende werden sie unverrichteter Dinge wieder davonsegeln müssen." Obwohl Joanna sich nicht umschaute, konnte sie sich gut vorstellen, wie Beatrix bei ihren Worten zynisch lächelte.

Endlos zog sich die Zeit. Schweigend warteten die Bewohner von Dhòmhuill auf den ersten Angriff. Entlang der hohen Festungsmauern hatten Soldaten Posten bezogen, Hakenbüchsen- und Bogenschützen standen ungeduldig in Kampfstellung, Kanoniere hatten ihre Geschütze in Stellung gebracht. Es herrschte atemlose Stille vor dem Sturm.

Die Männer auf den Schiffen dagegen hatten keine Eile. Sorgfältig berechneten sie die Reichweite ihrer Geschütze. Joannas Gemahl ließ größte Vorsicht walten, damit ja keine Kanonenkugel fehlging und den Wohnturm traf. Er wusste, dass seine Frau im höchsten und sichersten Turm der Burg logierte.

Als schon niemand mehr mit dem Beginn des Kampfes rechnete, just in dem Moment wurde die erste Salve abgefeuert. Eine Kanonenkugel traf die Mantelmauer im äußersten Norden. Laute Befehle tönten über die Wehrgänge. Das Klingen von Schwertern füllte die Luft. Laut brüllten Joannas Gefolgsleute den Schlachtruf der Macdonalds: *The Heathery Isle!*

Der Kampf um Dhòmhuill hatte endlich begonnen.

25. KAPITEL

Mit Taktik bombardierten sie die Seemauern und testeten die Stärke der betagten Festung. Rorys Geschützmeister feuerten die Kanonen mit der Präzision eines Chirurgen, der einen Leichnam seziert. Rorys moderne Seeartillerie war den antiquierten Geschützbatterien auf der Burg weit überlegen. Dhòmhuills schwerfällige Musketen feuerten dröhnend aus ihren schmalen Schießscharten, aber die Eisenkugeln flogen viel zu kurz, um großen Schaden anzurichten.

Auf der Suche nach dem Schwachpunkt in der Verteidigung der Burg bewegten sich die drei Galeonen langsam entlang der tiefer gelegen Kliffs, weit außerhalb der Reichweite der ineffektiven Waffen der Festung. Am achten Tag fanden sie, wonach sie suchten. In der Nordostmauer entstand ein Riss.

Danach feuerten die drei Crews abwechselnd mit gnadenloser Genauigkeit auf die Mauer; unerbittlich drangen die Kugeln durch das alte Gemäuer mit seinem brüchigen Mörtel. Tag und Nacht donnerten die Kanonen. Die Schützen pausierten nur zum Abkühlen und Ölen der eisernen Kanonenrohre und der Lafetten.

Feucht und schwer hing dichter gelb-grauer, stechend riechender Schwefelrauch, getrieben von der Seebrise, über der Burg. Der ständige Lärm und das beharrliche Bombardement zehrten am Kampfgeist der Verteidiger. Die Einschläge erschütterten die Verteidigungsanlagen, auf denen die Macdonalds standen und, in Angst und Schrecken versetzt, zusehen mussten, wie ihr Feind, ein wahrer Meister in der Kunst des Krieges, erfahren und nüchtern handelte.

Am zehnten Tag, bei Einbruch der Dämmerung, war eine Bresche in den geschwächten Schutzwall geschlagen. Rory stand an der Reling der *Sea Dragon* und blickte hinüber zu der Festung, die am nächsten Tag die seine sein sollte. Die Lichter der Schiffslaternen spiegelten sich schaukelnd auf dem dunklen kalten Wasser, als ob sie ihm einen schimmernden Pfad zu seiner Liebsten weisen wollten.

„Ihr ist nichts passiert“, versuchte Fearchar, der neben ihm stand, ihn zu beruhigen.

Rory nickte und blickte weiter zum Wohnturm. Hoch oben im Fenster leuchtete ein einsames Licht. Er lächelte schief. „Ich frage mich nur, hinter welcher Maskerade sich mein Weib dieses Mal verstecken wird? Wird sich Joanna als Arkebusier oder als Märchenprinzessin kostümieren?“

Fearchar kratzte sich das bärtige Kinn. „Die hübsche Kleine weiß vortrefflich, wie sie einen armen Burschen an der Nase herumführen kann“, meinte er herzlich lachend. „Eure Tage auf See sind wohl gezählt. Ihr werdet zu Hause schon so viel Schererei haben, dass Ihr Euch anderswo um Streitereien gar nicht mehr kümmern könnt.“

Rory hob das Astrolabium in Schulterhöhe und suchte den Polarstern. Es war an der Zeit, den Kurs für die Rückreise festzulegen. „Lady MacLean besitzt eine Vorliebe für Maskeraden, die ich erst jetzt allmählich zu schätzen beginne“, gab er zu, und die Liebe und der Stolz in seiner Stimme waren nicht zu überhören. „Vielleicht werde ich ihr zu Halloween Haremshosen schenken und sie lehren, mich mit *Salam* zu begrüßen.“

Später, gegen Mitternacht, im Schutz des Rauchs der Kanonenfeuer der Schiffe und der Dunkelheit, setzte Rory mit einem kleinen Trupp Männer in einem Beiboot über, um ein Ablenkungsmanöver zu inszenieren. Im Westen, dort wo die Festungsmauern fast bis ins Meer reichten, kletterten sie den Hang hinauf und jagten das Seetor in die Luft. Während die Macdonalds sich darauf konzentrierten, diesen unbedeutenden Zugang zu verteidigen, erklommen die Mannschaften der drei Schiffe die Klippen im Osten.

Im Morgengrauen rollte durch die klaffende Wunde in der Burgmauer die erste Angriffswelle. Als Erste stürmten Rory und Fearchar, dicht gefolgt von ihren Gefolgsleuten, unter lautem, wütendem Brüllen des Schlachtrufs der MacLeans in den menschenüberfüllten äußeren Burghof. Lachlan mit seinen Gefolgsleuten, dann Keir mit den MacNeils bildeten die zweite und dritte Angriffswelle. Die Macdonalds empfingen sie unter lautem Gebrüll mit Arkebusen, Schwertern, Dolchen, Lanzen und Streitäxten.

Mit Breitschwert und Dolch hieb sich Rory seinen Weg durch die vorderste Verteidigungslinie. Aus dem Augenwinkel beobachtete Rory, wie Keir mit einem kräftigen Schlag seines Schwertknaufs einen Macdonald in die Knie zwang. Einen zweiten Mann, der ihn von hinten angriff, durchbohrte er kurz mit der Spitze seiner Tartsche, bevor er sich wieder umdrehte und seinen ersten Widersacher erledigte. Unbeirrt und zielstrebig, aber stets die Menschenmenge nach Ewen oder Godfrey absuchend, kämpfte sich Rory den Weg zum Wohnturm frei. Auf dem inneren Burghof attackierten drei stämmige Kerle in Halbrüstung – einer fuchtelte mit einer langgriffigen Axt – Lachlan. Elegant und leichtfüßig duckte dieser sich, wich so seiner Enthauptung aus, stieß mit seinem Dolch zu und schlitzte den Macdonald-Axtmann auf.

Einer der zwei verbleibenden Gegner erkannte die Gefahr zu spät. Als der Kerl sich umdrehte, rammte Rory zuerst mit solcher Wucht seine Schulter, dass er den Helm verlor, dann verpasste er ihm einen brutalen Hieb mit dem Schwert über die Nase, brachte ihn mit einem gezielten Tritt gegen die Beine zu Fall und schnitt ihm gleichzeitig mit dem Dolch die Kehle durch.

Inzwischen hatte Lachlan auch den dritten Gegner erledigt. „Willst du mir den Spaß verderben?“, rief er durch den Tumult. „Such dir selbst einen Macdonald, den du töten kannst.“

„Ich suche Ewen und Godfrey“, brüllte Rory zurück.

„Habe ich nicht gesehen. Versuche es im Wohnturm“, riet Lachlan über die Schulter, grüßte mit erhobenem Schwert und wandte sich zwei Pikenmännern zu, die es auf ihn abgesehen hatten.

Im Nahkampf erwies sich, dass die Macdonalds sich vom Schock der ersten Attacke nicht erholen konnten. Der Kampf war schnell entschieden. Mit ihrem massiven Sturm hatten die Invasoren die Verteidigung überrannt und die einzelnen Kampfeinheiten isoliert. Systematisch vernichteten nun die MacLeans, die MacRaths und die MacNeils jeden Widersacher, der sich nicht sofort ergeben wollte. Allerdings hatte Rory den Befehl gegeben, Gefangene nicht zu töten und Verwundete zu versorgen. Er wollte nicht mehr Macdonald-Blut an seinen Händen haben, als unbedingt nötig.

Siegesgewiss rannte Rory zum Donjon. Die Tür stand halb offen, davor lagen die Wachen tot auf den Steinplatten. Das Vestibül war menschenleer. In der Banketthalle herrschte ein wildes Durcheinander. Bänke waren umgestürzt, auf den Tischen standen noch Essensreste.

Schnellen Schrittes durchquerte Rory die Halle. Von den Binsenmatten stieg der würzige Geruch von Kräutern hoch – grotesk rein und süß trotz all des grausamen Gemetzels direkt vor den dicken Mauern. Er war ungefähr in der Mitte der Halle, als er einen Schatten am Aufgang zur Innentreppe bemerkte.

Kühl und beherrscht kam Ewen die letzte Stufe herunter. Leicht lächelnd ging er ohne zu zögern zu der riesigen Feuerstelle, wo zwei Breitschwerter hingen, die Klingen nahezu einen Meter dreißig lang. Gelassen ließ er sein eigenes Breitschwert fallen, nahm eines der langen Schwerter von der Wand, umfasste den großen, mit einem Korb versehenen Griff mit beiden Händen und schlug die Klinge ein paarmal zischend durch die Luft, um ihre Stärke und Biegsamkeit zu testen. Er machte einen frischen, ausgeruhten Eindruck. An der Verteidigung der Burg eines anderen Lairds musste er sich nicht beteiligen, den Kampf hatte er selbstverständlich seinen unglückseligen Gefolgsleuten überlassen – die besaßen mehr Mut.

Ewen grinste gehässig. „Nun ist es so weit“, zischte er, während er auf Rory zuging. „Jetzt wird sich ein für alle Male entscheiden, wem von uns beiden die Herrschaft über Kinlochleven zufällt, wer das Oberhaupt des Clans der Macdonalds ist.“ Er bedeutete Rory näher zu treten. „Wollt Ihr das andere Breitschwert? Dann kommt und holt es Euch! Oder seid Ihr den langen Weg nur gekommen, um Euch Euer Weib zu holen? Nein, MacLean, eins bekommt Ihr nicht ohne das andere!“

Bedächtig näherte sich Rory seinem Widersacher, das Kreuzschwert in der rechten, seinen Dolch in der linken Hand. Ohne Vorwarnung griff Ewen an – beidhändig, wie eine todbringende Sense schwang er das riesige Hochlandschwert.

Rory parierte mit seinem leichten Kreuzschwert, geschickt wich er aus, täuschte und bewegte sich, wenn immer möglich, seitwärts in Richtung auf die Waffe bei der Feuerstelle. Es war ein Kampf auf Leben und Tod, in dem er all seine Erfahrung nutzte, um flink und geschmeidig der todbringenden Klinge zu entkommen.

Wieder und wieder wich er vor den wütenden Hieben seines Gegners zurück. Unnachgiebig verringerte Ewen den Abstand zwischen ihnen. Mehrmals traf er das kleinere und leichtere Schwert mit seiner schweren Hochlandwaffe, jedes Mal vibrierte der Stoß Rorys Arm entlang und ließ seine Finger taub werden. Verschlagen wie er war, blieb Ewen stets außerhalb der Reichweite von Rorys beiden kürzeren Klingen, während er selbst bei seinem Versuch, Rory in die Knie zu zwingen, boshaft und grausam um sich drosch.

Mit einem Wutschrei stieß der Heerführer der Macdonalds plötzlich mit aller Kraft zu. Unter der Wucht des Aufpralls wurde nicht nur Rorys Schwert zu Boden geschmettert, auch Rory sank unter dem heftigen Hieb in die Knie, gleichzeitig brach die Waffe, und die scharfe Damaszenerklinge schepperte unbrauchbar geworden auf den Steinboden. Schwer atmend, mit triumphierender Miene, stand Ewen über seinem Gegner und hob sein Hochlandschwert über Rorys Kopf zum Todesstoß.

Mit letzter Kraft schnellte Rory aus seiner hockenden Position nach vorn, zielte mit dem Dolch nach Ewens unbewehrtem Schenkel.

Ewen sprang zurück, um Haaresbreite verpasste die messerscharfe Klinge ihr Ziel. Das Gleichgewicht verlierend, taumelte er, fiel hart auf den Boden und rollte sich, die Waffe bereit, wieder auf die Knie.

In diesem lebensrettenden Augenblick stürmte Rory zur Feuerstelle, ergriff das zweite Hochlandschwert und fuhr gerade noch rechtzeitig wieder herum, um Ewens Hieb abzuwehren. Mit dem großen Schwert in der Hand konnte Rory endlich selbst zum Angriff übergehen. Klingend krachten die beiden Schwerter aufeinander. Unerbittlich, schnell und grausam kämpften die beiden Feinde. Lauernd, sich umkreisend, zustoßend und parierend bewegten sie sich über den Boden. Die Klingen glänzten böse und todbringend im flackernden Schein, den die Kienspane von ihren Halterungen an den Wänden warfen. Die beiden kräftigen Schwertkämpfer versuchten alles, die Klinge des anderen niederzuschlagen, vor und zurück trieben sie einander quer durch die große Halle. Sie sprangen über Bänke und Tische, stießen Essbretter und Trinkkelche mit den Füßen aus dem Weg. Schnaufend rangen die Männer nach Luft, der Schweiß rann ihnen über die Gesichter.

Unter der wütenden Attacke seines jüngeren Gegners ließ Ewens Kraft allmählich nach. Schweißgebadet, die Augen hervorquellend, war er kein richtiger Gegner für einen Mann wie Rory, der nicht weniger als zehn Jahre den Nahkampf geübt hatte. Schwertkampf war ihm in Fleisch und Blut übergegangen. Doch noch einmal bekam Ewen Auftrieb, er hieb zu, wich aus und hieb wieder zu. Dröhnend schlugen die beiden Schwerter aufeinander.

Dann sah Rory die Deckungslücke, auf die er gelauert hatte. Er parierte, täuschte und schlug zu. Ewen ließ die Waffe fallen, wurde wachsbleich, und wusste genau, dass der Klang der schweren Klinge auf den Steinen sein Grabgeläut bedeutete. Mit einem letzten Ausfall stieß Rory seinem Widersacher die Waffe direkt ins Herz – so versetzte er ihm den Todesstoß.

Danach holte er tief Luft, drehte sich um und ging, das Hochlandschwert in der Hand, die Treppe hinauf. Auf dem Treppensatz stand Andrew mit Tartsche und Breitschwert. Die dunklen Augen vor Angst und Schrecken weit aufgerissen, starrte der Jüngling zu seinem Todfeind hinunter.

„Dein Vater ist bereits tot, Junge. Treibe mich nicht dazu, dich auch noch umzubringen“, drohte Rory, während er weiter die Treppe hinaufeilte.

Das Gesicht vor Furcht entstellt, trat Andrew einen Schritt zurück und ließ die Waffen zu Boden fallen. Während das runde Holzschild an Rory vorbei polternd die Treppe hinunterrutschte, lehnte sich Andrew gegen die raue Steinwand und glitt an ihr entlang langsam zu Boden. Die Arme auf die Knie gestützt, hielt er sich die Hände vors Gesicht.

Rory blieb eine Stufe unter ihm stehen. „Wo ist mein Weib?“

„Dort.“ Der Junge zeigte mit dem Finger auf den nächsten Treppenabsatz.

Rory nahm die Treppe zum dritten Stockwerk. Die Tür war angelehnt. Als er sie aufstieß, warf sich Lady Beatrix ihm zu Füßen.

„Tötet uns nicht!“, bat sie, die Hände flehentlich zu ihm erhoben. „Oh mein Gott, tötet uns nicht! Idoine und ich sind unschuldig.“

Nun begann auch Idoine zu kreischen. Kein einziges verständliches Wort gab sie von sich, sie schrie und kreischte nur immer und immer wieder in sinnloser Furcht; ihre ohrenbetäubenden Schreie füllten die Kemenate.

Rorys Frau stand am Fenster, sie zeigte ihm ihren schlanken geraden Rücken. Schweigend und regungslos stand sie da und schaute auf das Gemetzel im Hof, wo ihre Gefolgsleute eine schmachvolle Niederlage erlitten hatten. Durch ihn! Er hatte die Macht der verräterischen Glencoe Macdonalds gebrochen.

Mochte sie mit ihm zetern und zanken. Er wollte es mit ruhiger Miene hinnehmen. Sie konnte ihn kratzen und beißen und treten, wenn es ihr Herz erleichterte. Oh ja, er liebte ihre kluge, schnelle Zunge – viel mehr als dieses distanzierte, eisige Schweigen.

Idoines schrilles, monotones Gejammer hörte nicht auf.

Rory war regelrecht erleichtert, als er Fearchar auf der Türschwelle stehen sah. „Bringt sie hier raus", befahl Rory, ohne den Blick von seiner Frau zu lassen.

„Oh bitte, tut uns nichts, bitte!", jammerte Beatrix, als Fearchar sie am Ellbogen hochzog. Mit einem leisen ärgerlichen Schnauben schubste er sie sacht zur Tür. Dann hielt er Idoine seine große Hand vor den Mund, hob das Mädchen hoch und trug es wie einen Sack aus der Kemenate.

Joanna drehte sich nicht um. Die schlanke Hand auf die steinerne Fensterlaibung gestützt, blickte sie hinaus. Rory hatte keine Ahnung, was sie dachte oder fühlte. Regungslos stand sie da. Allmählich wurde er mutlos und verzagt. War es möglich, dass sie ihn hasste?

Mit einem mächtigen Stoß trieb er die Schwertspitze in die Eichenbretter unter seinen Füßen. Dann streckte er die Hand aus. „Ich bin gekommen, Euch nach Hause zu holen, Joanna", versuchte er, trotz des verräterischen Krächzens in der Stimme, kühl und emotionslos herauszubringen. „Es ist an der Zeit, nach Kinlochleven zurückzukehren."

Joanna senkte den Kopf und schluckte die Tränen hinunter. Die sonore Stimme und die Worte waren ihr so schmerzlich vertraut. Hatte ihr Großvater damals nicht fast dieselben Worte gesagt, als er sie aus Allonby Castle holte? *Mein Herz-*

liebchen, es ist an der Zeit, dass du wieder nach Hause ins schottische Hochland kommst.

Sie wollte keinen edlen Ritter mehr, der in glänzender Rüstung und auf einem weißen Ross geritten kam, um sie zu retten. Ihr wunderbarer Gatte in seinem grün-schwarzen Plaid und der Clanmütze mit den drei Federn hatte sie vor ihrem boshaften und heimtückischen Cousin Ewen gerettet. Nacht für Nacht hatte sie geträumt, dass Rory kommen würde und sie nach Hause brächte. Und nun war er hier.

Mit bebendem Herzen drehte Joanna sich um – und starrte wie gelähmt und voller Ablehnung auf das barbarisch aussehende Wesen. Kein romantischer Highlander stand da vor ihr. Dieser Fremde trug lederne Kniehosen und lange schwarze Stiefel, die ihm bis über die Knie reichten. Der lange volle Bart verbarg fast die Hälfte seiner Gesichtszüge. Das ärmellose Lederwams hing ihm in Fetzen um die blutbeschmierte Brust. Ruß lag auf der Stirn und den verfilzten langen Haaren. Und er roch nach Schießpulver.

Gütiger Himmel! Ein Pirat nahm sie gefangen!

Ähnlich schockiert blickte Rory auf seine Frau, die ihn so schweigend und verängstigt anschaute. Ihm fiel kaum das ablehnende Mienenspiel auf, das ihre lieblichen Gesichtszüge verunstaltete. Fasziniert blickte er auf ihren Leib und lächelte glücklich, da eine ungeheure Freude ihn erfüllte.

Joanna erwartet ein Kind. Wunderbar! Großartig! Seine kleine hübsche Braut war unübersehbar schwanger.

„Joanna“, krächzte er heiser.

Zittrig streckte sie eine Hand nach ihm aus, die blauvioletten Augen sahen ihn verwirrt an. „Rory?“, flüsterte sie zögernd und sackte ganz langsam in sich zusammen.

Mit einem Schritt war er bei ihr und fing die schlaffe Gestalt auf, bevor sie den Boden berührte. Besorgt und voller Angst betrachtete Rory seine ohnmächtige Frau. Ihr langes Haar hing in kupferfarbenen seidigen Strähnen über seinem Arm. In ihren feinen, leicht mit Feenstaub gepuderten Gesichtszügen zeigten sich dunkle Schatten unter den langen Wimpern. Deutlich spannte das hellgelbe Kleid über dem festen runden Leib. Staunend und mit einem Gefühl der Ehrfurcht schaute er auf die unmissverständlichen Anzeichen seines Kindes, das in ihrem zierlichen Körper heranwuchs.

Rory drehte sich um. An der Tür stand Lachlan, eine Hand gegen den Türrahmen gestützt, in der anderen hielt er sein Breitschwert. Am Arm hatte er eine Fleischwunde, ansonsten aber war er unversehrt. „Ist sie verletzt?“, fragte er deutlich besorgt.

Aufgewühlt bis ins Mark blickte Rory auf sein geliebtes Weib. „Sie ist nur ohnmächtig.“ Wieder sah er den besorgten Blick des Bruders. Das Herz lief Rory über vor Stolz. „Sie ist schwanger“, krächzte er in seiner unvorstellbar großen Freude wie ein Jüngling im Stimmbruch.

„Gut! Hin ist die Annullierung!“, antwortete Lachlan grinsend.

Voller Liebe und fest an seine Brust gepresst, trug Rory sein Weib Joanna Màiri Macdonald MacLean aus dem Wohnturm von Castle Dhòmhuill.

Joanna saß auf der Kante der schmalen Koje und lauschte den leisen, geschäftigen Geräuschen an Deck der *Sea Dragon.* Sie hörte die lauten Befehle ihres Mannes an den Steuermann und das gedämpfte Rasseln der Takelage, als die Segel gesetzt wurden, und das leise Rauschen, als der Segler Fahrt aufnahm. Neugierig wanderte sie durch die Kabine. Rory hatte den Kurs Richtung Heimat eingezeichnet. Sie sah es auf der Karte, die auf seinem Arbeitstisch lag. Sie strich über das Sandglas, über den Magneteisenstein, der in einem filigranen Kasten lag, und viele andere ihr unbekannte nautische Instrumente. Fasziniert studierte sie den mechanischen Kompass und die Lineale, die Tabellen mit Ebbe und Flut, den magnetischen Seekompass, die Seekarten und die Schaubilder und Diagramme des Sternenhimmels. Wie viele Schotten schien auch Rory eine natürliche Begabung für Mathematik und Naturwissenschaften zu besitzen. Sie wollte ihn bitten, ihr einmal zu zeigen, wie er all diese nautischen Instrumente nutzte. Obwohl sie nicht ganz sicher war, ob sie auch nur die Hälfte von all dem hier verstehen würde, denn ihre Studien auf Allonby Castle hatten sich leider nur auf Sprachen, Benehmen und Religion konzentriert.

Sie presste die Hand auf den Leib. Das Baby machte sich mit einem deutlichen Tritt bemerkbar. „Willst du auch ein Seefahrer werden wie dein Vater?“, fragte sie glücklich. „Was wirst du einmal werden, mein geliebter Winzling? Wirst du einmal ein attraktiver Bursche sein, der zu exotischen Plätzen segelt und wunderbare Schätze heimbringt? Oder wirst du ein hübscher Hochlandbursche, der bei seiner Mutter bleibt, wenn sie alt und grau ist?“

Rastlos und ungeduldig wartete Joanna auf den Vater ihres Kindes. Durch das Bullauge am Heck blinzelte sie hinauf zur Burg und sah nur dunkle wabernde Rauchwolken, die über den Himmel trieben. Schließlich sank sie wieder auf den Rand der Koje und trommelte ruhelos mit den Fingern auf ihre Knie.

Endlich erschien Rory. Völlig nackt betrat er die Kabine. Joanna sprang auf, als sie die imposante Gestalt sah. Prächtig schaute er aus. Die dreiköpfige Seeschlange an seinem Oberarm glitzerte im Schein der Laterne.

„Ich habe mich an Deck zusammen mit den anderen Männern gewaschen“, entschuldigte sich Rory, als er ihre erschrockene Reaktion bemerkte. „Nach einer Schlacht sind wir rußig und stinken nach Schießpulver. Deshalb entledigen wir uns unserer Kleider, waschen uns mit Seifenlauge und spülen den Dreck mit Eimern voll frischen Wassers herunter.“ Außerdem hatte er auch noch eine Menge Macdonald-Blut abwaschen müssen, aber Rory war zu höflich, das zu erwähnen.

Außer mehreren Schnitten und Kratzern auf Brust und Beinen schien er keine ernsthaften Verletzungen davongetragen zu haben. Joanna deutete auf die roten Striemen. „Ihr seid verletzt?"

Energisch schüttelte Rory den Kopf. Wasser aus den nassen Haaren spritzte ihm auf die Schultern. „Ach, das sind nur ein paar kleine Kratzer."

„Euch ist ein Bart gewachsen. Deshalb bin ich ohnmächtig geworden. Ich habe Euch nicht erkannt mit dem Bart und den Piratenkleidern. Himmel, ich hatte Euch nie mit Kniehosen gesehen. Ihr seht aus wie ein englischer Vagabund."

Ihr Gatte lächelte.

„Normalerweise falle ich nicht in Ohnmacht. Ganz bestimmt nicht." Sein Schweigen irritierte sie. „Idoine ist diejenige, die bei jeder Gelegenheit ohnmächtig wird."

Rory kam zur Koje und kniete vor Joanna. Er nahm ihre Hände und schaute glücklich zu ihr auf. Seine Augen strahlten regelrecht, fiel ihr auf. Nun ja, hatte er doch gerade erfolgreich eine uneinnehmbare Festung bezwungen und seine Feinde besiegt. War das kein Grund, glücklich zu sein?

Sacht strich er ihr mit der Kuppe des Zeigefingers über die Wangenknochen. „Wart Ihr krank?", fragte er zärtlich besorgt. „Ihr seht ein wenig blass aus."

Er hat es also nicht bemerkt. Wie sollte er auch? Was wusste ein Drache schon von Frauen und Kinderkriegen?

Joanna hatte das Bewusstsein erst wiedererlangt, als Rory sie in die Koje in seiner Schiffskabine legte. In dem Moment, als sie in die faszinierenden grünen Augen blickte, hatte sie ihre Dummheit erkannt. Dort oben, in der Kemenate des Wohnturms, war ihr klar geworden, dass ihr Gatte ein Pirat war. Ein räuberischer, halb zivilisierter Seeräuber, der keine Mühe gescheut hatte, seiner Braut einen höchst romantischen Hochzeitstag zu bereiten. Und sie? Sie hatte ihn mit der Armbrust bedroht und alles ruiniert.

„Krank? Nein, das war ich nicht.“ Sie ordnete die vielen Meter Stoff ihres wollenen Plaids über ihrem geschwollenen Leib. Sie wollte auf den rechten Moment warten, ihm zu eröffnen, dass er Vater wurde. „Was ist mit Beatrix und Idoine geschehen?“

„Die beiden befinden sich zusammen mit allen anderen Frauen und Andrew auf der *Hawk*. Lachlan wird sie sicher nach Glencoe zurückbringen, wo sie Zuflucht bei ihren Verwandten finden können. Wenn die Arsenale von Dhòmhuill geleert und die restlichen Waffen in den Frachträumen verstaut sind, wird Lord Angus an Bord der *Raven* von Keir nach Edinburgh gebracht.“

„In seiner Gier nach Geld und Macht hat Ewen auch andere zu Fall gebracht. Der Anführer des Uisdean-Clans hat sich geweigert, mir zu helfen, obwohl ich ihm am Tag meiner Ankunft auf Dhòmhuill erklärt habe, dass ich gegen meinen Willen festgehalten werde.“

„Und Godfrey?“, fragte Rory. „Wir haben die ganze Burg durchsucht, aber Godfrey konnten wir nirgends finden.“

„Er war nie dort.“ Sie nahm die St. Columba-Medaille und rieb nachdenklich mit den Fingerkuppen über die Goldgravierung.

„Wann habt Ihr ihn zuletzt gesehen?“

„Auf der Straße, die aus dem Archnacarry Glen führt, hat er uns verlassen, nachdem sie zuvor die Ställe und Nebengebäude in Brand gesteckt hatten. Beatrix und Idoine haben auf dem Loch in einem Fischerboot gewartet, das uns dann zum Schiff im Loch Linnhe gebracht hat. Es war wohl vereinbart, dass Godfrey uns wieder in Ballachulish trifft, aber er kam nicht, und so sind wir ohne ihn gesegelt. Vermutlich weiß auch Ewen nicht, wo Godfrey sich aufhält.“

„Er ist auf der Flucht. Irgendwann wird man ihn stellen.“ Während Rory sprach, strich er mit den Fingern über die Kante ihres Plaids. Er griff danach, um es ihr abzunehmen.

Joanna hielt ihr Plaid fest. Sie spürte, dass sie rot wurde. Fieberhaft überlegte sie, wie sie ihm am besten das delikate Thema der Vaterschaft vermitteln könnte.

Er strich ihr ein paar verirrte Haarsträhnen aus der Stirn. Dann legte er seine beiden rauen Hände um ihr Gesicht, und das Lächeln in seinen Augen verschwand. „Joanna", begann er sehr ernst, „Ich kann mir vorstellen, wie Ihr euch fühlen müsst. Glaubt mir, Liebling, glücklich bin ich über die Situation auch nicht. Aber es gibt Dinge im Leben, die nicht in unserer Hand liegen. Wir müssen lernen, unser Schicksal mit all seinen Höhen und Tiefen zu akzeptieren."

Einen Moment lang dachte sie, er meinte das ungeborene Baby. Doch dann bemerkte sie, dass er von der Belagerung und dem vergossenen Blut der Macdonalds sprach. „Das stimmt", erwiderte sie leise. „Doch manchmal hält das Schicksal auch ganz ohne Vorwarnung wunderbare Dinge bereit – ich finde es jedenfalls wunderbar und Ihr hoffentlich auch."

Wieder versuchte Rory, ihr das Plaid von den Schultern zu nehmen. Aber auch dieses Mal hielt Joanna seine Hand fest, und obwohl er ihr weit überlegen war, ließ er sie gewähren und wartete geduldig ab, was sie zu sagen hatte.

„Es ist nun fünf Monate her, dass wir geheiratet haben", begann sie umständlich. „Doch wir hatten nie die Chance, einander richtig kennenzulernen. Ich meine, zu wissen, was der andere denkt und fühlt, zu reden über … nun ja … über kleine, über unwesentliche Dinge."

Er nickte aufmunternd. „Wie zum Beispiel …?"

Sie holte tief Luft. „… wie Ihr über Kinder denkt", platzte sie heraus.

Plötzlich verstand Rory und jubilierte innerlich. Nicht er war der Grund für Joannas sorgenvollen Blick. Seine Frau machte ihn nicht verantwortlich für Ewens Tod und den ihrer Verwandten. Sie hatte erkannt, dass ihr Clan ihm keine Wahl gelassen hatte. Doch aus einem ihm nicht erklärlichen Grunde schien Joanna zu glauben, dass er ihre Schwangerschaft nicht bemerkt habe. Mit äußerstem Ernst, obwohl die Anstrengung nicht zu lachen, ihn nahezu umbrachte, zitierte er ein altes gälisches Sprichwort: „Ein Haus ohne Hund, ohne Katze und ohne Kind ist ein Haus ohne Liebe und Frohsinn." Er küsste sie auf die Stirn und fuhr fort: „Ich denke, es wäre ein traurig Ding für einen Mann, nicht mehrere Kinder zu zeugen."

„Denkt Ihr?"

„Sicher!"

Es war ein glückliches Strahlen in den tiefblauen Augen, als sie endlich seine Hand losließ. „Dann habe ich Euch etwas zu sagen." Sie löste das Plaid, das ihre zierliche Figur umhüllte, breitete die Arme weit aus und sah ihn überglücklich an. „Ich erwarte Euer Kind."

„Ich weiß."

„Ihr wisst es?" Vor Überraschung überschlug sich ihre rauchige Stimme fast.

„Ja", sagte er, während er ihr bereits die Schuhe auszog, dann mit der Hand über ihr wohlgeformtes Bein strich und Strumpfhalter samt Strumpf herunterzog.

Überwältigt vor Glück, ohne recht zu bemerken, was er da machte, oder gar auf seine Reaktion auf ihre Nähe zu achten, legte sie ihre Hände auf Rorys Schultern und fragte: „Seid Ihr glücklich über das Kind?"

„Sehr glücklich." Er zog ihr den zweiten Strumpf aus und massierte ihre zierlichen Füße, bis sie vor Entzücken stöhnte. Dann schob er ihr den Rock bis über die Hüften. „Und jetzt, Joanna, werde ich Euch beweisen, wie glücklich ich bin."

Sanft spreizte er ihre Beine und küsste sie auf die nackten Schenkel. Langsam und genießerisch zog er ihr den gelben Rock über den Kopf, befreite sie von Unterrock und Hemd. Mit klopfendem Herzen sank er zurück in die Hocke und betrachtete sein schwangeres Weib. Sie errötete unter seinem staunenden Blick. Ihre Brüste waren voller, die rosa Spitzen ein wenig größer geworden und ihr einst flacher Bauch wölbte sich wie ein fester runder Ball.

Rory nahm Joanna hoch und legte sie flach auf das Bett. Sorgfältig untersuchte er ihren Körper auf blaue Flecken oder Prellungen und atmete erleichtert auf, als er keinerlei Zeichen einer Misshandlung entdeckte.

„Ihr seid nicht verletzt?“, fragte er barsch, während er sich über sie beugte und sich begehrlich an ihrem Schenkel rieb.

„Niemand hat mich verletzt“, versicherte sie schüchtern lächelnd. „Obwohl meine Verwandten durchaus nicht glücklich waren, als sie meinen Zustand bemerkten.“ Scheu, aber zufrieden berührte sie seinen Bart. „Zweimal habe ich versucht, zu flüchten. Danach haben sie mich nie mehr allein gelassen. Ich vermute, dass Ewen das Baby sofort nach der Geburt verschwinden lassen wollte. Tag und Nacht habe ich deshalb gebetet, dass Ihr kommt, Rory. Ich hatte solche Angst, dass Ihr mich nicht rechtzeitig finden würdet.“

Er küsste sie auf die Lider und die Nasenspitze. „Ich war gefangen auf Innischonaill.“

„An diesem schrecklichen Ort wart Ihr?“, fragte sie erschrocken. „Wer hat Euch dort hingebracht?“

„Ich weiß es nicht, Liebling. Aber ich werde es herausfinden. Im Moment bin ich nur glücklich und zufrieden, dass Euch kein Leid geschehen ist und Ihr in meinen Armen liegt.“

Er küsste sie leidenschaftlich, und feurig erwiderte sie seine Küsse. Mit beiden Händen strich Joanna über sein feuchtes Haar, während er zärtliche Küsse über ihren cremeweißen Leib verteilte. Er liebkoste die samtweiche Haut ihrer Brüste und leckte ihre Knospen, dann bewegte er sich weiter nach unten und küsste ihren runden Bauch, in dem sich das Baby bewegte. Tränen der Rührung kamen Rory, als er den lebenden Beweis seiner Liebe fühlte, der in ihrem Körper heranwuchs. Rorys Herz schmerzte vor Glück, während seine Hände über ihren weichen, engen Schoß strichen. Tränen liefen ihm über die bärtigen Wangen. Hätte ihm jemand prophezeit, dass das Stammesoberhaupt der MacLeans so überwältigt sein könnte, er hätte es nicht geglaubt.

„Rory“, wisperte sie und strich mit den Fingerkuppen sanft über sein Gesicht. „Ihr weint ja.“

„Aus Freude, mein Liebling“, antwortete er, nahm ihre Finger und küsste sie. „Aus Freude, dass ich so unverdient gesegnet bin.“

Er legte sich neben sie. „Ich werde jetzt zu Euch kommen“, versprach er leise, „aber ich gelobe, ich werde sehr, sehr vorsichtig sein.“

„Oh, Rory, ich habe Euch so vermisst“, flüsterte sie an seinen Lippen, und dann küsste sie ihn heißblütig.

Er drehte Joanna auf die Seite, ihren Rücken an seine Brust, ihren Po verführerisch an seine harte Männlichkeit gepresst. Begierde erfasste seinen ganzen Körper, das Blut pulsierte in seinen Adern. Qualvolle Lust drohte, ihn zu überwältigen. Nur mit größter Beherrschung hielt er seine lüsternen Triebe in Schach. Er schlang den Arm um sein kostbares Weib, liebkoste ihre Brüste, spielte zärtlich mit den harten Knospen. Die andere Hand tastete hinunter zu dem Nest rotbraunen Flaums zwischen ihren Schenkeln. Seine Finger teilten ihr weiches weibliches Fleisch und strichen über die zarte Haut, bis sie feucht und geschmeidig war. Joanna hob ihm die Hüften entgegen; ein langer, sehnsüchtiger Seufzer entfuhr ihr.

„Gefällt es Euch?“, wisperte er an ihr Ohr, während er die zarte, winzige Perle mit der Daumenkuppe umkreiste.

„Hmm“, murmelte sie und rieb sich gegen seine Hand. „Es ist herrlich, Milord Dragon. Warum habe ich nur so viel Zeit vergeudet, mich als Junge zu verkleiden? Es macht viel mehr Spaß, Eure Frau zu sein als Euer Kammerdienerlehrling.“

Er knabberte an ihrem Ohrläppchen und erfreute sich am Duft ihres Haares. „Ich war unsicher, wonach ich dieses Mal suchen musste. In der Waffenkammer nach einem winzigen

Lehrling des Meisterschützen oder im Wohnturm nach einem rothaarigen Gehilfen des Barbiers."

Sie lachte leise. „Ich wette, Ihr habt nicht erwartet, mich im Kostüm einer Schwangeren zu finden."

„Nicht in meinen wildesten Träumen, meine Liebste", gestand er lachend.

Dann hob Rory vorsichtig ihr Bein ein wenig an, um sich besseren Zugang zu verschaffen. Die körperliche Vereinigung nahm ihm fast den Atem. Das Glücksgefühl war überwältigend, als die warme Enge der schmalen Öffnung seine schwere, pralle Männlichkeit umfing. Während er weiter in sie eindrang, befürchtete er plötzlich, dass er viel zu groß für ihren kleinen Körper wäre. Vorsichtig stieß er ein wenig fester in ihren Schoß, schloss die Augen und genoss es, seine Frau im Arm zu haben, während er tief in sie eingetaucht war. Er wünschte, die Zeit anhalten zu können.

„Oh Gott, Joanna. Unzählige Nächte habe ich geträumt, so mit Euch vereint zu sein", raunte er.

„So?", fragte sie lachend und strich mit der Hand über ihren dicken Bauch. „Das glaube ich nicht."

Er grinste und knabberte an ihrer Schulter. „Nein, aber nur weil ich ein viel zu großer Dummkopf bin, um an so etwas Wunderbares zu denken. Monatelang habe ich nur daran gedacht, wie diese Annullierung zu verhindern sei."

Ganz langsam, mit gleichbleibendem Rhythmus und mit mehr Beherrschung, als er jemals für möglich gehalten hätte, bewegte sich Rory in Joannas Schoß. Dabei streichelte und liebkoste er ihren Körper mit den Händen.

Joanna gab einen kurzen, kehligen Laut von sich, halb Seufzer und halb Schluchzer.

„Sagt, wenn ich Euch wehtue", raunte er rücksichtsvoll, obwohl er Todesqualen erlitten hätte, wenn er jetzt hätte aufhören müssen.

Ihr Atem ging schwer und schnell. Ihre Hand glitt an seinem Arm entlang, berührte sacht seine Finger und drängte ihn fortzufahren. „Es ist wunderbar. Hört nicht auf, Rory. Oh bitte, hört nicht auf."

Zärtlich spielte er mit ihr, versenkte sich in sie und zog sich wieder zurück, brachte sie so ganz allmählich zum Höhepunkt und wartete, bis sie erleichtert und schwach in seinen Armen lag. Dann zog er sie näher an seinen erregten, schmerzenden Körper. Nach langen, bebenden Stößen zerbarst er stöhnend in gleißender Wonne, die noch durch die überwältigende Liebe und Sorge, die er für Joanna und das Baby empfand, vergrößert wurde. Die Freude und die Befriedigung, die er in diesem Moment verspürte, übertraf all sein Sehnen und Träumen.

„Ach, Joanna", keuchte er, „Herzliebchen, ich liebe Euch."

Rory wurde ganz still, als er bemerkte, was er da gerade gesagt hatte. Die Worte waren ohne nachzudenken tief aus seinem Innern gekommen.

Sie bettete ihren Kopf fest an seine Schulter und schwieg. Er wusste, sie war genauso überrascht über sein Geständnis wie er selbst. Atemlos wartete er, dass Joanna ihm auch sagte, dass sie ihn liebe.

Aber es sollte nicht sein.

Rory küsste sie auf die Wange. Der Geschmack ihrer salzigen Tränen brannte in der offenen Wunde, die einst sein unbezwingbares Herz gewesen war.

Er sagte sich, dass es gut so war. Mit der Zeit würde er sie lehren, ihn zu lieben. Doch sein Verstand warnte ihn, dass Joanna ihn vielleicht niemals lieben würde – wenn er nicht eine Schuld eingestünde und Reue zeigte, die er nicht verspürte – für die Gefangennahme und Exekution von Somerled Macdonald.

Rory nahm Joanna fest in den Arm. Und während sie sich leise in den Schlaf weinte, verfluchte er lautlos und wütend den Red Wolf of Glencoe.

26. KAPITEL

Februar 1499
Inverary Castle, Loch Fyne

Die Unfähigkeit Eurer Wachen auf Innischonaill hat mich die Freiheit gekostet", schimpfte Godfrey. „Außerhalb dieser Mauern kann ich mich nirgendwo mehr sehen lassen. Wenn ich Pech habe, wirft man mich sogar selbst in den Kerker."

Archibald Campbell strafte Godfrey mit einem kalten, unbeteiligten Blick. „MacLean und seine Brüder haben einige meiner fähigsten Krieger getötet. Hört Ihr mich zetern?"

Sie befanden sich in den Privatgemächern des Laird auf Inverary Castle, dem Stammsitz der Earls of Argyll. Archibald, der gegenwärtige Earl, ließ sein Porträt malen. Flankiert von vier freistehenden Kandelabern, eine Hand auf der Hüfte, die andere am Griff seines Breitschwertes, stand Argyll vor dem Fenster, durch das nur schwach das Tageslicht hereinfiel. Neben ihm über der hohen Rückenlehne der Polsterbank war das Banner mit dem Familienwappen drapiert, auf dem Sitz lag ein erstklassiges Hochlandschwert, und gegen die Beine der Bank lehnte der glänzende, mit Messing beschlagene Schild.

„Einige Eurer fähigsten Männer! Pah!", schnaubte Godfrey. „Andrew hat berichtet, dass mehr als ein Dutzend Eurer Krieger innerhalb von Minuten den Klingen der drei Brüder zum Opfer gefallen sind. Meine Güte, Eure Männer haben es doch nicht einmal geschafft, dieses kleine Mädchen und diesen dummen Jungen richtig zu entführen."

Godfrey warf dem Maler einen misstrauischen Blick zu. Argyll hatte beteuert, dass Jan van Artevelde, mit dem er Französisch sprach, kein Gälisch verstand. In seinem Streben, sein Bild für die Nachwelt zu erhalten, hatte Argyll den flämischen Maler engagiert, den er während des Treffens mit dem König auf Castle Stalcaire kennengelernt hatte. Der kleine gedrungene Mann aus Gent hatte nämlich sowohl Duncan Stewart, Earl of Appin, als auch James IV. von Schottland porträtiert. Pure Eitelkeit, wenn nicht gar vulgäre Prahlerei von Argyll, fand Godfrey, behielt jedoch gescheiterweise seine Meinung für sich.

„Auf der Straße von Archnacarry Manor hat MacLean weitere acht Männer meiner Truppe niedergemacht", bemerkte Argyll fast gleichgültig, während er einen Fussel von seinem Ärmel schnippte. Zu seinem dunkel gemusterten Tartan trug er eine waldgrüne Jacke, einen eleganten Dachssporran und eine schwarze Mütze mit dem Schmuck dreier Federn. Er warf Godfrey einen kurzen Blick zu. Kühl und berechnend wirkten die braunen Augen im reflektierenden Kerzenschein. „Ihr solltet den großen Kerl nicht für so blöd halten, mein Freund. Es brauchte zwanzig kräftige Krieger, ihn vom Pferd zu ziehen, zu entwaffnen und zu binden."

„Die Kehle würde ich dem Hurensohn aufschlitzen, wenn ich die Chance dazu bekäme", keifte Godfrey. Der Maler sah von seiner Palette auf. Leichtes Erstaunen spiegelte sich in seinem Blick. Doch Godfrey ignorierte den kahlköpfigen Fremdling. Er ballte die Fäuste, gierte danach, MacLean wieder vor sich auf den Knien zu sehen. Dieses Mal wollte Godfrey nicht zögern. Er schlotterte vor Angst seit dem Tag, an dem er erfahren hatte, dass der Dreckskerl von der Inselfestung geflohen war.

Argyll hatte für eine solche Demonstration ohnmächtiger Wut lediglich ein mitleidiges Lächeln. „Ich hatte berechtigte Hoffnung, dass die Annullierung endlich gewährt wurde. Eigentlich wollte ich MacLean aus Innischonaill befreien, sobald Joanna und Iain verheiratet wären. Vollendete Tatsachen sind immer ein überzeugendes Argument."

Gereizt verfolgte Godfrey, wie van Artevelde mit seinen Pinseln und Farben hantierte. Verdammt, fluchte er insgeheim,

Argyll besitzt nicht einmal so viel Anstand, mit mir unter vier Augen zu sprechen. „Mein Bruder hatte andere Pläne. Wieso glaubt Ihr, dass Ewen auf die Erbin verzichtet hätte, wenn ihm die Annullierung gewährt worden wäre?“

„Ihr vergesst, dass ich viel mehr Einfluss beim König habe, mehr als Ewen Macdonald jemals besaß“, erklärte der Earl gelassen. „Ohne James Stewarts Erlaubnis hätte sein Schützling nicht heiraten können. Es wäre kein Ehekontrakt vom Zivilgericht anerkannt worden. Und in den Westlichen Highlands bin ich das Zivilgericht.“

Das stimmte. Argyll besaß das königliche Privileg über von der Krone eingezogene Ländereien. Er kaufte Schuldscheine und Pfändungsurkunden anderer Clanführer. Indem er seine außerordentliche Macht bei den Gerichten im Argyllshire geltend machte, kam er dann ganz legal, per Gerichtsbeschluss, in den Besitz derer Ländereien. Wenn nötig, setzten der Earl und seine Campbell-Gefolgsleute sogar mit Schwert und Dolch ihre skrupellosen Machenschaften durch.

Der Earl schaute auf seine Hand, die er so elegant in die Hüfte gestützt hatte, und betrachtete den großen Rubinring. Godfrey hoffte inständig, der Maler würde auch das abstoßend arrogante Lächeln einfangen können.

„Bei einem Verschwinden MacLeans oder vermutlich sogar seinem Tod“, fuhr Argyll fort, „wäre der jüngste Sohn des Anführers des Campbell-Clans als Gatte für Lady Joanna eine gute politische Wahl gewesen. Aber ich habe MacLeans Entschlossenheit unterschätzt. Deshalb bin ich dieses Mal ganz Eurer Meinung, Godfrey. Man muss ihn töten. Ich gebe Euch eine zweite Chance. Befreit die Welt endlich vom Rächer des Königs.“

„Jetzt noch? Aus welchem Grund? Es gibt keine Annullierung. Und der Bastard hat nicht nur seine Frau zurück nach Kinlochleven geholt, sie hat ihm zu allem Übel auch noch einen Sohn geschenkt.“

„Natürlich weiß ich, dass Laird und Lady MacLean einen gesunden Jungen bekommen haben“, erwiderte Archibald Campbell mürrisch. „Vor zwei Wochen habe ich in Gegenwart des Königs ein sehr unangenehmes Gespräch mit dem grandiosen Gentleman führen müssen. Es kostete mich enorme Anstrengung, und ich musste mit allen Tricks arbeiten, James Stewart davon zu überzeugen, dass ich nicht an MacLeans Kerkerhaft auf Innischonaill beteiligt war.“

Godfrey biss wütend die Zähne zusammen. Scharf und steif kam seine Antwort. „Ich vermute, Ihr habt die Schuld allein mir angehängt.“

Argyll zuckte mit den Schultern. „Ja, mein lieber Mann, wem denn sonst? Selbstverständlich habe ich James erklärt, dass Ihr mit Euren Clansleuten den MacLean auf die Festung im Loch Awe gebracht und mit Trug und Arglist den Kommandeur der Garnison überzeugt habt, Ihr handeltet auf meinen Befehl.“

Godfrey sank auf eine niedrige Truhe und schlug die Hände vor das bärtige Gesicht. Seine Situation war schlimmer, als er erwartet hatte. Er war ein toter Mann.

„Ach, nun verzweifelt nicht. Es gibt immer einen Ausweg“, tröstete Argyll süßfreundlich.

Godfrey schaute auf. „Verflucht, wie denn?“ Seine Stimme war heiser und klang wie die eines Mannes, der sich seiner Niederlage durchaus bewusst war.

Mit einer knappen Handbewegung bedeutete Argyll dem Maler van Artevelde, dass die Sitzung beendet sei. Dann machte er ein paar Schritte auf Godfrey zu und blieb vor ihm stehen. „Wenn Ihr MacLean tötet“, antwortete er völlig emotionslos. „Wegen ihres Clans und um ihr Vermögen zu retten, wird die hübsche Witwe wieder heiraten müssen. In diesem Fall kann ich James Stewart gewiss davon überzeugen, dass mein Sohn Iain die rechte Wahl wäre. Durch die Allianz zwischen den Glencoe Macdonalds und den Campbells würde die

Stellung des Königs an der gesamten Westküste Schottlands gestärkt."

„MacLeans Balg würde dennoch Joannas Ländereien erben und das Clanoberhaupt der Glencoe Macdonalds werden. Nicht ihr zweiter Gatte", gab Godfrey zu bedenken.

„Das Leben kleiner Kinder hängt immer an einem seidenen Faden", antwortete Argyll ungerührt, ging zur Leinwand und betrachtete eingehend das unvollendete Porträt. „Ein Fieber, ein unglücklicher Unfall kann innerhalb von Stunden, wenn nicht gar von Minuten, ihr junges Leben auslöschen."

Godfrey stand auf und straffte die Schultern. „Und wieso ich?", fragte er streitlustig.

„Très bien!" Argyll nickte dem Maler anerkennend zu und wandte sich dann wieder an Godfrey. „Weil Ihr Kinlochleven wie Eure Westentasche kennt, mein Lieber. Und weil niemand, am allerwenigsten MacLean, erwartet, dass Ihr es wagen würdet, Euch im Umkreis von fünfzig Meilen von der Burg blicken zu lassen."

Trotz all seines Kummers regte sich ein winziges Fünkchen Hoffnung bei Godfrey. „Leicht ist es nicht, in Kinlochleven hineinzukommen", sagte er nachdenklich und halb zu sich selbst.

„In zwei Wochen ist Taufe. Verwandte und Freunde sind zu einem großen Bankett geladen. Auf Lady MacLeans Bitte planen sogar Beatrix und Idoine, in Begleitung eines kleinen Gefolges von Macdonalds aus Mingarry, zu kommen. Der liebestolle Gatte scheint den Verwandten seiner Frau Pardon zu gewähren, wenn sie ihm ihre Loyalität schwören."

„Für mich gilt dieses Pardon ganz bestimmt nicht", sagte Godfrey mit einem humorlosen Lachen.

„Leider nicht", bestätigte Argyll. Vom Tisch nahm er eine Karaffe und schenkte, während er weitersprach, Sherry in drei Gläser. „Aber die Feier bietet Euch Gelegenheit, in die Burg zu schlüpfen. Wenn Ihr Euch auf die Lauer legt und MacLean an einem Tag überrascht, der sicherlich einer der freudigsten seines Lebens werden sollte, dann habt Ihr die Chance, uns beide ein für alle Male vom Rächer des Königs zu befreien."

Godfrey nahm das Glas, das Argyll ihm reichte. „Und wenn es mir gelingt?"

„Wenn es Euch gelingt, werde ich dafür sorgen, dass Ihr sicher nach Frankreich kommt – mit Geld genug für den Rest Eures Leben, vorausgesetzt Ihr seid genügsam."

Godfrey schaute auf. Ohne mit der Wimper zu zucken, beobachtete der schlaue Fuchs ihn. Godfrey verstand das unausgesprochene Ultimatum: tun, was man von ihm verlangte, das war das Beste für ihn.

„Ihr werdet ihn töten?", fragte Argyll fast liebenswürdig, während er van Artevelde ein Glas reichte.

„Habe ich eine andere Wahl?"

Archibald Campbell hob sein Glas. „Dann lasst uns trinken. Auf den Tod von Rory MacLean!"

Der flämische Maler strahlte glücklich in die Runde und trank mit ihnen.

In einem Zug leerten die drei Männer ihre Gläser. Argyll warf sein Glas gegen die Kaminplatte, um den Handel zu besiegeln. Godfrey tat es ihm gleich. Nur der kleine Flame blickte zuerst unentschlossen und fragend von einem zum anderen, dann tat er grinsend dasselbe.

Der Tag war grau und stürmisch, aber ganz Kinlochleven strahlte im Kerzenschein. Trotz des kühlen Märzwetters waren die Gäste von weither angereist, ja selbst von Stalcaire war man gekommen, um der Taufe beizuwohnen. Nach der Hochmesse und der Taufzeremonie in der Kapelle hatten sich alle Gäste in der großen Halle zu einem üppigen Bankett zusammengefunden, bei dem Jongleure in farbenfrohen Seidenkleidern, Spaßmacher mit bunt bemalten Gesichtern, muskulöse Akrobaten in Hose und Wams, Spielleute mit Harfen, Flöten, Trommeln und Schellen und geheimnisvolle, tanzende Zigeunerinnen zur Unterhaltung beitrugen.

Nach dem Mahl versammelten sich alle, die adeligen Gäste, das Gesinde und die Wachleute der Burg, im Saal mit der hohen Decke. Laird und Lady, Lakai, Küchenmagd und Soldaten, Schulter an Schulter standen sie an diesem wunderbaren Tag, um ein Hoch auf den hübschen kleinen Jungen auszurufen.

Nach der Erstürmung von Dhòmhuill waren Joanna und Rory nach Kinlochleven zurückgekehrt. Die Macdonald-Krieger hatten zunächst mit Unmut auf die Nachricht vom Tod ihres Heerführers durch die Hand von MacLean reagiert. Joanna hatte ihnen jedoch erklärt, dass Ewen sie gezwungen hatte, unter Eid zu lügen, um das Leben ihres Mannes zu retten, dass Ewen sie entführt hatte und dass sie ihn sogar verdächtigte, geplant zu haben, ihr Baby nach der Geburt verschwinden zu lassen. Freiwillig hatten daraufhin alle ihre Gefolgsleute ihrem Gatten den Treueeid geschworen.

Rory war bereit, die Vergangenheit ruhen zu lassen. In den letzten fünf Monaten hatte er mit all seinen Handlungen Mut und Würde gezeigt. Er war resolut und unparteiisch. In allen Angelegenheiten, die die Burg, die Ländereien und die Pächter betrafen, hatte er sich als fähiger und gerechter Clanführer bewiesen.

Nun standen Seumas und Davie, Jacob Smithy und sein stämmiger Sohn Lothar, Jock Kean, Abby und Sarah neben der Galerie, wo die Musiker zum Tanz aufspielten. Mary und einige andere hübsche Milchmädchen standen flüsternd in der Ecke beieinander, warfen verstohlene Blicke zu einer Gruppe großer, kräftiger Macdonald-Krieger und schienen sich zu fragen, ob sie sie zum Tanz auffordern sollten.

In Begleitung von Tam MacLean und einem kleinen Kontingent von Macdonald-Kriegern hatten auch Lady Beatrix, Idoine und Andrew der Taufmesse beigewohnt. Sie hielten sich etwas abseits von der Schar der Gratulanten in der großen Halle, bis Joanna auf sie zuging und sie alle mit Handschlag willkommen hieß. Sie wusste, dass ihre Verwandten gegen Ewens dominante Persönlichkeit keine Chance gehabt hatten. Es waren ihre Verwandten, und um des Friedens willen im Clan hatte sie ihnen vergeben. Mit Rorys Zustimmung hatte sie dem enteigneten Trio sogar erlaubt, wieder auf Mingarry Castle zu wohnen.

Auf Joannas Bitten hin hatte Rory auch die notwendigen Schritte unternommen, nach einem geeigneten Gatten für Idoine zu suchen. Als Joanna ihrer Cousine mitgeteilt hatte, dass man wahrscheinlich einen aussichtsreichen Bewerber gefunden hätte, hatte ein glückliches Lächeln das runde Gesicht erhellt, ein Lächeln, das eine verborgene Schönheit hinter der sonst stets mürrischen Miene zum Vorschein brachte. Idoine hatte viel Aufhebens um Jamie gemacht. Die Art, wie sie den Jungen im Arm gehalten und seinen goldenen Lockenflaum geküsst hatte, zeigte deutlich ihre Sehnsucht nach einem eigenen Kind. Es war anzunehmen, dass ohne den Einfluss ihres egoistischen Vaters Idoine wie auch Andrew zu verantwortungsvollen Menschen heranreifen würden.

In ihrer Rolle als Gastgeberin und Burgherrin ging Joanna von einer Gruppe zur anderen und vergewisserte sich, dass auch jedermann das Fest genoss. Quer durch die Halle winkte sie Lady Emma und deren Bruder Laird Duncan zu, dann warf sie eine Kusshand zu den Camerons. Lady Nina hatte sich liebenswürdigerweise bereit erklärt, Jamies Patin zu sein, und Lachlan war der stolze Patenonkel.

Über den nächsten Anführer des MacLean-Clans wachte Maude auf dem oberen Stockwerk. Friedlich schlief er in seiner Wiege, die neben dem großen Baldachinbett seiner Eltern stand. Lächelnd hatte Joanna beobachtet, wie Fearchar ihrer lieben Freundin nach oben gefolgt war, und hatte darüber nachgedacht, dass die beiden möglicherweise schon bald ihren Laird um die Heiratserlaubnis bitten würden.

Am knisternden Kaminfeuer unterhielten Murdoch und Tam sich mit Pater Thomas. Isabel und Raine Cameron saßen auf der Bank vor einer langen Tafel und führten ein angeregtes Gespräch mit Arthur Hay. An einem anderen Tisch waren Keir und Lachlan in ein Schachspiel vertieft. Rory schaute ihnen über die Schulter zu und gab vermutlich beiden Brüdern seine bissigen Ratschläge.

Nachdem Joanna noch bei Ethel und Peg stehen geblieben war und ihnen für ihre Mühe und das köstliche Essen, das sie bereitet hatten, gedankt hatte, ging sie zu Lady Nina und Laird Cameron. Das tiefe Blau in Ninas Seidenrobe brachte das rotblonde Haar und ihren zarten pfirsichfarbenen Teint zum Strahlen – wie ein himmlisches Wesen kam sie Joanna wieder vor.

„Erzählt uns von dem Wandbehang in Eurem Schlafgemach, der Lady Emma so fasziniert", bat Nina. „Es soll ja ein sehr ungewöhnlicher Gobelin sein. Rorys Mutter vermutet, dass die Figuren auf einem wenig bekannten griechischen Mythos beruhen."

„Ach, griechischer Mythos würde ich nicht sagen", antwortete Joanna. „Ursprünglich hatte ich an der Wand meiner Schlafkammer einen Gobelin hängen, auf dem eine Szene dargestellt war, wie ein Ritter in voller Rüstung seiner Angebeteten Geschenke brachte. Ich hatte den Behang aus Cumberland mitgebracht, aber da mein Gatte nicht sehr von ihm angetan war, ließ ich den Gobelin entfernen."

„Was ist denn so faszinierend an diesem Ritter und seiner Angebeteten?" Wissbegierig richtete Alex die haselnussbraunen Augen auf Joanna. Das Wort Mythos hatte sofort sein wissenschaftliches Interesse geweckt.

„Nichts", gab Joanna zu. „Der Gobelin, den Rory anstelle des alten an die Wand hängen ließ, ist, … nun, … er ist eben anders." Als die beiden sie fragend ansahen, fuhr Joanna zögernd fort. „Es ist das Bild eines Highland-Lairds mit einem Drachenschwanz. Er, ... hm, ... er scherzt mit einer Nymphe."

„Das klingt ja sehr skandalös", meinte Alex amüsiert.

In diesem Moment trat Rory zu ihnen. Die beiden Männer tauschten Blicke, wie es nur Männer können, wenn sie über den unterschiedlichen Humor von Mann und Frau sprechen.

Joanna senkte den Blick und strich mit der Hand über den juwelenbesetzten Saum ihres Mieders. „Aus irgendeinem seltsamen Grund", begann sie in überzeugend verwundertem Ton, „glaubt mein Gatte, der Laird auf dem Gobelin sei der Anführer des MacLean-Clans."

Ninas melodiöses Lachen klang überrascht. „Warum sollte er das denn glauben?"

Joanna sah das Glitzern in Rorys Augen. „Wer weiß?", antworte sie fröhlich. „Ich kann mir nicht vorstellen, woher er diese unsinnige Idee hat."

Nina und Alex blickten fragend zu Rory; fast ungeduldig schienen sie auf eine Erklärung zu warten.

„Ach, das will ich für mich behalten", sagte er und strich dabei glücklich lächelnd über Joannas lange Locken. „Nur eins will ich euch verraten: Meine Frau bestand darauf, dass die Meerjungfrau leuchtend rotes Haar bekäme, wenn der Gobelin in unserem Schlafgemach hängen sollte."

Ihre Freunde lachten, und Joanna schwieg weise. Manchmal, wenn sie abends in ihrer Kammer waren, schaute Rory auf das Bild und konnte immer wieder schallend lachen. Das letzte Mal hatte sie richtig mit ihm geschimpft. Sie hatte ihn gefragt, ob er ihr jemals ihren Fehler verzeihen wollte, aber er hatte vor Lachen gar nicht antworten können.

Die langen Winterabende vor Jamies Geburt hatten sie oft bei knisterndem Kaminfeuer auf dem breiten Bett gesessen. Joanna hatte von ihrer Kindheit auf Allonby und Kinlochleven erzählt. Rory hatte sie mit Geschichten von seinen wunderbaren Abenteuern auf See unterhalten. Und Joanna hatte gelernt, wenn auch nicht ganz so überrascht, dass der heimtückische, teuflische und lüsterne Sea Dragon einen äußerst scharfen, bissigen Humor besaß.

Rory legte den Arm um die Taille seiner Frau und nahm sie beiseite. „Ich möchte nicht, dass Ihr Euch zu sehr anstrengt“, sagte er leise, während er in ihrem Gesicht nach Zeichen von Müdigkeit suchte.

Joanna hatte darauf bestanden, Jamie selbst die Brust zu geben. Sie wollte keine Amme, die ihren Sohn nährte. Gegen die Kissen gelehnt saß Joanna nachts im Bett, hielt das Baby im Arm und sprach liebevoll mit ihm, während es gierig an ihren Brüsten saugte – ein Bild, das Rory immer wieder aufs Neue rührte. In andächtigem Schweigen beobachtete er die beiden, bis Jamie, das rosige Mündchen noch voller Milch, satt einschlief und in seine Wiege gelegt wurde. Danach nahm Rory seine Frau in die Arme und drückte sie an sein Herz, bis sie alle fest eingeschlafen waren.

„Ich bin kein bisschen müde“, versicherte Joanna ihrem Mann. „Ich bin so glücklich, ich schwebe auf Wolken.“ Mit strahlenden Augen zog sie seinen Kopf zu sich hinab und küsste ihn zärtlich auf den Mund.

Gierig wie sein Sohn erwiderte Rory den Kuss. „Wofür war das denn?“, neckte er sie.

Joanna strich über die Spitze an seinem Hemdkragen und drehte an den goldenen Knöpfen der Jacke, die er auch bei ihrer Hochzeit getragen hatte. „Dafür, dass Ihr den Troubadour extra aus Wales habt kommen lassen, damit er während des Banketts singt. Es war eine wunderbare Überraschung.“ Ihr Gesicht strahlte vor Glück. „Woher wisst Ihr denn, dass ich als Kind seine Balladen so sehr liebte?“

Neckisch tupfte Rory ihr auf die sommersprossige Nasenspitze. „Maude hat es mir erzählt. Bei den Versen über den edlen fahrenden Ritter hättet Ihr immer wie ein liebeskrankes

Mädchen geseufzt, hat sie gesagt."

„Jetzt aber nicht mehr", erwiderte sie keck. „Ich bin kein verträumtes Mädchen mehr. Ich habe einen richtigen Helden aus Fleisch und Blut, der jede Nacht neben mir liegt."

Er zog sie näher „Wollt Ihr, Liebste? Jetzt?"

„Hmm", antwortete Joanna. Nur mit Mühe konnte sie ihr Lachen unterdrücken. „Jamie heißt der Held!", neckte sie ihn und zog dabei frech die Nase kraus. „Kommt, lasst uns nach ihm schauen."

„Gerne, meine Liebe!" Während Rory Joanna zum Ausgang der großen Halle geleitete, signalisierte er seinem Bruder Keir mit einem Blick, dass er nach oben ginge.

Bei seiner Ankunft vor zwei Tagen hatte Duncan Stewart seinem Neffen eine Nachricht von Jan van Artevelde gebracht. Vor zwei Monaten, bei einem Treffen mit dem König und dem Earl of Argyll auf Stalcaire, hatte Rory den talentierten Künstler kennengelernt. Als er hörte, dass dem kleinen Mann aus Flandern angeboten worden war, ein Porträt von Archibald Campbell zu malen, hatte Rory ihn ermuntert, den Auftrag anzunehmen. Vielleicht gelang es dem Flamen ja, auf Inverary Castle etwas über die Verbindung zwischen Godfrey Macdonald und dem Earl zu erfahren. Van Artevelde hatte sofort zugestimmt und auch erwähnt, dass der Anführer des Campbell-Clans nichts von seinen Gälischkenntnissen wusste, die er seit seinen Studien während der gemeinsamen Seereise mit Lachlan kontinuierlich verbessert hatte.

Aus dem Brief des Malers hatte Rory erfahren, dass Godfrey sich heimlich, höchstwahrscheinlich am Tag der Taufe, nach Kinlochleven schleichen und ihn ermorden wollte. Nachdem er sich mit seinen Brüdern und Fearchar beraten hatte, hatte Rory sich entschieden, Godfrey unbewaffnet – abgesehen von einem Achselmesser, das er unter dem Hemd verstecken konnte – aus seinem Versteck zu locken.

Seit Duncans und Lady Emmas Ankunft auf Kinlochleven

waren die Wachen am Torhaus in Alarmbereitschaft, und auch alle Eingänge zum Wohnturm waren gut gesichert. Rory hatte Joanna nicht über die Gefahr informiert. Er wollte sie nicht unnötig ängstigen, aber entweder Fearchar, Lachlan oder Keir, alle bewaffnet und vorbereitet auf einen Überraschungsangriff, waren ständig in ihrer und des Babys Nähe.

27. KAPITEL

Auf der Treppe nach oben hielt Rory Joanna zurück. „Warum diese schreckliche Eile, Liebste?“, fragte er lachend.

„Wolltet Ihr mir nicht etwas sagen, Sir Dragon?“, fragte sie mit einem betörenden Augenaufschlag. „Oder wolltet Ihr mir nur versichern, dass Euch kein schuppiger grüner Schwanz gewachsen ist, seit ich das letzte Mal nachgesehen habe?“ Sie stand auf der Stufe über ihm, nahezu in Augenhöhe mit ihm, und legte ihm die Hände auf die Schultern.

Rory verschloss ihr die Lippen mit dem erwarteten Kuss, fuhr liebkosend über ihre samtenen Lippen. Er war wild vor Leidenschaft, denn seit der Geburt ihres Sohnes hatten sie nicht mehr miteinander geschlafen.

Während der Monate vor der Geburt des Babys hatte sich Rory sehnlichst gewünscht, Joanna würde ihm einmal sagen, dass sie ihn liebte. Bei jeder körperlichen Vereinigung hatte er gespannt darauf gehofft, dass sie ihm ihre Liebe gestehen würde. Die Spannung war schließlich in Mutlosigkeit umgeschlagen, aber trotzdem hatte er nicht den Fehler gemacht, erneut von seiner Liebe zu ihr zu sprechen. Dazu besaß er zu viel Stolz, und außerdem wollte er Joanna nicht zwingen, gegen ihren Willen eine Erklärung abzugeben.

Dennoch hatte er die Hoffnung nicht gänzlich aufgegeben. Seit Kurzem versteckte er den Liebeszauber, den Raine ihm gegeben hatte, nachts heimlich unter Joannas Kopfkissen. Morgens nahm er ihn wieder an sich. Natürlich glaubte er nicht an solchen Unsinn. Doch ein Mann, der bis über beide Ohren in seine willensstarke Frau verliebt war – seine Frau, die nicht einmal darüber nachdenken wollte, ob sie sich nicht doch irren könnte –, dieser Mann musste einfach alle sich ihm bietenden Hilfen in Anspruch nehmen.

„Wir sollten einen Monat warten, haben mir Maude und

Lady Emma empfohlen", flüsterte Joanna ihm ins Ohr, als er sie endlich losließ.

„Es ist bereits einen Monat her", erinnerte er, während er sie wieder näher an sich zog.

Joanna lächelte charmant. „So?", meinte sie und spielte die Schüchterne. „Dann ist es wohl heute Nacht so weit." Verführerisch sah sie ihn an. „Das heißt, nur wenn Ihr wollt, mein Gatte."

„Ich will", versicherte er heiser. Sie drehte sich um und wollte weiter die Treppe hinauf, doch Rory hielt sie abermals zurück. „Joanna, habe ich Euch schon gesagt, wie glücklich ich bin? Wenn ich sehe, wie Ihr Jamie im Arm habt, wie er an Eurer Brust trinkt und wie die Liebe zu unserem Sohn in Euren Augen leuchtet. Das ist ein wunderschönes Bild für einen Mann."

Tränen glänzten in ihren Augen. Sie wollte etwas antworten, aber er verschloss ihr mit zwei Fingern den Mund.

„In der Nacht, in der unserer Sohn geboren wurde", fuhr er mit gedämpfter Stimme fort, „war ich außer mir vor Angst. Angst, weil Euch die Geburt so viel Schmerzen bereitete und ich Euch nicht helfen konnte. Angst, dass der Junge nicht gesund und stark sein könnte. Unsere Ehe wurde aus politischen und ökonomischen Gründen geschlossen. Doch in jener Nacht, als ich auf Knien in der Kapelle betete, in der wir getraut wurden, da wurde mir bewusst, dass mein Leben ohne Euch wertlos wäre. Burgen, Ländereien und Lehen sind bedeutungslos. Selbst wenn Ihr mit nichts als Euren Kleidern am Leib zu mir gekommen wäret, so hätte ich doch jene Inselfestung für Euch erstürmt."

„Oh, Rory", wisperte sie überwältigt. „Ich ... ich ...", stammelte sie, und die Angst, die er in ihren tiefblauen Augen las, ließ sein Herz fast stillstehen. Mit zitternden Händen umschloss sie sein Gesicht. „Ich bin ... so gerührt ... von Euren Worten", gestand sie und presste ihre Lippen irgendwie hilflos auf die seinen.

Mit der Zeit würde ihre Erinnerung an den toten Somerled verblassen, das war Rorys Hoffnung. Er selbst lebte. Mehr noch, sie hatten einen gemeinsamen Sohn – ein Band, das niemals zerreißen konnte. Und weitere Kinder würden Joanna noch enger an ihn binden. Rory verstand nun, weshalb seine Mutter mit einem Mann gegangen war, der weder Land noch Burgen besaß. Die Macht der Liebe war größer als alle anderen Mächte zwischen Himmel und Erde.

Er strich ihr mit den Fingerkuppen die Tränen von den samtigen Wangen. „Kommt, mein geliebtes Weib, lasst uns zu unserem hübschen Sohn gehen." Zärtlich legte er seinen Arm um ihre Taille und sie ihren Kopf auf seine Schulter. Seite an Seite stiegen sie die Stufen weiter nach oben.

Just in dem Moment, als sie den Treppenabsatz betraten, sprang ein Spaßmacher in grellem Kostüm und Clownsmaske aus dem Dunkeln. Eine blanke Klinge glänzte im düsteren Gang. Mit einem geistesgegenwärtigen Schlag wehrte Rory den Hieb des Mannes ab, gleichzeitig stieß er Joanna von sich. Sie fiel auf die Knie und schrie vor Schmerz. Aus den Augenwinkeln vergewisserte Rory sich, ob sie verletzt war. Der Gegner wusste diesen kurzen Moment zu nutzen. Mit der linken Hand versetzte der Mann Rory einen so kräftigen Kinnhaken, dass sein Kopf mit einem dumpfen Knall gegen die Wand schlug. Rory kämpfte gegen die aufkommende Benommenheit, während er an der rauen Wand entlang zu Boden glitt.

Erschrocken schaute Joanna hoch. Was war passiert? Nur Freunde und Verwandte waren auf der Burg, viele trugen Waffen. Nur Rory trug an diesem Tage weder Schwert noch Dolch. Grienend wie ein Wahnsinniger stand der Clown in mit Pailletten besetzter Bluse und engen Strümpfen über ihrem Mann, die lange glänzende Klinge zum tödlichen Hieb gezückt.

„Nein! Nicht!", schrie Joanna und sprang dem Mann auf den Rücken. Einen Arm um seinen Nacken geschlungen, mit der anderen Hand ihm das bemalte Gesicht zerkratzend, hing sie mit ihrem ganzen Gewicht an ihm.

Mit einem wütenden Knurren hob der Narr die Spitze seiner messerscharfen Klinge und versetzte Joanna einen Stich. Ein greller Schmerz ließ sie den Halt verlieren, sie taumelte, fiel zu Boden, und dann umfing sie Dunkelheit.

Mit einem kräftigen Fußtritt gegen die Wade gelang es Rory, den Bösewicht zu Boden zu zwingen. Der stämmige Mann fiel auf den Rücken und rutschte, den Dolch in der Hand, kopfüber die Treppe hinunter. Rory zog sein kurzes Achselmesser aus dem Hemd und kroch hinter dem Mann her.

Mitten im Treppenschacht raffte sich Godfrey benommen hoch und schlug, als Rory näher kam, mit dem langen Dolch wild um sich.

Rory drehte sich zur Seite, wich den wütenden Hieben aus. Siegesgewiss ging Godfrey die Stufen hinauf und bedrängte seinen Feind auf der engen Treppe. Ächzend attackierte er, verfehlte sein Ziel und sprang gerade noch rechtzeitig vor der kürzeren Klinge zurück. Dann gelang es Rory, sich an dem Widersacher vorbeizuzwängen. Er erreichte die Stufe unter ihm, wich dem blauen Stahl des Dolchs erneut aus, indem er sich duckte und auf ein Knie stützte, sprang wieder hoch, stieß mit seinem kurzen Messer zu und schlitzte dem Mann den dicken Wanst auf.

Ungläubig verzog Godfrey das bunt bemalte Gesicht. Die Waffe fiel ihm aus der Hand. Klirrend schepperte sie die Treppenstufen hinunter. Fassungslos schaute der schrill kostümierte Narr an sich hinab, hielt sich den Bauch, lehnte sich wehklagend gegen die Wand und sank langsam in sich zusammen. Blut quoll ihm zwischen den Fingern hindurch.

„Einen Priester“, stöhnte er.

„In der Hölle findest du einen Priester, du Bastard“, schimpfte Rory, während er schon die Treppe hinaufrannte.

Auf dem Treppenabsatz lag Joanna bäuchlings auf dem kalten Boden, auf dem Stein neben ihrer Schulter bildete sich eine Blutlache. Vorsichtig nahm Rory seine bewusstlose Frau auf den Arm und trug sie in die Schlafkammer. Maude und Fearchar, die am Fenster standen, drehten sich erschrocken um.

„Oh Gott, was ist passiert?“, fragte Fearchar, während er Rory durch die geräumige Kammer entgegeneilte.

„Godfrey hat sie erdolcht.“ Seine Stimme war heiser vor Angst. Ganz sacht legte er Joanna auf das Bett. „Sie wollte mir das Leben retten.“

„Mein armes Lämmchen“, weinte Maude, während Fearchar schon, das Schwert in der Hand, zur Türe stürzte.

Rory blickte zur Wiege und war beruhigt, als er das Engelsgesicht seines Sohnes sah. Mit geschlossenen Augen lutschte der Kleine friedlich am Daumen.

„Godfrey ist tot“, rief er Fearchar zu. „Aber Ihr könnt meine Mutter rufen. Und sagt Lachlan und Keir, was passiert ist, ohne die Gäste zu verschrecken.“

Gemeinsam beugten sich Rory und Maude über Joannas reglose Gestalt. „Verflucht, warum nicht ich?“, schimpfte er leise, während er die Schere aus Maudes Hand nahm und vorsichtig das blutgetränkte Mieder und das Unterkleid an Joannas Schulter aufschnitt. Als er die Schnittwunde sah, flüsterte er ein Dankgebet.

Es war eine Fleischwunde oberhalb des Schlüsselbeins, der Dolch hatte weder den Knochen noch die Hauptschlagader getroffen. Langsam versiegte auch schon die starke Blutung. Angesichts der langen zweischneidigen Klinge grenzte es an ein Wunder, dass nicht mehr passiert war.

Auch Maude seufzte erleichtert. „Nur ein paar Stiche, eine kleine Narbe wird mein Täubchen an diesen Tag erinnern, mehr nicht.“

Rory erwiderte den mitfühlenden Blick aus den grauen Augen und war dankbar, dass Maude auch in dieser Situation einen kühlen Kopf behielt. „Wir sollten sie nicht aufwecken“, flüsterte er. Maude machte sich bereits daran, Nadel und Faden zu präparieren. „Sie bleibt besser bewusstlos, während wir sie nähen.“ Er presste das gefaltete Leintuch, das Maude ihm reichte, gegen die Wunde, strich Joanna die kupferroten Locken aus der Stirn und betrachtete ängstlich ihr bleiches Gesicht. Wie Muskatstaub auf Schnee glänzten ihre Sommersprossen auf Nase und Wangen.

Nach nur wenigen Minuten erschienen Lady Emma und kurz nach ihr Keir. Noch im festlichen lavendelfarbenen Seidenkleid trat Rorys Mutter neben ihren Sohn ans Bett; schnell und mit geübter Hand untersuchte sie die Wunde.

„Es ist ihr nicht viel passiert, Rory“, beruhigte sie ihren Sohn.

„Rory!“, meldete sich Keir von der offenen Tür. „Kannst du mal kommen? Es gibt da etwas, was du dir anhören solltest.“

„Jetzt nicht!“, antwortete Rory barsch und machte keinen Hehl aus seiner Verärgerung. Er wusste, sein jüngster Bruder besaß die unbeirrbare Entschlossenheit eines verwundeten Bären, aber im Moment gab es für Rory nichts Wichtigeres, als bei Joanna zu sein.

„Es wird alles gut, mein Sohn“, versicherte seine Mutter ihm. „Geh mit Keir. Maude und ich werden die Wunde nähen. Hier kannst du nichts mehr tun. Du wirst unten gebraucht.“

„Ich bleibe hier!“ Er wich nur einen Schritt zur Seite, damit die beiden Frauen die Wunde versorgen konnten.

Nun erschien auch Lachlan im Türrahmen. „Wie geht es ihr?“, erkundigte er sich besorgt.

„Nichts Ernsthaftes. Sie wird nur eine Zeit lang das Baby nicht im Arm halten können“, rief Lady Emma.

Nach ihren beruhigenden Worten trat Lachlan an Rorys Seite. „Es ist wichtig, Rory.“

„Zum Teufel, was ist denn los?“, fuhr Rory ihn an. Doch die Angst, die er in Lachlans grünen Augen las, warnte ihn. Was immer es sein mochte, es verlangte seine sofortige Aufmerksamkeit. Leise fluchend drehte sich Rory um und ging zur Tür.

Am Fuß der Treppe lag im bunten Kostüm eines Hofnarrs Godfrey lang ausgestreckt auf den Steinen. Zu Rorys Erstaunen hielt Fearchar Godfreys Kopf und Schultern in seinen Schoß gebettet, Pater Thomas kniete bei Godfrey und war bereit, ihm die Sterbesakramente zu geben. „Der MacLean ist jetzt hier“, sagte der flachsblonde Hüne, als Rory neben den beiden kniete. „Ihr könnt Eure Beichte ablegen.“

Godfrey hatte den dunklen Bart abrasiert und das pockennarbige Gesicht mit bunten Farben angemalt. Kein Wunder, dass man ihn nicht erkannt hatte. Die glasigen Augen wanderten zu Rory, dann holte er zitternd Luft. „Ich habe Euren Adoptivvater ermordet, MacLean. Nicht Somerled“, krächzte er mit vor Schmerz verzogenem Gesicht. „Ich wurde wütend, als Gideon Cameron mich anpöbelte, ... allein auf der Straße, ... mich schalt wie einen seiner Lakaien. Ich dachte, das Gerede ... sei allseits bekannt. Bei Gott, ... ich hätte damals den Mund halten sollen.“

Wie vom Donner gerührt starrte Rory auf den tödlich verwundeten Mann. Eiskalt lief es ihm über den Rücken. Er wollte es nicht hören. Verflucht! Das nicht!

Godfrey schwieg und atmete nur noch schwach. Schweiß rann ihm übers Gesicht und hinterließ hässliche Streifen in der Schminke.

„Cameron drohte ... mir die Zunge herauszuschneiden, ... wenn ich die zotigen Bemerkungen ... über seine Familie ... wiederholen sollte. Bei Gott, ... ich hätte es wissen sollen. Es war doch allgemein bekannt, ... wie stolz der Laird ... auf sein hübsches Weib war.“ Er stöhnte und keuchte. Nur äußerste Willenskraft hinderte ihn, den Geist aufzugeben.

Stumm blickte Rory zu Keir, dann zu Lachlan. Keiner von beiden ließ den gleichen inneren Aufruhr erkennen wie er.

„Verflucht!“ Spöttisch verzog Godfrey den bunt bemalten

Mund. „Es war doch klar, … der alte Narr, … man hat ihm Hörner aufgesetzt. Raine Cameron, … jeder Idiot sieht es, … das schwarzäugige Mädchen … ist kein Sprössling dieses Mannes."

„Also habt Ihr Gideon hinterrücks erstochen und ihm dann den Kopf abgetrennt", brüllte Rory.

„Nicht den Kopf." Godfrey stöhnte leise und wimmerte wie ein Tier. „Archibald Campbell entdeckte mich, … bevor ich fliehen konnte."

„Was geschah?"

„Argyll hat Camerons Kopf mit dem Breitschwert abgehackt, … ihn in meinen Tartan gewickelt, … mein Clanzeichen daran geheftet, … ihn an Lady Cameron geschickt … mit Grüßen vom Red Wolf of Glencoe."

Rory blickte auf zu Alex, der nun auch neben dem Sterbenden stand, und sah das Erschrecken in seinen Augen. Zwischen Gideon und Somerled Macdonald hatte es lange Zwistigkeiten über ein Stück Land gegeben, und Argyll hatte die Gelegenheit ergriffen, den Mord Camerons seinem verhassten Feind anzulasten. Die Feindschaft zwischen Gideon und Somerled war für jedermann Beweis genug.

„Ihr hattet Zeit genug, Euch zu melden." Rorys Stimme war heiser vor unterdrückter Wut. „Ihr hättet nicht schweigen müssen, als man Somerled gefangen nahm, nach Edinburgh brachte und hängte."

Godfrey versuchte, nach Rorys Ärmel zu greifen, aber er besaß nicht mehr die Kraft. Schlaff fiel seine Hand auf den Boden. „Ja, ich habe bezahlt", wisperte er kaum noch vernehmbar. „Mein Schweigen rettete mir den Kopf, … verdammt war ich als Campbells Schachfigur … den Rest meines Lebens." Bleiern richtete er seinen Blick auf den Geistlichen. „Pater, dies … und alle meine Sünden … bereue ich von ganzem Herzen."

Während Godfrey Macdonald sein Leben aushauchte, verabreichte ihm der Priester die letzte Ölung und sprach ein leises Gebet.

Schwerfällig stand Rory auf. Er fühlte sich, als wäre er gerade aus nächster Nähe von einer Steinschleuder getroffen worden. Allmächtiger Gott. *Einen Unschuldigen hatte er an den Galgen gebracht.* Den unschuldigen Großvater seiner Frau. Rory starrte gegen die Wand, nahm keinen der drei Männer wahr, die ihm geholfen hatten, den Red Wolf zu fangen. Schockiert und sprachlos standen seine beiden Brüder und Alex neben dem sterbenden Mann. Sie waren sich alle so sicher gewesen, so verdammt sicher.

Wortlos drehte Rory sich um und stieg langsam die Treppe hinauf. Schwer lastete die Schuld auf ihm, eine Bürde, an der er zeitlebens zu tragen haben würde. Auf Knien wollte er seine Frau um Vergebung bitten. Gebe Gott, dass sie mir verzeihen kann, dachte er.

Maude stand mit Jamie im Arm auf dem Treppenabsatz. Sie schien mit angehört zu haben, was sich unten abgespielt hatte, denn sie sah Rory voller Mitgefühl an.

Lady Emma traf ihren Sohn vor der Tür zur Schlafkammer, Sorge zeichnete ihre lieblichen Züge. „Joanna ist bei Bewusstsein und verlangt nach dir, mein Sohn. Ich kann sie nicht beruhigen. Sie glaubt mir nicht, dass du lebst. Sie ist ganz verzweifelt, weil sie dir noch etwas sagen wollte. Sie will mir aber nicht sagen, was sie bedrückt."

Selbst auf dem Gang konnte Rory ihr verzweifeltes Schluchzen hören. „Warum kommt er nicht? Wenn er lebte, wäre mein Gatte bei mir", jammerte sie.

Rory war bestürzt, als er in die Kammer trat und seine Frau sah. Sie saß aufrecht gegen die Kissen gelehnt im Bett und schlug rastlos um sich. Besorgt, dass die gerade genähte Wunde aufplatzen könnte, eilte er an Joannas Bett und kniete neben ihr. Er nahm ihre bleiche, zitternde Hand und hauchte einen Kuss auf ihre geliebten Finger.

„Hier bin ich, Liebling", beruhigte er sie voller Reue. „Was wolltet Ihr mir denn sagen?"

Schluchzend hob sie eine Hand und strich ihm mit den Fingerkuppen über die Wange. Die Tränen rannen ihr über die Wangen, als sie seinen Kopf näher zog und ihn küsste, immer wieder auf die Brauen, die Lider und die Wangen. „Mein Geliebter, ich liebe Euch, ... ich liebe Euch, ... ich liebe Euch", flüsterte sie unter tränenreichen Küssen.

Mit feuchten Augen hatte Lady Emma die Szene beobachtet, nun drehte sie sich lächelnd um und ließ die Tür leise hinter sich ins Schloss fallen.

EPILOG

April 1503
Kinlochleven Castle

Jan van Artevelde hatte sich in Joanna verliebt. Joannas Porträt im Brautkleid, das in Rorys Arbeitszimmer auf der Staffelei neben dem Kamin stand, war ein Meisterwerk. Das knabenhafte, herzförmige Gesicht umrahmt von der leuchtend roten Mähne, die strahlenden tiefblauen Augen mit den dichten dunkelroten Wimpern konnten jeden noch einigermaßen vitalen Mann erfreuen. Joannas leuchtende Augen, ihr sprühendes Temperament hatte der Künstler genial eingefangen. Für den talentierten kleinen Flamen war Lady MacLean eine Studie, die einem Porträtmaler wie ihm selten geboten wurde. Er besaß die Gabe, seinen Sinn für Schönheit, die flämische Liebe zum Realismus und eine brillante Technik der Ölmalerei zu kombinieren.

Natürlich war es eine rein ästhetische Liebe, die der kleine Flame für Joanna hegte. Dennoch sehnte Rory den Tag herbei, an dem van Artevelde Palette und Farbentöpfe einpackte und nach Stalcaire zurückkehrte, damit das Familienleben endlich wieder zu einer normalen Routine zurückfand.

„Halt still, Jamie. Es dauert nicht mehr lange“, beruhigte Joanna ihren Sohn und warf gleichzeitig ihrem Mann ein verführerisches Lächeln zu. „Und Ihr auch, geliebter Gatte. Habt noch ein wenig Geduld.“

„Drei Wochen lang habe ich Geduld gezeigt“, beschwerte Rory sich. „Meine Leute warten auf Anweisung, nicht nur zur Aussaat von Hafer und Gerste, sondern auch zum Bau der neuen Scheunen.“

„Nur noch ein paar Minuten, Milord“, rief Artevelde in schwerfälligem Gälisch hinter seiner hohen Staffelei. „Dann sind wir fertig. Die letzten Feinheiten kann ich ohne Euch machen.“

Van Artevelde hatte das Gruppenbild der Familie in der oberen Halle im Licht zwischen zwei Fenstern arrangiert. Rory stand in seiner vollen Clanstracht samt Mütze mit Federn neben seiner sitzenden Frau. In lavendelfarbener Samtrobe hielt Joanna ihre zweijährige Tochter Chrissy auf dem Schoß, Jamie sollte neben seiner Mutter stehen, eine Hand auf ihr Knie gestützt. Den lebhaften Vierjährigen zum Stillstehen zu bringen, war fast ebenso schwierig wie für seinen geschäftigen Vater, ein paar freie Augenblicke für die Sitzung zu finden.

Jamie hatte grüne Augen und goldblondes Haar wie sein Vater, während Chrissy mit den leuchtenden Farben ihrer Mutter gesegnet war. Rorys Herz machte stets Luftsprünge, wenn er seine kleine Familie sah. Das Leben hat es wirklich gut mit mir gemeint, fand er.

„Fertig!" Strahlend kam Artevelde hinter seiner Staffelei hervor. „Das Werk ist beendet."

„Hurra!", schrie Jamie und rannte zur Tür. „Ich reite mein neues Pony."

Lachlan, der gerade zur Tür hereinkam, rannte den Jungen fast um. „Hallo, nicht so schnell, Kleiner." Er nahm den Jungen hoch und warf ihn in die Luft. „Du kannst auf Onkel Lachlans Schultern reiten und deine Großmutter und Onkel Keir begrüßen."

„Hüh, Pferdchen, hüh", schrie er, als Lachlan seinen Neffen auf die Schultern gehoben hatte und übermütig mit ihm über den Teppich sprang.

Lady Emma und ihr jüngster Sohn hatten hinter Lachlan die Halle betreten. Keir brachte für Jamie und Chrissy eine Menge Geschenke mit, die er auf die Vitrine legte. Sie waren nämlich alle von Stalcaire angereist, um den Geburtstag des kleinen Mädchens zu feiern.

„Oh, da seid Ihr ja endlich!", rief Joanna und begrüßte ihre Verwandten mit Umarmungen und Willkommensküssen. „Wir hatten gehofft, dass Ihr zum Essen eintrefft. Wir werden es hier oben einnehmen, wo es gemütlicher ist."

Rory reichte seiner Mutter ihre kleine Enkelin und küsste sie beide auf die Stirn. Nachdem er seine Brüder mit Händeschütteln und einem kräftigen Schlag auf den Rücken willkommen geheißen hatte, versammelten sich alle vor dem Gruppenbild.

„Wundervoll", lobte Lady Emma, die ihre quietschvergnügte Enkeltochter auf der Hüfte trug. „Wirklich perfekt habt Ihr sie eingefangen, Sir." Lady Emma schenkte Jan van Artevelde ein anerkennendes Lächeln. „Ein schöneres Bild habe ich noch nicht gesehen."

Strahlend nahm der kleine Flame das wohlverdiente Lob entgegen. „Danke, Milady. Ich glaube selbst, es ist das Beste, was ich bislang gemalt habe."

Auch Rory betrachtete das Gemälde mit größter Zufriedenheit. Die langwierigen Sitzungen hatten sich wirklich gelohnt. Jan van Artevelde war ein Meister. In Joannas Gesicht strahlten ihre Vitalität und ihr Temperament, ein inneres Leuchten in den Gesichtszügen konnte das härteste Herz rühren. Rorys scharfe, wettergegerbte Züge enthüllten auch dem oberflächlichsten Betrachter nicht nur seinen zähen schottischen Stolz und seine Bereitschaft, für seine Überzeugung und sein Land zu kämpfen, sondern auch sein persönliches Glück und seine tiefe immerwährende Liebe zu seiner Familie.

Nachdenklich stand Lachlan neben seinem Bruder. „Was hast du gemacht, um so verdammt glücklich zu werden?"

„Diese Frage stelle ich mir auch jeden Tag wieder", antwortete Rory, ohne den Blick vom Bildnis seiner hübschen Frau zu wenden.

Joanna hatte ihm vergeben. Im Sommer nach Jamies Geburt hatten sie Somerleds sterbliche Überreste von Edinburgh nach Kinlochleven geholt und neben seiner Frau und seinem Sohn bestattet. Im nahe gelegenen Kloster hatten sie zu Ehren des alten Mannes eine Kapelle gebaut, in der Joanna Kerzen für seine Seele anzünden und beten konnte.

Rorys Klage gegen Archibald Campbell musste fallen gelassen werden. Seine Schuld konnte nicht bewiesen werden. Godfreys Wort stand gegen das des schlauen Earls, und Argyll brachte ein Dutzend plausible Argumente vor, weshalb der sterbende Mann ihn grundlos beschuldigt hatte. Doch James Stewart hatte allen Parteien deutlich gemacht, dass er, im Falle von Rorys Tod, einer Verbindung zwischen der Witwe und Iain Campbell oder einem anderen Mitglied dieses Clans nicht zustimmen würde. Auf Joannas inständiges Bitten hatte Rory schließlich zugestimmt, die Angelegenheit nicht weiter zu verfolgen. Eine lange bittere Fehde mit dem Campbell-Clan würde Rorys Bestreben, den Westlichen Highlands Frieden zu bringen, nur entgegenstehen.

Lachlans Hand auf seiner Schulter unterbrach Rorys ernste Gedanken. „Ich habe Neuigkeiten für Euch", verkündete sein Bruder laut.

„Was denn für Neuigkeiten. Seid Ihr etwa verlobt?", fragte Joanna neugierig.

Lachlan schüttelte lachend den Kopf. „Nichts ganz so Aufregendes. Der König hat mich in die schottische Eskorte seiner neuen englischen Braut berufen. Zusammen mit anderen Gesandten werde ich nächsten Monat nach London reisen und Margaret Tudor im Juli auf ihrer Reise nach Edinburgh begleiten. Aus diesem Grund hat der König mir auch einen neuen Titel verliehen. Ab jetzt bin ich der Earl of Kinrath."

James IV. von Schottland hatte vor knapp zwei Jahren die älteste Tochter von Henry VII. von England geheiratet. Die Braut war damals erst zwölf. Nun, mit vierzehn, war sie alt genug, als Königin nach Schottland zu kommen.

„Das ist ja wunderbar! Herzlichen Glückwunsch", rief Joanna begeistert.

Ansonsten sagte niemand ein Wort.

Da Joanna mütterlicherseits englische Vorfahren hatte, war

der Rest der Familie zu höflich, das auszusprechen, was Lachlan sicherlich in diesem Moment dachte: ein Tritt in ein Vipernnest konnte nicht schlimmer sein als sein Besuch am Hof der verräterischen Sassenachs.

Joanna blickte fragend in die schweigende Runde und erwartete, dass die Verwandten auf die frohe Kunde reagierten.

„Herzlichen Glückwunsch zu deinem neuen Titel", sagte Rory schließlich, und der Rest der überraschten Familie schloss sich seinen Wünschen an.

In diesem Moment kamen Fearchar und Maude in die Halle, gefolgt von den Dienern, die das Mittagsmahl brachten. Das Paar war seit drei Jahren verheiratet, und obwohl sie keine Kinder hatten, lebten die beiden glücklich und zufrieden auf Kinlochleven. Maude kümmerte sich um Jamie und Chrissy in derselben liebevollen Art, wie sie stets für Joanna gesorgt hatte. Fearchar diente als Hauptverwalter für Joannas und Rorys Ländereien.

Nachdem alle an der Tafel Platz genommen hatten, setzte sich Joanna neben Rory. Er konnte in ihrem hübschen Gesicht lesen, wie verwirrt sie war.

„Weshalb haben denn alle so erschrocken Lachlan angestarrt?", erkundigte sie sich leise.

„Wir ängstigen uns, was die Sassenach-Mädchen wohl mit ihm machen."

Joanna sah ihn unsicher an. „Was die Mädchen wohl mit ihm machen?" Ihr war nicht klar, ob Rory scherzte oder es ernst meinte.

Rorys Hand glitt unter ihren festen kleinen Hintern und zwickte sein leichtgläubiges Weib liebevoll. „Es heißt, die breitgesichtigen englischen Weiber fassten dem Schotten unter das Plaid, um sich zu vergewissern, ob er tatsächlich einen Schwanz hat." Er lachte schallend, als er ihre beleidigte Miene sah. Dann gab er ihr trotz der neugierigen Blicke all seiner Verwandten einen langen, leidenschaftlichen Kuss. „Heute Nacht dürft Ihr wieder nachsehen, ob mir in den letzten vierundzwanzig Stunden keiner gewachsen ist“, wisperte er.

„Ganz gewiss werde ich das tun“, erwiderte sie keck. „Wahrlich, ein armes Sassenach-Mädchen kann nie vorsichtig genug sein, wenn es einen bösen, teuflischen schottischen Sea Dragon trifft.“

Rory war grenzenlos glücklich. „Herzliebchen“, flüsterte er zärtlich, „ich liebe Euch.“

„Ich liebe Euch auch, mein Gatte“, antwortete sie, zog die sommersprossige Nase kraus und lachte ihn frech an. „Selbst wenn Euch niemals ein richtiger Drachenschwanz wachsen sollte.“

– ENDE –

Susan King
Sturm über dem Hochland
Band-Nr. 25333
5,95 € (D)
ISBN: 978-3-89941-547-6
368 Seiten

Jessica Trapp
Der Schwur des Ritters
Band-Nr. 25309
5,95 € (D)
ISBN: 978-3-89941-497-4
336 Seiten

Lisa Kleypas
Der Earl und die Erbin
Band-Nr. 25323
5,95 € (D)
ISBN: 978-3-89941-536-0
368 Seiten

Lynsay Sands
Wie Fackeln im Sturm
Band-Nr. 25315
5,95 € (D)
ISBN: 978-3-89941-503-2
368 Seiten

Julia Quinn
Wie erobert man einen Duke?
Band-Nr. 25324
6,95 € (D)
ISBN: 978-3-89941-537-7
400 Seiten

Julia Quinn
In Liebe, Ihre Eloise
Band-Nr. 25243
5,95 € (D)
ISBN: 978-3-89941-397-7
400 Seiten

Julia Quinn
Ein hinreißend verruchter Gentleman
Band-Nr. 25265
5,95 € (D)
ISBN: 978-3-89941-432-5
416 Seiten

Julia Quinn
Penelopes pikantes Geheimnis
Band-Nr. 25223
5,95 € (D)
ISBN: 978-3-89941-340-3
448 Seiten